Brigitte Buch-Edition *Die Liebesromane*

Aus dem Englischen von
Uda Strätling

DIE ERSTAUNLICHE GESCHICHTE DES MAX TIVOLI

Andrew Sean Greer

Brigitte Buch-Edition *Die Liebesromane*

Brigitte Buch-Edition *Die Liebesromane*

Band 6

Für Bill Clegg

... Liebe, die, weil sie nie genug bekommt, stets schon im Augenblick lebt, der noch kommen wird.

MARCEL PROUST

TEIL EINS

25. APRIL 1930

Jeder von uns ist die Liebe im Leben eines anderen.

Das möchte ich schon einmal für den Fall festhalten, dass ich entdeckt werde und diese Seiten nicht zu Ende bringen kann, für den Fall, dass du vor Entsetzen über mein Bekenntnis und das Geschehene alles verbrennst, noch bevor ich dazu komme, dir von Mord und großer Liebe zu berichten. Ich könnte es dir nicht verdenken. Es spricht so vieles dagegen, dass je ein Mensch meine Geschichte hört. Und immerhin gilt es eine Leiche zu erklären. Eine dreimal geliebte Frau. Den Verrat an einem Freund. Und die lange Suche nach einem Jungen. Deshalb lass mich gleich mit dem Schluss beginnen und dir sagen, dass jeder von uns die Liebe im Leben eines anderen ist.

Ich sitze hier an einem herrlichen Apriltag. Um mich verwandelt sich alles; die Sonne zeichnet tiefe Schatten hinter die Kinder und Bäume und radiert sie, kaum dass eine Wolke aufzieht, wieder aus. Das Gras füllt sich mit Gold, dann zerfällt es zu nichts. Der ganze Schulhof wird mit Sonne bespritzt und besprengt, bis alles vor erhabener Schönheit leuchtet und es mir den Atem raubt, dem Schauspiel beizuwohnen. Niemand sonst achtet darauf. Die kleinen Mädchen sitzen im Kreis, ihre Kleider knistern vor Stärke und Heimlichkeiten, die Jungen sind entweder auf dem Baseball-Feld oder hängen kopfüber in den Bäumen. Am Himmel darüber erstaunt mich ein Flugzeug mit seinem Brausen und seinem braven Kreidestrich. Ein Flugzeug; das ist nicht mehr der Himmel, den ich einmal kannte.

Und ich sitze in einem Sandkasten, ein Mann von fast sechzig Jahren. Es ist frisch und der Sand fest, die kleineren Kinder können kaum graben, außerdem ist das jagende Licht zu verlockend und alle stürmen Schatten nach, also bin ich ungestört.

Wir wollen mit Abbitten beginnen:

Für die lappigen Heftseiten, die du in Händen hältst, ein trauriges Reliquiar für meine Geschichte und nicht reißfest, aber Besseres konnte ich nicht erbeuten. Für den Diebstahl, sowohl der Hefte wie auch des herrlichen Füllfederhalters, mit dem ich schreibe, den ich so viele Monate auf dem Pult meiner Lehrerin bewundert habe und den ich einfach an mich bringen musste. Für den Sand zwischen den Seiten, der sich nicht vermeiden ließ. Sicher, es gibt schlimmere Vergehen, eine verlorene Familie, einen Verrat und die vielen Lügen, die mich hierher in diesen Sandkasten geführt haben, und ich bitte um Vergebung noch für ein Letztes: Meine kindliche Handschrift.

Wir alle hassen, was aus uns wird. Da bin ich nicht der Einzige; ich habe Frauen in Restaurants in die Spiegel starren sehen, wenn sich ihre Männer kurz mal entschuldigten, Frauen im Bann ihres Selbst, wenn sie dort jemand erblickten, den sie nicht wieder erkannten. Ich habe Kriegsheimkehrer in Schaufenster blinzeln sehen, während sie die Schädel unter ihrer Kopfhaut spürten. Sie hatten geglaubt, sie könnten dem Schlimmsten ihrer Jugend entrinnen und das Beste des Alters gewinnen, aber die Zeit fegte über sie hinweg und begrub ihre Hoffnungen im Sand. Meine Geschichte ist ganz anders, aber am Ende kommt sie aufs Gleiche hinaus.

Einer der Gründe dafür, dass ich hier im Sand sitze und hasse, was aus mir geworden ist, ist der Junge. Eine so lange Zeit, eine so lange Suche, die vielen Lügen, die ich Bürovorstehern und Pfarrern auftischen musste, um die Namen der Kinder in der Stadt und in den Vororten zu erfahren, das Erfinden alberner Decknamen, schließlich Tränen in einem Motelzimmer und die Frage, ob ich dich je finden würde. Du warst gut verborgen. Wie der junge Prinz im Märchen vor dem Oger versteckt wird: in einem hohlen Baumstamm, in einem Dornendickicht, an einem kargen Ort ohne Zauber. Kleiner, verborgener Sammy. Aber der Oger findet das Kind immer, nicht wahr? Denn da bist du.

Solltest du das hier lesen, lieber Sammy, dann verachte mich nicht. Ich bin ein armer alter Mann; ich wollte dir nie Böses. Behalte mich bitte nicht nur als Kinderschreck in Erinnerung, obwohl ich auch das gewesen bin. Ich habe nachts in deinem Zimmer gelegen und im Dunkeln deinen rauen Atem gehört. Ich habe dir ins Ohr gesäuselt, während du träumtest. Ich bin, was mein Vater mich immer genannt hat – eine Missgeburt, ein Monstrum –, und noch während ich diese Zeilen niederschreibe (verzeih), beobachte ich dich.

Du bist der, der mit seinen Freunden Baseball spielt, während das Licht in deinem goldenen Haar kommt und geht. Der Braungebrannte, unverkennbar der Anführer, dem die anderen Jungen grollen und den sie doch lieben; es ist gut zu erkennen, wie sehr sie dich lieben. Du stehst am Schlagmal, hebst aber die Hand, weil dich irgendwas stört: ein Jucken, vielleicht, denn jetzt fährst du dir am Nacken unwirsch ins Haar, und dann, nach diesem plötzlichen Koller, rufst du laut und bist wieder beim Spiel. Ihr Jungen, ihr seid ohne jede Anstrengung ein Wunder.

Du bemerkst mich nicht. Warum solltest du? Für dich bin ich nur der Freund im Sandkasten, der vor sich hinkritzelt. Wollen wir doch mal sehen: Ich winke dir. Da, siehst du, jetzt stützst du kurz den Schläger auf und winkst zurück, auf deinem sommersprossigen Gesicht ein keckes Grinsen, überheblich, aber völlig ahnungslos. Wie viele Jahre, wie viel Mühe es mich gekostet hat, hierher zu gelangen. Du weißt nichts, argwöhnst nichts. Wenn du mich ansiehst, siehst du einen Jungen wie dich selbst.

Ein Junge, ja, das bin ich. Ich bin so viele Erklärungen schuldig, aber zuallererst glaub mir:

In diesem elenden Körper werde ich an Geist und Seele alt. Doch äußerlich werde ich jung.

Es gibt keinen Namen für das, was ich bin. Ärzte begreifen es nicht; meine Zellen wuseln unter dem Mikroskop falsch herum, teilen sich und verdoppeln ihre Unwissenheit. Ich selbst aber sehe mich als uralten Fluch. Den gleichen, mit dem Hamlet Polonius bedachte, bevor er den Alten aufspießte, nämlich dass er »wie ein Krebs rückwärts« kriecht, immer rückwärts.

Schließlich sehe ich, während ich dies schreibe, aus wie ein zwölfjähriger Junge. Mit fast sechzig habe ich Sand am Hosenboden und Dreck am Schirm meiner Mütze. Mein Lachen ist frisch wie ein Apfelbissen. Und doch hat man mich schon für einen Jüngling von zweiundzwanzig gehalten, mit Gewehr und Gasmaske. Davor für einen Mittdreißiger, der im Erdbeben seine Liebste suchte. Einen arbeitsamen Vierzigjährigen, einen ängstlichen Fünfzigjährigen und älter und älter, je näher wir meiner Geburt kommen.

»Alt werden kann jeder«, sprach mein Vater gern aus dem Bukett seines Zigarrenqualms. Aber ich bin auf die Welt geplatzt wie vom anderen Ende des Lebens, und die Tage seither waren solche der physischen Umkehr, der schwindenden Krähenfüße, des Dunkelns des weißen und dann grauen Haars, der muskulöser werdenden Arme und sich rosig verjüngenden Haut, des Aufschießens und dann wieder Schrumpfens zu dem bartlosen, harmlosen Jungen, der dieses blasse Bekenntnis kritzelt.

Ein Mondkalb, ein Wechselbalg, so aus der Menschenart geschlagen, dass ich schon auf der Straße gestanden und jeden verliebten Mann gehasst habe, jede Witwe in Schwarz, jedes von einem ergebenen Hund hinter sich hergezerrte Kind. Ginbeduselt habe ich geflucht und Wildfremde angespuckt, die mich für das Gegenteil dessen hielten, was ich im Innern war – für einen Erwachsenen das Kind, für einen Schuljungen den alten Mann, der ich jetzt bin. Ich habe gelernt, was Mitgefühl heißt, und bedauere die Leute ein wenig, weil ich besser als jeder andere weiß, was ihnen noch bevorsteht.

Ich bin im September 1871 in San Francisco zur Welt gekommen. Meine Mutter stammte aus einer wohlhabenden Familie in Carolina und wuchs im vornehmen Viertel South Park auf, in dem sich einst die Südstaatenaristokratie niedergelassen hatte, das jedoch seit dem verlorenen Krieg jedem offen stand, der reich genug war, um zum Austernsouper zu bitten. Längst war der Maßstab meiner Stadt nicht mehr Geld – der blausilberne Lehm von Comstock hatte zu viele Habenichtse in fette, betuchte Herren verwandelt –, also zerfiel die Gesellschaft in zwei Klassen: Grandes und Goldgräber. Meine Mutter gehörte der ersten, mein Vater der elenden zweiten an.

Nicht verwunderlich also, dass sie sich verliebten, als sie sich im Schwimmbassin des Hotel Del Monte durch das feinmaschige Netz beäugten, das Männer und Frauen trennte. Unter Umgehung der Anstandsdamen trafen sie sich noch am selben Abend auf dem Balkon, und mir wurde berichtet, meine Mutter habe sich mit dem dernier cri aus Paris geschmückt: einem lebenden, am Dekolleté mit goldenem Kettchen befestigten Käfer mit schillernden Flügeln. »Ich muss dich küssen«, flüsterte mein Vater fiebernd vor Liebe. Der Käfer, metallisch grün, krabbelte Mutter auf die nackte Schulter und wollte auffliegen. »Ich werde es tun, ich werde dich jetzt küssen«, bekräftigte er, unternahm aber nichts, also packte sie ihn an den Bartkoteletten und zog ihn zu sich heran. Der Käfer zerrte an seiner Leine und landete in ihrem Haar. Ihr Herz zersprang.

Den ganzen Herbst des Jahres 1870 hindurch trafen sich der Däne und die Debütantin heimlich, suchten versteckte Ecken des neu angelegten Golden Gate Park auf, wo sie turteln und tatschen konnten, während nahebei die Bisons in ihren Rundpferchen brummten. Aber gleich dem rankenden Wein muss die Leidenschaft irgendwohin führen oder welken, und so führte sie zum

Folgenden: der Sprengung von Blossom Rock. Es war dies ein großes Ereignis, und Mutter gelang es, Großmutter und South Park zu entkommen, um sich mit ihrem dänischen Liebhaber, ihrem Asgar, zu treffen und den Festivitäten beizuwohnen. Es sollte die größte Explosion in der Geschichte der Stadt werden – die Dynamitsprengung von Blossom Rock, der Felsenbank in der Meerstraße von Golden Gate, die seit einem runden Jahrhundert Schiffsrümpfe zermalmte. Während sich optimistische Fischer auf einen Jahrhundertfang freuten, warnten pessimistische Forscher vor einer gewaltigen »Erdwelle«, die sich quer über den Kontinent wälzen und Bauten aller Art zuschanden bringen werde; die Bevölkerung solle fliehen. Floh sie? Nur auf die höchsten Hügel, von denen man die beste Aussicht auf den Weltuntergang haben würde.

Meine Eltern fanden sich also unter den Tausenden auf Telegraph Hill wieder, und aus Angst, entdeckt zu werden, retteten sie sich in die Ungestörtheit der alten Spiegeltelegrafenstation. Ich stelle mir Mutter im rosa Seidenkleid auf dem ehemaligen Signalhocker vor, sehe sie die Finger an die Scheibe legen und ein Oval in den alten Staub wischen. Von dort konnte sie die feierlich schwarz gekleidete Menge aufs Meer hinausblicken sehen. Während sie die Finger meines Vaters an ihrem Spitzenbesatz spürte, sah sie kleine Jungen Austernschalen nach den höchsten der steifen Hüte und feierlichen Angströhren werfen. »Liebste«, flüsterte ihr Geliebter und knöpfte lange Knopfreihen auf. Sie wandte sich nicht nach seinen Küssen um, sondern erschauerte nur. Seit dem Tag ihrer Geburt war sie nur selten entkleidet gewesen, selbst zum Wannenbad trug sie im warmen Wasser stets ein langes weißes Unterkleid. Nun legte sie mein künftiger Vater frei wie eine seltene Auster, und sie zuckte entsprechend, fröstelnd und weinend nicht mehr nur aus Liebe – »*mein Darling, mein yndling*«, flüsterte er –, sondern vor Erleichterung über das, was sie verlieren sollte.

Um 1:28 Uhr wurde auf Alcatraz ein Warnschuss abgefeuert, und im selben Augenblick endete rein technisch gesehen die Unschuld meiner Mutter. Ein kurzes Japsen in der kalten Luft, ein Blitzen der Spiegel an der hinteren Wand, und schon stöhnte mein Vater ihr ins Ohr, raunte Dinge, die er unmöglich meinen konnte und auf die niemand als zornige Eltern ihn je festnageln würden. Mutter blieb gelassen, sie sah den johlenden Bengeln draußen vor dem staubigen Fenster zu. Die Menge war unruhig, aber freudig erwartungsvoll. Und Mutter – nun, wer weiß, was Mütter empfinden, wenn Väter sie das erste Mal besitzen?

Und dann – genau um 2:05 Uhr (alle Achtung, junger und eifriger Vater) – brüllte ihr Geliebter vor Lust im selben Moment, da ein gewaltiges Grollen die Luft erfüllte. Rechts im Fenster bot sich Mutter der erstaunlichste Anblick ihrer verlorenen Mädchenjahre: Eine Säule Wasser von zweihundert Fuß Durchmesser schoss schwarz wie Jett hinauf in die kalte Luft über dem Golden Gate. Darauf taumelten gewaltige Brocken des zersprengten Blossom Rock, es sah wahrhaftig aus, als schwinge die siegreiche Faust eines Titans nach den Wolken. So gigantisch, so dräuend. Um sie herum brüllte die Welt so, dass sie die Schreie ihres jungen Mannes kaum hörte. Dampfschiffe tuteten, viele Hundert Gewehrsalven zerrissen die Luft. Die dunkle Säule stürzte ins Wasser zurück, und dann, zu ihrer Verwunderung, wälzte sich eine zweite hinauf – just, als das Stöhnen des Geliebten wieder anschwoll –, und auch sie fiel ins brodelnde Schwarz und in die steilen Kreiswellen der Bucht zurück, die nach jedem Fangboot auf See ausschlugen.

Schließlich beruhigte sich ihr junger Mann und murmelte Fremdes und Verzücktes an ihr Schlüsselbein. »Ja, Lieber«, sagte sie, und wandte zum ersten Mal den Kopf nach ihm. Wie ein gurgelnder Säugling lag er an ihrer Brust. Sie berührte das heiße Gold seines Haars, und er seufzte, tastete blind mit starken Händen im Gespinst ramponierter Spitze. Wie der glänzende Käfer des Abends ihres ersten Kusses lag er an ihrer Schulter glücklich in Ketten. Da wurde ihr einen Augenblick lang mulmig, eingedenk anderer South-Park-Töchter, die fehlgegangen und verschwunden waren. Sie hörte im Seufzen des Geliebten sehr wohl, wie wenig ihn die Zukunft kümmerte.

Und irgendwann im postkoitalen Tätscheln und Turteln, in dem sich besänftigenden Schwell des schwarz gewordenen Golden Gate, während Felsbrocken durch rußiges Wasser sanken, um für immer auf tiefem Grund zu ruhen, irgendwo in den bitteren Klagen der Glaser und Fischer, die nichts von der erträumten Beute erjagt hatten, irgendwo inmitten der Jubelrufe und Salven und dem Tuten, der überspannten, hutwerfenden Menge, irgendwo inmitten dieses Charivaris, entstand ich.

Die Frage ist bloß: Hatte die berserkerhafte Explosion von Blossom Rock genügt, um meinen Zellen einen umgekehrten Wachstumsschock zu versetzen? War meine Mutter von dem Lärm so erschreckt oder über sich so bekümmert, dass sie das bisschen, was von mir existierte, verkorkste? Es erscheint lachhaft, aber bis ans Ende ihrer Tage haderte meine Mutter mit dem Preis, den sie für die Liebe zahlte.

Am Morgen meiner Geburt, so erzählte es meine Mutter, reichte ihr die Hebamme ein Flanellbündel und flüsterte: *Wird wohl nicht zu halten sein, der Doktor meint, er ist nicht recht geraten.* Eine Augenweide war ich nicht. Greisenhaft verhutzelt, greinend und aus blinden, bewölkten Augen in die Welt blinzelnd. Meine Mutter war sicher entsetzt. Sie mag sogar aufgeschrien haben. Aber in der Ecke stand mein Vater – mit verschränkten Armen, im Mundwinkel die unweigerliche Sweet Caporal, betrachtete er mich ohne Schrecken. Vater trat näher, spähte durch seinen Kneifer und erblickte eine Sagengestalt aus seiner dänischen Kindheit.

»Ah!«, rief er, lachte und rauchte unter dem angststarren Blick meiner Mutter seelenruhig weiter, als die Hebamme mich weghob. »Er ist ein *Nisse!*«

»Asgar ...«

»Er ist ein *Nisse*! Das bedeutet Glück, Liebste.« Er beugte sich hinab, um ihr und dann mir die Stirn zu küssen, die fälschlich wie von uralten Sorgen zerfurcht war. Er strahlte seine Frau an und sagte dann streng zur Hebamme: »Er gehört zu uns, wir halten ihn.«

Es stimmte nicht mit dem Glück. Er meinte vielmehr, dass ich den kleinen greisen Kobolden glich, die in Dänemark unter den Hügeln lebten. Ich glich einem Gnom. Einem Monstrum. Und bin ich das nicht auch?

Ich roch nicht wie ein Neugeborenes. Das sei ihr gleich beim Stillen aufgefallen, sagte meine Mutter, und obgleich sie sich nie dazu hinreißen ließ, schlecht von mir zu sprechen, und meine mit Altersflecken übersäten Arme stets badete, als bedecke sie zarteste Babyhaut, räumte sie ein, dass mein Duft zwar köstlich, aber nicht im Entferntesten mit dem irgendwelcher Säuglinge ihrer Bekanntschaft zu vergleichen war. Eher mit Büchern, wunderbar muffig, aber verkehrt. Und meine Proportionen waren ungewöhnlich: magerer Rumpf und kleiner Kopf, lange Arme und Beine und eine überraschend scharfe Nase, die Anlass zu mindestens einem der chloroformierten Schreie aus dem Geburtszimmer gegeben haben musste. Babys haben keine Nasen – das wird dir jeder bestätigen –, aber ich hatte eine. Und ein Kinn. Außerdem ein mit Elefantenhaut aufgepolstertes und mit den trüben, traurigen Augen der Blinden geknöpftes Gesicht.

»Was fehlt ihm, Suh?«, lispelte Grandmother in ihrem Südstaatenakzent. Sie trug den schwarzen Bombasin und den Schleier, die sich in meiner Erinnerung wie eine Kruste über sie legen.

Der Doktor bot die ganze Kunst seiner Arzttasche auf – Lederhörrohr zum Abhorchen, Mittel wie Bibergeil, Jalapenwurzel, Kalomel, Wickel –, schüttelte aber zuletzt nur den Kopf. »Es lässt sich noch nicht sagen, Leona.«

»Die ›Rückverwandlung‹?«, flüsterte sie. Sie meinte den Mongolismus.

Er wies den Gedanken mit einer unwirschen Handbewegung von sich. »Das Kind ist rhinozeroid«, erklärte er, und ich möchte wetten, er hatte das Wort soeben erfunden, aber Großmutter griff es dankbar auf als etwas, was sie Gott im Gebet zutuscheln könnte.

Später sollte ich mit verängstigten siebzehn – bei Gaslicht – als Mann Anfang fünfzig durchgehen, aber in meinen ersten Lebensjahren war alles andere als offensichtlich, was ich war oder was noch aus mir werden könnte. Kannst du es da meinem armen Kindermädchen Mary verdenken, dass sie ihre irischen Gebete wisperte, dass sie meinen Kopf mit Tränen benetzte, wenn sie mich – dreimal täglich – in Sahne badete, mich wieder und wieder einweichte wie Stockfisch? Kannst du meiner Mutter und meiner Großmutter ihre sorgfältigen Vorbereitungen auf die Besuchstage verdenken – jeweils der zweite und vierte Freitag im Monat –, wenn sie aus Angst vor hohem Damenbesuch die Brüste meiner Mutter mit Laudanum betupften und mich so sanft und berauschend stillten, dass ich oben tief benommen und lautlos schlummerte, während sie unten in ihren gestreiften Röcken auf den Kanapees saßen? Ich fasse es möglichst als Kompliment auf: dass eben die christlich-konföderative Welt mit ihren Ulmen, stolzen Villen und Seidenparasols so etwas wie mich noch nie erblickt hatte.

Die Jahre vergingen, und ich wandelte mich so verblüffend wie normale Kinder auch, nur ließ meine Verfassung vermuten, dass mein Körper rückwärts alterte, sich sozusagen verjüngte. Als hutzeliges, scheinbar hochbetagtes Wesen geboren, wuchs ich zum Kleinkind mit dem dichten weißen Haar eines Sechzigjährigen heran, dessen Locke seine Mutter in ihr Album legte. Aber ich war kein alter Mann, ich war ein Kind. Ich alterte nur dem äußeren Anschein nach verkehrt herum.

Ich glich einer Gestalt aus alten Mythen, doch innerlich war ich wie jeder Junge – so, wie ich jetzt zwar einem Bengel in Knickerbocker und Mütze gleiche und doch im Innersten bin wie jeder wehmütige alte Mann.

Vielleicht lesen Ärzte mit; ich sollte genauer sein. Äußerlich bin ich der Welt entgegengesetzt gealtert. Kurioserweise ergeben mein wahres und mein scheinbares Alter zusammengenommen stets siebzig Jahre. Das heißt, dass ich mit zwanzig fünfzigjährigen Frauen begegnete, die mit mir schäkerten wie mit einem Altersgenossen, und als ich fünfzig war, ließen junge Frauen auf der Straße für mich endlich aufreizend ihr Kaugummi schnalzen. Alt in meiner Jugend und nun, da ich alt bin, jung. Ich biete dafür keine Erklärungen, das überlasse ich euch, euch Ärzten der Zukunft. Ich biete lediglich mein Leben.

Ich bin eine Rarität. Ich habe Jahrhunderte Medizingeschichte durchforstet und auf der ganzen Welt nur wenige gefunden wie mich, und selbst sie waren, leider, nicht ganz wie ich.

Die ersten zeitveränderten Wesen der einschlägigen Literatur waren die Frabbonière-Zwillinge, 1250 in einem kleinen Weiler in der Grafschaft Béarn geboren. Aveline und Fleur kamen in der beklagenswerten Gestalt alter Weiblein zur Welt. Im Säuglingsalter wurden die beiden den Herrscherfamilien Englands und Frankreichs vorgeführt und auch dem Papst, denn man hielt sie nicht für kindliche Dämonen, sondern für einen Fingerzeig Gottes und Vorboten der Wiederkunft Christi. Pilger reisten an, um die Kleinen zu berühren und in der Hoffnung auf eine Offenbarung des bevorstehenden Endes ihrem

Gebrabbel zu lauschen. Ihr Aussehen veränderte sich im Gegensatz zu meinem nicht, sie wuchsen alt heran, und sobald sie eine glaubwürdige Größe erreicht hatten, wurden sie wie alte Bäuerinnen behandelt und vergessen. Nur Ärzte und Gläubige suchten sie weiterhin auf. Als Aveline und Fleur das Alter erreichten, das sie dem Aussehen nach hatten, legten sie sich in das Bett, das sie teilten, fassten sich an den Händen und starben. Es gibt von dieser Sterbeszene einen grotesken Holzschnitt. Er hing früher über meinem Bett.

Ein weiteres Zwillingspaar, Ling und Ho, berühmt geworden durch eine Reihe Pamphlete gegen die Syphilis aus dem achtzehnten Jahrhundert, führte ein Leben, das dem meinen schon eher ähnelte. Oder vielmehr trifft das nur für einen der beiden zu: den armen, verfluchten Ho. Die Brüder wurden als Kinder einer Shanghaier Prostituierten geboren (so das Pamphlet), und während Ling als ganz gewöhnlich sabbernder, rosiger Säugling das Licht erblickte, kam Ho ziemlich genauso wie ich zur Welt: vom anderen Ende des Lebens. Während Ling zu krabbeln und glucksen begann, entwickelte Ho sich zurück. Das Leiden jedoch, das wir teilen, machte Ho von Anbeginn an zum Krüppel. Er blieb eine Art bettlägrige Mumie. Selbst zu Zeiten, da er etwas jugendlicher schien, etwas normaler, lag er steif und tumb da, konnte nur Rinderbrühe zu sich nehmen und schäumte innerlich angesichts des Glücks seines Bruders. Schließlich, mit fast dreißig, näherten sich beide optisch dem gleichen Alter. Und Ho konnte endlich das Leben auftauen, das so lange in ihm eingefroren gewesen war. Ling verließ sein Dorf, seine Frau und die Kinder, um sich an diesem gemeinsamen Geburtstag zu seinem Bruder zu begeben.

Als er das Zimmer seines Zwillings betrat und sich über das Bett beugte, um ihn zu küssen, ließ Ho das Messer niedersausen, das er verborgen hatte, und wendete es, als sein Bruder zu Boden sank, gegen sich selbst. Hingestreckt in ihrem klebrigen Blut, waren die Zwillinge endlich identisch geworden, und da niemand sie unterscheiden konnte, wurden sie in ein gemeinsames Grab gelegt, auf dessen Mal geschrieben stand, der eine sei gesegnet gewesen, der andere ein Teufel, aber welcher welcher sei, wisse keiner.

Der letzte, den ich entdeckte, war ein weniger weit zurückliegender Mann: Edgar Hauer. An diesen kuriosen Fall erinnerte sich sogar meine Großmutter. Der Sohn eines Wiener Kaufmanns lebte bis zum dreißigsten Jahr ganz normal und frei von Symptomen. Erst dann begann sich sein Äußeres umzukehren wie bei mir, und den Rest seines Lebens wurde er augenscheinlich jünger und jünger. Ich habe seinen Fall eingehend studiert, in der Hoffnung, aus seinem Tod Schlüsse ziehen zu können (eine brennende Frage für mich, jetzt, fast am Ende), doch zu seinem Glück starb Edgar vor seinem fünfzigsten Jahr an Influenza, und an seinem Bett blieb weinend seine Frau zurück, in den Armen den Körper eines scheinbar zehnjährigen Jungen.

Mehr gibt es nicht. Und keine der Geschichten endet glücklich.

Ich sollte vielleicht meine Verkleidung erklären. Es klingt wenig überzeugend, wenn ich sage, dass ich mich deshalb als zwölfjähriger Junge ausgebe, weil ich so aussehe, aber genauso ist es. Ich bin klein und sommersprossig und einsam; ich trage Flicken an meinen

Knickerbockern und Frösche in den Taschen. Nur einem sehr scharfen Beobachter würde auffallen, dass ich für ein Kind von zwölf Jahren zu viele verblasste Narben habe, einen zu lauernden Blick, und dass ich mir manchmal übers zarte Kinn streiche, als hätte ich mal einen Bart getragen. Aber es sieht niemand so genau hin. Ich weiß, dass es kaum glaubhaft klingt, aber die Welt ist restlos überzeugt, dass ich bin, was ich zu sein behaupte, und das nicht nur, weil ich mich nach so vielen schlimmen Jahren so gut verstellen kann. Sondern weil niemand abgerissene kleine Jungen beachtet. Wir verschwinden einfach im Dreck.

Für die Bewohner der Stadt steht fest, dass ich Waise bin. Gerüchten zufolge habe ich vor knapp zwei Monaten meinen Vater im frühjahrsvernebelten See verloren und bin seither ganz allein. Ich war im Haus eines Jungen aus der Stadt zu Gast, und seine Mutter erbarmte sich meiner und nahm mich auf. Der Junge warst du, Sammy, du unwissender Komplize. Die Mutter war deine Mutter, Mrs. Ramsey, eine hiesige Künstlerin. Seither lebe ich hier.

Ah, jetzt weißt du, wer ich bin, nicht, Sammy? Der betrübte blonde Waisenjunge, der gezwungenerweise dein Jugendzimmer teilte. Der komische Knirps im unteren Etagenbett, dessen Schnarchen – darauf wette ich – du auch heute noch auswendig kennst. Wenn du das hier liest, bist du selbst älter, und vielleicht wirst du mir vergeben.

Um meine Deckung zu wahren, muss ich allerdings jeden Tag zu Fuß in die Schule marschieren und idiotische Unterrichtsstunden absitzen. Heute zum Beispiel war die Geographie unseres Kontinents dran, und dabei wurden uns allerhand Lügen aufgetischt, darunter die Behauptung, dass Kalifornien (mein Heimatstaat) jede erdenkliche Art von Terrain kennt. Ich musste mir auf den guten Ticonderoga-Bleistift beißen, um nicht aufzubegehren. *Vulkane? Steppen? Tundra?* Aber ein Zwölfjähriger kann das nicht wissen, und ich darf mich um keinen Preis verraten.

Nur, wozu mich als Junge ausgeben? Warum nicht einfach wie jeder anständige Liliputaner auf dem Rücken eines Zirkuselephanten in die Stadt einreiten? Warum nicht den zerdrückten Hut und den Mantel des alten Mannes tragen, der ich eigentlich bin? Es gibt zwei Gründe. Der erste, auf den ich gleich noch komme, ist Die Regel. Der zweite, lieber Sammy, bist du. Ich habe lange genug darüber nachgedacht, wie ich dich finden soll, wie ich mich in dein Leben einschleichen könnte, wie ich ins Etagenbett unter dem deinen schlüpfen und dem Welpenjapsen deiner Träume lauschen sollte.

Es heißt, als Erster hätte nicht etwa ein Arzt meinen Zustand erkannt, sondern unsere Mary. Das Dienstmädchen war bei uns häufig Zielscheibe von Spott – Großmutter erzählte Besuchern gern, das arme Ding sei es so sehr gewohnt, Heuleitern hoch- und runterzusteigen, dass es immer noch rückwärts die Treppen hinabgehe –, aber in Wirklichkeit war Mary eine zerbrechliche und überspannte junge Frau mit einem Hang zur Eifersucht und zu Tränen, bei Schmeicheleien und Lob neigte sie hingegen zum Gickeln, sie war also für jeden gewieften Kerl leichte Beute. Folglich kam sie, wie in so vielen irischen Balladen, vom rechten Weg ab. Ich war noch ein Wickelkind, als Mary fortgeschickt wurde – und fortgeschickt wurde sie, denn der ungenannte Freier ließ der armen Mary nichts als ein tot geborenes Kind, einen Distelanhänger und ein leeres Versprechen. Marys Nachfolgerin – die rothaarige und einfältige Maggie – war ihr zum Verwechseln ähnlich, Mary hingegen wurde nie wieder erwähnt, außer von Vater, wenn die Herren sich in den Rauchsalon zurückzogen, und dann nur als eine andere Art Witz. So wurde Mary aus den Annalen der Nummer 90 South Park Avenue gestrichen.

Aber wenige Jahre später kehrte sie zurück, verschaffte sich durch die Hintertür Einlass und war in die obere Diele gelangt, ehe Großmutter sie entdeckte.

»Mary!«, rief die alte Dame und griff sich an die Jett-Brosche.

»Mrs. Arnold, ich –«

»Wie bist du hereingekommen?«

Mary hatte nun nichts mehr von einem jungen Ding an sich. Ihr Gesicht war noch hübsch, aber hart, wie es unreife Früchte sind, und das Gesetz der Straße hatte ihren Blick, der einst so munter umhergeflogen war, zurechtgestutzt. Sie war gut, wenn auch etwas auffällig gekleidet, erst bei genauerem Hinsehen erkannte man die Fadenscheinigkeit der Stoffe, als trage und wasche sie ihr Kleid täglich. Ihre Hände waren vom Staub der Stadt, der Asche, die von den Fabriken regnete, schmuddelig. Damals trugen wahre Damen Handschuhe, und warum? Weil die Welt Dreck war. Doch Mary hatte keine Handschuhe, sie erwehrte sich des Drecks, doch sie war kein Mädchen mehr, so viel war klar. Mary war gefallen.

Sie lächelte wie niemals zu Zeiten ihres Diensts bei uns. »John hat mich reingelassen.« Sie meinte John Chinaman, so nannten wir den Koch. »Es ist nur eine Kleinigkeit, nur –«

»Tut mir leid, Mary«, herrschte Großmutter sie an. »Wie man sich bettet, so liegt man ...« Großmutter setzte zu ihrer üblichen Predigt über Wäsche und Schicksal an, aber just in dem Moment brachte mich das Kindermädchen nach meinem morgendlichen Besuch aus dem Zimmer meiner Mutter. Obwohl ich fast drei war, trug mich Nurse auf dem Arm. Den wenigen Photographien dieser Epoche nach zu urteilen war ich, als ich Mary erspähte, im abscheulichsten Alter und in viel Spitze verpackt. Weil man mich sorgsam von der Welt abschottete, bekam ich selten andere Menschen als meine Großmutter, meine Mutter und das Kindermädchen zu Gesicht. Ich muss freudig gejuchzt haben.

»Sieh mal, wer da ist!«, rief Mary zu Großmutters Entsetzen. Die alte Dame riss hastig einen Arm hoch, um Mary den Weg zu versperren, aber Mary schritt durch die Diele und berührte mein Rosinengesicht. »Aber«, meinte sie verblüfft und fuhr herum. »Der sieht ja aus wie mein Pa, und er hat kein weißes Haar mehr!«

Großmutter wurde streng. »Mary, ich muss dich bitten, deine Taschen zu leeren.«

»Aber Ma'am, er wird jünger.«

Da stutzten Großmutter und das Kindermädchen. Es hatte eines Paar Augen bedurft, das mich länger nicht gesehen hatte, um den greisen Säugling mit dieser neuen, glatteren Gestalt vergleichen zu können. Das wirre irische Mädchen wurde rasch aus dem Haus bugsiert (was hatte sie überhaupt gewollt: stehlen, betteln, spuken?), aber ihre elektrisierende Wirkung auf den Haushalt ließ sich nicht leugnen. Was Schwärmen von Ärzten entgangen war, das sah die Gestrauchelte auf einen Blick.

»Ich fürchte«, sagte der Arzt zu Großmutter, als sie ihn auf einen gut gereiften Brandy zu sich bat, »sie hat Recht.« Er saß im oberen Salon, genoss seinen Brandy und sah sich um wie ein selbst ernannter Erbe. »Und für sein Alter, muss man sagen, ist er äußerst rüstig.«

Es war Großmutter, die mich großzog. Sie überwachte Ernährung und Pflege, sie öffnete dem kalten Nebel die Fenster, weil sie hoffte, er könnte mich heilen. Meine Mutter erzählte mir später, die alte Dame habe sie aus dem Kinderzimmer verbannt, weil sie überzeugt war, ich werde nur Kummer bereiten, werde binnen Monatsfrist zum kleinen Grabstein wie so viele Kinder, aber ich hege die Vorstellung, dass Großmutter mich in dem hohen, kahlen Raum für sich behielt, weil sie einsam war und hoffte, mich eine Zeit lang lieben zu dürfen: den letzten Alten ihres Lebens.

Großmutter war eine seltsame Frau; ich erinnere mich nur dunkel an sie, aber ich habe sie geliebt. Stundenlang konnte ich ihre Gumminase betrachten und das Feuerwerk geplatzter Äderchen, das sich von der Nase über ihre Wangen zog; ich mochte die komische Spitzencapote, die sie trug, und wie deren fest geknotetes Band in ihr schlaffes Kinn schnitt und lange, rote Striemen zurückblieben, wenn sie sie ablegte. Ich liebte sie, wie wir die Menschen an unserer Seite lieben lernen, weil sie unsere einzigen Gefährten sind.

Bestimmt hast du längst nachgerechnet. Ein Junge, der 1871 geboren wurde und allem Anschein nach siebzig war, wie lange würde er wohl leben? Siebzig Jahre natürlich. Und hättest du wie meine Großmutter an meiner Wiege gesessen und deine Perlenkette befingert wie einen Abakus, dann wärst du von der Lebenserwartung zu der nahe liegenden Schlussfolgerung gelangt: meinem voraussichtlichen Todesjahr. Genau das nämlich tat Großmutter, während sie im Pelz am offenen Fenster stand und meine glucksende, wie ein wackliger Pudding aus der Wiege quellende Gestalt betrachtete.

Als Großmutter das Jahr kannte, ließ sie meine Mutter rufen und trug ihr einen derart exzentrischen Botengang auf, dass die Ärmste mit dem Wenigen nach Luft rang, was oberhalb ihres Korsetts überhaupt atmen konnte. Man hätte meinen können, der Auftrag gelte einem Prinzen im Märchen; man hätte meinen können, die alte Dame liebe mich über alles und packe die Zahlen wie wärmende Decken um meine gebrechliche Jugend. Aber ihre Liebe galt Gott. Wie die Fox-Schwestern in ihrer zugigen Villa horchte sie nach den Klopfzeichen seines Geistes am hölzernen Rumpf meines Körpers. Der goldene Anhänger, den sie für teures Geld formen und hämmern ließ, war also nicht für mich, sondern für Ihn, sollte, als man ihn mir um den Hühnerhals hängte, beweisen, dass sie nicht blind gewesen war, sie hatte Ihn endlich erkannt.

Als man Großmutter zu Grabe trug, weinte ich. Ich durfte nicht zur Bestattung, aber ich erinnere mich sehr deutlich an die Kutsche, die vorm Haus hielt, und meine vollkommen schwarz verschleierte, verhüllte und bekränzte Familie im Eingang. Mutter beugte sich zu mir herab, erklärte mir, dass ich nicht mit dürfe und reichte mir zum Trost ihr schwarz gesäumtes, tränenfeuchtes Taschentuch. Vater winkte mir und nahm sie bei der Schulter, und ich entwand mich dem Griff des Kindermädchens, stieg auf die Truhenbank und presste mein Gesicht ans Fenster. Mit Mutters Taschentuch wischte ich den Kaminruß von der Scheibe und verfolgte unter Tränen die Abfahrt. Die Pferde trugen Federbüsche, die schwarzen Kutschen waren aus Lack und Glas. Langsam umrundete der Trauerzug die Ulmen von South Park und verschwand dann – wie alles immer ohne mich – hinter den schmierigen Scheiben des Fensters.

Den Anhänger habe ich aufbewahrt. Alles, was ich geliebt habe, ging verloren – ist verkauft, wurde mir genommen oder ist verbrannt –, nur das glitzernde Halsband ist geblieben, das ich mein Leben lang gehasst habe. Engel lassen dich im Stich, Teufel sind verlässliche Feinde. Ich habe ihn hier auf der Seite abgepaust. Und wenn du an das Datum am Anfang dieses Tagebuchs denkst, dann wirst du erkennen, was für ein Schicksal meine Großmutter mir vergoldet hat:

1941

Bis jetzt habe ich dir von meiner Geburt und von meinem unausweichlichen Tod berichtet. Jetzt wollen wir endlich zu meinem Leben kommen.

Ich wurde beim Schreiben von einem Jungen unterbrochen. Von dir, Sammy.

Du bist auf deine übliche fuchtelnde Art herbeigeeilt, als wärst du eine Horde von zehn Jungen auf einmal, und bist kurz vor mir im traurigen Staub dieses

Schulhofs stehen geblieben. In den Bäumen tschilpten Vögel oder Mädchen. Die Zeitungsjungenmütze, die du sonst immer trägst, war irgendwo im Gebüsch gelandet, in das dich die Aufsicht später abkommandieren würde, um sie zu suchen, aber jetzt stellte sich dein Haar entfesselt dem Wind, quecksilbrig wie ein Gedankenblitz, du hattest deine Knickerbocker an den Knien losgemacht und hochgerollt, die Gummibänder deiner Kniestrümpfe waren gerissen, und die Strümpfe ringelten sich, deine Weste, deine Hose, dein Hemd – alles an dir war mit Staub verschmiert wie ein Brötchen mit Butter, und du standst lebendiger vor mir, als ich es wohl je war.

»Willste mitmachen?«

»Wenn ich ans zweite Mal darf?«, meinte ich. Ich forderte eine hohe Ehre.

»Wir brauchen jemand im rechten Feld.«

»Ach so.«

»Machste mit?«, fragtest du, schon ungeduldig.

»Nein«, sagte ich. »Ich schreibe. Hier, schreib du auch was«, fügte ich hinzu und riss eine Heftseite heraus. »Für deine Mom.« Worauf du nur schnattertest und wie ein Mädchen davonstobst, denn du bist ein Affe, Sammy, ein Affe, der auf allen Vieren angerannt kommt und brüllt und brüllt, aber wenn dir irgendjemand die Hand hinstreckt, turnst du kreischend hoch in die Bäume. Wenn *ich* die Hand ausstrecke. Denn ich bin ein Scheinjunge, eine Fälschung, und wie ein Tier auf Beutezug witterst du die Wahrheit, dein Blut gefriert in der Gegenwart des stinkenden Untiers, egal wie jungenhaft seine Gestalt, also bist du heute vor mir davongerannt und zu einem Pulk ringender Bengel zurück, die abgekämpft und betört in einer Staubwolke lagen und freudig die Köpfe hoben, als du ihnen zuriefst: echte Jungen.

Aber lassen wir das. Die Pausenaufsicht ist in der Tür erschienen und trillert unerbittlich. Ich muss diese Seiten auf ein andermal verstauen; jetzt wartet auf mich das Große Einmaleins.

Meine Lebensgeschichte beginnt im Grunde mit Alice. Zu jener Zeit war meine Missbildung am schlimmsten, aber um Alice zu verstehen und weshalb ich mich unbedingt verlieben musste, musst du von Woodward's Gardens hören und von Hughie. Aber zuerst musst du Die Regel kennen lernen.

Es geschah an einem Winterabend nicht lange nach Großmutters Tod. Ich erwachte vom *Puff* des Gaslichts in meinem Zimmer, und als der flackernde Zauber sich ausbreitete, sah ich meine Eltern raschelnd vor Seide und Stärke in Operntoilette an meinem Bett sitzen. Ich weiß nicht, wie ihnen an diesem Abend geschehen war, welche Tragödie sie bezeugt oder welchem berühmten Hypnotiseur sie ihren Fall gebeichtet hatten, jedenfalls machten sie Gesichter wie reuige Mörder, die ihr Opfer bei einer Séance beschworen haben, und als Vater die Düse der Gaslampe aufdrehte und sich das Zimmer mit rosigem Glanz und einem scharfen Geruch füllte, kniete sich Mutter dicht vor mein müdes Gesicht und nannte mir Die Regel. Sie gab keine Erklärung ab, sondern wiederholte sie nur, damit ich begriff, dass es sich hier um eine Lektion handelte, die es zu lernen galt, und nicht etwa einen Traum; sie erlegte mir einen Zauber auf, und als gehorsamer Sohn würde ich ihr gestatten, ihren Bannkreis zu ziehen. Mein Vater stand an der Lampe und verschloss vor dem Grauen die Augen. Und dann schlief ich ein und weiß sonst nichts mehr. Die Regel hat fast mein Leben lang mein Handeln bestimmt. Als Gegebenheit hat sie mir erlaubt, alle schweren Entscheidungen zu vertagen, und sie hat mich deshalb weiter gebracht, als ich von mir aus je gegangen wäre, ganz aus meiner Heimatstadt bis in den kalten Sandkasten, in dem ich meine nackten Zehen nun vergrabe.

»*Sei, wofür sie dich halten*«, flüsterte meine Mutter mir an jenem Abend ein, und in ihren Augenwinkeln schimmerten Tränen. *Sei, wofür sie dich halten. Sei, wofür sie dich halten.*

Ich habe es versucht, Mutter. Es hat mir Herzeleid gebracht, aber es hat mich hierher gebracht.

In den Tagen nach Großmutters Tod wurde für mich alles anders. Wir zogen in ein kleineres, aber stilvolleres Haus hoch oben auf dem neuen Nob Hill. South Park war »herabgesunken«, wie Mutter es beschämt ausdrückte, die neueren Häuser am Park wurden aus Holz und nicht mehr aus Stein errichtet, man unterteilte sie in Wohnungen, und anstelle der wohlhabenden alten Virginia-Damen, die einst unter schwarzen Sonnenschirmen und bebänderten Hauben flaniert waren, zogen Händler und jung verheiratete Paare ins Viertel. Auch wir ließen das alte Haus in mehrere Wohnungen aufteilen und vermieteten das obere Stockwerk an ein junges Ehepaar, das untere an eine jüdische Witwe mit Töchterchen. Dann zogen wir mit den übrigen Reichen nach Nob Hill, wo man uns eine Aussicht verhieß, die sich allerdings fast immer in dichten Nebelpelz hüllte.

Und ich wurde freigelassen. Zwar war ich mit Mutter ein paarmal draußen gewesen, auf dem Markt oder im Park. Meist aber waren meine Abenteuer auf die schmale Aussicht beschränkt geblieben, die mir das Kinderzimmer gewährte – eine Herde Gänse mit Jungen, eine offene Kutsche mit einer Picknick-Gesellschaft darin, der Milchmann, der seine Kannen an heißen Herbsttagen mit einem nassen Teppich schützte; jeder Hund, jede Katze, die schnuppernd vorbeikamen und hochsahen, versetzten mich in die gleiche Erregung, die ein Astronom verspürt haben würde, wenn der Mann im Mond seinen Rücken gewendet und ihm zugelächelt hätte.

Insofern glich es einer Verkündigung, als Mutter mir eines Morgens an ihrem Frisiertisch verriet, dass man mich nach Woodward's Gardens ausführen werde. Ich war sechs, wenig größer nur als ein Kind, aber dem Aussehen nach alles andere. Mutter saß vor mir und erhitzte eine Haarnadel in der Kerzenflamme, um sich damit die Wimpern hochzubiegen, und ich rupfte die Haare aus ihrer Bürste und stopfte sie in den dafür vorgesehenen Behälter aus Porzellan. Mir gefiel, wie das dichte, wundersam tote Zeug sich so übel verfilzte, ich spürte gern die langen Haarfäden, die sich so fein und luftig aus der Bürste lösten und dann so dunkel und buschig im Porzellanbauch verschwanden. Mutter sammelte das Haar und knüpfte es. Sie hatte aus Großvaters Haar ein Armband geflochten, das Großmutter noch im Grab trägt, und später knüpfte sie ein zweites aus dem Haar meines Vaters und grünem Band. Es umschloss mit seinem kleinen Emailleporträt Mutters Handgelenk noch lange, nachdem er fort war.

»Was ist Woodward's Gardens?«, fragte ich und drängte mich an sie.

Sie lächelte traurig und hielt meine Hand. »Ein Park. Draußen.«

»Ach so.«

»Ich sollte dich vielleicht warnen, dass dort Kinder sein werden.«

Nicht ›andere Kinder‹, nur ›Kinder‹.

»Aha.«

»Kleiner Bär«, sagte sie sanft; ich war stets ihr ›kleiner Bär‹. Ich schob die letzten Haare in die enge Öffnung und beäugte sie misstrauisch. Sie war damals so jung, so schimmernd schön wie der Himmel nach einem Regen.

»Willst du nicht?«, fragte sie mich mit ihrer jungen, lieblichen Stimme.

Mehr als alles auf der Welt, Sammy.

WOODWARD'S GARDENS
EDEN DES WESTENS!
In Amerika ohne Beispiel
NATUR, KUNST UND WISSENSCHAFT ZUR ANSCHAUUNG GEBRACHT
Erbauung, Erholung und Unterhaltung
Eintritt 25 cts. Kinder 10 cts.
Schaustellungen kostenlos
ROLLSCHUHLAUF TÄGLICH

Es leben noch Menschen, die sich an Woodward's Gardens erinnern und an die Maifeiertage, an denen Woodward – reich geworden durch das What Cheer House, sein Hotel unten an Meigg's Wharf – für sämtliche

Kinder aufkam, die ganze Schar der städtischen Jugend, damit sie in seinem Garten spielte:

Es gab Reihen kleiner, pelziger Dromedare mit den getrockneten braunen Tränen im Augenwinkel, auf denen Kinder und junge Burschen im Jockeykostüm ritten; den See mit einer Brücke und einem Pavillon wie im Morgenland; die Rennbahn; den Maibaum; Becken voller brüllender Seelöwen; ein Rotor-Boot rund wie ein Donut im eigenen kleinen Becken, das Kinder endlos im Kreis ruderten; phantastische Erfindungen aller Art, darunter ein Zoographikon, das Orchestrion und Edisons Sprechapparat; eine Voliere, in der sich junge Paare zwischen die Farne stahlen und unter einer Vogelwolke poussierten; Herden von Emus, Straußenvögeln, Kasuaren; ein ›Happy Family House‹, wo die Affen saßen und die Menschen nachahmten, indem sie sich herzten und küssten; aber am stärksten sind mir von jenem staunenswerten Tag zwei Dinge in Erinnerung geblieben, für das eine musste man hinab-, für das andere hochsehen. Die beiden Dinge und, natürlich, die Begegnung mit Hughie.

Als unser flotter Zweispänner sich der hohen Hecke zwischen Thirteenth und Mission Street näherte, kriegte ich kaum noch Luft. »Es gibt Seehunde«, sagte Vater, dessen Backenbart die Worte wie zwischen zum Tuscheln an den Mund gelegten Händen hindurchließ und ihnen dadurch die Atemlosigkeit eines Geheimnisses verlieh, »und Papageien und Kakadus«. Er schwärmte natürlich für die Gärten, denn hatte er den eigenen Namen nicht zu Ehren eines ebensolchen Vergnügungsparks geändert? Auf der Überfahrt von Dänemark hatte sich Asgar Van Daler eines Orts aus längst versunkenen Tagen erinnert, wo die Schwäne auf ihren Seerosenteichen klagten wie Loreleis, und weil ihm sein Name für dieses neue Land der Smiths und Blacks und Jones unangemessen schien, hatte er sich nach dem alten kerzenschimmernden Park genannt – seinem Tivoli.

»Schwäne!«, rief er und grinste. »Ein berühmter Tanzbär!«

»Wie ich? Ein Bär wie ich?«

»Wie du!«

Und ehe ich mich versah, waren wir drinnen. So gefesselt hatten mich seine Beschreibungen, so verzaubert die in Reih und Glied ihren Lehrerinnen folgenden Schulklassen, die Kinderwagen und Menschen und pittoresk platzierten ausgestopften Ibisse und Flamingos vor mir in den Büschen, dass ich ein kleines, trauriges Detail nicht einmal bemerkte. Im selben Moment, da ich übers Gras lief, steckte Vater drei rote Eintrittskarten weg. Er hatte für drei Erwachsene gelöst.

Damals war ich nicht einmal ein sehr überzeugender alter Mann, versteht sich – bartlos, zu klein für einen Erwachsenen, zu groß für einen Jungen –, aber die Leute glotzten nur kurz und ließen mich ziehen. Es gab zu viel anderes zu bestaunen. Während mir vor Wundern ringsum schwindelte, läutete eine Glocke und ein Mann kündigte an, Splitnose Jim trete jetzt in der Bärengrube auf. Ich warf meinen Eltern einen flehentlichen Blick zu, und Mutter band sich den Schleier enger ums Kinn und nickte ihre Zustimmung. Minuten später saßen wir in einem Amphitheater voller Kinder und gut gekleideter Paare auf einer Kiefernbohle inmitten des zeitlosen Kindheitsdufts von Popcorn und Staub. Ein Mann trat unten in den Ring und kündigte den Auftritt eines »furchterregenden Bären« an, »der einst für einen

Italiener in den Straßen der Stadt tanzte, der jedoch eines Tages im Zorn den Ring aus seiner Nase riss und über seinen Führer herfiel! Weil er für die Gehsteige zu gefährlich war, brachte ihn Mr. Woodward zu eurer Unterhaltung hierher.« Und schon wankte er herein, der Splitnose Jim.

Ein abgetakelter Bär wird für diejenigen unter euch, die als Kinder Löwen und Hyänen im Zirkus erlebt haben, nicht sonderlich aufregend sein, aber ich hatte in meinem ganzen Leben noch kein solch gewaltiges Tier gesehen. Ich schrie zweimal, einmal aus Angst, dann noch mal vor Entzücken, als der alte Jim sich auf die Hinterbeine stellte, schnupperte und dabei wiederholt nickte wie der vornehme Gast, der sein Stammlokal betritt.

Für eine Erdnuss führte er ein paar armselige Kunststückchen vor, kletterte Pfähle hinauf und fläzte weit über unseren Köpfen resigniert auf Plattformen. Was immer der Führer erzählte: wie gefährlich der wild durch den Yellowstone Park streifende Jim gewesen sei, wie man ihn eingefangen habe und was für ein außerordentliches Kunststück er uns als nächstes vorführen werde – wir klatschten. Unter Applaus lehnte sich Jim gegen das Geländer zurück, Erdnuss auf der staubigen Spaltnase, und träumte wie jeder beliebige Arbeiter vor sich hin, bis der Boss wieder mit der Peitsche knallte und es Zeit war, sich sein Brot zu verdienen. Ich liebte den alten Jim, und ich beklagte sein Schicksal. Ich begriff sehr wohl, dass er eingesperrt war, einsam, verwirrt, nur Wärter als Freunde. Aber Kinder sind zu Bedauern nur begrenzt fähig. Es nagt, es juckt, bis wir rasch eine Lösung für die Unterdrückten zurechtphantasieren: uns selbst. Und so rettete ich den alten Jim in meinen ungenauen Jungengedanken, indem ich ihn mit nach Hause nahm und wieder in einer Festung leben ließ, auf Nob Hill, wo er sich im Treppenhausfarn verbergen musste, in den Speiseaufzug kriechen und auf diesem Wege in den Keller stehlen, wo wir die Kartoffeln und den guten Wein lagerten, wo seine müden alten Augen meinen Schlaf bewachten und er überhaupt mein Leben mit genau den Schrecken und Abenteuern versah, deretwegen man ihn eingesperrt hatte. Ich würde Jim retten und er mich, voll Liebe und Dankbarkeit würde er mir mit einer Zunge so schwarz und lang wie ein Stiefel die Stirn lecken.

Nach der Bärengrube wollte mein Vater, dass wir alle gemeinsam Rollschuh laufen, aber das fand Mutter zu gewagt. Stattdessen folgten wir den Schildern zur Himmelfahrt, etwas, was selbst Mutter, die sich die Schweißperlen aus dem Haaransatz tupfte, unwiderstehlich fand.

Der Ballon entlockte meinem Vater, der mit fuchtelnden Armen in die gewaltige silbrige Pracht hinaufstarrte, Seufzer und ein breites Grinsen. Er schwärmte für Erfindungen und technische Neuerungen, besonders alles Elektrische, und unser Haus wäre eines der ersten mit Fernsprechapparat geworden, hätte meine Mutter nicht darauf hingewiesen, dass es, abgesehen von den exorbitanten Kosten, im ganzen Land nur dreitausend andere Menschen gebe, die man anrufen könne, und dass sie uns alle, ungeachtet ihrer Herkunft, erreichen könnten. Es wurde ihm untersagt, seinem technischen Faible nachzugehen, aber ich entsinne mich an einen Abend Jahre nach dem Besuch in Woodward's Gardens, an dem er meiner Mutter – entweder aus Liebe zu ihr oder zu allem Neuen – ein als Brosche gearbeitetes elektrisches Kleinod überreichte. Er legte das winzige galvanische Element ein und steckte ihr den Schmuck an den Aufschlag, wo er herrlich gespenstisch leuchtete. Mutter hörte sich lächelnd Vaters Erläuterungen an, der betonte, das sei der allerletzte Schrei. Dann jedoch schenkte ihm Mutter einen mitleidigen Blick und sagte: »Asgar, ich danke dir, aber es geht nicht«, um ihm prompt auseinander zu setzen, dass eine Dame, ebenso wie bei der französischen Couture, die neueste Mode erst anderen überlasse.

Das war die letzte der Übertretungen Vaters, aber keineswegs die erste. Zurzeit meines Ausflugs war er bereits dazu verdonnert, seine geliebten Wunder zu verstecken – etwa die durchsichtigen, spitzen Glühfadenlampen, die ich eines Tages in einem Nest Watte verborgen im hohlen Globus seines Studierzimmers entdeckte, als wären es die eben abgelegten Eier einer gläsernen Eidechse – oder sich mit öffentlichen Wunderwerken wie dem zu begnügen, vor dem wir jetzt standen.

»Sieh nur, alter Knabe!«, sagte mein Vater zu mir mit seinem seltsamen Akzent. »Sieh nur!«

Hoch über dem Gelände, hoch über dem Korral der Zuschauer, so dass selbst das große gestreifte orientalische Zelt der Voliere daneben zwergenhaft wirkte, schwebte das schimmernd gesteppte Silber von Professor Martins Ballon. Während ein Ausrufer der Menge seine Geheimnisse anpries und der Professor sich auf seinen Aufstieg vorbereitete, schien der sich leise und gewaltig im Wind wiegende Ballon in einer entgegengesetzten Dimension zu existieren, als gewaltiger Kopf stehender Regentropfen von der Erde zu baumeln und gen Himmel zu beben.

»Auweia!«, hörte ich neben mir eine Stimme zirpen. Der Ausspruch gehörte nicht zum Wortschatz meiner Eltern, ich kannte die Wendung nur von meinem Kindermädchen. »Auweia, was ist das denn?«

Genau das fragte ich mich auch. In der ganzen Aufregung des Parks hatte ich die vielen Menschen nicht weiter beachtet. Doch dort, direkt neben mir, stand das exotischste Schaustück von allen: ein gewöhnlicher Junge.

Ich wusste, dass ich anders war. Vater hatte mich zu sich in seinen dunklen Salon gerufen und aus dem Dickicht seines Zigarrenqualms erklärt, dass die häufigen Besuche des Arztes zwar ungewöhnlich seien, das aber nur daran liege, dass ich, wie er sich ausdrückte, »ein wenig verzaubert« wäre. Mutter, zu deren Kosenamen für mich ›Alterchen‹ und ›kleiner Bär‹ gehörten, erklärte mir eines Morgens, während sie ihre Magnolien-Creme auftrug, dass ich niemandem sonst auf der ganzen Welt gleiche, keinem Jungen sonst, nicht einmal meinem Vater als Jungen, nicht den Bediensteten, nicht dem Koch noch irgendjemandem sonst. Aber das bekommen alle Kinder zu hören; wir sind großartig, wir sind was Besonderes, wir sind einzigartig. Dass ich wahrhaftig anders war, wusste ich nur deshalb, weil Bedienstete tuscheln und ich einmal, als ich mich im Kartoffelkeller versteckt hielt, Maggie dem Hausmädchen sagen hörte, wie leid es ihr tue, dass ich »so lieb, aber so komisch geraten« sei.

Doch hier, freundlich im Staub blinzelnd, stand das genaue Gegenteil vor mir. Es war ein kleiner, rothaariger Junge, der nach der herrschenden Mode wie ein kleiner Mann mit winzig-krempigem schwarzen Bowler und einem Jackettanzug bekleidet war, dessen Jacke er im Laufe des Tages abgelegt haben musste, denn nun war sie wie ein schiefes Grinsen falsch zugeknöpft und in ihrem Samt hatten sich Kletten und Flusen verfangen. Er blitzte einen aus frischen blauen Augen an und zog eine rosige Nase kraus, Denkzettel der allzu verlockenden Sonne des Vortages. Was er von mir hielt, kann ich nicht sagen. Für mich war er jedenfalls das Merkwürdigste, was ich je gesehen hatte. Ich wusste, dass andere kleine Jungen so aussahen – schließlich erschienen sie jeden Tag vor meinem Fenster, saßen brav auf einer Bank oder grölten ungehört einem Freund etwas zu –, aber nie hatte ich aus nächster Nähe erfahren, wie missgestaltet sie waren. Während ich ordentliche Knochen hatte, Dielen zum Knarren und Hängematten zum Schaukeln brachte, kam mir dieser Knirps wie ein Vogel vor, wie ein Sack Reisig – Glieder, die sich unmöglich verbogen wie die orientalischen Schachteln, die sich an raffinierten Bandscharnieren endlos auf- und zuklappen ließen. Ich war verdattert und sprachlos.

Voller Ungeduld fragte er noch einmal: »Was ist denn das?«, weil er es wissen wollte und vor ihm ein Erwachsener stand.

Ich geriet ins Stottern. Meine Eltern wechselten im Flüsterton Worte – später erfuhr ich, dass es darum gegangen war, ob es übertrieben wäre, wenn Vater mir etwas so Ausgefallenes wie eine in Folie gewickelte Banane kaufte –, und daher bemerkten sie meine missliche Lage nicht. Ich hatte mich bisher nur deshalb so unbekümmert unter die anderen Kinder mischen können, weil die Entdeckerfreude alle Befangenheit zerstreut hatte, aber jetzt in der Pause, da der Professor noch mit seinen Seilen und Flammen hantierte, spürte ich wieder ihren klammen Niederschlag in meinem kühleren Herzen.

»Ich ... ich weiß es nicht.«

»Aber ja«, beharrte er, dann kniff er die Augen zusammen und musterte mich genauer. »Bist du Liliputaner?«

»Was?«

»Ich habe mal einen im Museum gesehen, und er wurde mit einer Liliputanerin verheiratet, und der, der sie verheiratet hat, das war der längste Mensch auf Erden.«

Diese bedeutungslose Information ging durch mich hindurch wie ein Gammastrahl. Vor Verwirrung und Aufregung vergaß ich auf diesem ersten Ausflug die Gebote meiner Eltern, und zum ersten von drei Malen in meinem Leben brach ich Die Regel. Ich sagte ihm die Wahrheit.

»Ich bin ein Junge.«

»Bist du nicht. Du bist ein Liliputaner. Du bist aus Europa.« Offenbar glaubte er, dort kämen sie alle her.

»Ich bin ein Junge.«

Er grinste so breit, dass die Lücke zwischen seinen weißen Zähnen deutlich zu sehen war. »Du machst Spaß.«

»Nein, gar nicht. Ich bin sechs.«

Er hielt beide Hände hoch und deutete die Zahl an. »*Ich* bin sechs!«, verkündete er, und plötzlich vertrieb der Gedanke an seine eigene Neuheit, erst sechs, alle Neugierde meinetwegen. »Ich kann bis hundert zählen, weil mein Dad Lehrer ist, und er hat es mir beigebracht.«

»Ich kann bis fünfzig zählen.« So viel hatte Großmutter meinem Alter für angemessen gehalten.

Hughie überlegte und fand es anscheinend ausreichend. Er sah an den Leuten hoch, die in schwerem schwarzen Zeug umherwandelten. Er schien sie genau im Auge zu behalten; später sollte ich erfahren, dass er sich magische Kräfte zuschrieb und er, wenn man ihn recht höflich bat, die Bäume am anderen Ende einer Wiese auf Kommando schwanken lassen konnte. Schließlich sah er mich mit dem Gesichtsausdruck eines Mannes an, der eine Entscheidung getroffen hat.

»Ich esse Papier.«

»Ach ja?«

Er nickte und schwoll ein wenig vor Stolz. »Mache ich ständig.«

Ich will dich nicht mit dem langweilen, was noch folgte. Wie Stammesangehörige in der östlichen Südsee, von denen es heißt, sie trügen bei Begegnungen mit Fremden lange, ritualisierte Aufzählungen ihrer Ahnen vor, widmeten wir uns dem Kinderritus, demzufolge zwei Jungen beschließen, Freunde und nicht Feinde zu werden. Genau wie die Stammesangehörigen besiegelten wir die Sache mit einem Spuckwettbewerb, der mir, weil ich gewann, in Hughies Herz einen Platz sicherte, der trotz meiner zwischenzeitlichen Gemeinheiten unverrückbar bleiben sollte, und zwar die ganzen rund fünfzig Jahre unserer Freundschaft lang.

»Wir sind soweit!«, brüllte der Ausrufer von seinem Spiralturm.

Und da geschah das Wunder.

Professor Martin warf seinen Ballast hinab in den Sand, bebend begann der Ballon aufzusteigen. Der kleine Mann hisste seinen quecksilbrigen Mond und fachte das brausende Feuer an der Unterseite weiter an, bis sie noch höher stiegen – obwohl die Leinen noch baumelten, jede an ihrem Ende von einem starken Mann gehalten, damit der Professor nicht davonsegelte –, dann wandte er sich um und leerte über der jubelnden Menge einen Sack Rosenblätter. Als die Rosenwolken sich lichteten, sahen wir, dass er noch weiter gestiegen war und nun lange bunte Bänder flattern ließ, die wir einzufangen versuchten. Und noch weiter hinauf stieg das Wunderwerk. Es war mit nichts auf der Welt zu vergleichen, es gab kein Vorbild bei irgendwelchen Fabelwesen, von dem ich je gelesen hatte, noch in Märchen oder Sagen, nicht einmal in meinen Träumen. Das hier war der Wirklichkeit gewordene menschliche Geist, der selbst die Vögel an Freiheitsdrang überflügelte. Sind wir die einzigen Geschöpfe, die sich selbst zu entkommen versuchen? Als ich nämlich den Ballon sah, erblickte ich meine Seele, erdgebunden im Staub meines alten Körpers, sah sie mit eben einer solchen Flamme brennen und sich von mir heben, ebenso versilbert, ebenso neu.

Man stupste mich und reichte mir einen umwickelten Phallus.

»Kleiner Bär, das ist eine Banane.«

Viele Jahre später, als wir beide langsam müde und vergesslich wurden, erinnerte ich Hughie an den Nachmittag in Woodward's Gardens und an unsere erste Begegnung unter Professor Martins wundersamem Ballon. Wir saßen in einem ländlichen Straßen-Diner, und mir knurrte der Magen vor Hunger, während

Hughie mit verrutschter Brille die Sportseite einer Lokalzeitung studierte und über die Highschool-Mannschaften schmunzelte. Er legte die Zeitung weg und runzelte die Stirn.

»Ballon?«, meinte er. »Kaum.«

»Aber ja. Es gab einen riesigen silbernen Ballon, und du hast mich gefragt, was das sei.«

Er überlegte. Wir waren beide Ende fünfzig, und Hughie hatte sein herrliches rotes Haar verloren und ein schlimmes Knie, das ihn ewig plagte. »Nein, wir haben uns kennen gelernt, als mein Vater dein Lehrer wurde.«

»Du wirst vergesslich, Hughie. Du bist ein alter Mann.«

»Das bist du auch«, entgegnete er. Er hatte natürlich Recht, aber in meinem Fall hieß alt, dass ich aussah wie ein kleiner, sommersprossiger Junge. Ich grinste mein dämliches Grinsen und wandte mich wieder meinem Milkshake zu.

»Ein Ballon. So wurden wir Freunde.«

»Quatsch. Ich habe dir auf der Treppe einen Zaubertrick gezeigt.«

»An Kartentricks erinnere ich mich nicht.«

Er setzte die Brille ab. »Ich war mit meinem Vater gekommen. Du hattest dich wie ein Baby hinter der Tür versteckt, obwohl du aussahst wie Senator Roosevelt in einem Matrosenanzug. Du warst lächerlich. Ich habe die Pik-Dame aus dem Farn hervorgezaubert, und seither hast du mich bewundert.«

»Tja.«

»Tja.«

Wir sahen beide zum Fenster hinaus auf den Parkplatz, reisemüde und rastlos, und hofften, da draußen etwas Vertrautes zu sehen. Wir kehrten zu Zeitung und Magenknurren zurück und sprachen eine Stunde lang nicht mehr. So ist das mit einem alten Freund.

Sein Vater wurde tatsächlich als Hauslehrer für mich eingestellt. Ich halte das für eine Folge der Begegnung unter dem erstaunlichen Ballon in Woodward's Gardens. Mr. Dempsey kam an jedem Wochentag, und, was rückblickend am erstaunlichsten ist, Hughie kam mit. Vermutlich fand meine Mutter, dass ein Kind reicher Eltern ungestörte Unterweisung verdiene, aber Vater konnte sie schließlich überzeugen, dass ich nie das normale Kind reicher Eltern werden würde und, um das Leben genießen zu können, mehr als nur diese Art Unterweisung brauchte. Bildung, das schon, und Sprachen und die Künste. Aber vielleicht müsse ich auch lernen, wie man ein kleiner Junge wird.

Hughie hatte es ohne eine einzige Lektion herausgefunden. Er traf in seinem kleinen Anzug mit Hut ein und lächelte höflich, aber kaum hatte ich mit meinen Büchern unterm Arm die Eingangshalle betreten, verwandelte er sich schlagartig in einen Kampfstier, rammte mich mit der Schulter und warf mich um, dass sich lauter Blätter über das gebohnerte Parkett ergossen. »Mann über Bord!«, rief er entzückt. »Mann über Bord!«, um dann die Unterlagen einzusammeln und mich zu fragen, wie ich den Tag verbracht hätte. Das alles kam für mich sehr überraschend, und mir fiel als Entgegnung nie etwas Besseres ein als ihm mit einem Gedichtband eins über die Rübe zu geben und mit einem Büchergummi nach seinem Arm zu schnalzen. Ich war natürlich größer und stärker und in der Lage, ihn hochzustemmen und über den hinteren Zaun in den künstlichen kleinen japanischen Garten des Nachbargrundstücks zu werfen, nicht ohne darauf zu achten, dass er auf ein Kissen wilder Gräser plumpste. Ha!, was er dann lachte und kreischte, ehe er mit einer Seerose hinterm Ohr zurückgetrabt kam. Aber letztlich kam Hughie mir stärker vor. Damals mühte ich mich unablässig, ihn zu beeindrucken, genauso schlau oder wild zu sein, doch obwohl ich schneller laufen konnte, als es ihm noch Jahre später möglich sein sollte, konnte ich nie ganz mit ihm mithalten.

Du wirst sagen, dass ich Glück hatte, einen solchen Freund gefunden zu haben, einen Jungen, der so bereitwillig einen Oger zum Gefährten nahm, aber natürlich hätte ich *nur* so jemand finden können. Ein wildes Kind. Trotzdem frage ich mich, weshalb Hughie mich so rasch akzeptierte. Vielleicht hatte er selbst seine Marotten, einen etwas linkischen Realitätssinn, oder war von einer so kolossalen kindlichen Selbstbezogenheit, dass sie sogar noch meine grimmige Monstrosität überbot. Vielleicht schätzte er sich umgekehrt glücklich, mich gefunden zu haben.

Aber wofür hielt er mich eigentlich?

»Ach, du warst eben Max«, hat er mir über die Jahre mehrfach erklärt. »Ich weiß nicht, einfach Max, so wie Mama eben Mama war und sonst niemand. Wer weiß? Du warst jedenfalls nie ein Ding, das nicht. Kein Spielzeug und kein Hund. Ich wusste, dass du ein Mensch bist, nur nicht ganz wie ein Kind und nicht ganz wie ein Erwachsener. Irgendwie anders, wer weiß was, mir war es egal. Du bist immer noch bloß Max, Idiot, also gib mir eine Zigarre. Nein, eine von den guten.«

Kindheit erinnert man mit dem Mark, nicht mit dem Kopf. Ich kann dir nicht mit Sicherheit sagen, was an diesem oder jenem Tag geschah, welcher Geburtstag es war, als Hughie einen Frosch in Schleifen einpackte und ihn übers Teeservice hüpfen ließ, so dass Maggie kreischend die Milch fallen ließ, oder wie alt ich war, als Mutter sich weigerte, ein Kleid zu wechseln, das für Vaters Geschmack zu tief dekolletiert war, und er, weil er den Kürzeren zog, die Zuckerdose nahm und ihr den Inhalt in den Ausschnitt kippte, worauf sie lachen musste. Oder als Vater mit mir zu Meigg's Wharf fuhr, wir dort unser ehemaliges Mädchen Mary grell geschminkt eine Schwertlilie feilbieten sahen, Mary angerannt kam und sich kaum einkriegen konnte, wieviel jünger ich geworden war. »Du siehst jetzt längst nicht mehr so alt aus, Schätzchen, pass nur auf, deine Zeit wird kommen.« Mein Vater drängte grußlos weiter. Ich weiß noch, wie Mary uns nachstarrte, als wir sie schnitten, wie sie die Schwertlilie fallen ließ und sie dort auf dem Gehsteig lag wie ein gefrorener Kuss.

Ich könnte nie eine wahre Geschichte meiner Kindheit schreiben, weil alles geschah, bevor ich wusste, was Zeit ist, als also das Versprechen, am Sonnabend Beeren pflücken zu gehen, mich noch alle paar Minuten nachfragen ließ: »Ist schon Sonnabend?« Das Leben kannte kein Vorher und Nachher, war noch nicht an einem Band aufgefädelt und lässt sich deshalb nicht an einem Stück aus der Schublade ziehen.

Also bestehen meine Erinnerungen an damals aus den Besuchen Mr. Dempseys und wie Hughie mit Kreide seine Schuhe vollmalte, aus der mit dem Hausmädchen im Flur tuschelnden Maggie, aus einer Abfolge von

Schildkröten im Terrarium, die wenige Zoll vor meiner am Glas plattgedrückten Nase lebten und starben, aus dem Gemüsemann, der jeden Tag an die Hintertür donnerte, aus dem Singsangruf: »Der Scherenschleifer ist da! Der Scherenschleifer ist da!«, aus den Rauchfontänen, die von den Raddampfern im Hafen aufstiegen, den Fliegen und dem strengen Geruch der Pferde, ihrem gepeinigten Ausdruck und wie leid sie mir taten, wenn sie im Stall rasteten, aus dem wollnassen Geruch meines Badekostüms, das auf meinem Zimmer trocknete, aus den alten Damen auf den Straßen in Kleidern aus untergegangenen Epochen, mit Perücken und Reifröcken, aus Mutter und ihren Salben, aus dem Schaben, wenn Vater sich über den Backenbart strich, aus dem Geruch des Gases, mit dem die Nacht kam. Das waren die Jahre vor Alice.

Ich möchte anmerken, dass ich nicht mehr gut schlafe.

Das Etagenbett unter deinem, Sammy, hat Platz für die Albträume eines Schuljungen und die nächtliche Lektüre von Cowboy-Heften, aber nicht für einen alten Mann wie mich. Und das komische kleine Nachtlicht in der Ecke, das so unecht von der Fußleiste glimmt, erinnert mich, abgesehen von der Verschwendung, zu sehr an den galvanischen Schmuck, den mein Vater der Schatulle meiner Mutter hinzufügen wollte. Das ganze moderne, praktische Haus, so adrett und tapetenlos und wunderbar bei Tag, verliert nachts allen Reiz, bis ich mich unter den trockenen Hülsen der Wände einsam und verloren fühle. Möglich auch, dass die Beschreibung der Vergangenheit den Schmerz verschlimmert, wie bei einem Stich, den man kratzt. Also schlafe ich schlecht.

Vor ein paar Wochen bin ich nachts vorsichtig, um dich nicht zu wecken, aufgestanden und ins Badezimmer geschlichen, wo sich ein Fenster dem Himmel öffnet. Ich bin auf den Toilettendeckel gestiegen, stand da, stierte zu den Sternen hoch und versuchte, die Bilder nach und nach zu erkennen, so wie es mir mein Vater beigebracht hat. Ich fand den Orion; Orion findet man immer. Ich fand den Wagen. Und den blutunterlaufenen Mars. Ich versuchte mir einzureden, dass die Sterne sich nicht verändert hätten, selbst wenn meine Hände nur mehr zarten Seesternen gleichen, dass das Sternenlicht, das durch das All pulste, dasselbe sei wie immer und ich nur ohne zu blinzeln hinaufsehen, meine Augen damit voll laufen lassen und sie schließen müsste, um eben dieses Licht, wie einen Mund voll Milch, einen Augenblick bei mir zu behalten. Dann würde mir zumute sein wie früher, als ich mich von eben diesem Licht erfüllt fühlte. Aber der Himmel war nicht der, den ich einmal kannte, es gab dort draußen einen neuen Planeten mit einem neuen Licht. Pluto hat man ihn, glaube ich, genannt, den Planeten der Unterwelt. Und wenn ich die Augen schlösse, wäre der auch mit dabei, ein Tropfen violettes Gift, das alles andere trübte.

»Nanu?« Das Licht ging an.

Ich drehte mich um und sah meine Mutter.

Nein, es war deine Mutter, Sammy. Es war Mrs. Ramsey, deren Hand auf dem Schalter lag, aber der Schein tauchte sie in ein ganz unnatürliches Licht und leuchtete jede Falte in ihrem Gesicht mit der nachtragenden Schärfe einer Rivalin aus. Ihr Blick war der angestrengt starre der Schlaflosen, und einen Augenblick fürchtete ich, sie hätte mich ertappt, hätte in meinem Gesicht einen Ausdruck entdeckt, den kein Kind von zwölf Jahren haben durfte. Aber dann sah ich sogleich, dass ihr Gesicht nichts von Erkenntnis verriet noch Mitleid mit einem komischen Kind, das nicht schlafen konnte. Sondern Kummer. Denn hier wurde ihr eine weitere Bürde aufgeladen, die Bürde eines kleinen Jungen, der auf den Toilettensitz stieg, um in den Himmel zu sehen, zusätzlich zu den vielen Bürden, die sie bereits zu tragen hatte. Eine Frau Mitte fünfzig, fast mein Alter, die kummervoll die mitternächtlichen Flure abschritt; ich verstehe sie besser, als sie ahnt.

»Tut mir leid«, sagte ich bloß.

Mrs. Ramsey lächelte, ihr Blick fand mich. »Was machst du denn hier?«

»Weiß nicht.« Es war die Antwort, von der ich wusste, dass ein Kind sie gäbe.

»Na, da bist du nicht der Einzige.«

Mrs. Ramsey löste sich vom Türrahmen und sah selbst in den Sternenhimmel hinaus. Ihr Morgenrock fiel am Hals auf und entblößte eine Konstellation Sommersprossen auf ihrem Busen. »Möchtest du vielleicht ein Glas Milch?«, fragte sie. Ich nickte und nahm ihre Hand.

An dem längst vergangenen Tag, an dem Vater in San Francisco verschwand, erwachte ich in meinem zerwühlten Bett und entdeckte ein zweites Kissen aus Schnee draußen vor meinem Fenster. Wie eine gesundheitsnärrische Mutter, die einen grundsätzlich mit Körnern und Müsli ernährt, aber eines Morgens einen

Zuckergusskuchen hervorzaubert, einfach deshalb, weil sie ihn so lange entbehrte, hatte die Welt sich munter allen Erwartungen widersetzt und mir einen verschneiten Tag geschenkt. Ich hatte von dergleichen gelesen, und ich kannte die Reminiszenzen meines Vaters an Burgen und Drachen, die aus Wechten milchweißen dänischen Schnees geformt wurden, die Geschichten darüber, wie er und die anderen Jungen auf Holzbrettern ganz bis nach Preußen schlitterten, aber auf den wahren Jakob war ich nicht gefasst. Ich hatte angenommen, Schnee wäre wie ein im Garten liegen gelassenes Spielzeug, ich war nicht darauf gefasst, dass er die Welt vollkommen ausradieren und ein frisches, unbeschriebenes Blatt vorlegen würde. Ich starrte hinaus auf die Villen, die nicht da waren, die Pferde, die Buggys, die sonst zur Arbeit strebenden Männer. Es gab keinen Himmel, es gab keine Stadt. Ich schnappte nach Luft, wie wir es angesichts des Unnatürlichen tun.

Ich war kein Kind mehr. Ich war sechzehn und schlecht gelaunt, voller Selbstmitleid angesichts meines schrecklichen Schicksals, gezwungen, altmodische Kleider zu tragen, damit ich besser als Vierundfünfzigjähriger durchginge. Hughie trug natürlich, was immer er wollte: Sakko-Jacketts, weite Hosen, wilde Paisleymuster. Das Einzige, worauf ich stolz sein konnte, war ein Bart, der in seiner dichten Üppigkeit eines Dichters würdig war. Ich ließ ihn mir knapp unterm Kinn stutzen, vorm Spiegel streichelte ich ihn abends wie ein Haustier. Selbst das Grau verschwand allmählich daraus (mit Hilfe eines Färbemittels, eines glücklichen Einfalls meines Friseurs). Noch immer aber war ich kein echter Junge.

Meiner äußeren Erscheinung zum Trotz war ich erst sechzehn, und so eigenbrötlerisch und büchernärrisch ich auch war, spürte ich doch den Sog dieses gewandelten Tages so gut wie jeder andere, vielleicht sogar mehr. Es war, als hätte er die Welt geebnet: Vor meinem Fenster sah ich Männer in Gehröcken und Damen in Capotes sich mit Schnee bewerfen. Wundersam glitt eine mit Brettern zum Schlitten umgebaute Kutsche heran, lachende Pärchen lagen unter Pelzdecken. Ich zog meine ältesten Sachen an, küsste eine Mutter, die verdutzt den Vorhang weghob, und wurde in eine Welt entlassen, die plötzlich für die gestrigen Verhältnisse blind und taub war. Kinder wurden offenmundig über die gespenstischen Wege einer toten, kristallinen Welt geführt, ältere Jungen (eher mein Alter, aber zu wilden, hübschen Burschen gereift) besannen sich auf Lausbubenromane und formten Schneebälle, die, wenn sie gut gezielt waren, die Zylinder der alten Nob-Hill-Schwadronierer wegschlugen. Das war heute Morgen keine Welt für Alte und Müde.

Und das war ausnahmsweise auch ich nicht; mit meinem breiten Grinsen und dem braungetönten Bart eines noch jugendlichen Mannes gab ich keine Zielscheibe für die jungen Flegel ab. Ich konnte mir sogar von ein paar Burschen, die alte Schlittschuhkufen unter eine Kiste genagelt hatten, eine Schlittenpartie erschwindeln, und so sauste ich die California Street hinunter, auf der die Pferdebahnen im längst zu Matsch und Mist zertretenen morgendlichen Schnee wie immer ihre Runden drehten.

Es heißt, es hätten einige junge Männer – älter als ich – Steine in ihre Schneebälle gepackt und damit auf

Politiker gezielt, auf Richter am Supreme Court, selbst auf den guten Bürgermeister Pond. Es heißt, die Taxatoren und die Steuerbeamten der Finanzbehörde hätten in den Fluren des Rathauses einen Schneekrieg entfesselt. Es heißt, auf Chinesen, die außerhalb von Chinatown erwischt wurden, habe es Steinschneebälle gehagelt und alle Weißen, die das Verlangen nach Opium oder Mädchen durch die Gassen von Chinatown trieb, seien im Gegenzug mit Bambusrohr verdroschen worden. Es heißt, die Bisons im Golden Gate Park hätten mit ihrem gepuderten Perückenfell endlich nicht mehr deplatziert ausgesehen, aber nichts davon sah ich mit eigenen Augen. Ich entdeckte dafür Hughie beim Rodeln auf dem Friedhof an der alten Mission Dolores, Hughie, der wie ich den Unterricht schwänzte, und gemeinsam – alter Mann und junger Bengel – stießen wir uns die Beine blau und gold, verbreiteten Schrecken auf dem reinweißen Hügel und brüllten uns heiser vor Freude.

Es heißt, den meisten Schnee, nämlich gut zehn Zoll, habe es im Golden Gate Park gegeben. In der Stadt selbst fielen rund drei. Wie ich von meinen Reisen, besonders seit einem hüfthohen Blizzard in Colorado weiß, war das gar nichts, bestenfalls übertriebener Frost. Aber uns schien der Schnee dick und hell wie Glück.

Als ich am Abend heimkehrte, war die Dämmerung nass und zerpatscht, denn ein Großteil des Schnees war die Hügel hinab in die Bucht geflossen, und daheim erwarteten mich gedämpftes Gaslicht und besorgte Mienen. Mutter saß in einen Schal gehüllt im hinteren Salon an ihrer Petit-point-Stickerei. Neben ihr war der Wellensittichkäfig kahl wie ein Winterbaum.

»Max«, sagte sie, kaum dass ich eingetreten war, »wir wissen nicht, wo dein Vater ist. Er ist nicht nach Hause gekommen.«

»Vielleicht muss er länger arbeiten«, bot ich als Erklärung an.

»Wir haben einen Laufburschen geschickt, dort ist er nicht.« Ihr Gesicht drückte endlose Geduld aus, eine Haltung, die sie vor Stunden für meine Rückkehr eingeübt hatte. An ihrer Daumenkuppe erspähte ich einen Blutstropfen, sie hatte sich gestochen, ehe ich eintrat.

»Bestimmt ist alles in Ordnung, es wird wohl am Schnee liegen«, erklärte sie mir.

Mir kam plötzlich Woodward's Gardens in den Sinn, ich sah Vater zwischen schneebepuderten Dromedaren auf der Suche nach dem Silberballon, der ihm so gefallen hatte. Aber das war natürlich albern.

Mutter ergriff meine Hand. »Mach dir keine Sorgen«, sagte sie. »John wartet mit dem Essen auf dich, und vergiss nicht die Hausaufgaben für Mr. Dempsey, denn der wird morgen wieder kommen können ...«

»Und wenn es schneit?«

»Es taut bereits«, sagte sie bestimmt. Der Blutstropfen an ihrer Hand war mittlerweile zur roten, bebenden Perle geschwollen, das Licht brach sich darin, aber sie unternahm nichts und sah mich bloß an. »Und Vater kommt später, du brauchst nicht zu warten.«

»Mutter.«

»Du brauchst deinen Schlaf, mein Lieber.«

»Mutter.«

»Gib mir einen Kuss«, flüsterte sie. Das tat ich, und dabei blieb ein wenig von ihrem Puder in meinem Bart hängen. Als ich aus dem Salon ins trübe Licht der

Diele trat, meinte ich das leise Klirren von fallenden Nadeln zu hören und das weiche Geräusch eines gelutschten Daumens.

Aber er kam nicht nach Hause, nie mehr.

In den ersten Monaten hatten wir die starren Herzen derer, die von Hoffnung zehren. Doch was die Polizei ermitteln konnte, stimmte mit dem überein, was sie von vornherein gewusst hatte: dass Vater am Tag seines Verschwindens nie zur Arbeit erschienen war, dass er seinen schwarzen Wollanzug und einen Zylinder getragen, seinen Stock aber zurückgelassen hatte, dass er bei seinem Lieblingshändler in der Clay Street eine feine Zigarre gekauft, an der Bank Exchange in der Stockton Street einen Whiskey getrunken hatte und einer Einladung zum Imbiss gefolgt war, dass er vor einem Richter auf der Höhe der Main Library den Hut gelupft hatte und dann nie mehr gesehen ward. Die gestrichelte Linie, die alle diese Zeugen mit unserer Adresse verband, führte zu keinem überzeugenden Ergebnis; sie führte geradewegs aus San Francisco hinaus ins Wasser. Es wurden jedoch weder eine Leiche noch irgendwelche Anzeichen dafür gefunden, dass ein solcher Fund ausstehe, und ich weiß noch, wie kurios ich es fand, dass ausgerechnet an dem einen Tag, an dem ein Vater im Schnee unübersehbar seine Fußstapfen hätte hinterlassen müssen, meiner nicht einen hinterließ.

Nach einem halben Jahr überrundeten die Besuche der Firmenbuchhalter allerdings die der Polizei. Sie saßen mit Mutter und mir im Salon, wo das Kohlefeuer ihnen den Schweiß auf die biederen Stirnen trieb.

Mutter, im Dunkelviolett nicht ganz zweifelsfreier Trauer gewandet, lauschte, während ich mit der Spitze einer Feder auf den Tisch klopfte (man hielt mich für einen nassauernden Verwandten). »Die Lage ist etwas unglücklich, Mrs. Tivoli«, erklärte man meiner Mutter. Offenbar hatte Vater geschäftlich gern auf Risiko gespielt, und seine Gewinne flossen gleich in neue Unternehmungen; zurückgelegt wurde wenig. Ohne Vaters Kommando kam die Flottille erstaunlicher kleiner Projekte bedenklich vom Kurs ab und nicht wenige Schiffchen gingen verloren. Rechnete man nach Ablauf einer vorübergehend gewährten Firmenpension zu den Investitionseinbußen die fehlende Leiche, deretwegen sich die Versicherung nicht veranlasst sah zu zahlen, eröffneten uns die Buchhalter hinter verschmierten Augengläsern, »sichert Ihnen die Bilanz noch zwölf Monate zu den gewohnten Bedingungen in diesem Haus, dann ist Schluss«. Sie rieten uns, das Haus meistbietend zu verkaufen.

»Wir wollen offen sprechen, Max«, sagte Mutter, sobald die Herren fort waren. »Sie haben Recht.« Ich mied ihren Blick, ich suhlte mich in dem, was man heute wohl jugendlichen Weltschmerz nennen würde. Ich ließ den Kopf gegen eine Stuckleiste sinken und spürte unter der Schläfe die erhabene Kontur einer Mohnblüte. Während sich die Nadeln im Haar meiner Mutter lösten und als Ringel wie der Rauch von einem Stumpen fielen, sprach sie weiter: »Wir verkaufen das Haus. Wir verkaufen das Tête-à-Tête und den Herrensessel aus dem kleinen Salon, die Uhren, die Lampen. Einige Möbel aus dem Studierzimmer deines Vaters, den Schreibtisch, die Stühle, die Schmetterlingssammlung.

Wohl auch die Geode. Den zweiten Satz Silber. Maggie wollen wir behalten, würde ich meinen, sofern sie bereit ist, wieder in South Park zu leben.«

»South Park?«

»Wo sollten wir sonst leben? Ich will heim.« Einen Augenblick lang nahm ihre Stimme, als wäre das Wort die Planchette eines Ouija-Bretts und bewege sich ohne ihr Zutun, den seltsamen Singsang der Aussprache meines Vaters an. »Wir wollen offen sprechen, Max.«

Sie legte mir ihr Vorhaben in Sätzen dar, die von einem fernen Stern zu kommen schienen, hell und klar und doch schon alt. Schließlich musste jemand Entscheidungen treffen, und zwar so gefasst, realistisch und unverzweifelt, wie es uns möglich war. Denn verstehst du, in meiner Mutter kündigte sich ein Phönix an, oder, wie die braven Mütter dieser kleinen Stadt sich vielleicht ausdrücken würden, ein Wunder. Ich will es mal auf die krasse Art deines zwanzigsten Jahrhunderts ausdrücken, Sammy: Sie war schwanger.

»Arm gefällst du mir besser«, meinte Hughie, als er am Umzugstag in South Park eintraf.

»Wir sind nicht arm.«

Ich mochte kaum mit ihm reden. Ich schämte mich so unserer veränderten Verhältnisse. Ich stand zwischen den alten gusseisernen Hunden im Garten, Mutter sah aus dem oberen Fenster herab. Denn diesmal würden wir oben wohnen, während eine weitere vaterlose Familie – die Levys – still im unteren Stockwerk lebte. Ich kehrte dem eigentlichen Park den Rücken, er hatte sich so sehr verändert. Die niedrige umlaufende Mauer und der Zaun waren fort, zurück blieb ein zertretenes grünes Oval zwischen Häusern, die den herrschaftlichen alten Villen, etwa unserer, nicht einmal mehr ähnelten. Selbst die Bäume im Park schienen andere zu sein, weniger Ahorn und Ulmen und mehr Eukalyptus, Folge der jüngsten fehlgeleiteten Vorliebe für Bäume, deren Geruch die Stadt in einen Arzneischrank verwandelten. Der Park hatte sogar seinen Namen eingebüßt, einige neue Anwohner nannten die Fläche grimmig »das Teerfeld«.

Hughie grinste. »Jedenfalls besser als vorher. Nob Hill ist dir nicht bekommen. Du hast langsam ausgesehen wie ein Bankdirektor, alter Knabe.«

»Und du siehst aus wie ein Varietésänger.«

Da musste er lachen. Er hatte sich an diesem Tag im dandyhaft schlechten Stil eines Siebzehnjährigen mit passablem Taschengeld in Lavendel und Grau ausstaffiert, und er trug – aus purer Gemeinheit – eine Samtweste, in der er, das hatte ich ihm wiederholt versichert, an einen Drehorgelmann erinnerte. Hughie war es egal.

Da bemerkte ich in der unteren Wohnung eine flüchtige Bewegung: Ein weißes Kleid huschte vorbei. Ich hoffte inständig, dass unsere Nachbarn nicht vor Bewältigung des Umzugs vor die Tür treten würden. Die Parterre-Bewohner waren die Letzten, denen ich begegnen wollte. Dabei fiel mir auf, dass Wespen unter der Dachtraufe seit meinem Auszug ein Nest gebaut hatten.

Ich sagte: »Weißt du, was Mutter den Leuten erzählt?«

»Nein.«

»Dass ich ihr Schwager bin.«

»Aber das ist doch läppisch! Sie soll die Frau deines Bruders sein?«

»Ich bin ihr Schwager und von der Ostküste gekommen, um dem Haushalt vorzustehen. Jetzt, wo Dad weg ist.«

»Aber das ist doch läppisch. Du hast hier gewohnt. Werden die Leute dich nicht wiedererkennen? Das heißt, das kleine Monstrum?«

»Mich erkennt keiner wieder. Als ich fortging, war ich ein Gnom mit weißem Haar. Sieh mich jetzt an.« Mit gerade siebzehn maß ich an die ein Meter achtzig, hatte volles braunes Haar und einen herrlichen melierten Bart, ich sah geradezu staatsmännisch aus, und ich fand, dass ich in Dads alten Anzügen etwas von seinem europäischen Flair annahm, also hakte ich die Daumen in die Westentaschen und spreizte mich. »Ich finde, ich habe mich zu meinem Vorteil verändert.«

Er zwinkerte. »Das finde ich auch, Max. Bald wirst du ein prächtiger alter Knabe sein.«

»Und du ein potthässlicher.«

Hughie schlug nach einer vorbeischwirrenden Wespe und wandte sich dann meiner Mutter am Fenster zu. Die Wespe flog weiter. »Tag, Mrs. Tivoli!«, rief er.

»Brüll doch nicht so, du hässlicher Schrat«, sagte ich.

»Bin nicht hässlich«, wies er mich zurecht und strich sich über die Weste.

Mutter löste sich aus ihrer Starre, legte eine Hand an ihr Haar und winkte mit der anderen.

»Wie geht es ihr?«, fragte Hughie, der immer noch zu meiner Mutter hochsah, und sie strich nun ihr vornehmstes schwarzes Kleid glatt, in dem sie sich der alten Nachbarschaft präsentierte, so wie man sich für ein Abendessen kleidet, bei dem man voraussichtlich auf einen alten Verehrer treffen wird. Dann verschwand sie im Dunkel des oberen Zimmers.

»Heidnisch«, sagte ich.

Das erregte seine Neugier. »Wie das?«

Ich trat nach dem trockenen Rasen. »Sie legt Tarotkarten. Auf ihrem Zimmer brennt die ganze Nacht eine Lampe mit Leuchtöl.«

»Nun, sie wird deinem Dad eine Menge zu sagen haben.«

»Sie spricht aber nicht. Sie lauscht.«

»Und was sagt er?«

»Nichts«, sagte ich bestimmt. »Er ist ja nicht tot.«

Er nickte und blickte mit verschränkten Armen über den Park hinaus. »Glaube ich auch.«

Wir hatten unsere eigene (von der der Polizei abweichende) Theorie über das, was Vater zugestoßen war, nämlich das Gleiche, was in jenen Tagen vielen Männern geschah. Wir waren fest davon überzeugt, dass er sich in eine Spelunke im Viertel Barbary Coast verirrt, mit seinem Bier versehentlich einen Betäubungstrunk gekippt hatte und bewusstlos durch eine Falltür im Boden in ein bereitstehendes Whitehall-Boot geschubst worden war. Das hatte ihn im Schutz der Dunkelheit auf einen Klipper draußen vor der Meerenge von Golden Gate hinausgebracht, wo man sich handelseinig wurde und wo Vater auf dem sonnigen Ozean unterwegs nach Osten wieder zu sich kam, als neues Mitglied der Mannschaft eines Walfängers. Der Kapitän brüllte bereits Befehle in den vorherrschenden Wind, die Matrosen mit ihren Zöpfen und Tätowierungen lungerten herum und beäugten ihren neuen Gefährten. Eine Reise zurück in seine eigene salzfleckige Jugend. Mit anderen Worten: Man hatte Vater schanghait.

Was ich aber insgeheim glaubte, war noch unerhörter, noch phantastischer. Meiner Vorstellung nach nämlich war mein Vater Opfer irgendeiner altnordischen Verzauberung geworden, die es ihm unmöglich machte, uns Nachricht zukommen zu lassen; ich glaubte, ein altes Gespenst hätte Kap Hoorn umrundet, um ihn zu quälen, und dass Vater, in die Falle gelockt wie Merlin von Nimue in die Ringe einer Eiche, in einem grün flammenden Feuerring festsaß und darauf wartete, dass ich die richtigen Losungsworte sprach, um den Bann zu brechen. Wie lauteten sie nur?

»Hap!«

Der Ruf kam von hinten. Aus der unteren Tür war ein Mädchen ungefähr in meinem Alter getreten, nun lag sie gepeinigt im Gras. Ich konnte mir beim besten Willen nicht vorstellen, was sie da tat. Sie war ganz in weiße Spitze gekleidet, hielt sich den Hals und wartete, fast als lauschte sie eilig tickenden Sekunden, und während noch ihr Aufschrei verklang, trafen sich unsere Blicke. Dann nahm sie langsam und bange die Hand weg und zeigte mir, *erstens*: den feuerroten Kuss der Qual an ihrem Hals und *zweitens*: kullernd in ihrer hohlen Hand, eine goldschwarz sich ringelnde Wespe.

Alice, liest du diese Zeilen? Das bist du!

Ich hatte natürlich schon Mädchen gesehen. Zuerst die, die vor dem Fenster meines Kinderzimmers in ihren kleinen Damenkleidern auf Vögel zeigten, dann später die Mädchen von Nob Hill auf dem Weg zur Schule, die

Steine nach einander traten und lachten; ich hatte junge Damen lange nach der von ihren Eltern festgesetzten Stunde in den Phaetons ihrer Verehrer heimkehren und einige sogar in den Parks turteln sehen, bis diese Pärchen den alten Lüstling entdeckten und sich tiefer ins Gesträuch zurückzogen. Und ich hatte mich in Allerweltsmädchen verliebt: das Mädchen am Zeitungsstand mit dem Oberlippenschatten, das Mädchen mit den traurigen Augen, das zu Kegeln aufgeschichtete Ananas verkaufte, die Tochter des deutschen Schlachters, die ihn als Dolmetsch an unseren Boteneingang begleitete. Aber nie hatte ich mit einem von ihnen auch nur ein Wort gewechselt. Ich nickte lediglich aus der Küche oder überspielte meinen Schweißausbruch, indem ich die Münzen hinwarf und davonhastete. Immer wieder ein Nervenkitzel und eine Qual.

Einem richtigen Mädchen war ich noch nicht begegnet. Mit siebzehn sind alle Jungen reif für die Liebe. Gefangen in meinem schrecklichen Körper, konnte ich mich nur Hals über Kopf in das erstbeste Mädchen verlieben, das mir vor die Augen kam.

»Es hat mich erwischt!«

Mich nicht minder, Alice, als ich dich das erste Mal sah. Und wie das Pech es wollte: Mein Herz verschlug mir die Sprache.

Hughie stürzte zu ihr hin. »Ist es schlimm?«

Sie klappte ein paarmal mit den Augendeckeln, die Pustel an ihrem Hals schwoll. »Mich hat noch nie etwas gestochen«, waren ihre Worte.

»Das wird gleich besser«, sagte Hughie. »Leg dich hin.«

Das wollte sie nicht. Sie blieb sitzen und betrachtete den Giftmörder in ihrer Hand. »Es tut weh.«

»Na ja ...«

»Schlimmer, als ich gedacht hätte. Mutter ist mal gestochen worden, und ich dachte, sie stellt sich an, aber ... oh, es tut weh.«

»Und schwillt ordentlich an.«

Da richtete sie den Blick ihrer sanften braunen Augen, dieser zeitlosen Augen, auf mich. »Sir, Ihr Sohn ist sehr liebenswürdig.«

Ich wollte sprechen, aber es kam nichts. Ich war ein wortkarger alter Mann, und sie sah weg.

»Mutter!«, rief sie, dann besah sie sich noch einmal die Wespe. »Armes Tierchen.«

»Hm«, meinte Hughie und richtete sich auf.

»Du lässt mich hier einfach sitzen?«, staunte sie.

Währenddessen öffnete ich den Mund, um die Worte zu sprechen, die ich seit fast einer Minute herauszubringen versuchte. Sie merkte auf und sah mich an. Ich musste blinzeln. Dann, endlich, war es draußen: »Er ... ist nicht mein Sohn.«

Aber das Gesagte ging im Geschrei drüben an der Seite des Hauses unter. Ich sah hin, und es war lediglich eine Frau, eine Mutter. Du, Alice, hast dich abgewandt und mich gar nicht gehört.

Ich würde gern von Schicksal sprechen, muss aber wohl Zufall nennen, was dich ausgerechnet zu einer Zeit in meinen Garten verschlug, als mein Herz am empfindlichsten war. Wahrscheinlich kann ich von Glück sagen, dass du es warst und nicht ein hartherzigeres Mädchen. Und doch hätte es jede andere sein können, Alice, und ich hätte wieder geliebt, und zwar heftig noch vor meinem nun fortgeschrittenen Alter. Vom Fluch deiner Augen getroffen aber konnte ich es nie.

»Mr. Tivoli!«

Die Mutter stürzte aus dem Haus und sank vor ihrer Tochter auf die Knie. Sie hielt ein Tuch an den prallen Hals des Mädchens und drückte es mit der beiläufigen Tüchtigkeit einer Krankenschwester fest auf. Sie war eine prächtige Frau, ihre Bewegungen passten sich sehr geschmeidig dem Fauchen und den Ausweichmanövern ihrer brettdürren Tochter an. Mrs. Levy trug die Kleider der späten Halbtrauer und ihre Reize waren die sorgfältigen einer älteren Frau. Ein Perlencollier lenkte den Blick aufs Gesicht, die diskrete, nach Art der Polonaise geraffte Turnüre und eine Schoßjacke mit Chemisette hingegen auf ihre weibliche Silhouette und den stattlichen Busen. Ich bin im Schätzen nicht gut, wie alt war sie, Alice? Fünf-, sechsundvierzig vielleicht? Ihr Gesicht war herzförmig und ihr Teint dunkel, der Haaransatz spitz, die Lippen ungeschminkt. Schimpfend und schmunzelnd betupfte sie das Mädchen, allerdings galt ihre Aufmerksamkeit nicht ihr. Sie galt mir; der Blick ihrer tief liegenden braunen fraulichen Augen verweilte forschend. »Mr. Tivoli, wie schön, Sie endlich kennen zu lernen, nun hampel nicht so, Alice, so kalt ist es auch wieder nicht.«

Alice! Ich kannte ihren Namen, und gleich war sie mir zweimal so teuer als zuvor.

»Ich hoffe, es gefällt Ihnen im ehemaligen Heim Ihres Bruders, wir wohnen schrecklich gern hier, nicht wahr, was hast du nur angestellt, du albernes Kind? Wenn du nach ihnen schlägst, stechen sie dich, nun, ich hoffe, es schwillt nicht weiter an, und wenn doch, wird es dir eine

Lehre sein, nicht? Alice, halt still. Du machst dein Kleid ja ganz nass, nun müssen wir es raushängen. Ich habe Ihre Schwägerin bereits kennen gelernt, Mr. Tivoli, eine reizende Dame, ein Jammer, das Ganze, ein Jammer.«

Hughie lachte meckernd. »Ganz recht, Mr. Tivoli, die reizende *Schwägerin.*«

Bei der ganzen Szene führte Alices Mutter Regie. Je länger ich dort stand und Alice sah, desto klarer, ja größer wurde das Mädchen für mich, ich sah sie rot vor Zorn die Tränen herunterschlucken und seufzen, als ihre Mutter ihr das Haar vom Hals weghielt. Mrs. Levy jedoch zerrte mich in die entgegengesetzte Richtung, nahm mir das Recht auf das Herz eines Schuljungen und gab mir die Lederlappen eines alten Mannes, eines Mannes, den das Mädchen mit dem Stachel nie lieben könnte.

»Alice, halt doch still, das ist unser Vermieter, Mr. Tivoli. Ein Kavalier der alten South-Park-Schule, nicht wahr, Mr. Tivoli?«

Vor den Augen ihrer Tochter pulverisierte sie mich. Mein Hut drückte, und mir kam der Verdacht, es sei gar nicht meiner und ich hätte bei irgendeiner Einladung den falschen erwischt.

»Kein bisschen alt, Mrs. Levy«, erwiderte ich und sagte dann: »Tag, Alice«, was auf das Mädchen keinerlei Eindruck machte, denn Alice hatte die Augen auf anderes geheftet, was die ältere Frau dagegen zu einem eine Oktave abwärts perlenden Lachen bewegte.

Endlich wandte sich Alice mir zu. »Hoffentlich machen Sie oben nicht solchen Lärm wie das letzte Paar. Richtige Trampel.«

Mrs. Levy zischte ihre Tochter an wie ein Reptil. »Ach was, Mr. Tivoli«, führte die Witwe aus, »ich habe doch die herrlichen Teppiche gesehen, die Sie von Nob Hill mitgebracht haben. Was für ein behaglich gepolstertes Nest Sie haben werden!«

Mrs. Levy verstand sich auf Konversation, und ich, ein Knabe von siebzehn Jahren, konnte mich nur ihrer Führung überlassen. Ich sprach also von Teppichen, Brüsseler Ware, von Farbe und Flor, und fast legte sich ihr Geschmack auf meine Zunge, während ich das staubige, flusige Gespräch in Gang hielt und dabei die ganze Zeit Alice nach der Schule, den Klavierstunden, Reisen hätte fragen wollen; ich hätte Alices Stimme hören können. Stattdessen musste ich zusehen, wie das hübsche Kind an mir vorbeistierte und mehr und mehr in ihren Gedanken versank. Der Schmerz des Stichs war dank der Fürsorge der Mutter oder vielleicht dank des langweiligen Schnarrens meiner Stimme abgeklungen, und die liebe kleine Alice tauchte tiefer, tiefer in ein Phantasieleben ein, das ich zu gerne mit ihr teilen wollte.

»... ja, ich finde, ich finde, Teppiche machen viel aus.«

Alice: »Bäh.«

»Und dann sah ich auch damastbezogene Tête-à-Têtes«, bemerkte Mrs. Levy stolz, als gehörten sie ihr. »Alle Achtung, Mr. Tivoli. Sie scheinen sich, für einen Herrn, sehr für Einrichtungsfragen zu interessieren.«

Ich bin kein Herr!, wollte ich sagen, doch sie hatte längst eine höfliche Pause eingelegt und dann nach meinem Begleiter gefragt; ich hatte ihn vollkommen vergessen.

»Mr. Hughie Dempsey«, stellte sich Hughie galant vor und lupfte den Hut vor Mrs. Levy und ihrer verträumt blinzelnden Tochter.

»Ah, Hughie«, wiederholte Alice.

»Ein guter Freund der Familie«, sagte ich.

Nun packte Mrs. Levy ihre Tochter um die Taille, ganz so, wie man Schnittblumen zur Vase hinträgt. »Schön. Schön. Aber nun sollte ich die arme Alice ins Haus schaffen und mich um ihren Hals kümmern. Ich hoffe, Sie gelegentlich mal bei uns zu sehen, Mr. Dempsey. Und Mr. Tivoli, natürlich, Sie und Ihre Schwägerin müssen unbedingt demnächst zum Essen kommen.«

Verbeugungen, Nicken, Lächeln, und als das nun wieder wegen des Gifts des Stachels besorgte Mädchen ins Haus getragen wurde, stand ich mindestens so reglos da wie die gusseisernen Hunde. In meinem Rücken lärmten irgendwelche Leute im Park, und wie durch Nebel sah ich einen Mann im Gehen eine Warnflagge schwenken, als nun eine dampfbetriebene Kutsche unter allgemeinem Jubel eine Schaurunde drehte, aber ich hatte keinen Sinn für das Wunder, denn ich überlegte fieberhaft, wie ich ohne meine Mutter in die Parterrewohnung gelangen, Alice finden und sie darüber aufklären könnte, was ich wirklich war.

Hughies belustigte Stimme drang an mein Ohr: »Mr. Tivoli, ich glaube doch wahrhaftig, du trägst meinen Hut.«

Plötzlich zerbarst das Leben zu schönsten Glasscherben. Auf Schritt und Tritt schmerzte mich Alices Anwesenheit unter uns, und manchmal, wenn ich im Salon stand und Mutters Ausführungen zu den Rechnungen lauschte oder der müden Bilanz ihrer Nacht neben der Petroleumlampe, wechselte ich die Position auf dem Teppich und fragte mich, ob Alice wohl jetzt unter mir war? Oder jetzt? Ich zog durch den Salon wie ein Springer auf dem Schachbrett, in der Hoffnung, mich, wenn ich den Punkt genau über Alice erreichte, zitternd im Lot zu befinden und die Wärme ihres Körpers zu spüren, den Duft, der von ihrem Haar durchs Haus hochstieg.

Hughie fand, ich führte mich auf wie ein Trottel. »Schlag sie dir aus dem Kopf«, riet er. »Sie ist vierzehn. Sie trägt das Haar offen und spielt wahrscheinlich noch mit Puppen. Sie weiß nichts von der Liebe.« Und dann schnickte er die nächste Karte quer durchs Zimmer in seinen Hut, als wüsste er – wie wir es mit siebzehn ja oft wirklich wissen – alles über die Dinge des Herzens.

Aber mir war nicht zu helfen. Wie eine Meerjungfrau trieb sie durch den Sumpf meiner Träume. Ich lag unterm offenen Fenster im Bett, hoffte, ich würde sie in der Küche kreischen hören – »Ich werde noch verrückt in diesem Haus!« – und der Lärm mir wie ein süßes Gift ins Ohr dringen. Oder ich vernahm ferne Schritte und stellte mir vor, wie mein Mädchen in ihrem weißen Kleid auf schwarzen Strümpfen den Finger in einen frisch gebackenen Schokoladenkuchen bohrte und dann rasch die Spuren ihres Verbrechens verwischte. Ich schmiedete in den folgenden Wochen und Monaten allerart Pläne, während ich lauschte, wenn sie sich vorsang wie eine Phantomfrau, wenn sie schreiend aus einem Albtraum hochfuhr. Ich dachte an irgendeine kleine Instandsetzungsarbeit. Zwar bestellten wir normalerweise Handwerker, aber vielleicht könnte ich Mutter überreden, lieber mich das übernehmen zu lassen. Hughie gab mit einem achselzuckenden Schnauben zu verstehen, dass das vielleicht klappen könnte. Irgendeine kleine Sache, ein Blick hinter die Holztäfelung nach Mäusen, Farbe, die ausgebessert werden musste. Alles, wenn ich ihr nur nahe sein könnte.

Nicht, dass alles glatt ging, wenn ich ihr einmal nahe kam. Ich kartierte ihre Bewegungen kunstvoll wie ein Astrologe, ich wusste, dass sie jeden Morgen um Punkt acht mit einer Schleife im Haar und Kuchenkrümeln am Mund zu Mrs. Grimmels Girls' Academy aufbrach und mittags um zwei zurückkam – manchmal traf sie allerdings erst viel später ein, in der gelben Kutsche von Freunden in Begleitung zweier bebrillter Mädchen mit tiefrotem Haar. Nur bei diesen Gelegenheiten, in Gesellschaft ihrer Freundinnen, sah ich eine wahrhaft glückliche Alice, dann führte sie mit großer, gebieterischer Geste das Wort, sobald sie aber auf dem dunklen Pflaster vor der Nummer 90 South Park Adieu gebrüllt hatte, schleppte sie sich mit dem Ennui der späten Kindheit und dem eklen Schritt des Golems ins Haus. Oft mühte ich mich, bei ihrem Eintreffen im Garten zu sein, aber es gelang mir nie, sie abzupassen, und unweigerlich rief mich Mutter wegen irgendeiner Erledigung ins Haus.

Einmal war ich tatsächlich zur Stelle und tat so, als würde ich das Eisentor reparieren. Ich war eben von einem Einstellungsgespräch bei Bancroft zurückgekehrt – eine Stellung, die mich über zwanzig Jahre ernähren sollte und im Archivieren von Dokumenten für die dreißigbändige Ausgabe der *History of the West* bestand, die Mr. Bancroft herausgeben wollte –, und als ich die Straße hinabsah, stapfte eine launische Alice über die billigen Bretter des Gehsteigs. Mein Sichtfeld war einen Augenblick weiß getüncht.

»Tag, Mr. Tivoli.«

»Hallo, Alice. Wie war die Schule?«

Mein Gesichtssinn war so weit hergestellt, dass ich meine Lieblingsfrisur erkannte: mit einer Kunstlilie gekrönte Stöpsellocken. Alices Mundwinkel zuckte höhnisch.

»Blödsinnig, Mr. Tivoli«, sagte sie. »Wie immer.«

»Oh, das ... tut mir leid.«

»Aber immerhin habe ich beschlossen, nie zu heiraten.«

»Wie ... niemals?«

Sie schüttelte den Kopf und seufzte. »Niemals. Wir nehmen Shakespeare durch, und ich finde *Der Widerspenstigen Zähmung* wirklich tragisch. Schade um die gute Frau.«

»Tja«, sagte ich. Ich hatte das Stück nicht gelesen.

»Miss Sodov fand das nicht. Ich musste meinen Aufsatz umschreiben. Verrückt! Sie ist die eigentlich Widerspenstige.« Plötzlich wurde ihr Ton vertraulich: »Mr. Tivoli, darf ich Sie etwas fragen –«

»Max!«, rief meine Mutter von der Schwelle. »Was machst du nur? Mit dem Tor ist doch alles in Ordnung. Tag, Alice, trödel da bitte nicht mit Max herum. Ich glaube, deine Mutter hat dir etwas Wichtiges zu sagen.«

Alice verdrehte die Augen, stöhnte und polterte in mein Haus hinein. Mutter stand da und lächelte versonnen, ohne im Geringsten zu ahnen, was sie angerichtet hatte. Einen flüchtigen Augenblick dachte ich an Muttermord.

Hier nistet eine kleine Lüge. Ich mache aus meinem Herzen eine Kamelie, die in einer Schale mit klarem Wasser schwimmt, während es in Wirklichkeit ein dunkles, geschwollenes Ding war. Meine Alice jeden Morgen unter dem Fenster vorbeigehen und kein einziges Mal neugierig oder nett zu dem Ungeheuer hochblicken zu sehen, das über ihr lauerte, war die reinste Qual. Und wenn ich abends im Bett phantasierte, dann stellte ich sie mir nicht mit sternfunkelndem Haar vor. Nein, meine Gedanken kreisten zwanghaft um einen einzigen niederträchtigen Augenblick.

Es war spätabends gewesen, nach dem Essen, ich hatte mich in einen Winkel des Gartens verzogen, weil ich nicht lesen und nicht denken konnte und zu den Rosensträuchern musste, um eine Knospe in der Faust zu zerdrücken. Ich weinte schon eine Weile, als du erschienst. Alice, du trugst nur Hemd und Unterrockhose. Offenbar glaubtest du, am Tage etwas verloren zu haben, eine wertvolle Anstecknadel oder Brosche vielleicht, deretwegen deine Mutter dich schelten würde, also warst du zur Hintertür hinausgeglitten, hattest sie behutsam zugezogen und warst ins dunkle Gras geeilt, dort suchtest du flüsternd jeden Halm ab und verschwendetest an deinen Aufzug keinen Gedanken. Ich stand mit angehaltenem Atem in meiner finsteren Ecke. Auf den Knien griffst du mit katzenrekelnden Armen in den Garten, und ich sah im Ausschnitt deines losen Hemds eine rosige Landschaft. Du wandest dich in deiner Welt hierhin und dorthin, ich wand mich in meiner. Ich sah deine Beine lang werden, sich spannen, sah die ruckhafte Hoffnung deiner Suche; damals waren Frauenunterhosen teuflische Dinger mit lose sich überlappenden Stofflagen im Schritt, und einmal bewegtest du dich eben sorglos genug, dass der Schleier sich teilte und ich die verletzlichen blauen Adern deiner Leisten sah. Eine Katze sprang in den Garten; du erstarrtest, das Hemd rutschte dir von der Schulter. Dann fügtest du dich in dein Schicksal, legtest dir wahrscheinlich schon die Lüge zurecht, die dich retten müsste, liefst an die Hintertür, ließst ein helles Quadrat erscheinen, dann, im Zuziehen, ein dunkles. Die ganze Nacht habe ich dein Kleinod gesucht, Liebste, fand aber nur eine Haarnadel, ein Vogelei und zwei zerdrückte Grasringe, wo deine Knie geruht hatten.

Die Qual, die dieser eine Abend mir bereitete! Das Blau jener Adern färbte alles, was ich sah, und jede Nacht musste ich erst die Welt von dir erlösen, um überhaupt schlafen zu können, um überhaupt einen weiteren Tag zu überstehen. Sammy, hör weg. Ich tat es auf die nahe liegendste, auf die jungenhafteste Art. Sicher glaubst du, keiner auf der ganzen Welt wäre wie du und dass junge Männer zu meiner Zeit, wenn sie liebeskrank waren, bis zum Morgengrauen ihre Hände mit Fesseln sicherten. Nein, wir erlagen wie alle jungen Männer. Verzeih mir die Krudität, Alice, aber krude war ich, und ich kann nur hoffen, dass es dir jetzt, wo auch du alt bist, schmeichelt, dir vorzustellen, wie ich in meinem Bett lag, den Blick starr auf meine Erinnerung gerichtet wie auf eine französische Postkarte, bis Sternlicht ins Dunkel deiner Kleider rann.

Ich bin nicht am Spalier hinuntergeklettert, um in ihr Fenster zu spähen, ich habe nicht unauffällig einen Spiegel in einen Baum gehängt, damit ich abends jeden der andächtigen hundert Bürstenstriche, die sie sich vorm Frisiertisch gelangweilt durchs geliebte Haar zog, sehen könnte, ich bin nicht in den Wagenschuppen geschlichen, um die Kutschbank zu berühren, von der sie eben herabgestiegen war, und die überraschende Wärme meines hin- und herrutschenden Mädchens zu fühlen. All das malte ich mir zwar aus, aber nichts davon tat ich. Nein, stattdessen stand ich auf dem Teppich und versuchte, die Schwingungen ihrer Seele zu spüren (verdammten Brüsseler Plüschteppiche) und klammerte mich an die Erinnerung dessen, was ich für meine größtmögliche Annäherung an die Liebe hielt.

»Stell dich doch nicht so an«, sagte Hughie, wenn wir auf unsere Stahlrösser, unsere Knochenrüttler stiegen. »Du wirst schon noch Liebe erleben. Bessere, als sie dir bieten kann, glaub mir. Ich habe da ein paar Bücher; ich leih sie dir, aber nicht lange. Ich glaube, mein Vater hat spitzgekriegt, dass ich sie habe.«

Ich las die Bücher. Mit Liebe hatten sie nichts zu tun, aber sie hielten mich Nacht für Nacht wach. Eines, von Mr. Dempsey vielleicht für die Sammlung erworben, um sie zu ›Studienzwecken‹ vor sich selbst zu rechtfertigen, entpuppte sich als Traktat über Spermatorrhöe und versetzte mich eine Woche lang in Angst und Schrecken, die anderen aber waren eine unerschöpfliche Quelle von Erkenntnis und Faszination. Besonders genoss ich die Abbildungen. Ich gab sie alle Hughie zurück, und wir sprachen nie darüber, tauschten höchstens einen wissenden Blick. Das lenkte mich immerhin ab, brachte mich aber der Liebe kein Stück näher.

Die Gelegenheit, die ich suchte, lieferte mir Mrs. Levy selbst. Verzweifelt, leidend, rot und hässlich vor Schlafmangel, hatte ich beschlossen, es darauf ankommen zu lassen, ich brauchte ein neues Bild zum Liebkosen im Bett. Überstürzt setzte ich die Reparatur-Idee um und stieg mit hochgekrempelten Ärmeln, schlecht gebundener Krawatte und der unausgegorenen Idee einer dringend im Zimmer ihrer Tochter zu untersuchenden undichten Stelle die Treppe hinab.

»Mr. Tivoli!«

Mrs. Levy kam, nur schwach lächelnd, an die Tür und griff sich ans Haar, das in der Mitte gescheitelt und zu beiden Seiten überraschend schlampig hochgebauscht war. Leichtes Tätscheln mit geübter Hand brachte die Sache in Ordnung, und sie trat entweder verlegen oder um mir zu bedeuten, dass ich willkommen sei, etwas zurück. Die Sonne machte ihr Gesicht rosig. Sie trug unwitwenhaftes Grün und die Röcke hinten zu einer hohen altmodischen Turnüre gebauscht. Mrs. Levy schien sich ihrer gekünstelten Art bewusst zu werden und richtete sich auf. Sie vollzog diese winzigen, aber wirkungsvollen Anpassungen in den allerersten Momenten unserer Begegnung an der Tür und lenkte mich zugleich mit beiläufiger, kluger Konversation von ihren Manövern ab:

»... ein geradezu shakespearischer Abend, finden Sie nicht? Als wandelte man im Ardenner Wald. Ob das wohl immer so sein wird? Ob die Menschen in hundert Jahren noch mit dieser ulkigen Ergriffenheit auf der Schwelle stehen und in die Bäume blicken werden?«

Sie hatte sich wieder in die gute alte Mrs. Levy verwandelt und gab eine bescheidene Version ihres Lachens – des herabperlenden – zum Besten. »Aber wie dumm von mir. Treten Sie ein, Mr. Tivoli. Alice wird sich sicher auch freuen, Sie zu sehen.«

»Ich wollte mal nach dem Zustand der Farbe sehen«, hob ich an, aber dann stand ich schon drinnen, in meinen eigenen einstigen Fluren, die nun in gedämpfteren Farben gestrichen waren, unterbrochen von wechselnden Tapetenmustern, Paneelen und Friesen, fast so, als treffe man auf einen alten Freund, der sich zu einem bestimmten Anlass herausgeputzt hat – ein Staatsbankett oder ein Chowder-Souper – und sich so wenig ähnelt, dass man sich verlegen blinzelnd abwendet und großzügig hinwegsieht über diese befremdliche Person mit dem geliebten Gesicht. Ich konnte keine Witterung meiner Kindheit aufnehmen. Das hier war nicht wie die Erkundung eines Pyramidengrabs, bei der ich überall auf alte Relikte stieß; hier kam mir alles neu vor, jemand anders hatte die Porzellanfigur dort angeschlagen und gekittet; das hier war ein Alice-Museum. Und da stand sie.

»Alice, Mr. Tivoli wollte nach ... der Farbe, sagten Sie, sehen. Sag guten Tag, meine Liebe, und wisch dir vielleicht erst die Hände ab, sei so gut.«

Alices tiefbraunes Haar war hochgesteckt, sie sah aus wie eine Frau. Sie erhob sich vom Kanapee und legte ihr Buch weg (*Von der Erde zum Mond*, die Entfernung zwischen uns beiden in jenem Raum, Liebste).

»Na sowas, Mr. Tivoli«, meinte sie mit einem spöttischen Lächeln und gab mir die Hand. Es waren ganz gewöhnliche Gesten, die sie mir wie allen anderen gewährte. Verzweifelt suchte ich nach einem Hinweis darauf, dass in der Wohlerzogenheit etwas Liebes nur für mich verborgen war, aber schon saß sie auf dem Kanapee und nahm wieder ihr Buch zur Hand. Sie trug das eigentümlichste Kleid aus feinster Atlasseide, dessen betagter Schimmer vermutlich bei Kerzenlicht unbemerkt bliebe. An dem Stoff hafteten ein paar Haare, Kupfergold hing vom Ärmel. Ihr Haar war mit Glanzlichtern durchwoben, in der Mitte gescheitelt und kunstvoll um den Kopf geschlungen wie für eine Abendeinladung. Das waren nicht die Toiletten, in denen Mutter und ich die beiden morgens auf dem Weg zum Tempel gesehen hatten. Sie hatten sich im Verborgenen verkleidet und gegenseitig frisiert. So also vertrieben sich einsame Frauen den ganzen langen Sabbat.

»Hübsch sehen Sie aus, meine Damen«, sagte ich und versuchte mit Hilfe kleiner Grimassen, meine Zunge zu lösen.

Mrs. Levy schenkte Alice ein verschwörerisches Lächeln, und Alice wurde in meiner Gegenwart endlich menschlich: Sie errötete. Sie griff sich ans Haar, seufzte, sah sich Hilfe suchend um und mied unseren Blick, als müsste sie dem Raum entkommen, in dem man sie beim Spiel mit ihrer alten Mutter ertappt hatte. Ich hatte das zuwege gebracht, ich hatte den kleinen Brand unter ihrer Haut gelegt. Ich packte den Augenblick – schnipp! – und ringelte ihn in das Emaille-Medaillon meines Herzens.

Mrs. Levy setzte sich und forderte mich mit einer Geste auf, ebenfalls Platz zu nehmen. Sie wandte sich ihrer flammenden Tochter zu. »Meinst du nicht auch, Alice, dass eine Tasse Tee jetzt sehr willkommen wäre?«

Alice machte »Bäh« und blickte zornig in ihr Buch.

Mrs. Levy betrachtete mich freundlich. Sie saß vollkommen reglos und vorbildlich da, die Knie zur Seite gedreht, damit ihr Kleid in den Fauteuil passte, und ich sah, dass sie ihre Turnüre bereits gelockert hatte, damit sie sich natürlicher hinbreitete. Das Kleid muss alt gewesen sein, ein Modell aus der Zeit ihrer Verlobung mit Mr. Levy in Philadelphia, ein schimmerndes Andenken an die Eitelkeit ihrer Jungmädchenjahre.

Sie fuhr fort, mich zu mustern und mir dabei irgendeine Botschaft aus der Tiefe ihrer Augen zu übermitteln. Ich blickte zu Alice hinüber, die auf dem Kanapee schmollte, dann zurück zur Mutter mit dem rätselhaften Lächeln.

»Ist Tillie nicht da?«, fragte ich. Tillie war das Dienstmädchen.

Mrs. Levy schüttelte den Kopf. »Eine Familienkrise. Es ist jemand verschieden, glaube ich, oder liegt im Sterben. In Sonoma, also sind wir ganz allein.«

Eine angedeutete Neigung des Kopfs, ein kurzes Niederschlagen der Augen. Was wollte sie mir nur sagen?

»Soll ich Tee kochen?«, bot ich an.

Der Raum atmete aus. Mrs. Levy lachte erneut, Alice prustete und schüttelte ihre hochgesteckten Ebenholzlocken, dass sich die Lichtbänder darin verhedderten.

»Wäre das nicht famos, Alice?«

»O ja, famos, Mutter. Großartig.«

Ihre Mutter funkelte sie böse an. »Sehr aufmerksam von Ihnen, Mr. Tivoli.«

Ich ging in die Küche und wunderte mich. Dort stand auf einem Silbertablett das Teeservice bereit. In der alten Küche, in der ich oft neben John Chinaman gesessen hatte, wenn er mit den an der Hintertür aufgetauchten Brot- und Fischverkäufern feilschte, zündete ich eine Flamme des Gasherdes an. Ich erhitzte das Teewasser und brühte in Gesellschaft der leise vor sich hin summenden Mrs. Levy den Tee auf. Und dann, ohne jede Handreichung, nur von der Ermunterung ihrer Tropfperlenaugen geleitet, deckte ich im Salon direkt vor Alice auf, die mich mit einem kleinen Seufzer der

Dankbarkeit bedachte und sich sogleich über den Kirschkuchen hermachte. Ich lehnte mich zurück. Ich begriff, dass sie den ganzen Nachmittag im Salon gesessen und sich mit Frisuren und Kleidern die Zeit vertrieben hatten, müde, durstig und halb verhungert.

Ich war dumm, ich hatte so wenig von der Welt gesehen, dass ich keine Ahnung hatte, was der jüdische Sabbat den Levys bedeuten mochte. Hughie, der irgendwie von dergleichen wusste, erklärte mir, dass meine Levys Nichtjuden dazu bringen mussten, für sie zu tun, was sie selbst nicht tun durften. Zu heizen oder sich selbst auch nur Tee zu bereiten war verboten, sagte er und zuckte mit den Achseln. Ein gleichaltriger Freund von Hughie wusste noch mehr, denn er verdiente sich sein Taschengeld, indem er am Tempel Beth El als »Schabbes-Goy«, wie er das nannte, aushalf. »Sie bezahlen mich dafür, dass ich die Kerzen lösche«, berichtete er grinsend. »Oder Karten abreiße. Verrückt. Und sie bezahlen auch nicht direkt, sondern lassen das Geld in einem kleinen Häufchen liegen, als hätten sie es vergessen.« Dieser magere rothaarige Freund, den Hughie gern hatte, dessen Namen ich aber vergessen habe, erzählte mir, dass ihre Heilige Schrift es meinen Levys sogar untersagte, sich an einer Kerze zu freuen, die unsereins entzündet hatte, es sei denn, wir hätten sie bereits zu unserem eigenen Vergnügen entzündet, ehe sie den Raum betraten. Ich stellte mir vor, wie Alice in ihrem dunklen Schlafzimmer darauf wartete, dass ich kam und so tat, als hätte ich die Kerze für mich angezündet. Sie würde da sitzen und meine Freude an der Flamme prüfen, ehe sie selbst sie genoss – wäre das denn nicht Liebe? Näher wagte ich mich nicht heran.

Tatsächlich übernahm ich nur selten solche Dienste für die Levys. Ihr Mädchen Tillie, obwohl irische Katholikin, hatte sich in diesem Haushalt zur wahren Hellseherin gemausert und las aus dem geringsten Verengen der Augen oder Frösteln die Aufforderung, das Feuer zu schüren oder das Gaslicht ein wenig aufzudrehen. Sie wusste, welche Seufzer für Tee standen, welches unwirsche Werfen eines Kopfs bedeutete, dass Badewasser erhitzt werden müsse, und obwohl ich gelegentlich die Zornesrufe hörte, wenn Mrs. Levy sie dabei ertappte, wie sie Bratensoße mit einem Milchlöffel umrührte, und die verärgerte Mutter daraufhin den entweihten Gegenstand in den Garten tragen sah, wo sie ihn vergrub, sicherte Tillie den Levys den gleichen bürgerlichen Komfort, den wir, protestantisch frei nach Belieben samstags Tee aufzusetzen, oben genossen. Ich frage mich allerdings, wie strenggläubig sie wirklich waren; später erfuhr ich jedenfalls, dass sie in einigen Bräuchen äußerst lax waren und dass keine von beiden wirklich an Gott glaubte. Aber sie hielten den Sabbat ein, auch wenn sie dazu, ehrlich gesagt, selten meine Hilfe brauchten.

Doch die Erinnerung kehrt manches um. Was wir tagtäglich getan haben, schnurrt zu Sprenkeln zusammen, beispiellose Begebenheiten hingegen und zufällige Begegnungen blühen wie Tintenkleckse auf einem Löschblatt auf. Während die Levys meine Hilfe also nur selten brauchten, waren es gerade diese Gelegenheiten, die ich von den Monaten ihres Verbleibs in der Parterrewohnung von South Park in Erinnerung behalten habe. Meist nahm ich zur Unterstützung Hughie mit, und einmal kamen sogar er und Mutter, für die es eine der wenigen Unternehmungen in den Monaten vor der Geburt meiner

Schwester blieb, zu einem Essen bei den Levys. Wir kleideten uns alle mit Sorgfalt an und genehmigten uns ein Gläschen Sherry, ehe wir hinuntergingen, und für mich wurde es ein herrlicher Abend, denn weil Hughie die Mütter mit seinen Scherzen ablenkte, nahm Alice endlich einmal Notiz von mir. Zwischen mir und meinem Freund platziert, beachtete sie den jüngeren Mann überhaupt nicht, sondern zog immer neue Buchstaben in ihren Kartoffelbrei, die ich in meinem nachzubilden versuchte, und obwohl ich wusste, dass das ein kindisches Spiel war, redete ich mir ein, diese Botschaften gälten mir und wenn ich nur Acht gäbe, würde sie einen dringenden Liebesappell ausbuchstabieren.

»Alice! Was tust du da! Und Sie, Mr. Tivoli, schämen Sie sich nicht? In Ihrem Alter. Nun, ich will Ihnen verzeihen, wenn Sie uns die Geschichte des Anhängers erzählen, den Sie um den Hals tragen.«

Alice beugte sich vor und berührte die Kette. »Neunzehnhunderteinundvierzig. Was heißt das?«

»Nichts weiter.«

»Das Jahr, in dem die Welt untergeht?«

Hughie mischte sich ein und behauptete, es sei die Anzahl der Postkutschen, die ich als »Black Bart« ausgeraubt hätte, worüber die Frauen lachen mussten, und darüber vergaßen sie meinen kleinen goldenen Grabstein, den ich mir gleich unter die Krawatte schob. Mein Blick schweifte von der Unterhaltung ab. Zwischen den Fenstern des Speisesalons waren Spiegel angebracht, die mir ein Wechselspiel von Eindrücken boten, im Hintergrund nämlich die rote Katze, die über den Rasen schlich, und dann wiederum unsere Spiegelbilder:

Zunächst Mutter mit ihren Perlen und dem rauchgrauen, nach einem Muster aus *Godey's Lady's Book* abgeänderten Kleid mit Schoßjacke. Es umgab sie im Lüsterlicht des Salons eine Aura derart vornehmer Langmut, dass sie weniger wie eine in Not geratene Frau wirkte als wie eine Herzogin, die ihrer Heimat in der Verkleidung ihrer Zofe entflieht. Und dort im Fenster die Katze, die auf Samtpfoten durchs Gras schlich. Dann Mrs. Levy mit römisch gelockter Haarpracht, vorgebeugt, den Kopf in die Hände gestützt und alle feierlich mit wachem Blick überschauend. Mit Girandolesprühenden Augen betrachtete sie mal mich, mal meine Mutter. Und da, im nächsten Fenster, der flammende Schweif der jagenden Katze. Dann Hughie in Rosengrau gewandet wie für ein Picknick oder wie ein Konföderiertenkavalier, der rotwangig und leicht schwitzend, sei's aus Verlegenheit, sei's vor Stolz, immer wieder an seiner auffällig klein gebundenen Krawatte nestelte. Im Fenster setzte die Katze nun vom Zaun zum Sprung ins Dunkel des Nachbargartens an. Und schließlich Alice. Schlicht gekleidet, Hals schlank wie eine Straußenfeder, das Haar hochgesteckt und sehr fraulich, die sich mit manikürten Fingern an die geborgten Ohrringe fasste und von Hughies Leutseligkeit abwandte, als hätte sie sich verbrannt. Ich hielt ganz still und gab mir Mühe, sie nicht merken zu lassen, dass ich es sah: denn dort, etwas seitlich versetzt im Spiegel, sah Alice mich endlich an. Die Katze sprang, sie fuhr als Feuerstreif in eine andere Hölle.

Die verlaufene Tinte muss ich erklären: Es sind keine Tränen. Wir hatten gestern Abend ein Gewitter.

Die hatten wir in meinem San Francisco nie, ich hoffe daher, dass ich meinen Aufenthaltsort nicht zu sehr verrate, wenn ich sage, dass die Hügel östlich von dieser brettebenen Stadt Netzen gleichen, die uns Schwärme zuckender Leuchtaale erbeuten. Ich bin Stürme nicht gewohnt und neige dazu, wie der Familienhund zu bibbern und zu bellen. Einerseits ist das hilfreich, weil es meine kindliche Tarnung unterstützt, aber die Art Kind will ich andererseits nicht sein. Ich will eines von deiner Sorte sein, Sammy, der brüllenden, der mutigen. Tatsächlich aber liege ich mit Buster unterm Bett, uns stehen die Haare zu Berge und wir schlottern, bis die Dame des Hauses kommt und den Lichtschalter betätigt. Ist es altmodisch von mir, alles Elektrische zu verabscheuen?

Gestern Nacht raubte es mir meinen Traum. Ich war wieder bei Alice, wieder verliebt. Euch Ärzten werde ich die Details nicht verraten. Nur so viel: Ich trieb in einem Seerosenteich voller Alices, jungen und alten, in Schürzen und Kleidern und Perlketten, und ich war in meinem Traum glücklich, bis ein Blitz ihn meuchelte.

»Alice?«, rief ich gedankenlos.

»Menschenskind!«, herrschte mich Sammy aus dem oberen Etagenbett an und schlief weiter.

Licht flackerte über die Zimmerdecke. Der Hund und ich erstarrten in Erwartung des Weltuntergangs. Ein Warten, Warten, du kannst dich nie wirklich wappnen, es bricht – hab ich dich! – über dich herein wie Hass.

Ich muss aufgeschrien haben. Sammy stöhnte und bedachte mich mit einem Schimpfnamen.

Mittlerweile war Buster bei mir im Bett, mager und klappernd wie eine Stimmgabel, den Kleinmädchenblick unverwandt auf mich geheftet. Er roch nach Küchenresten, aber ich brachte es nicht über mich, ihn zu vertreiben, also zog ich ihn in die Arme. Das machte ihn operettenhaft glücklich, aber so nervös, dass er vor lauter Zappeln hündisch auf mich drauffiel, und da jaulten wir beide und wühlten uns beschämt unter die Laken, um dem nächsten Halali zuvorzukommen. Ein Lichtknall, ein Brüllen. Wir waren ein Häuflein elender Trottel.

Im Flur ging ein Licht an; es gab also noch Strom.

»Bei euch Jungs alles in Ordnung?«, erklang die Stimme deiner Mutter.

»Ja!«, rief ich.

Sammy: »Das Rhinozeros hier macht sich mal wieder ins Hemd.«

Da kam sie und nahm mich in den Arm. Sie roch nach Schlaf und Creme und versengter Heizdecke. Sie säuselte mir einen Jungennamen ins Ohr. Dann tätschelte sie mir dreimal den Arm und ging, den schlotternden Buster im Schlepptau, und ausnahmsweise hatte ich mal das Gefühl, es hätte sich alles gelohnt.

»Mann!«, machte deine Stimme, Sammy, von oben. Mit einem Seufzer versankst du wieder in das Schnarchen, das ich nur zu gut kenne. Der Donner rollte als langes, dumpfes Beben in mir.

Ich schreibe weiter. Das sind keine Tränen. Keine Tränen.

Mrs. Levy ließ mich immer wissen, wann Tillie fort sein würde. Auf diese oder jene Art, meist aber gab sie eine Karte mit einer eingerissenen Ecke ab, und wenn wir samstags heimkamen und im Vestibül die Visitenkarten im Silberständer durchgingen, fieberte ich schon nach ihrer kleinen Botschaft. Sobald ich die Karte entdeckte, ging ich hinunter und traf die beiden oftmals in irgendeiner Klemme an, aus der nur die kleine Gefälligkeit eines Nichtjuden sie befreien konnte.

So öffnete mir eines Freitagabends, als ich von einem Essen mit Hughie in der Market Street zurückkam, wo wir Mammie Pleasant zu Gesicht bekommen hatten, die Voodoo-Meisterin, Maggie, hastig die Tür und deutete auf den Kartenständer, wohl wissend, dass ich auf Nachricht hoffte; ich denke, sie ahnte, dass ein Mädchen im Spiel war. Voll Ungeduld suchte ich die Karte heraus, ging aber erst zu Mutter ins Nähzimmer, wo ihre Schneiderpuppe schon wieder ein goldenes, jüngst witwenschwarz eingefärbtes Gewand trug, hatte und tauschte mit ihr Beobachtungen zum Tage aus. Ich hörte zu und nickte, zog mich schließlich zurück und eilte zur Tür der Levys, aber es machte niemand auf. Ich läutete mehrmals und wollte schon aufgeben, als ich eine lichte Stimme von der Rückseite des Hauses hörte: »Mr. Tivoli, hier sind wir! Im Garten!«

Und tatsächlich, da saßen sie in ihre wärmsten Sachen gemummt in der Kühle des sommerabendlichen San Francisco. Es war ein trauriges Tableau: Die beiden hatten aus dem Salon das Tête-à-tête in den Garten geschleppt und beschäftigten sich im Mondschein mit Stickarbeiten. Mrs. Levy trug einen herrlichen Pelz, den ich noch nie gesehen hatte, dazu einen der riesigen Hüte, für die die Damen in diesen achtziger Jahren schwärmten, einen dunklen Wirbelsturm aus Federn, und helle Hirschlederhandschuhe unterschiedlicher Farbe. Alice war ebenfalls in Pelz gehüllt, einen dünnen, übergroßen Sealmantel, und sie trug eine Pelzmütze, unter der ihre

Augen im Mondlicht aussahen wie die kostbare Fracht eines Kap-Hoorn-Seglers. Sie ließen Nadel und Faden sinken und lachten beglückt. Später erfuhr ich, dass sie schon seit Stunden so dasaßen.

Was schief gelaufen war, wurde nicht recht deutlich; weil sie wussten, dass Tillie ans Sterbebett einer Verwandten eilen müsste, hatte Alice kurz vor Sonnenuntergang das Gaslicht entzündet, und Mutter und Tochter hatten sich zu einem ordentlichen Sabbat-Fleischtopf niedergesetzt. Doch dann, vielleicht, dass die Gaszufuhr unterbrochen wurde, oder vielleicht trug ein zugiges Fenster die Schuld, gingen die Lichter aus und sie waren zu Kälte und Dunkelheit verdammt; sie hatten nicht einmal Feuer gemacht. Zu müde, um noch irgendwo Bekannte aufzusuchen, zu gelangweilt, um in einem dunklen Zimmer zu sitzen und sich durch die Wand mit den wortkargen Geistern meiner Großeltern zu unterhalten, hatten sie die wärmsten Familienpelze zusammengerafft, das Tête-à-Tête in den mondhellen Garten getragen und in der nächtlichen Kühle mit Handarbeit, Gelächter und Geschichten den Abend zugebracht.

»Ich glaube, ich entzünde im Haus mal wieder das Gas«, sagte ich, inzwischen mit den richtigen Formeln vertraut.

»Aber nein!«, widersprach Mrs. Levy, und zwar entschiedener als sonst. »Nein, so ist es doch gut. Holen Sie sich einen Mantel, Mr. Tivoli. Und wäre eine schöne heiße Tasse Kaffee nicht himmlisch, Alice?«

»Ja, o ja«, keuchte Alice unter ihren Häuten.

Ich ging hinauf und suchte meinen besten Gehrock mit den schwarzseiden gefassten Knopflöchern heraus, die mit etwas Glück im Mondlicht glänzen würden. Ich kochte Kaffee und füllte ihn in den elektroplatierten Samowar auf dem Tisch. Draußen hatte sich Mrs. Levy vom Tête-à-Tête ins Scheinwerferlicht des Mondes begeben, dort sträubte sich ihr Pelz wie belebt vom einst animalischen Instinkt.

»Sie sehen sehr elegant aus, Mr. Tivoli«, sagte sie, gegen einen Baumstamm gelehnt, und strahlte, als wollte sie eine Arie anstimmen. Ich schenkte Kaffee in die eigenartigen levyschen Glastassen, und die Damen beugten sich zum Trinken auf beängstigend gleiche Art vor, als pflückten sie Blumen. Ich seufzte zufrieden, und sie lachten erneut, diesmal über die Erlaubnis, den Kaffee zu genießen, nach dem sie gelechzt hatten. Mrs. Levy deutete gespenstisch: »Setzen Sie sich zu Alice, die ist warm wie ein Muff.«

»Ich möchte keineswegs ...«

»Der Mantel juckt nämlich«, erklärte Alice.

»Setzen Sie sich, Mr. Tivoli, Sie sind den ganzen Tag und nun den ganzen Abend auf den Beinen gewesen.«

Heute besitzt wohl niemand mehr Tête-à-Têtes. Einer der Nebengötter wird es gebüßt haben, dass er sie uns hier unten beschert hat. Ein Tête-à-Tête wie das mondübergossene, das ich an diesem Abend vorfand, war ein S-förmiges Sofa, praktisch zwei in entgegengesetzte Richtungen weisende Sessel mit gemeinsamer Lehne. Stell dir das vor: ein Paar, Ohr an Ohr, Handschuh an Ellbogen. Als ich daher, wie von Mrs. Levy aufgefordert, Platz nahm und meine bepelzte, vom Juckreiz geplagte Alice betrachtete, war ich ihr näher als je zuvor. Der Wind wehte, und unter ihrer Mütze löste sich ein Haar, wurde lang in der Luft, legte sich auf meine Unterlippe und spannte sich wie eine Angelleine. Der Haken im Mund blutete. Alice schien es weder zu bemerken noch zu kümmern, sie lächelte.

Mrs. Levy warf sich an ihrem Baum immer noch in Positur, und nun fiel der Pelzmantel auf und offenbarte ihre scharlachrote Abkehr vom Witwentum, eine Wandlung der letzten Wochen. Rings um sie blühte Jasmin. »Wieder einmal geradezu shakespearisch, nicht wahr, Mr. Tivoli?«

Ich wagte keine Bewegung und keinen Laut, sondern musterte blinzelnd die Mutter. Wir hatten Vollmond, und ihre Bewegungen ergaben im Gras ein Schattenspiel, als wäre heller Tag. Ich musste bei ihren Worten daran denken, dass sie unmittelbar auf ihren vergrabenen Löffeln stand.

Dann wendete sich mein Glück. Vorn am Haus rührte sich etwas, und Mrs. Levy verbeugte sich theatralisch und tat das Unvorstellbare: Sie ließ ihre Tochter mit dem Nachbarn, diesem freundlichen älteren Herrn, im Garten allein.

Alice sagte: »Ich glaube, ich bin zur falschen Zeit geboren.«

»Bitte?« Ich mühte mich, unbewegt zu sprechen, damit sich das Haar nicht von meiner Lippe löste.

Sie sah von mir weg, dorthin, wo der Mond über die Bäume stieg. Dann sagte sie: »Heute Abend, zum Beispiel. Heute Abend ist es schön.«

»Nun, sicher ...«

»Nichts Neumodisches. Keine Petroleumlampen, die alles verstinken, kein Gaslicht. Das schmerzt in den Augen. Keine gesellig um ein Stereoskop oder Piano versammelten Runden, damit man zum x-ten Mal

›Grandfather Clock‹ singen kann, ach je. Ich wünschte, es gäbe jeden Abend nur Sternlicht und Kerzen und nichts zu tun. Dann hätten wir so viel Zeit.«

Ich hatte Angst, sie könnte jeden Augenblick den Kopf wenden, und dann fiele das Haar und wir wären entkoppelt. Ich hätte gern etwas gesagt, was sie weitersprechen ließe, weiter den Mond bewundern, zurückreisen in ihr schlichteres Alter, aber ich konnte nicht. Ich schwieg und sah ihr in die Augen.

Sie fuhr in ihrer leicht heiseren Stimmlage fort: »Es ist schwer, sich so ein Leben vorzustellen. Wir würden immer nur an Licht denken. Verstehen Sie, wenn es im Winter dunkel würde und es nicht viel Licht gäbe, müsste man alles vor Sonnenuntergang erledigen, schließlich gab es früher an den Landstraßen keine Laternen, oder? Wie furchtbar. Man konnte abends nur bei Kerzenlicht lesen, und Kerzen musste man sich wahrscheinlich gut einteilen. Nicht wie wir. Damals hat man sie selbst gemacht, sie waren lebenswichtig, wenn man Bücher lesen wollte. Und lesen musste man doch, was sollte man sonst tun? Die Leute hatten so wenig schöne Kleider, dass sie nie ausgingen. Sie hatten keine Salons oder Unsinn wie Wardsche Kisten und Kaleidoskope oder Projektionen einer Laterna magica. Das alles gab es nicht. Es gab nur ... Leute. Stellen Sie sich das mal vor.«

Alice verstummte und ich fasste den Mut, etwas zu sagen. »Man ging zu Bällen.«

Sie schüttelte den Kopf, den Blick immer noch auf den Mond gerichtet. »Ich meine vor wirklich langer Zeit. Ich meine vor den Petroleumlampen, und ich rede auch nicht von besonderen Abenden, Ballabenden und so, ich meine Abende wie heute. Die wir so gern mit

Gesellschaftsspielen totschlagen.« Da sah mich meine junge Liebe endlich an, und mir wurde vor Schreck kalt in der Brust: »Ich bitte Sie, wie soll man sich denn bei Gaslicht verlieben?«

»Und doch tun es die Menschen«, tönte es hinter uns. Ihre Mutter kam zurück.

Alice sah mich immer noch an. »War es so, Mr. Tivoli? Kerzen und endlose Abende? Als Sie ein Junge waren?«

»Nein«, sagte ich milde.

»So alt ist Mr. Tivoli nun auch wieder nicht, Alice! Also wirklich! Petroleumlampen gab es auch schon, als ich ein junges Mädchen war, weißt du. Und Pianos.«

Alice blinzelte kurz, dann schaute sie wieder in den Mond. »Schade. Ich stecke in der falschen Zeit. Ich möchte, dass es jeden Abend so ist wie heute.«

Mrs. Levy schien sich zu freuen. »Das Mondlicht ist jedenfalls herrlich.«

Alice überlegte. »Und die Dunkelheit auch. Und die Kälte«, sagte sie. »Und die Stille.«

Das Letzte klang fast wie ein Befehl; wir schwiegen. Alice schloss die Augen und atmete die Nachtluft, und durch diese Bewegung, nur das Zusammenziehen der Schultern unter dem speckigen Glanz des Seehundfells, löste sich das unsichtbare Haar. Ich war wieder allein. Mrs. Levy stand vor mir an einem Baum. Sie sah zu den Sternen hoch, man erahnte gerade den Atem, der in der Kühle vor ihrem Gesicht wölkte, eine Geistermaske. Wir alle atmeten, wir alle trugen diese Masken. Es war wie ein Bühnenstück – das helle Mondlicht, die Pelze und Hüte und das bescheidene Publikum der Löffel zu unseren Füßen; ich wusste nicht, was es bedeutete. Ich sah Mrs. Levy den Kopf senken und lächeln, ich sah

Alice mit offenem Mund zu den Sternen hinaufatmen, die Wangen mit Farbe benetzt, ich sah meine alte Hand an ihrem Ärmel ruhen und ihr so furchtbar gern einen Code morsen wollen. Ich sah, dass der Mond in ihre Kaffeetasse gefallen war. Er zappelte dort wie ein Falter. Dann sah ich, wie sie sich mit einem zum Kuss gespitzten Mund vorbeugte, und als sie über die geriffelte Fläche blies, sah ich den Mond zerspringen.

Später, als ich die Gaslampen entzündet, das Tête-à-Tête hineingetragen und bei den Levys das Feuer geschürt, als ich die kurzlebigen Kerzen in ihren Zimmern angezündet hatte, ging ich hinauf, wo mich Maggie steif wie eine Schneiderpuppe mit einem versiegelten Billet in der Hand erwartete:

Max: Ich halte es nicht mehr aus. Mitternacht im Garten.
Das Mädchen von unten

Manche Dinge sind so unmöglich, so phantastisch, dass man gar nicht überrascht ist, wenn sie geschehen. Die schiere Unmöglichkeit hat einen zu oft verleitet, sie sich in Gedanken auszumalen, dass einem, wenn man sich auf dem ersehnten mondhellen Gartenweg wiederfindet, alles ganz unwirklich und doch selbstverständlich erscheint. Ich zögerte nicht. Ich nahm Maggie das Billet ab und warf es ins Feuer. Ich kleidete mich um, machte mich feiner und schwärzte ein feuchtes Taschentuch, als ich mir den Schmutz des Tages vom Gesicht wischte. Ich dachte an den Mond in der Tasse Kaffee.

Sie wartete im Garten. Der Mond war untergegangen, ich sah ihn bloß weiß ihren Pelzmantel säumen.

Sie saß unter den Bäumen auf einer Bank. Unter meinen Füßen knackten im Dunkeln Zweige, da erhob sie sich und blickte mir schweigend entgegen. In der Ferne pfiff ein Dampflöschwagen. Ein nachtblühender Kaktus verschwendete seine ganze Pracht für niemand. Ich trat näher und hörte sie scharf Luft holen, ich sah sie die Hände aneinander pressen und dann, als ich nah genug und erkennbar war, nahm sie mich beim Arm und raunte etwas, ehe sie mich küsste. Ich war still und stocksteif vor Entsetzen. Beim Anblick der Angst in meinen Augen konnte die Witwe nicht an sich halten, sie warf den Kopf in den Nacken, und da war es wieder, das perlende Lachen. Leser, ich war siebzehn Jahre alt.

Die gute Mrs. Levy lebt längst nicht mehr, sie liegt südlich von San Francisco auf dem jüdischen Teil des Friedhofs von Colma. Sie starb mit über siebzig nach langem Leiden in Pasadena, fast täglich umsorgt von ihrer ergebenen Tochter. Ihre Haut wurde fleckig und fahl, und in ihren letzten Jahren empfing sie keine Besucher mehr; wenn ihre Anwälte ihr Papiere zur Unterschrift vorlegten, präsentierte sie sich ihnen gern in ihrem alten Witwenschleier. Sie starb mittellos, und ich sehe eine ältere Alice am Bett der Mutter weinend eine Hand halten, die so schmal geworden war, dass die Ringe nicht mehr passten. Die kalte Hand meiner ersten Geliebten.

Ich will diskret sein. Wir müssen den Toten gegenüber Milde walten lassen, sie können nicht für sich sprechen. Ich verrate dir nur so viel: dass sie in den Wochen, die wir zusammen im Dunkel des Gartens und mehr als einmal unter mitternächtlichen Gefahren in unserem South Park verbrachten, zu mir sehr gut und großzügig war. Die Unschuld des alten Mr. Tivoli verwirrte und rührte sie, und ich vermute, sie hielt meine bebende Niedergeschlagenheit für Liebe, denn hinterher, wenn ich keuchend im Gras lag, starrte Mrs. Levy mich an und dann, einen flüchtigen Augenblick, funkelten Tränen in ihren Augen. Sie war eine Frau und kein Mädchen, und selbst wenn sie oft einsam gewesen war, hatten unsere gemeinsamen Nächte für sie nichts Verzweifeltes. Es ging einfach um »etwas Honig fürs Herz«, so die Worte, die sie mir immer ins Ohr raunte. Mrs. Levy, Sie haben es nie gesagt, aber wahrscheinlich haben Sie mich geliebt. Sie waren gut zu mir, und ich habe es Ihnen schlecht gedankt, und in irgendeiner Hölle strahlen Sie heute, wenn Sie mir meinen eigenen Feuerplatz zumessen.

Warum habe ich es getan? Warum bin ich, als ich schwachsichtig in den Garten blinzelte und zwischen Fuchsien nicht etwa das süße Gesicht meiner Alice, sondern die Mutter erblickte, nicht rasch wieder ins Haus getreten? Dann wäre niemand verletzt worden, wie leicht hätte man die Sache als ängstlichen Rückzieher auslegen können oder, noch besser, als eine Frage des Anstands, der verlangte, dass kein Wort mehr über Frauen in dunklen Gärten verloren wird. Noch war irgendein Zauber im Spiel, mich fesselten keine Sternbande, ich hätte jederzeit gehen können. Aber ich war jung. Sie hielt mich für einen alten Geschäftsmann mit flatterhaftem Herzen, während ich ein ganz normaler Bursche von siebzehn Jahren war, der nie erlebt hatte, was es heißt, den Duft von Frauenhaar aus nächster Nähe zu riechen, eine Hand auf seiner Haut zu spüren, ein Gesicht vor Verlangen aufgelöst zu sehen. Geliebt zu werden ist fast eine andere Art Liebe. Dasselbe Herz, aber eine andere Kammer, derselbe Ton, aber aus einem hohen Fenster und nicht dem eigenen Herzen. Mutige oder sorglose Menschen werden das nicht verstehen. Du zum Beispiel, Sammy. Aber manch einer von uns Jungen, Alten oder Einsamen empfindet es als annehmbaren Ersatz und besser als das, was wir haben. Wir sind nicht verliebt, aber wir sind bei jemandem, der liebt, und die gestohlenen Träume ihrer Tage gelten alle uns.

Stell dir vor: Ich war noch nie geküsst worden. Als alter Mann erwartete ich gar nicht, dass ich je von einer Frau berührt oder geliebt werden könnte. Ich war auf meinen eigenen Körper nicht vorbereitet, Hughies Bücher hatten mir zwar die Anatomie erschlossen, aber nicht, was ich empfinden könnte, und es ging alles zu schnell für meinen unreifen Geist. Von dem Augenblick an, als Mrs. Levy unter den Bäumen meinen Arm nahm, bewegte sie sich ohne Zögern – bedeutete doch schon mein Kommen Zustimmung –, und ich, vor Bedenken schwer, konnte mit ihren Händen und Küssen und dem wie Papiervögel in meine Ohren gesetzten Geflüster nicht mithalten. Ich konnte mit der Hitze unter meiner Haut nicht mithalten, nicht mit dem Ritschen ihrer Fingernägel, als sie mir das Hemd aufknöpfte und ich nackt in der Nacht stand. Der Körper, diese fahle Spinne, überwältigt den Geist; er wickelt ihn in Seide und hängt ihn in die Ecke, damit der Körper frei ist, seinen Interessen nachzugehen. Als ich wieder zu mir kam, lag ich um Atem ringend im Phlox, während Mrs. Levy mondweiß barbusig mit frohen Augen über mir saß, mir übers Haar strich und flüsterte: *Du bist ein tüchtiger Mann,*

Max, keine Sorge. Du hast länger keine Frau mehr angerührt, nicht wahr? Max, du Guter, du Guter.

Auf den Treppen und brieflich war ich Mr. Tivoli, doch in ihren Armen war ich Max, lieber Max, schöner Max, starker und ungestümer Max. Noch nie hatte ich meinen Namen so oft gehört, auf so viele Arten, allesamt zärtlich und gut, als sei der Name – von dem ich mich immer gezügelt fühlte – so reich, dass er nur im Stillen, nur behutsam im geheimen Vorzimmer meines Ohrs ausgekostet werden könnte. Es sollte das erste und eines der letzten Male sein, dass ich meinen Namen in dieser Weise hörte, denn obwohl andere Frauen mir Namen ins Ohr gekeucht haben, so doch selten Max. Sammy, hast du es schon gehört? Dir sind schon viele Sammys zugerufen worden – das »Komm sofort rein«-Sammy, das »Du Witzbold«-Sammy, das »Stör mich jetzt nicht«-Sammy –, aber bist du, wenn du das hier liest, alt genug, um das ganz andere und überraschende »Sammy« eines verliebten Mädchens gehört zu haben? Ausnahmsweise zitiert dich nicht jemand herbei, belehrt dich oder spricht dich überhaupt an; es ist kein Sprechen. Sie sagt es zu ihrem eigenen Vergnügen, denn obwohl du doch da bist, beschwört dieses Nennen nicht die früheren Sammys herauf, die sie in den Armen gehalten hat, sondern einen künftigen Sammy, von dem sie sich ausmalt, er küsse sie immer noch genau so. Im Dunkeln zauberte Mrs. Levy einen künftigen Max hervor, einen kraftvollen Kerl, der immer keuchend im Phlox lag, und das Gefühl war so ungewohnt, dass ich ihn akzeptierte; eine Zeit lang wurde ich er, denn ich folgte weiterhin ihren Einladungen und lernte mit der Zeit die Flaggensignale ihrer Jalousien zu lesen:

hoch, runter. Ein Zwinkern in der Nacht; mein Gott, ist das für junge Männer in alten Körpern nicht Grund genug?

Meine Alice vergaß ich deshalb keineswegs. Ich musste mich sehr beherrschen, nicht das gehauchte Ah ihres Namens in Mrs. Levys Ohr entweichen zu lassen, und ich betrachtete es eher als Tribut, dass Alices Antlitz oft wie Feenlicht vor meinem inneren Auge tanzte, wenn ich in den Armen ihrer Mutter bebte. Außerdem verschaffte mir die neue Lage öfter Zugang zum Parterre-Haushalt, und mit Hughie (verlässlichem Komplizen) verbrachte ich manchen Abend damit, an einem fetten, festen Braten zu säbeln und der älteren Levy Darbietung von »Listen To the Mockingbird« über mich ergehen zu lassen, um in den Genuss des Klaviervortrags diverser Bürgerkriegsgassenhauer der jüngeren zu kommen. *Peas! Peas! Peas! Peas!* sangen wir. Alice schob die Zunge vor und schlug auf die Tasten ein, Hughie grölte dazu und schwang die Faust gegen die Langeweile, Mrs. Levy hauchte jedes Wort wie einen Kuss nur für mich und der gute, alte Mr. Tivoli wendete die Noten und lächelte dazu. Eine Hand ruhte auf dem Notenblatt, die andere harmlos auf Alices spitzenbedecktem Rücken, wo ich unter den Knöpfen ihres Kleids die Knöpfe ihrer Wirbelsäule fühlte und bei jedem herrlichen *Peas!* das köstliche Zucken ihres Körpers.

Mutter war bei diesen Anlässen nicht dabei; in den letzten Wochen ihrer Schwangerschaft musste sie liegen, und sie vertrieb mit täglichen Whiskey-Dosen das Gespenst der Hysterie. Vor den Levy-Abenden brachte ich ihr das Essen hinauf und erzählte, wie immer, von der Arbeit im Bauch des Backsteinwals Bancrofts, davon, wie der komische weißhaarige Kauz ohne Hut mir den *Call* verkauft und was ich von den drei Haymarket-Square-Anarchisten gelesen hatte, die immer noch dem Tod am Galgen entgegensahen. Zusammen gingen wir, wie stets, die Karten aus dem Visitenkartenhalter durch. Sie legte mir die Tarotkarten. Ich las ihr aus der illustrierten Zeitung *Cosmopolitan* vor, die sie ebenso gut hätte selbst lesen können, doch sie lauschte gern mit geschlossenen Augen. Später, nach der geselligen Runde und vor dem Taumel im Phlox, ging ich noch mal hinauf, um ihr einen Gutenachtkuss auf die Lippen zu drücken und die blakende Kerze auf ihrem Nachttisch zu löschen.

Als die Wehen einsetzten, wurde ich aus dem Haus verbannt, und Hughie und ich landeten in einer alten Banker-Bar und leerten Kanne um Kanne Ale. Von der Decke wand sich eine Hinduschlange Papier endlos in einen Korb, und gelegentlich hob einer der Herren sie an, um von den jüngsten Weltereignissen zu lesen. Hughie hatte einen neuen Schnurrbart und trug von Kopf bis Fuß Schwarz: Das war die Uniform für seine neue Stellung im Conservatory of Flowers, dem Gewächshaus des Golden Gate Park.

»Kennen Sie schon die Victoria Regina?«, war seine neueste Masche bei den Mädchen, die er mit dem unbotanischen Namen der Riesenseerose in Verlegenheit brachte, die er betreute, und immer erröteten sie. Verstehst du, Sammy, damals war das eine gewagte Formulierung.

»Wie geht's dem Leviathan?«, fragte Hughie an diesem Abend und meinte mit seiner üblichen Unverschämtheit meine liebenswürdige Nachbarin.

»Also hör mal ...«

»Die Jungs im Gewächshaus wollen wissen, ob es stimmt, was man über jüdische Frauen sagt.«

»Du hast es den Jungs erzählt?«

»Keine Einzelheiten. Aber sind sie wirklich zum Tollwerden?«

»Hughie, ich kenne ja sonst keine Mädchen. Das heißt, ich kenne eigentlich gar keine Mädchen. Mrs. Levy ist eine Frau.«

»Du sagst doch nicht immer noch Mrs. Levy zu ihr?«

»Ich wünschte, ich könnte Alice zu ihr sagen.«

»Fang gar nicht erst an. Denk an was Schönes. Erzähl mir von deiner Mrs. Levy ...«

Ich fühlte mich schrecklich schuldig. So sehr ich mir einzureden versuchte, das alles sei nur ein Mittel, um mich Alice näher zu bringen – wann immer ich sie auf dem Rasen das Unkraut um ihre verdörrten Sonnenblumen jäten sah, wann immer sie mir ihr kummervolles Gesicht zuwandte, stürzte ich ins Leere. Ich verriet genau das, was ich retten wollte. Ich löste an einem Ende, was ich am anderen wob. »So griechisch«, fand Hughie. Sicher, eine altbekannte Geschichte, und sicher war ich nicht der Einzige, dem die Liebe zum Schlamassel geriet, aber tröstet das einen?

Hughie erzählte ich all das, was ich dir nicht sagen kann, nicht großmäulig oder stolzgeschwellt, sondern weil ich nicht wagte, im Haus meiner Mutter ein Tagebuch zu führen und deshalb meine Erinnerungen bei ihm niederlegen musste. Etwa, dass Mrs. Levy sich auf unsere Abende vorbereitete, indem sie eine Art Schwamm einführte, den sie an einem langen Faden herausziehen konnte, bis sie mir schließlich einen Überzieher aus Schweinedarm aushändigte. Hughie lauschte gebannt. Er war doch mein Kumpane, dem das alles ebenso ein Rätsel war wie mir selbst. Was wir von der Sexualität wussten, stammte aus den Büchern seines Vaters, und mir dämmerte, dass das überwiegend Abirrungen waren. Nun, was war denn ich? Würde meine Mrs. Levy jemals für einen Jüngling von siebzehn Jahren ihr Korsett gelöst haben? Es war doch meine Missgestalt, die sie anzog, das leicht Monströse. Ja, Hughie kannte immer die ganze Wahrheit meines Lebens. Oder fast.

Die Herren am Lochband grummelten über die Nachricht eines Dammbruchs drüben an der Ostküste, der eine Stadt unter dreißig Fuß Wasser begraben und Tausende Menschenleben gefordert hatte. Der Schankwirt fragte, ob ich und mein Sohn noch etwas bestellen wollten.

»Er ist nicht –«, hob ich an.

»Ja, Dad kann noch einen vertragen«, unterbrach mich Hughie grinsend und sagte dann zu mir: »Prost, Dad, trink. Ich muss dir etwas erzählen.«

Weit weg wurde in diesem selben Augenblick in einem hohen Zimmer meine Schwester geboren. Ich freue mich, berichten zu können, dass außer der Neugeborenen niemand schrie und dass nichts erstickt wurde außer der Sorge einer Mutter; japsend wie ein Lungenfisch wurde die rot glänzende Mina in die Welt gehoben, hustete und gab Laut, als die Nabelschnur durchtrennt und sie so allein war wie wir alle, und Mutter sah durch den grünen Dunst der Chloroformdosis, dass hier nun wahrlich ihr Fleisch und Blut war. Ein Wesen, das altern würde, ein Wesen, das schön werden und ihre Schönheit verlieren würde, das die Anmut wie auch die schlechten Ohren und die nicht makellose Figur ihrer Mutter erben würde, ein Wesen, das zu viel lachen und die Augen zu oft zusammenkneifen und die letzten Jahrzehnte ihres Lebens damit zubringen würde, die in der Jugend angelegten Fältchen wegzucremen, bis sie es schließlich aufgab und den faltigen Hals unter einem Perlencollier kaschierte, hier war nun die ganz gewöhnliche Traurigkeit der Welt.

Unterdessen wurde ich selbst ein bisschen älter, als ich Hughies Bericht hörte. Was er mir sagte, entfesselte eine unerwartete Einsamkeit. Da saß er, ganz in Schwarz gekleidet, ein ernster Mann, der von ernsten Dingen sprach und nur innehielt, um sein dunkles Ale entgegenzunehmen, den Schaum vom Glas zu blasen und sich dann wieder mit den sanften Augen einer Tempelkatze mir zuzuwenden. »Du darfst nicht böse werden«, betonte er mehrmals und tippte mit dem Fingernagel dicht unter einem Irrwitz aus Herzen und dornigen Initialen auf den Tresen. »Mir bedeutet das nichts, ich schwör's dir, überhaupt nichts.« Von oben ringelte sich die Rauchfahne aus Papier runter in den Korb, als kehrte sie an einen Brandherd zurück, als liefe noch anderes als ich rückwärts in die Welt. Aber das stimmt nicht, die Welt fällt nach vorne, wenn sie zerfällt.

Es waren nur wenige Worte. Ein kleiner Scherbenhaufen. Verstehst du, während ich mich mit Mrs. Levy im hintersten Winkel des Gartens vergnügte, hatte sich meine Alice verliebt. Schlicht und grausam verliebt. In wen? In Hughie natürlich. Wen sonst?

Für die ärztliche Zunft hier der neueste Stand:

Ich habe erst heute Nachmittag eine Untersuchung bestanden. Ich meide die Ärzte, wo nur möglich, und das besonders, seit ich zum kleinen Jungen geworden bin, aber nach dem Gewitter neulich nachts bekam ich Halsschmerzen. Ich versuchte, das mit Lutschpastillen und einem Lächeln zu überspielen, aber aus der Tortur, Mrs. Ramseys Mahlzeiten hinunterzuwürgen, wurde eine Unmöglichkeit. Ich kann nur noch stöhnen und grimassieren. Der Hund fürchtet sich vor mir. Und du, Sammy, ziehst mich erbarmungslos auf. Also hat man mich in einen kleinen Bungalow im besseren Teil der Stadt gebracht, an einen fensterlosen Ort mit Filmplakaten und einer Mullbinde zum Spielen. Mrs. Ramsey, die gute Frau, hüllte mich in Besorgnis, gab mir einen trockenen Kuss und sagte, sie komme wieder. Und dann gab es fast eine Stunde lang nur mich und den Mull und die Filmplakat-Schwester. Ich kenne die schneeigen Zinnen ihres Häubchens auswendig.

Dr. Harper erwies sich als jovialer Bursche mit dem gebeizten Aussehen eines Hollywoodstars. Er spähte in meinen Hals und überlegte mit schmalen Augen, ehe er sprach.

»Du fühlst dich nicht wohl?«

»Es ist nichts. Nur Halsschmerzen.«

Er schüttelte den Kopf und machte sich Notizen. »Nein, keineswegs. Es ist etwas ganz anderes. So etwas ist mir noch nie untergekommen.« Ein kurzes Lachen.

War es möglich? Dass dieser Mann auf einen Blick erkannte, was einem halben Jahrhundert Ärzte mit ihren Aderlässen, Schröpf-, Purgier- und Schwitzkuren, ihren Elektroschocktherapien entgangen war? Keiner der vielen Adepten von Rush und Thompson, von Graham, Fletcher und Freud hat mir etwas anhaben können – war ich deshalb vor lauter raffiniert gespickten Schlingen nachlässig geworden wie ein alter Flussbarsch, der einem Schuljungen an den Haken geht? Ich bin ein alter Mann, ich verstehe nicht viel von der heutigen Welt, demnach ist es durchaus denkbar, dass das neue Jahrhundert δ-, ε- oder φ-Strahlen entdeckt hat, die einen Mann meines Schlages durchschauen. Aber in dieser Kleinstadt auf dem platten Land? Ich zügelte meinen Drang, alles zu beichten, ich hielt still wie ein Kind.

»Ich brauche ein paar Maße, alter Knabe«, sagte er mit einem komischen Lächeln.

Mich schauderte, als er Größe, Gewicht, Länge der verschiedenen Knochen maß, mir in die Ohren und Augen leuchtete und nachdenklich am knisternden Empfänger meines Herzens horchte. Auch ich registrierte die Werte, wusste aber, dass sie ihm nicht verraten konnten, dass ich im letzten Jahr um zwei Zoll geschrumpft war, an Gewicht entsprechend verloren hatte und mein Geschlecht mittlerweile einem kleinen Schneckengehäuse glich. Ich log mir eine Krankengeschichte zurecht, dichtete mir einen operierten Bruch in frühester Kindheit, chronische Bronchitis und eine Hand voll Allergien an, damit er weniger leichtes Spiel hätte. Während er versuchte, mich für seine kleinen Scherze zu gewinnen, war ich ganz woanders, schwebte über allem, gelähmt vor Angst, dass mein mühsames Schlucken der eine verräterische Hinweis wäre, der wie in Kinder-Detektivgeschichten den jungen Helden unweigerlich dem Feind verrät.

»Nun, der Befund ist glasklar, alter Knabe. Wir sollten jetzt mit deiner Mutter und deinem Vater sprechen.«

»Sie ist nicht meine Mutter. Und mein Vater ist tot.«

»Ach«, machte er, zum ersten Mal verblüfft.

»Was wollen Sie ihr denn sagen?«

Er grinste und verstrubbelte mir das Haar. »Ich werde ihr alles über dich verraten.«

Die beiden verschanzten sich in seinem Sprechzimmer für gut zehn Minuten, die ich, ein tödlich erkrankter oder bereits toter Mann, wieder im Wartezimmer verbrachte, wo ich mir den Kopf zerbrach, ob ich die Beratung stören könnte, indem ich vielleicht eine Gelbfieberattacke vorschützte, dann aber mit einem bitteren Lachen erkannte, dass sich darin eben doch mein Alter verriet: Das Gelbfieber war 1900 ausgerottet worden. Da hörte ich im Gang Erwachsene wie in einer Filmkomödie lachen, und sie kamen heraus, meine Mrs. Ramsey so jung, vergnügt und strahlend. Man reichte mir ein grünes, in Papier gewickeltes Bonbon, Mrs. Ramsey notierte den Titel eines Romans, den sie empfehlen konnte, Dr. Harper nahm den Zettel entgegen, zwinkerte kurz und verabschiedete sich mit einem sachlichen Handgruß, und ehe ich mich versah, waren wir draußen in der immer frischen Sonne meiner neuen Heimatstadt. Ich schob das Bonbon zu den Pillen in meine Tasche, die ich im Untersuchungszimmer unauffällig an mich gebracht hatte. Sie klärte mich über mein Los auf.

Solange es Männer wie Dr. Harper gibt, werde ich in Sicherheit sein. Wie es scheint, zeigen sich bei mir die ersten Symptome dessen, was die Ärzte Partotitis epidemica nennen. Kurz: Mumps. Eine Kinderkrankheit. Sollte der Kurpfuscher Recht behalten, dann stehen mir geschwollene Drüsen und Fiebertage im Schlafzimmer bevor. Aber er muss sich irren. Hast du etwa schon bei einem fast Sechzigjährigen von Mumps gehört?

Mrs. Ramsey ging mit mir in den Drugstore und kaufte mir einen Schokoladenriegel, ein Paar Rollschuhe und eine silberne Spielzeugpistole ganz wie die, die Hughie einst besaß. Für dich, Sammy, kaufte sie das Ruf-Nek-Kaugummi, das du so gern hast. Für sich selbst wählte sie nach viel Gelächter über kosmetische Wundermittel einen Lippenstift von erotischer Farbe und zwei verschiedene Augenbrauenstifte. Mit skeptischer Miene probierte sie Düfte und erfuhr schließlich von einer rotäugigen Verkäuferin, dass ihr Lieblings-Duftwasser aus der Mode gekommen war und extra bestellt werden müsste. Ich fragte sie, welches es sei. »Rediviva«, antwortete Mrs. Ramsey mit einem Seufzer. Ich legte das Rezept des Arztes vor, das ich etwas ausgeschmückt hatte, und die Verkäuferin nahm es beflissen entgegen. Danach war es für unseren tapferen kleinen Soldaten ein Leichtes, die Pharmazietheke als stolzer Besitzer von Kalium, Chinin und einer wunderschönen blauen Flasche Morphium zu verlassen. Wir leben in goldenen Zeiten.

Erst nach fast einer Woche ließ ich ihn ihr das Herz brechen. Dein Herz, Alice, dein pfirsichweiches Herz. Nicht aus Boshaftigkeit, denn es war unabdingbar. Rückblickend wäre es viel klüger gewesen, Hughie in ihre Arme zu treiben und sie mit Talmi und Nelken heimsuchen zu lassen, ihr triefendes Zeug ins Ohr säuseln zu lassen; nichts befremdet ein Mädchen so wie ein Amateurenherz. Sie hätte ihn nach zwei Wochen fallen lassen, glaube ich, und nicht etwa, weil sie dumm oder flatterhaft war, sondern weil es uns manchmal Angst macht, wenn die Bombe, die wir selbst gelegt haben, in unseren eigenen Händen hochgeht. Wenn ich den Dingen ihren Lauf gelassen hätte, was wäre schon daraus geworden? Sie hätte Hughie gehasst und mich wahrscheinlich gleich mit, sie würde sich in den nächstbesten hübschen Burschen verguckt haben, bei einer der Tanzgesellschaften, zu denen sie so ungern ging, sie hätte sich mit ihm verabredet und dann, wenn sie eines Nachmittags an einer nebligen Straßenecke vergeblich gewartet hätte, wäre ihr Herz doch gebrochen. So besorgte wenigstens jemand die Sache, dem etwas an ihr lag.

Hughie war bereit zu tun, was immer ich verlangte. Er sollte sie im Gewächshaus treffen, denn sie hatte sich angewöhnt, ihn dort nach der Schule aufzusuchen, und dort sollte er ihr das kleine Herz mit dem harten Schlag brechen, mit dem man eine Geode spaltet. Er sollte sanft, aber unbeugsam sein und in ihrem Busen keinen Fetzen Liebe übrig lassen, sie musste von dieser albernen Gefühlsverirrung geläutert werden und sich auf diese Weise der Liebe eines scheinbar älteren, eines rücksichtsvolleren Mannes geradezu mit Dankbarkeit öffnen. Hughie wunderte sich über das Vorhaben, er fand es erstaunlich grausam gegen ein so hübsches junges Ding. »Hübsch?«, fragte ich argwöhnisch. »Hast du ... hast du irgendetwas getan, was ihr das Gefühl gegeben hat?« Er stritt es ab und erklärte sich zur Tat bereit. Eigentlich wollte ich mich hinter einem Farn verstecken und Zeuge meiner kleinen Inszenierung werden, aber Hughie meinte, das würde ihn nervös machen und dann würde er die Sache verpatzen. Er schickte mich nach Hause, und dort wartete ich auf Nachricht, dass Hughie für meinen Auftritt die Bahn frei gemacht hatte. Ich saß im Salon und versuchte vergeblich zu lesen, ich legte Karten, verlor aber nur. Schließlich fand ich mich vor einem von Vaters Sammelstücken wieder – einem Affenkopf unter

Glas, den ich über eine Stunde lang anstarrte und in dessen Groteskheit ich vorübergehend Erlösung von meiner eigenen fand.

Um vier läutete es an der Tür, und ich hörte Maggie im Vestibül mit jemandem reden. Ich hatte ihr gesagt, ich sei für jeden außer den Besuchern meiner Mutter zu sprechen. Bald klopfte es an der Salontür: Maggie, die mir eine dringliche Angelegenheit ankündigte. Ich winkte ab und schenkte für mich und für Hughie ein Glas Whiskey ein. Ich wappnete mich und blickte aus dem Fenster auf den erbitterten Kampf zweier Eichhörnchen. Ich hörte eine klägliche Stimme:

»Mr. Tivoli, ich brauche Ihren Rat.«

Es war Alice.

Mit siebzehn haben wir kein Herz. Wir glauben es zwar, wir halten uns für mit einem heiligen, geschwollenen Ding geschlagen, das beim Klang des geliebten Namens zuckt, aber das ist kein Herz, denn obwohl es alles auf der Welt hinzugeben bereit ist – den Verstand, den Körper, die Zukunft, selbst die letzte, einsame eigene Stunde –, opfert es niemals sich selbst. Es gibt kein Herz mit siebzehn. Es gibt eine fette, in ihrem Bienenstock summende Königin. Ich wünschte, ich hätte, als Alice so verloren und verzweifelt den Raum betrat, als sie auf die Knie fiel und heiße Tränen auf die Wolle meiner Hose vergoss, die Größe besessen, sie zu Hughie zurückzuschicken. Ihr übers Haar zu streichen (das tat ich allerdings), ihr Kinn in meine grobe Hand zu nehmen (auch das) und ihr zu versichern, dass er alles für einen Kuss von ihr gäbe, er sei schließlich ein Junge und sie ein Ausbund an Schönheit. Ihr zu sagen: »Er wird dich lieben«, und »Es gibt immer einen Weg«, um mich dann, wenn sie sich die Tränen fortwischte und sich mit ein, zwei atemlosen Lidschlägen für die nächste Schlacht rüstete, ins tief stehende Licht des Salons zu wenden. Sie ziehen zu lassen. Aber ich hatte nicht das Herz. Wann wächst es uns? Zwanzig, dreißig Jahre später, als wir es brauchen?

Stattdessen blickte ich auf das Haupt nieder, das auf meinen Knien bebte, ich starrte auf die helle Furche zwischen ihren Zöpfen hinab, als suchte ich nach dem Quell eines verlorenen Flusses. Ich wartete, bis es Zeit war, sie zu berühren, und dann tat ich genau das, und sie schüttelte weder meinen Arm von ihrer Schulter noch meine Hand von ihrem Hinterkopf, sondern sank noch tiefer in meinen Schoß. Unwissentlich beschworen sie und ich ihren Vater herauf, und jeder übernahm seine Rolle – Alice, die haltlos schluchzte, Mr. Tivoli, der beschwichtigte –, bis ihr Schniefen und Schluchzen das Ende anzeigten.

Sie begann zu sprechen. »Es geht um Hughie, Mr. Tivoli.« Ich schob einen Finger in die Schlaufe ihrer Haarschleife.

»Ich weiß«, sagte ich und fügte so leise hinzu, dass sie es nicht hörte: »Sag doch Max zu mir.«

»Er sei ein Ungeheuer, sagt er, ein Ungeheuer ...«

»Bitte?« Ein wenig Druck des Fingers, und ihre Schleife löste sich; ich erschauerte, sie merkte es nicht.

»Er sagt ... er sagt, wir wollen Freunde sein. Idiot. Er sagt, er will nichts verderben.«

Beunruhigt nahm ich einen Schluck Whiskey. Hughie hatte improvisiert, hatte sich nicht streng an den Text gehalten, er hatte meine Alice behandelt wie jedes beliebige Mädchen, das er auf der Straße traf. »Wo wart ihr denn?«, fragte ich beherrscht und überlegte, was er wohl noch hinzuerfunden hatte.

Sie schniefte und richtete sich auf, so dass meine Hand von ihr abglitt, der Bann war gebrochen. »Bei der Victoria Regina, wie immer. Ich treffe ihn immer da. Meist kann er sich einen Augenblick frei machen, und dort ist es ruhig und man kann einfach auf die Seerosen gucken. Ich war ... ich wollte mutig sein und ihn fragen, wann er mich mal ausführt. Und da hat er gesagt ... oh, er hat gesagt, ich wäre erst vierzehn. Und dass er sich für Mädchen wie mich nicht interessiert. Vierzehnjährige. Jedenfalls nicht so. Mädchen wie mich? Gibt es wirklich andere Mädchen wie mich?«

Auch das wich etwas vom Text ab, aber nicht sehr. Ich nahm an, dass Hughie ein bisschen Lampenfieber bekommen hatte dort in seiner Uniform bei den gewaltigen Seerosenblättern, und dass er einfach geflüstert hatte, was ihm gerade in den Sinn kam; möglicherweise war er aufrichtiger gewesen, als ich es beabsichtigt hatte. »Was noch?«

Die Erinnerung versetzte ihr einen Stich und sie verzog vor Kummer schmerzlich das Gesicht. »Er hat gesagt, er liebt mich wie eine Schwester. Ich bin ja nicht blöd, Mr. Tivoli.«

»Max. Nein, nein, das bist du nicht, Alice ...«

»Ich weiß sehr gut, was er sagen wollte. Er wollte sagen, dass er mich nie lieben wird. Oder ... wollte er vielleicht ...«

»Nein, nein, Alice, setz dich her zu mir ...«

»Ich verstehe nicht«, murmelte sie.

Ich berührte erneut ihre Schulter. Und dann machte ich einen Fehler. »Besser, du vergisst ihn, Alice.«

Sie zuckte zurück, und ich sah, dass sie mich hasste. Es ging so schnell, eben noch war ich ein verständnisvoller Freund gewesen, fast ein Vater, und jetzt war ich ein alter Mann, der nichts von der Liebe, von Leidenschaft verstand, ein Mann, der nur sein eigenes, trauriges Gift bieten konnte. Ach, diesen blanken Hass in ihren Augen zu sehen, mir war so, als wäre sie unwiderbringlich verloren und als würde kein Plan meinerseits sie je zur Umkehr bewegen. Hughie mochte ihr hundertmal das Herz brechen, doch wenn ich meiner Alice riet, ihn zu vergessen und einen netten, ergebenen Jungen aus der näheren Umgebung zu finden (näher, als sie ahnen konnte), würde sie mich aus ihrem Leben verbannen. Sie würde wieder zu dem launischen Mädchen aus dem Parterre werden, das keinen Gedanken an mich verschwendete. Diese Augen, wie Opale mit Hass geädert, der alle Tränen eindampfte – ich hätte alles getan, um das zu ändern. Also stotterte ich mir unter ihrem Blick etwas zurecht. Und traf schließlich das, was sie zu hören gekommen war:

»Ich rede mit ihm, ich werde ihm sagen ... ich werde von dir sprechen ...«

»Wollen Sie das tun?«

»Ich werde ihm sagen, wie wunderschön du bist.«

»Findet er mich denn schön?«

»Aber ja. Er findet dich die Schönste von allen.«

»Oh!«

»Ja, das schönste Mädchen, das er je gesehen hat.«

»Das schönste Mädchen ...«, wiederholte sie.

Alice verließ meinen Salon glücklicher, als sie gekommen war; sie verließ ihn mit meinen ganzen dämlichen Versprechen, gegeben, nur um sie zurückzuhalten, um eine letzte Gelegenheit zu erzwingen, miteinander zu sprechen und ein Geheimnis zu teilen, denn um keinen Preis durfte ihrer Mutter etwas von alledem zu Ohren kommen. Ich nickte, ich spitzte nachdenklich die Lippen. Im Gehen drückte sie mir einen Kuss auf die Stirn, und als ich die weiche Musseline an ihrem Hals roch, sagte ich zu mir, ich sei nicht nur ihr Vertrauter, nicht nur heimlicher Mitwisser, sondern ihr Königsweg zur Liebe. Ebenso wie sie zuvor darauf gezählt hatte, dass ich an einem Sabbat das Feuer schürte, so zählte sie jetzt darauf, dass ich ihr ein paar herzerwärmende Worte bringe. Und obwohl ich wusste, dass das leise Lächeln, das im Gehen über ihr Gesicht huschte, nicht mir galt, und die schlaflosen Nächte, die sie verbringen würde, nicht meinem bärtigen Gesicht, würde ich doch irgendwie Teil des Ganzen sein. Ich würde der Hausdiener ihres Herzens sein. Wenn wir sehr jung sind, begnügen wir uns mit dem, was nie genügen kann.

Alice, was denkst du, wenn du dies liest, jetzt, in deinem Alter? Du weißt, worauf die Sache hinausläuft, und ich bin sicher, deine Version der Geschichte lautet anders. Du erscheinst in ihr vielleicht verlorener und unschuldiger, wie ein buntes Glassteinchen, das im Kaleidoskop klingelt und in Mustern schillert, die ich nicht kennen kann: dem, wie Hughie über deine altkluge Art lachte; den dicken, fleischigen Blättern der Victoria Regina; dem Zorn über deinen fehlenden Vater; dem komischen Gefühl, als ein alter Mann deine Haarschleife löste. Während Hughie in meiner Geschichte einfach der ist, der mich ausstach, bist du gewiss überzeugt, ihn aus bestimmten Gründen geliebt zu haben, so wie wir alle das meinen, und noch immer wärmst du dir die Hände an der Glut dieser ersten Liebe, nie könnte man dir einreden, selbst im hohen Alter nicht, dass alles nur Zufall war.

Ich habe es deiner Mutter gesagt – wusstest du das? Ja, doch. Ich habe es ihr als Geheimnis anvertraut, dass du in Hughie verschossen bist und er dich nicht verdient. Das war nicht gelogen, aber es war gemein, es sollte sie zu einem ärgerlichen Seufzer veranlassen, wann immer du Hughie erwähntest. Rückblickend ist klar, dass du ihn deshalb nur umso mehr lieben musstest.

Eines Abends warst du anders. Du wirst dich daran erinnern. Eines Abends ließ Maggie dich ein, und in den Raum schritt eine steinerne Tochter. Du hast nicht errötend auf dem Teppich gesessen, an diesem Abend warst du blutleer. Du hast den alten Fauteuil meines Vaters gewählt, deinen Zopf geordnet, mich fixiert und ohne anklagenden Unterton verkündet: »Er liebt mich nicht.« Du hast bei jedem meiner Worte nur mäßig betrübt abgewinkt und in einem fort wiederholt, was du jetzt zu klug warst, nicht zu erkennen. Er liebte dich nicht. Nein, er liebte dich nicht. Das war von Anfang an klar gewesen. Du trugst eine schreiend bunte Jungmädchen-Halskette und billige, an den Fersen schlackernde Schuhe. Du entnahmst deinem Retikül eine Zigarette, als wolltest du sagen: *Jetzt bin ich eine Frau, die so etwas tut.* Mit vierzehn eine Frau, die so etwas tat. Ich verstummte und ließ dich aus dem Rauch diese andere Frau bilden, dem Phantom dort im Raum Leben einhauchen. Totenstill war es, während sie sich im schiefen Mondlicht drehte, nur Haar und Sehnen. Kaum hatte sie sich aufgelöst, war ich derjenige, der weinend auf die Knie sank, warum, weiß ich nicht. Du warst nun die, die mir übers Haar strich und beschwichtigende Worte murmelte, die wie immer wenig Trost spendeten.

Ich hörte dich etwas flüstern, ich kann es nicht vergessen. Du sagtest: »Ich fühle mich so alt.«

Ich hob den Kopf. »Bitte?«

Du hast den Kopf geschüttelt und den Gedanken wieder verschlossen.

»Du kannst dich nicht alt fühlen«, sagte ich.

Du hast dich im Fauteuil leicht vor- und zurückgewiegt, die Hand auf meinem Kopf, und dir eine zweite Zigarette angezündet. Der Raum hielt dich in der Rundung irgendeines Schattens. Du sahst so alt aus, wie du einmal werden solltest. Du sagtest: »Als würde ich über meinem Körper schweben. Und mir und meinen kleinen dummen Bewegungen zusehen: wie ich Teewasser aufsetze oder den Staub von der Litze an meinen Kleidern bürste und murre, wie schnell sie schmutzig werden, wie ich mit Mutter dasitze und Visitenkarten lese. Es bedarf so wenig, ich zu sein, und ich mache es schon so lange – so wenig sein, so wenig Bedeutendes tun. Aber der größte Teil von mir schwebt darüber und sieht zu. Als wäre es nicht mein Körper. Ein Teil von mir weiß etwas, was er dem Rest um keinen Preis verraten darf.«

Ich saß wie vom Donner gerührt da, und deine Worte brannten. Eine Frau, deren Körper nicht ihr gehörte, die außerhalb ihres Lebens schwebte; du würdest verstehen, dachte ich. Du würdest begreifen, was für ein Leben der kranke, zeitverworfene Junge führte, der dich liebte. Ich sah dich rauchen, als sorgte der Rauch für die Kälte in deinem Gesicht.

»Ich muss dir etwas sagen, Alice.«

»Ich möchte nicht reden.«

Aber es war zu spät; ich hatte angesetzt zu sagen, was meine Mutter mich niemals zu sagen gelehrt hatte. Mir aber war, als spräche ich die ersten Worte einer Zauberformel, eine, die einen Fluch aufheben soll. »Ich muss es dir sagen. Hör mir zu. Du musst nichts sagen. Nur zuhören.«

Du senktest den Blick von der Gaslampe, und einen Augenblick belebte er sich wieder, und ich nahm an, du hofftest vielleicht, ich könnte etwas von Hughie sagen, ich vermute, selbst nach dem letzten *Nein* schien ein *Ja* noch im Bereich des Möglichen.

»Ich bin nicht ... wofür du mich hältst, das bin ich nicht. Ich weiß, wie ich aussehe.« Meine Stimme war schroff, ich atmete schwer. Mir schnürte diese dumme Sache den Hals zu, aber ich fuhr fort. »Alice, ich bin ... siebzehn. Verstehst du? Ich bin nur ein Junge.«

Mich streifte Verzückung, als dein Blick sich auftat. Ich glaube, du hattest mich nie als Person, als eigene Gegenwart empfunden; ich war da, hörte geduldig zu, der Bote abgewiesener Liebe, und nun kniete ich da vor dir auf dem Teppich – und war die ganze Zeit nicht minder unglücklich gewesen als du.

»Ich bin nur ein Junge.«

Am Grund deiner Augen regte sich Traurigkeit, ein verendendes Insekt hinter einem Vorhang.

»Glaubst du mir?«

»Ja.«

Du wirst dich erinnern; du hast mein Gesicht in die Hände genommen und mir mit nach außen zeigenden Daumen die Tränen von den Wangen gewischt. In deine kehrte das Blut zurück, du warst wieder meine gute Alice, die, die dachte: *Soll wenigstens einer von uns glücklich sein.* Dort im Salon hast du mich durchschaut und gesehen, wie jung ich war, jünger als du, du hast mein Gesicht gepackt und spieltest Wahrsager für uns beide, hast bitter die Lippen gespitzt, dann zögernd mit dem Kopf genickt, bevor du mich küsstest. Du wirst dich erinnern: An diesem Abend im Salon hast du mich geküsst. Ich schmeckte den letzten Rauchschwaden in deinem Mund, er schmeckte wie ein Wort, wie ein Ja. Aus einem anderen Zimmer hörten wir das an- und abschwellende Ah eines Säuglings. Du hast mich geküsst und bist nicht zurückgeschreckt, hast es dir nicht anders überlegt, du hast von mir getrunken wie ein durstiges Kind. Ich war der Erste, der dir seine Liebe erklärte. Du wirst dich erinnern.

Am Morgen wollte ich gleich zu ihr. Ich konnte nicht warten. Glaub mir, ich hatte nicht geschlafen, seit sie *Mr. Tivoli, Mr. Tivoli* geflüstert und sich erhoben hatte, um sich das Haar zu richten und ihre Atemlosigkeit zu überwinden (in der Hinsicht jedenfalls hatte ich etwas bewirkt), ehe sie ging. Ich blieb im Sessel sitzen und lauschte dem nächtlichen Geheul meiner Schwester, und in meiner Vorstellung setzte ich natürlich den Abend mit Alice so weit fort, wie ein Ehrenmann gehen kann, und dann drehte ich die Walze zurück und ließ in der Spieldose meiner Gedanken alles von neuem beginnen.

Im Bett ging ich noch einmal die Szene durch, die ich seit dem Morgengrauen probte, nämlich was ich Alice sagen würde. Ich zürnte mir selbst, so wie den Süchtigen im Lichte der Exzesse der vorausgegangenen Nacht – einer angesengten Pfeife Opium, einer kalt überhauchten

Flasche Äther – Selbstekel packt und ihn doch bereits wieder, aller Zerknirschung zum Trotz, das Verlangen nach seiner Geißel beschleicht; sein Arm greift schon über das Bett hinweg. Ich musste sie sehen. Warum nur hatte ich ihr meine Liebe gestanden? Vielleicht hatte ich mich um alles gebracht. Aber nein, redete ich mir zu, nein, sie hatte von Liebe hören müssen, jeder muss es. Oder nicht? Auch sie? Ach Gott, und ich hatte gesagt, ich sei nur ein Junge, und sie hatte mir geglaubt. Hatte sie das wirklich? Vielleicht war es himmlisch gewesen, vielleicht aber für sie nur so, wie es schien: ein alter Mann, der ihr Gesicht mit seinen eklen Küssen benetzte. Je mehr ich versuchte, mir ihren Gesichtsausdruck im abendlichen Gaslicht zu vergegenwärtigen, desto mehr entschwand sie. Die Vergangenheit hatte mir bereits den Rücken gekehrt, sie ließ nicht mit sich reden.

Ich legte mir so gut es ging einen Plan zurecht. Ich würde fröhlich lachend so tun, als wäre der Abend nichts Besonderes gewesen, als wäre ich von verwickelten menschlichen Momenten wie dem gestrigen ebenso verblüfft wie sie. Ich würde um Verzeihung bitten, nein, damit würde ich mich verraten. Ich würde so tun, als handelte es sich um einen privaten Scherz zwischen uns beiden. Der alte Mann, der alte Nachbar, ein Scherz. Es sei denn, natürlich, ich könnte in ihrem Gesicht die Spur einer Hoffnung ausmachen. Ich stand auf, voll Ungeduld, sie zu sehen, und sei es, um mein Schicksal zu kennen.

»Mr. Tivoli?«, ertönte Maggies Stimme hinter der Tür.

»Ja?«

»Ich bringe Ihren Kaffee und eine Nachricht.«

Ein sepiafarbener Briefbogen auf dem Silbertablett neben dem Toast. Eine Ecke war dunkel von verschüttetem Kaffee. Ich funkelte Maggie an, und sie ging. Ein Brief von Alice, dachte ich erleichtert. Was war ich doch für ein Feigling. Jetzt müsste ich mich ihr nicht stellen, ich würde nach wenigen Zeilen wissen, was dieser erste Kuss für uns beide bedeutete. Und die Mitteilung begann so:

Max,
du bist ein Ungeheuer der niedrigsten Art. Du bist ein falscher, verräterischer Verbrecher. Du bist ein kranker, ruchloser, böser alter Mann, und ich weiß nicht, wie ich jemals etwas für dich empfinden konnte. Mich betrogen zu haben ist nichts. Die Mutter verführt zu haben ist nichts, mich aufgebraucht zu haben nichts. Wirf ruhig mein altes, gebrochenes Herz beiseite, gleichviel. Aber, Max. Du hast mein Mädchen angerührt, meine Alice. Und wenn diese Mutter dich je wieder zu Gesicht bekommt, glaub mir, ich reiße dir die Augen aus.

Erst viel später, natürlich, konnte ich mir zusammenreimen, was geschehen war. Alice, die spät abends in einem Sturm der Tränen und Bekenntnisse schwamm. Mrs. Levy, die aufrecht im schwarzen Negligé lauschte und ihr Herz im eigenen Busen zerschellen hörte. Sie sah nur einen alten Mann, ihren Liebhaber, ihre Tochter mit lüsternen Küssen besudeln. Wie hätte sie auch begreifen sollen, dass hier eher wie in einer alten Weise ein Knabe von siebzehn Jahren einen Kuss stahl.

Aber das alles bedachte ich in dem Augenblick nicht. Ich überflog rasch die Zeilen und überlegte fieberhaft, was ich tun sollte. Vielleicht alles bekennen, einschließlich Gebrechen, mit Mutter als Zeugin. Oder Hughie bitten, abermals mit Alice zu sprechen. Und Mrs. Levy, nun, vielleicht war sie noch immer in meinem Bann. Ein paar wohlgesetzte Worte, und ich wäre vielleicht gerettet. Ich las also weiter.

Es folgte noch mehr hasserfülltes, schwülstiges Zeug, aus den Tiefen des Quells mütterlichen Zorns gehoben. Einige alarmierende Passagen über Polizei – im nächsten Absatz gleich wieder zurückgenommen. Und dann ein Schluss, der mich frösteln machte:

Anbei der Wechsel über die letzte Monatsmiete. Die Möbel werden später geholt; nichts wird verraten, wohin wir gehen. Ah, Max, so viel kann ich dir versichern: Alice wirst du nie wiedersehen. Genauso wenig mich, mein Mondgeliebter.

Schwülstig, ja, aber nun begriff ich erst, was ich angerichtet hatte. Ich hatte sie Nacht für Nacht sich im Garten entblättern und mir ins Ohr kichern lassen. Ihrem Mondgeliebten. Weil mein ganzes Sinnen und Trachten nur Alice galt, hatte ich an sie nie gedacht; sie war eine Erwachsene, sie gehörte einer anderen Welt an, und ich hatte nie erwogen, dass sie ebenso verletzlich sein könnte wie ihre Tochter. Und doch kann ich nicht leugnen, dass die arme Mrs. Levy zerschmettert war. Dass ich ihrem alten Herzen möglicherweise die letzte Liebe stahl.

Ich hörte draußen Pferde schnauben und sich gegen ihr Geschirr bäumen. Mich befiel blanke Angst, im Nachtgewand stürzte ich ans Fenster. Ein Kindheitsgeräusch von Hufschlägen und Kutschfedern und Leder, und dann sah ich unter mir eine Mietdroschke davonklappern. Schwarz und gewöhnlich rumpelte sie langsam durchs Licht, im Fenster erkannte ich hinter dem zurückgeschlagenen Glaspapier zwei Gesichter. Sie war es. Meine Liebe, mein allerliebstes Mädchen im Reisekostüm, auf dem Schoß eine Tasche, durchgerüttelt im Wagenkasten, schloss die Augen vor der Staubwolke ihrer Zukunft. Das war das Ende meiner erstmaligen Liebe zu Alice.

Sammy, das hier ist ein Brief von der Front; ich schreibe hier im Zimmer in deiner Anwesenheit. Du schläfst neben mir im selben Bett, nuschelst zur selben Zeit etwas aus einem seichten Traum heraus, da Buster auf dem Fußboden zuckend träumt. Meine Handschrift mag etwas unsicher sein, denn wie sich herausstellt, hatte Dr. Harper doch Recht:

Mit fast sechzig Jahren habe ich Mumps. Und du, armer Sammy, hast dich angesteckt.

Als sie meine unglaublich geschwollenen Drüsen befühlte, hatte mich Mrs. Ramsey zuerst allein ins »Nähzimmer« verbannt, wie sie es nennt, zwischen die Fetzen unfertiger Kleider – ich sehe Stoffe mit Kirschen und Korallen und hingebetteten Geishas, oder sind es die Traumgebilde des Fiebers? Ich war so traurig in meinem Krankenzimmer, habe in mein Tagebuch geschrieben und in Fieberintervallen gebrannt wie ein Leuchtturm. Aber heute erwartete mich beim Aufwachen der helle Spalt einer offenen Tür, und ein zweiter kleiner Junge wurde zu mir ins Bett geschoben.

»Hilft ja nichts«, sagte deine Mutter, als sie dich an mein Bett zerrte, armer Sammy.

»Mensch, doch nicht zum Rhinozeros!«, brülltest du.

»Zum Rhinozeros. Rein mit dir«, sagte sie und packte dich, trotz deiner Meuterei, zwischen meine fieberheißen Laken. Die alte Volksweisheit, dass es besser ist, in jungen Jahren Mumps zu kriegen als im Erwachsenenalter – nun, bei mir scheint eben alles umgekehrt zu sein. Ich erinnere mich, vor fünfzig Jahren von meiner Mutter in der Kutsche fortgebracht und zu einem heißen, übellaunigen Hughie ins Daunenbett geworfen worden zu sein. Auch Mumps, nur war ich damals kein Kind; ich bekam sie nicht. Ich erinnere mich, dass Hughies Stöhnen und Gebrabbel es mir unmöglich machten, in Ruhe meine *Boys' Life* zu lesen, und ich eine geschlagene Woche neben meinem besten Freund lag, ehe er so weit zurechnungsfähig war, mich, seinen kerngesunden Kumpel, aus dem Bett zu werfen. Du, Sammy, brennst heller.

Du liegst schlafend neben mir im Bett, im gleichen Fieber. Vorhin haben wir nach der jüngsten Rachenbesichtigung durch den schmunzelnden Dr. Harper zur Decke hochgestarrt und versucht, die Schatten zu benennen, die wir dort entdeckten. Wir versuchen gern an den Geräuschen im Flur zu erraten, was deine Mutter treibt, und von den Klängen draußen, worüber die albernen Nachbarn streiten, und du erfindest phantastische Geschichten, um unsere überhitzten Gehirne zu kühlen. Wir dürfen nichts Saures essen und kriegen Tag und Nacht Schleimsuppe, die wir nicht mehr sehen können. Ich bin jetzt wieder dein Freund, Sammy, das einzige andere Schiff auf diesem besonderen Meer, aber ich mache mir Sorgen. Wenn ich aus fiebrigem Schlaf erwache, ertappe ich dich dabei, wie du mich scheel ansiehst. Hoffentlich habe ich nicht im Schlaf gesprochen. Hoffentlich habe ich im Fieberwahn nicht zu viel verraten.

Und doch erweist sich die Infektion als glücklicher Zufall. So nah bei dir liegen zu dürfen, Sammy, und jeden meiner Atemzüge deinen anzugleichen. Väter sind schon für viel weniger weit gereist; sterbende Väter sind für sehr viel weniger um die halbe Welt gereist, für einen flüchtigen Blick, für den Nachhall der Stimmen unserer Söhne.

TEIL ZWEI

30. MAI 1930

Entschuldige die Lücke; ich habe mich endlich von der Krankheit erholt und drücke – wieder mal – die Schulbank.

Es ist, gelinde gesagt, beschämend, inmitten eines Pulks von Farmkindern das Große Einmaleins hersagen zu müssen – fünf mal zwölf ist sechzig –, aber am schwersten fällt es, so leise wie möglich zu sprechen, mich so unsichtbar wie möglich zu machen, damit nicht die Lehrerin (eine Frau meines Alters) den seltsamen Jungen bemerkt, der in der Ecke seine Lebensbeichte kritzelt. Ich bin nicht das einzige Kind, das in Deckung geht. Ein paar der ärmeren Schüler, die mit den Schuhen aus Pappe und den Läusen im Haar, sitzen mit mir in der hintersten Reihe und stieren zum Fenster hinaus oder an die Wand, von wo die sieben Chromolithographien der sieben Präsidenten herabblicken, jeder mit unverwechselbarer Frisur. Wir bemühen uns, im Putz der Wand zu verschwinden, wir sind die Klassengespenster. »Wie heißt die Hauptstadt von China?«, verlangt die Lehrerin von einem von uns herrisch, und dann schlottern und stottern wir und antworten schließlich, erwartungsgemäß: »Frankreich.« Ein hämisch herabgezogener Mundwinkel bei der

Erwachsenen, ein Johlen von den Musterschülern vorn, darunter mein eigener lieber Sohn, und weiter geht es mit Geschichte. Gleich geht es mit meiner eigenen weiter.

Aber erst, Sammy, will ich festhalten, dass du mich liebst. Irgendetwas an deinem langen Fieber muss dir die Vorbehalte ausgebrannt haben, und nach dieser Feuerprobe bin ich wieder dein bester Kumpel. Du lässt mir Zettel nach hinten durchreichen, während unsere Vorväter Tee in eine Bostoner Bucht kippen, du täuschst blinzelnde Narkolepsie vor, während Rotröcke in Reih und Glied durch ferne Kolonien marschieren, du gewährst mir Einblick in deine Bleistiftkunst – die vor Stutzen und klappbaren Teilen strotzenden Automobilwunder, die du bauen würdest –, während die Valley Forge ihre erfrorenen Opfer fordert. Heute Morgen warst du für die Tintenfässer verantwortlich und hast unsere Tonfässchen todernst bis zum Rand gefüllt, ehe du frech in das meine einen winzigen Frosch setztest. Bis es am Farbruß erstickte, hat das Geschöpf in meinem Heft ein so exquisites Hüpfmuster hinterlassen – ein Hagel dunkler Himmelsrosen –, dass ich die Spur hier in meine Lebenserinnerungen aufnehmen will als einzigen Beweis dafür, dass ich nicht lüge, Sammy. Dein Vater war eben doch für dich da, Schmierfink. Und manchmal hast du ihn doch geliebt.

Weiter.

Ich war wie tot, nach Alice.

Ich wurde achtzehn, neunzehn, zwanzig, erreichte den ersten Frost des Erwachsenseins, verlor die letzten grauen Haare. Ich ging jeden Morgen für Bancroft arbeiten, ich hustete im Staub der Bücher und kehrte abends spät heim, der Vorstand meiner Familie. Ich kümmerte mich um Mutter, um die kleine Schwester Mina, um die Rechnungen und das Drum und Dran der Nummer 90 South Park Avenue, II. Stock. Ich war auch für die gespensterklopfende Wohnung unter der unseren zuständig, verhandelte mit den neuen Mietern; es waren Nichtjuden, und ich wurde freitags nicht mehr gerufen, um den vergessenen Tee zu servieren oder ein vernachlässigtes Feuer zu schüren. Stattdessen verwaltete ich Farbe und Bohnerwachs und war für den Kaminkehrer der Chef.

Alices Aufbruch führte zu einer besessenen Beschäftigung mit den kleinsten Details ihrer Flucht und mit der Spurensuche. Ich sprach mit anderen Schabbes-Goyem meiner Bekanntschaft, pestete sie, bis sie einwilligten, sich in den jüdischen Haushalten und auch im Tempel umzuhören, den die Levys gut gekleidet an Samstagen besucht hatten. Ich ließ Hughie die Modistinnen auskundschaften, bei denen die ältere Levy Kundin gewesen war, und schäkernde Anspielungen auf eine vermisste Tante, ihre wunderschöne Tochter machen, ich ertappte mich dabei, wie ich Dielen im Schlafzimmer hochstemmte, fest davon überzeugt, dass ich ein Geheimversteck hatte knarren hören, kurzum, ich verlor den Verstand. Aber es gab nicht die geringste Spur.

Hughie versuchte zu helfen. Er schleppte mich zu Lotta Crabtrees ochslungigen Parodien von Jenny Lind mit dem ganzen Korkruß- und Kraushaarperückenspektakel, er kaufte mir in der Market Street Tamales, Erdbeer-Milchshakes bei Slaven's, spendierte Milchbäder im Stil Anna Helds im Baldwin Hotel und eines trunkenen Abends an der O'Farrell einen Fünf-Cent-Blick auf den Vollmond.

Aber Hughie war selbst sehr beschäftigt. Mit zwanzig war er längst nicht mehr der schlaksige Wärter der gigantischen Victoria Regina, der ihr mit dem Federwisch in die fleischige Vulva fuhr, sondern etwas vollkommen anderes. Jetzt nahm er in behaglichen Bibliotheken seinen Brandy und sang im Männerquartett untergehakt schlüpfrige Refrains zu *Goober Peas!*, er stickte sich Monogramme auf die farbigen Tageshemden von einst und kaufte noch buntere, aber feinere hinzu, auch neue Kragen, Korsette, Halbgamaschen und diverse seidig schimmernde Tweedsachen. Hughie gewöhnte sich einen beißend debattierfreudigen Ton an, ein charmant schiefes Grinsen und Ausdrücke wie »enorm«, »kolossal« und »Alle Wetter!«, die uns übrige verwirrten. Er wirkte aufgedreht wie einer, der Aufnahme in ein neues gelobtes Land gefunden hat, entwickelte sämtliche Marotten und Warzen der Überheblichkeit und strahlte vor Glück und Erleichterung. Denn weißt du, ohne jemandem überhaupt nur ein Wort zu sagen, ohne etwas von Hoffnungen oder Bewerbungen anzudeuten, hatte Hughie ein Stipendium für Berkeley ergattert und war nun, was in South Park eine absolute Seltenheit war: Collegestudent.

Eine sauberer Winkelzug des Schicksals, finde ich, dass Hughie vom Hauslehrersohn zum sternbegünstigten Studenten aufstieg, während ich, das einst reiche Monstrum, mich immer tiefer in Bancrofts Labyrinth wühlte. Aber wie mir einst die gute Wahrsagerin sagte: Jede Bildkarte blickt von unten zurück.

Mein Bart nahm jetzt prächtige Herbstfarben an, und ich weinte, als Hughie mir zur Rasur riet. »Du musst dich entscheiden«, fand er, »ob du alt oder jung sein willst, und ich finde, du bist lange genug alt gewesen.« Es war ein Debakel. Sicher, von meinem großväterlich bärtigen Gesicht hatten die Mädchen sich abgewendet, der Schnurrbart aber, den ich behielt, machte sie lachen; ich glich zu sehr den Witwern, die sich die spärlichen Haare quer über die Glatze kämmen und ihre Haut im Winter künstlich braun tönen. Ein alternder Gigolo, eine Witzfigur. Mein Leibesumfang nahm mit den Jahren vor dreißig ab, und ich glich immer weniger einem von Brueghels Bürgermeistern, aber allen, die mich länger kannten als ein Jahr, mussten solche Veränderungen unmöglich, ja unnatürlich erscheinen. *Trägt er ein Korsett?*, hörte ich sie auf der Arbeit frotzeln, also ließ ich mich versetzen und verbrachte den Rest meiner Laufbahn bei Bancroft ungestört in der Einsamkeit zwischen verstaubten Büchern. Hughies modische Ratschläge waren verheerend, und als ich eines sonnigen Tages stolz in einer seiner neuen Schöpfungen flanierte – in Hemdsärmeln mit Schiebermütze und weiten weißen gegürteten Hosen –, wurde mir schmerzlich bewusst, dass ich eher einem Seiltänzer glich als einem Gentleman. Mutter fand das selbstverständlich auch, ihr wortloses Gesicht mahnte: *Sei, wofür sie dich halten, sei, wofür sie dich halten.* Ich kehrte zu Gehrock und Zylinder zurück und versteckte mich, wieder mal, in der Anonymität der Alten. Ich würde alt sein, bis ich jung wurde, und nicht umgekehrt.

In den ganzen Jahren waren meine Schwester, meine Mutter und Hughie meine einzigen Gefährten. Ich war der Hohe Priester von Alice, hütete das heilige Feuer bis zu ihrer Wiederkehr und wurde, als ich nichts über ihren Verbleib erfahren konnte und die Jahre ohne sie vergingen, der Witwer meiner eigenen Hoffnungen. Wie so viele Männer vor mir – wie mein vermisster Vater, vermute ich, und vielleicht auch wie der gute Hughie –, tötete ich das Leben in mir ab.

Mina dagegen, meine schöne und ganz gewöhnliche Schwester. Ob mit sechs, mit sieben oder mit acht, nicht einmal wich sie von den Durchschnittswerten an Körpergröße oder -gewicht ab, sie bewies am Pianoforte so viel Talent wie jedes Mädchen ihres Alters (keines!), erwies sich kurzum nie als frühreif oder überbegabt. Das Einzige, was sie mit Geschick zeichnen konnte, war unser Kutschpferd (den klapprigen Mack), während jedes andere Motiv ihr zu einem Mikroskopgewusel aus Wimperntierchen geriet. Sie konnte durchaus artig sein, steigerte sich aber vorm Zubettgehen auch gern in Zornesgebrüll hinein. Das heißt, ihre Stimmungen waren in keiner erkennbaren Weise erwachsen, sie glichen den Seiten der präparierten Würfel des Falschspielers – Bilderbuchmanieren, brave Folgsamkeit, bittere Tränen, lavaspeiender Zorn –, die sie ganz nach Bedarf oben landen lassen konnte. Was ich sagen will: Sie war keine wirkliche Person. Wahre Kinder sind es nie. Sie war ein Scharlatan, der sich als Mensch gab, und deshalb schlicht (und ich bitte die Setzer hier die allergewöhnlichste Schrifttype zu verwenden) ein ganz normales Kind.

Doch ich durfte in unserem so gesegneten Haushalt kein normaler Mann sein. Vergiss nicht, dass ich für die Bewohner von South Park immer noch Mrs. Tivolis Schwager war, der die letzten Jahre seines Junggesellendaseins treu seiner Pflicht nachkam. Mutter hatte sehr bald beschlossen, dass man bei einem Kind – besonders einer Plaudertasche wie Mina – kein Risiko eingehen durfte, und so lernte mich meine eigene Schwester als ihren Onkel Max kennen. »Mina, gib deinem Onkel Max zum Abschied einen Kuss, na, na, keine Schnute ziehen, Liebes, so ist's brav.« Sie rief mich natürlich nicht Onkel Max, denn aus einem Kirchgang hatte sie die eigensinnige Lehre gezogen, dass sie wie Adam alle Menschen und Tiere selbst benennen müsse. Anfangs nannte sie mich Onkel Bean, verbesserte aber mehrfach zu Beano, dann Beanhead und schließlich und endgültig Beebee. Morgens krähte sie vor Vergnügen – »Beebee!«, und ebenso abends, wenn ich heimkam, in Achtung gebietender Lautstärke bei Tisch, wenn sie die Soße gereicht haben wollte, voll Kummer, wenn ich ihr eine Vase aus schmetternden Händen entwand, und später, wenn ich ihr das Plumeau bis unters Kinn zog und ihr vorsang, was sie besonders liebte, in wehmütigem Gedenken.

Ich beneidete sie um ihre Jugend. Du kannst dir nicht vorstellen, was es hieß, ihre kleinen Freundinnen von der anderen Seite des Parks schrill nach ihr rufen, das Echo dieses markerschütternden Kreischens aus dem Mund meiner Schwester zu hören und mit Schrecken erkennen zu müssen, was Kindheit für sie bedeutete: Dazugehören. So kurz erst auf der Welt und schon ein Teil davon. Von der Natur so verwöhnt zu sein, sich keinen Grund denken können, warum alle Welt sie nicht lieben sollte, ja, nicht den leisesten Verdacht zu kennen, dass auf der Welt nicht jeder den anderen liebte, das machte sie zu einem so beneidenswerten Geschöpf, dass ich sie manchmal hasste. Jeden Morgen stand ich an der

Schwelle zu ihrem Zimmer und sah sie einem Tag entgegenblinzeln, der so durchschnittlich und gesegnet war wie der vorige. Wie so vieles andere vergrub ich diese gelegentlichen Splitter des Hasses tief in meinem Fleisch. »Guten Morgen, Kleines«, flüsterte ich.

»Beebee!«

Selbstverständlich bin ich ein gutmütiges Monstrum, ich spreche der Welt ihre schönen Seiten nicht ab. Ihre Minas.

Mutter hatte sich mit den Jahren ebenfalls verändert. Sie war sorgsam erzogen worden, darauf getrimmt, geliebt zu werden, wie hätte ich ihr übel nehmen sollen, dass sie nahm, was ihr von Geburt an zustand. Es traten dann und wann Männer auf den Plan: ein Bankier, ein Saloonbesitzer mit goldenem Spazierstock und vulkanisierten Kautschukplomben im Gebiss, ein Schauspieler mit Perücke. Sie waren nicht übel, aber sie blieben nicht. Statt sich einem Mann zuzuwenden, denn schließlich hatte sie der letzte so grausam im Stich gelassen, wandte sie sich ihrer Tochter zu. Mina wurde zu Mutters Lebensinhalt, und das erforderte, natürlich, Geld. Also suchte sich Mutter Arbeit.

Eine Zeit lang hielt sie ihre Beschäftigung geheim. Es gehörte sich nicht für eine Frau, einer Arbeit nachzugehen, und die Laufbahn, die sie wählte, war ungewöhnlich. Ihre Klienten kamen in der Regel, wenn ich im Büro war und Mina bei einer ihrer Tanzstunden, aber was bleibt in San Francisco schon lange geheim? Die ersten Indizien waren Federn von sehr teuren Hüten im Besuchersalon, Hüten von Damen, weit wohlhabender als die der Bekanntschaft meiner Mutter. Und dann, eines Morgens, stand eine fremde Frau vor der Tür und erklärte mir, sie habe einen Termin.

»Mit wem?«

Sie trug eine sündteure Kreation aus Fuchsschwänzen. »Madame Tivoli.«

»*Madame* ...«, wiederholte ich.

Doch da eilte Mutter schon mit den Worten: »Sie kommen zu früh, Sie kommen zu früh!«, herbei und wimmelte die Dame rasch ab. Sie kehrte in den Salon zurück, und dort stellte ich sie zur Rede.

»Mutter, was geht hier vor?«

»Nichts, kleiner Bär.«

Aber ich war immerhin Haushaltsvorstand. »Sag es mir.«

Und das tat sie. Mit einer Stimme, deren Tonlosigkeit verriet, dass sie einen unsagbaren Zorn unterdrückte, erklärte sie mir genau, weshalb eine wohlhabende Frau zu einem so rätselhaften Morgenbesuch erschien und weshalb sie am Nachmittag eine zweite erwarte. Sie sagte es, reichte mir zum Beweis ihre Karte und erklärte: »Und sprich nie wieder in diesem Ton mit mir. Ich will auch nicht hören, dass du peinlich berührt bist, entsetzt, dass du dich schämst. Das hat mit dir nicht das Geringste zu tun. Es geht um Mina. Bringe bitte den Tee in die Küche und geh deine Schwester wecken, sonst ist sie den ganzen Tag unleidlich.« Sie setzte sich schräg in den Sessel, als trüge sie immer noch Turnüren, sie gehörte einer Generation an, die diese Haltung in jungen Jahren gelernt hatte, und sie tat es aus Gewohnheit und dem Gefühl heraus, diese antiquierte Pose sei der Inbegriff der Anmut. Die Frauen, die sich so zu setzen verstanden, sind alle längst tot.

Ihre Visitenkarte sagte alles – schlicht und kurios wie elektrisches Licht: »Madame Flora Tivoli, Hellseherin«. Nach zahllosen Jahren im Nähzimmer bei der versuchten Verbindungsaufnahme mit der Vergangenheit – dem verlorenen Mann, der verlorenen Jugend, dem rückwärts in die Zeit wachsenden Sohn – war sie nun um ihres braven, wunderhübschen, ganz gewöhnlichen Mädchens willen bereit, im Bund mit der Zukunft Geld zu verdienen.

Was Hughie betrifft, so war unsere Verbindung enger denn je, und wir suchten andere Abenteuer. Wir waren jung, was immer meine Erscheinung nahe legen mochte, und wir lebten gleich neben einem der übelsten, schmutzigsten, lebendigsten Orte der Welt. San Franciscos Barbary Coast. Das Viertel lag östlich von Chinatown, dort, wo einst der alte Marktplatz gewesen war, und nahe genug an den Quais, dass die Seeleute nur von ihren Schiffen zu wanken, ihr ganzes Geld für Fusel und Huren zu verprassen und bei Morgengrauen wieder zurückzuwanken brauchten. Die Art Gegend, wo man in den Bars einen Zwanziger für jeden auslobte, der eine Serviererin fände, die keine Unterrockhosen trug. Unsere Eltern hatten uns vor der Barbary Coast schon gewarnt, als wir noch kniehoch waren, in der Kirche wurde dunkel von Laster gepredigt, und die Stadtoberen erfanden immer neue Sperrstunden, um junge Burschen fern zu halten. Keine Frage, dass wir hingingen, sobald wir nur konnten.

Unsere allerersten Besuche unten an der Coast waren unschuldige Fehlschläge. Wir waren Grünschnäbel, und als uns eine wunderschöne blonde Serviererin ihren Hausschlüssel anbot, damit wir sie nach Beendigung der Arbeit besuchen könnten, nahmen wir gerne an. »Kann ich Ihnen vertrauen, meine Herren?«, fragte sie und nagte an ihrer Lippenfarbe, und wir nickten arglos. »Nun, aber ich kann Ihnen schlecht meinen Schlüssel einfach so überlassen, also was geben Sie mir zur Sicherheit?« Wir boten ein wenig Geld, einigten uns schließlich auf zwanzig Dollar, und sie ließ den Schlüssel mit einem Lächeln und einer hingewisperten Anschrift auf unseren Tisch fallen. Grölend vor Freude und Alkohol machten Hughie und ich uns gegen zwei Uhr morgens auf den Weg zum Logierhaus, um halb drei waren wir nüchtern und kleinlaut. Der Schlüssel passte im ganzen Haus in kein einziges Schloss, und wir hatten schon das halbe Karree umrundet und sämtliche Türen probiert, ehe die Leute aus den Fenstern begannen, uns anzupöbeln und wir begriffen, dass wir hereingelegt worden waren. Später sahen wir nach Sauftouren überall in der Stadt junge Burschen wie uns mit Schlüsseln an fremden Haustüren hantieren, und nun durften wir über die Lüsternheit und die Leichtgläubigkeit jungendlicher Heißsporne lachen.

Eine Sache aber trieb mich in diesen trunkenen Tagen zum Wahnsinn: In jeder Bar, jeder letzten Kaschemme sah ich Annoncen der Klondike-Ausrüster für den neuen Goldrausch, nämlich Cooper & Levy. Levy, Levy, ausgerechnet dieser Name loderte mir nächtlich entgegen. Ich fasste das als Zeichen meines eigenen Wahns auf, des Gebräus der chemischen Stoffe in meinem Gehirn. Zum Verrücktwerden – selbst hier durfte ich sie nicht vergessen!

Eines Abends führten Hughies Collegefreunde (die mich für seinen Onkel hielten) uns in ein wahrhaftiges

Bordell. Ich weiß nicht mehr, wie es von außen aussah, sie waren alle gleich. Man zog an der Klingel, eine hübsche Negerin öffnete und führte einen in einen Salon, der sich linker Hand weitete, und dort – auch das war immer gleich – blickte man in einen so üppig überladenen Raum, dass man sich unter den Reichen von Nob Hill wähnte, die, sei es Zufall des Geschmacks oder der Mittel, bei denselben Möbelhändlern kauften wie die Madams in der Pacific Street. Dort im Salon empfing einen die Dame des Hauses. Unweigerlich eine Augenweide nach den damaligen Maßstäben – nicht schlank und zerbrechlich, Sammy, wie du die Frauen magst – und unweigerlich blond.

»Meine Herren, was ist Ihr Begehr?«, fragte sie. Sie trug ein langes, gelbes, mit feiner schwarzer Spitze umsponnenes Gewand, auf das, als hätte sie ein Sturm hingeweht, in Umrissen große Blätter aufgenäht waren. Am wogenden Busen baumelte ein Distelanhänger. Die Dame war drall wie eine Flasche und doch in allen Bewegungen von einer einnehmenden Leichtigkeit – besonders die Geste, mit der sie sich mit der Hand immer wieder über die Wange strich, als bewirkte sie unterm Ohr einen ganz persönlichen Zauber. Ihr Blick filzte unsere Taschen wie ein Dieb, und ich meinte so etwas wie Erleichterung zu spüren; hier gab es mal ein paar junge Burschen, die leicht zufrieden zu stellen sein würden.

»Vielleicht eine Jungfrau?«, schlug sie listig vor. »Wir haben zurzeit ein ganz herziges Ding im Haus, im Augenblick badet sie noch, es wird also einen Moment dauern. Sie ist natürlich viel –«

»Danke«, sagte Hughie scharf. Diese Masche kannten wir alle schon.

Sie klapperte einmal mit den Augendeckeln und lächelte dann; Hughies Streitbarkeit schien sie zu erheitern. Oder nein, sie rührte sie, erweichte sie. Sie verlegte sich nun auf eine neue, tiefere Tonlage und ein ginseliges Lächeln: »Nun, Jungs, dann weiß ich ein besseres Geschäft. Ihr Zimmer hat Gucklöcher. Soeben hat sich ein Herr vom Land zu ihr begeben, sehr angeregt, so dass er es wohl nicht lange machen wird, ich könnte mich zu einem Abschlag verstehen.«

Hughies guter Freund Oscar, ein langer Dragoner von Kerl, dankte ihr und lehnte in unser aller Namen ab, obwohl die Sache Hughie zu kitzeln schien. Als Nächstes pries die gute Frau Flaschenbier an und Schnaps zu unverschämten Preisen, dann führte sie uns die mechanische Harfe auf der Konsole vor, für die Pennys und Nickel reichten. Auch so konnte man im Freudenhaus sein Geld loswerden, wir aber hatten nur genug für das Eine. Hughie sagte, was man in diesen Häusern immer sagte: »Dürfen wir die Bekanntschaft der Damen machen?«

Daraufhin drehte sich die Dame – Madame Dupont – um und rief, was Madams in San Francisco seit Menschengedenken rufen:

»Kinder, wir haben Besuch!«

Meine Freunde warfen die Köpfe zurück, um die Mädchen den Treppenbogen herabsteigen zu sehen, mich dagegen fesselte Madame Dupont. Während sie zu ihren Freudenmädchen aufschaute, stolz auf die Frische ihres Buketts, machten die Schatten von oben ihr Gesicht schmaler, verdunkelten ihr figaroblondes Haar, und augenblicklich erkannte ich sie. Der Distelanhänger. Ich muss unwillkürlich einen Laut von mir gegeben haben, denn sie wandte sich mir zu, das Gesicht von der Zeit verzerrt wie von einem Monokel, und fast hätte ich laut gelacht, als ich mir klar machte, wer diese stolze, gepuderte Frau einmal gewesen war.

»So-so, Max, du weißt also, was Liebe ist!«, meinte Mary, denn bestimmt hast du längst erraten, dass es sich um meine alte Klatschbase von Kindermädchen handelte, die sich nun, mit einem leicht Richtung Süden und Französisch verlagerten Akzent und ihrem, wie sie sagte, »wieder zum natürlichen Ton« gebleichten Haar Madame Dupont nannte.

»Bitte?«

Die Jungs waren inzwischen nach oben gegangen, nachdem sie sich viel Zeit gelassen hatten bei der Wahl ihrer Mädchen, die in diesem speziellen Etablissement alle knapp hüftlange Satin-Negligés und kleine Nachtmützen trugen, als hätten sie sich soeben aus ihren Lotterbetten gerekelt. Ich wartete das letzte Klingeln der Kasse ab, bevor ich mich meinem alten Dienstmädchen zu erkennen gab. Ihre Maske bekam Risse, und aus der Tiefe stieg das einstige irische Kindermädchen auf wie eine gälische Hexe, doch flugs gewann die Madame wieder die Oberhand, nahm mein Gesicht in die Hände und betupfte mir die Stirn mit Küssen. Sie spendierte mir eine Flasche Schampus (eine hohe Ehre, immerhin ihre teuerste Ware) und erklärte rundum, ich wüsste, was Liebe ist.

»Wie alt bist du jetzt, Max?«

»Zwanzig.«

»Zwanzig, Menschenskind, du siehst immer noch aus ... na ja, immerhin. Wenn ich's nicht wüsste, würde ich dich für einen Mann in meinem Alter halten.« Sie errötete und legte einen Finger an die Nase. »Was ja nicht viel mehr als zwanzig beträgt, versteht sich.« Da war er wieder, der einstige Akzent wucherte wie wilde Disteln.

»Aber ich bin wirklich zwanzig.«

Da reckte sie den Kopf, und fort war das einstige Kindermädchen, sie wurde wieder zur Frau mit dem unverwüstlichen Herzen. Ihre Perlen rutschten in die Speckfalten ihres Halses, die wir seinerzeit anerkennend Venusringe nannten. »Müsste ich dich beneiden, Max?«

»Bitte?«

»Du hättest eine Frau sein sollen«, sagte sie und musterte mich so prüfend, wie sie vermutlich jedes der Mädchen oben gemustert hatte, Mädchen, die wie sie selbst aus unglücklichen Dienstverhältnissen geflohen waren, vor Männern oder Familien. »Ich weiß das, glaub mir. Eine Frau, die hat nichts als ihre Jugend, und wenn sie schlau ist, setzt sie darauf, verdient sich allen Schmuck, den sie ihr einbringt. Ich habe von einem Prinzen einen Saphir bekommen, Max, da war ich sechsundzwanzig. Genau, als ich noch für deine Familie arbeitete. Wenn deine Eltern das Wochenende im Hotel Del Monte verbrachten, habe ich Männer auf mein Zimmer mitgenommen, um ein bisschen dazuzuverdienen. Hab dich nur nicht so, alle tun es, auch Mädchen in den besten Familien.«

Ich versuchte, der Unterhaltung eine Wendung hin zu mir zu geben. »Wann hast du denn aufgehört, Mädchen zu sein, Mary?«

»Mädchen, was für eine Frage! Ha! Ach so, du meinst Dienstmädchen. Als deine Großmutter mich rausgesetzt hat.«

»Aber ich habe dich doch an der Meigg's Wharf gesehen.«

Sie legte den Kopf schief. »Hatte ich eine Schürze um?«

»Weißt du nicht mehr? Ich war mit meinem Vater unterwegs, und du hieltst eine Schwertlilie –«

»Ein altes Spiel, Max. Ich habe weit mehr damit verdient, Dienstmagd zu spielen als wirklich Dienstmagd zu sein. Reiche Herren haben mich gern angesprochen. Das Spiel habe ich eine Zeit lang gespielt, bis ich in einem der Häuser unterkommen konnte. Und dann habe ich dieses übernommen, als Madame Dupont starb. Aber wir sprachen von dir.«

»Hast du ein hartes Leben gehabt, Mary?«

Sie ohrfeigte mich mit den Augen. »Es steht dir nicht zu, über mein Leben zu reden. Wie immer es aussieht, es ist das Beste, was ich aus dem machen konnte, was deine Familie mir gelassen hat.«

»Ich wollte nicht –«

»Ist deine Großmutter tot?«

Ich nickte und erzählte ihr, dass auch mein Vater fort sei, dass Mutter und ich nun vom Glück verlassen wieder im einstigen Haus in South Park lebten. »Das konntest du nicht wissen. Wir leben in verschiedenen Welten ...«

»Gar nicht. Du sitzt hier in diesem Salon, ich sitze hier. Ich würde sagen, das ist dieselbe Welt.«

»Na ja ...«

Da zeigte sie sich abermals von einer anderen Seite. »Noch etwas Schampus, Schätzchen?«, fragte sie strahlend. So ging es in einem fort, die muntere Mary von damals blitzte auf und verschwand gleich wieder im Schatten wie draußen die Straßenlaternen im Nebel der Pacific Street. Vielleicht war sie zu einem stereoskopischen Porträt geworden, das zwischen den vielen Frauen changierte, die sie hätte sein können. »Wie gesagt, du hättest lieber eine Frau sein sollen. Dann wärst du in jungen Jahren hässlich gewesen.«

»War ich doch.«

»Und jung bist du auch noch, aber für ein Mädchen wäre das ein Glück. Ich wünschte, ich wäre hässlich gewesen. Hässliche Mädchen müssen sich ums Heiraten und Kinderkriegen keine Sorgen machen, oder nur, wenn die Lage verzweifelt ist. Und für dich wäre sie nicht verzweifelt, Max, weil du ja wüsstest, dass du die schönste Zeit noch vor dir hast. Dass du bezaubernd sein würdest, wenn du alt und weise bist – schön und glücklich zur selben Zeit.«

»Ich bin weder noch.«

»So spielt das Leben, mein Junge. Müsste ich dich beneiden?«

Ihr unverwandter Blick, härter noch im Streulicht ihres Diamantgehänges, löste sich, als eine seltsame Gestalt im Salon erschien. Dem Anschein nach war es eine gebeugte Hausgehilfin, aber ich erkannte bald, dass hier ein Mann im karierten Kittel samt Schultertuch, Schürze und Häubchen mit Staubwedel und Kehrschaufel hantierte. Madame Dupont erhob sich ohne Anzeichen von Überraschung, küsste den Mann auf die Wangen und erteilte ihm genaue Anweisungen, welche Zimmer seiner besonderen Aufmerksamkeit bedürften. Sie behandelte ihn wie eine treue Dienstbotin, und das Geschöpf, gediegen und schnurrbärtig wie nur einer seinesgleichen in der Market Street, nickte beflissen. Als sie ausgeredet hatte, reichte er ihr eine Goldmünze und ging. Die Münze blinkte kaum, da hatte Madame Dupont sie schon wie ein Zauberkünstler in ihrer Tasche verschwinden lassen. Mit einem Lächeln zwar, aber sehr geschäftsmäßig wandte sie sich mir zu.

»Tja, Max, heute bezahlen die Leute mich, um bei mir Magd sein zu dürfen. Die Zeiten ändern sich, Junge.« Sie setzte sich nicht wieder zu mir. Sie sammelte nur die leeren Gläser ein und sagte: »Komm nie wieder hierher.«

Ohne mich eines Blickes zu würdigen, schuf sie in ihrem Salon Ordnung. Der billige Krimskram ihres Gewerbes kam wieder an seinen traurigen Platz, die mechanische Harfe wurde von einem Fingerabdruck an ihrem vergoldeten Rahmen geläutert. Und Madame Dupont selbst ließ das Visier herunter, wappnete sich für das nächste Läuten an der Tür, den nächsten Eintritt der Negermagd mit einem Gefolge feixender Männer. Sie redete und räumte: »Eine Frau wie ich glaubt gern, dass sie immer war, wie sie ist. Und wenn ich erst ehrbar bin, werde ich glauben, dass ich es immer war. Komm nie wieder hierher.«

Ich nahm wortlos meinen Hut von der Stange. Ich setzte ihn auf meinen Altmännerkopf und – warum, kann ich dir nicht sagen – brach in Tränen aus. Monster tun das gelegentlich. Mary ließ sich sofort erweichen.

»Ich war zu grob«, meinte sie mit gerunzelter Stirn und berührte meinen Arm. »Das kommt daher, dass du aussiehst wie die Sitte, die ein Geschäft vorschlägt. Nimm es doch nicht so schwer. So unglücklich? Hat sie dich wiedergeliebt? Nein, natürlich nicht. Dich nicht, uns alle nicht, tun sie nie. Schon gut, ich ruf dir ein Mädchen; nicht, dass das je hilft, Max. Und das nächste Mal zahlst du wie alle anderen auch.« Sie hielt natürlich

Wort; ich habe in den folgenden Jahren jeden der vielen Besuche in ihrem Etablissement bezahlt.

Im Handumdrehen war ich oben, wurde auf einen Treppenabsatz befördert, auf dem eine junge Frau mit Jaguaraugen und einem Lächeln wartete. Ich erinnere mich nicht näher an sie, sie hielt eine lange Feder und wedelte damit träge, hob die Hand und winkte mit dem Finger. Aber ich erinnere mich, dass ich magisch angezogen war, denn ich war jung und traurig und trostbegierig. »Max«, hörte ich hinter mir und blickte noch einmal auf Mary zurück. Seltsam traurig, das blonde alte Mädchen, und wer weiß, warum? Vielleicht wegen der einzigartigen Gelegenheit, die ein Zustand wie der meine hätte bieten können, wegen der Kümmerlichkeit des nahenden Alters oder einfach des traurigen Goldstaubs um sie herum.

»Weißt du, ich bin froh, dass du gekommen bist«, sagte mein altes Kindermädchen schließlich mit erhobenem Kinn im Schein der Gaslampe. »Mein Leben lang habe ich gedacht, die Zeit arbeitet gegen alle.«

Das Schicksal ist mir bei der Niederschrift dazwischen gekommen, und das muss ich erzählen. Sammy, es gibt wunderbare Neuigkeiten: Ich werde vielleicht schon bald dein Bruder sein.

Mrs. Ramsey, die liebe gute Frau, hat noch nichts gesagt, aber während einer meiner langen, schlaflosen Nächte (das Alter dankt die vielen Würstchen schlecht, die man mir vorsetzt) hatte ich beschlossen, ihren Schreibtisch zu durchsuchen. Glaub ja nicht, dass mir die Idee zum ersten Mal gekommen war, ein Missetäter bin ich nicht erst seit gestern, nur habe ich erst kürzlich ihr

Schlüsselversteck gefunden. Hast du es schon entdeckt, Sammy? Oder gehörst du zu den glücklichen Jungen, die nicht neugierig sind auf die vielen ringsum verborgenen Geheimnisse? Das würde nämlich erklären, weshalb es mir so lange gelungen ist, heimlich Tagebuch zu führen. Du findest den Schlüssel jedenfalls in der Wäscheschublade unter den Weihnachtsdecken. Da habe ich ihn gestern Nacht entdeckt, Buster tappte als Komplize brav mit mir nach unten ins Arbeitszimmer.

Im Schreibtisch machte ich eine erstaunliche Entdeckung: Adoptionsunterlagen. Sie hatte sie nur so weit ausgefüllt, dass sie meinen Namen in ihrer förmlichen viktorianischen Handschrift in Großbuchstaben eingesetzt hatte. Mein Geburtsdatum muss ihr Kopfzerbrechen bereitet haben, da ist nur ein Tintenstrich zu sehen, als hätte sie überlegen müssen und das Eigengewicht der Feder aufs Papier sinken lassen. Ich will versuchen, meinen Geburtstag beiläufig zu erwähnen – angeblich werde ich im September dreizehn. Ich habe Buster die Seiten vor die Nase gehalten, und er hat im Mondlicht anerkennend daran geschnuppert. »Es wird wahr, Buster!«, flüsterte ich ihm zu und rieb ihm die Stelle zwischen den Augen, bis er sie vor Wonne schloss. »Ich werde bei meinem Sohn bleiben können.« Der Hund stöhnte vor Genuss.

Brüder! Würde dir das gefallen, Sammy? Wenn ich mit dir die Knickerbocker teilte? Deinen Schlitten kaputtführe? Beim strammen Marsch durch den Februarmatsch deine Hausaufgaben für dich machte? Es hat keinen Zweck, dich zu fragen, auch nicht allein mit dir auf deinem Zimmer, abgetaucht wie U-Boote, versunken in tiefster zebragestreifter Nacht. Du gehörst zu den

Jungen – es stimmt, Sammy, es stimmt –, die jedes Herz brechen, das man ihnen reicht.

Dafür habe ich heute Abend ein wenig gefeiert; ein Fehler. Weil ich das Haus auf meinen Mitternachtstouren gründlich ausgekundschaftet habe, wusste ich, wo der schwarz gebrannte Gin versteckt wird, und habe mir einen klitzekleinen Martinez gemixt (so heißt der Drink nämlich in San Francisco richtig, wo man ihn eigentlich mit Maraschino gemacht hat, eine Zutat, die wie das *z* abhanden gekommen zu sein scheint). Ich habe ihn in kleinen Schlückchen aus einem Saftglas getrunken, während Mutter das Essen zubereitete. Was habe ich mir nur dabei gedacht, wo ich doch eine ganze Weile keinen Tropfen mehr angerührt hatte? Ich weiß es nicht, missbilligender Leser. Vielleicht war der alte Knabe müde.

Der Alkohol wärmte mich und stimmte mich milde. Beim Essen lächelte ich still und ertappte mich dabei, wie ich meiner künftigen Mutter zu tief in die Augen sah. Ich musste an die Unterlagen denken, die Möglichkeit einer Familie, eines Zuhauses. Mrs. Ramsey kniff besorgt die Augen zusammen und erwiderte mein Lächeln. Als du anfingst, Witze zu erzählen, Sammy, lachte ich mit deiner Mutter, aber irgendwie habt ihr mich beide komisch angesehen. Da habe ich erst gemerkt, dass ich die Füße auf den Tisch gelegt und das Saftglas erhoben hatte, gackernd wie eine Dirne im Schankhaus. Leser, ich war bezecht. Ich riss mich zusammen, setzte mich anständig hin, aber ich war beunruhigt. Offensichtlich hatte mein neuer Körper von einem Martinez noch nie gehört.

Zum Glück ging Mrs. Ramsey die Eiscreme holen, und als sie wiederkam, sprach sie das Thema meines Verbleibs an. Ich war überglücklich, als sie sich mir zuwandte und sagte: »Na, Kleiner, du bist ja jetzt eine ganze Weile bei uns. Nicht, Sammy?«

»Kann man wohl sagen«, knurrte er und zermatschte seine Eiscreme mit dem Löffel.

»Und, vertragt ihr euch, ihr Räuber? Liegt wach und flüstert? Ich hör euch doch.«

»Er ist der Flüsterer. Im Schlaf flüstert er. Der Spinner.«

Mrs. Ramsey: »Sammy, bitte.«

»Was sag ich denn?«, rief ich. Zu laut, fürchte ich.

Sammy tauchte seinen Löffel in die Eiscreme, schlürfte sie in sich hinein und verwandelte sich in einen erstaunlichen Abklatsch meines Gesichts: »*bitte bleib bei mir, bitte bleib, bitte!*«

Die Eiscreme wand sich wie eine kalte Schlange in meinen Eingeweiden. Ich hielt es für besser zu lachen, verlor aber die Fassung und wurde zur keckernden Hyäne.

Sammy prustete: »Was'n mit dem Rhinozeros los?«

Mrs. Ramsey musterte mich mit geschärftem Interesse und lachte kurz auf. »Du lieber Himmel, er ist betrunken.«

Mein Glas wurde gepackt, und sie roch darin ihre alten Bekannten, Gin und Wermut; nun konnte sich Sammy kaum noch halten, ich wurde an die Spüle geschleift, bekam eine kurze Gardinenpredigt und zur Strafe auf meine elende Zunge einen Esslöffel schwarzen Pfeffer verpasst, und das habe ich nun davon. Eine Woche Arrest.

Keine besondere Strafe – unser Rhinozeros geht selten vor die Tür –, aber ich war in Ungnade gefallen und schlimm, am schlimmsten war der Ausdruck in ihren Augen: die dunklen Sturmwolken des Zweifels. Nicht meines Betragens wegen, sondern ihres eigenen, dass sie überhaupt hatte erwägen können, eine so ungebändigte Kreatur bei sich aufzunehmen. Oh, Mrs. Ramsey, gehen Sie in sich. Sie wissen ja nicht, was für ein weiter Weg hinter mir liegt. Ich muss mit dem Schreiben aufhören. Ich bin offenbar immer noch betrunken.

Morgen. Leicht verkatert; nicht alles wird mit mir jünger. Sammy beäugt mich mit Argwohn und einer Idee Respekt, weil ich den Gin gefunden habe. Nein, ich werde dir das Versteck nicht verraten. Lass mich stattdessen mit der Geschichtsschreibung fortfahren, bevor mir der Kopf zerspringt.

»Wir müssen, alter Knabe«, sagte Hughie eines Abends bei einem Glas Bier zu mir. »Ein letztes Mal.«

Jahre waren vergangen, und beide waren wir nicht mehr dieselben – waren älter bzw. jünger. Wir saßen in einer Bar in der Nähe von Hughies Junggesellenwohnung und pusteten den Schaum von unserem dunklen Ale; dort trafen wir uns oft in den Jahren, bevor unsere Wege sich trennten, und an diesem Abend hatte Hughie etwas auf dem Herzen. Er zog eine Zeitung hervor, und obwohl er längst ein gestandener Mann war, verriet sein Gesicht einen fast jungenhaften Schmerz, als er mir die Meldung auf Seite drei zeigte. »Wir müssen hin«, sagte er und seine Lider zuckten. Es war der einstige Hughie, der junge, sommersprossennasige Hughie, der mir eröffnete, dass unsere Woodward's Gardens abgerissen werden sollten.

Die Anlage war schon seit Jahren geschlossen. Vor langer Zeit hatte Professor Martin seine letzte Himmelfahrt angetreten, war zum Erstaunen der letzten Kinder in seiner gewichtlosen Eisengondel aufgestiegen, hatte seine letzten Papierrosen der letzten hüpfenden Menge zugeworfen, als ein immer noch ungeklärtes Missgeschick den gedellten Stoff seines Luftschiffs zerplatzen und ihn als flatterndes Häuflein Glitter zu Tode stürzen ließ. Kein Ballonfahrer trat seine Nachfolge an. Noch fand sich Ersatz für die Affen, die, nachdem sie die steifen Viktorianer mit ihrer heidnischen Commedia dell' Arte jahrelang geniert hatten, eines Morgens eng umschlungen leblos am Boden ihres Affenhauses lagen. Woodward selbst starb Ende der achtziger Jahre, und es war nur dem erbitterten Familienzwist seiner Töchter zu verdanken gewesen, dass der Vergnügungspark für die letzten paar Akrobaten und Feuerschlucker, die letzten Besucher des einen verbleibenden Dromedars mit dem tonsurkahlen Höcker geöffnet blieb. Und nun das Finale, die Versteigerung jedes letzten Gipsstücks und was als »Auszug der Tiere« angekündigt wurde.

Ich wusste, was das hieß: Es wäre die letzte Gelegenheit, ihn noch zu sehen, ehe man ihn wegbrachte, den alten Splitnose Jim, den Phantasieretter meiner so genannten Kindheit.

Wir trafen noch rechtzeitig ein, um den Kojoten in der Dreiecksarena kauern zu sehen. Auf den dicht besetzten Rängen ertrugen die Männer stoisch den sanften Schnürregen, und auch Hughie und ich nahmen Platz und beobachteten, wie ein junger Mann sich mit einem Maulkorb dem mageren, dreckverschmierten Tier näherte. Der »Auszug der Tiere« war mehr oder minder ein Rodeo, alle waren wir gekommen, um unsere Lieblingstiere mit dem Lasso eingefangen und zum

Abtransport in ein neues Zuhause in Pferche getrieben zu sehen. Zu unserer Überraschung unternahm der Kojote nichts, er stand bloß da und ließ den jungen Mann näher rücken. Wir glaubten, jeden Moment müsse das Tier im Blut das Rudel heulen hören, aber es geschah nicht. Der Kojote zitterte im Regen und schnupperte an einem Stein. Er beugte den Nacken, ließ sich den Maulkorb umlegen und leckte seinem neuen Besitzer die Hand, als man ihn zwischen den Rängen abführte. Wir waren nicht angetan. Dann kam die Löwin, die bei der Versteigerung an einen chinesischen »Highbinder« gegangen war (du würdest »Gangster« zu ihm sagen, Sammy, und ihn als Helden bewundern). Die Löwin und der Orientale betraten die Arena gemeinsam wie im alten Rom, und ich war erstaunt nicht nur über den träge schlendernden Gang des alten Mädchens, sondern auch über den Gegenstand, den der Highbinder aus seiner Rocktasche zog: eine Pistole. Er hielt sie dem Tier ins weiche, runzlige Gesicht und drückte nur einmal ab, da fiel sie schon elend zuckend in den Dreck. Das Gleiche machte er mit dem Jaguar und der Hyäne, die sich zu einer kurzen Hatz und gurgelndem Geheul aufraffte, ehe sie sich als Häuflein an der Wand ergab. Hughie und ich saßen eisesstarr vor Schreck da.

»Großer Gott, das ist ja die reinste Schlachterei.«

»Hughie …«

»Sie metzeln sie einfach der Reihe nach ab.«

»Vielleicht nur die wilden«, sagte ich und sah zu, wie der hoch gewachsene Chinese die Hyäne an den Beinen fortschleifen ließ, das getupfelte Fell stumpf vor Staub. »Vielleicht, um uns zu schützen.« Aber schon im nächsten Moment wurde ich widerlegt, denn nun führte man Splitnose Jim herein.

Ich wollte meinen Bär nicht so tattrig und alt sehen. Ich wollte ihn nicht die Pfoten über die Holzplanken schlenkern sehen, als er durch das Gittertor kam, ich wollte ihn nicht vor Freude senil witternd wanken sehen angesichts des ihm bereiteten Mahls – genug Möhren und Suppenfleisch für eine ganze Höhle voller Bären –, ihm nicht ins Maul sehen müssen, als er uns gähnend musterte und die Altmännerzähne bleckte, die bis fast auf die Kiefer abgenutzt waren. Ich wollte ihn nicht blinzeln sehen, als die Sonne hervorkam und er sich mit leer schleckender Zunge gegen einen Kunstfelsen sinken ließ, um die Wärme zu genießen. Sein Wärter hatte ein Tauende in die Grube geworfen, und Jim schielte trotz Nickerchen immer wieder hinüber, bis er schließlich fand, es lohne eine nähere Erkundung, aber ich wollte nicht sehen, wie er neugierig nach dem geknoteten Hanf schlug und dann einem langgeprägten Spieltrieb nachgab, sich aufs Hinterteil setzte und das Tau hin und her watschte, als sei dies ein Tag wie jeder andere. Ich wusste nicht, welche Art Mitleid ich für Splitnose Jim empfinden sollte; er wusste wenigstens nicht, ob er jung oder alt war. Er war einfach nur eine Tatze mit Tau. Man stellte ihm in seiner Silberschale Leber hin, aber er beachtete sie nicht. Die Sonne kehrte zurück und hellte sein Fell auf. Wenige Augenblicke später erschien der Deutsche mit dem Gewehr.

Die Menge tobte. Hughie und ich warfen uns, im Versuch, ihn abzuhalten, stimmgewaltig in die Bresche, die anderen Männer hingegen brüllten Ratschläge: »Näher ran!«, »Die Leber weg!«, »Auf den Kopf zielen, auf den Kopf!«, »Die Beine, die Beine!« Jim, der alle Arten von Menschenansammlungen gewohnt war, machte das nichts, aber der Deutsche wurde nervös. Es war ein Schlachter aus North Beach, und er hatte vor, Jims Fleisch mit einem saftigen Gewinn an Spezialitätenrestaurants zu verkaufen. Der bärtige Mann mit den zerschundenen Händen hätte eher mit einem blutigen Feudel in ein Hinterzimmer gepasst als vor fünf Ränge halbtrunkener Zeugen. Breitbeinig pflanzte er sich mit angelegtem Gewehr in die Arena und funkelte uns an.

»Ruhe, ihr! Ich weiß Bescheid!«, fuhr er mit schwerem Akzent den Mob an. »Ich brauch keine Ratschläge! Ich pfeffer ihn stracks in das Hinternteil!«

Und genau das tat er, just, als Jim seine Feinschmeckerzunge in die Leberschale tauchte. Der vor Anspannung zitternde Schlachter legte an, und nach einmal tüchtig Ausatmen feuerte er einen Schuss ab, der Jim irgendwo in die Kruppe traf. Der alte Knabe brüllte einmal lange und heiser, dann drehte er sich keuchend und grunzend wie ein Kreisel um sich selbst. Blut schmierte Schnörkel über die Holzbohlen. Der Deutsche sah verdattert zu, die Menge aber feuerte nun munter den Bär an, wie es Menschen manchmal tun, wenn eine arme Frau auf dem Sims eines mehrstöckigen Hauses steht; damit etwas geschieht, und sei's was Schreckliches, Hauptsache, irgendetwas. Jetzt wurde Jim sich der Menge bewusst, er bellte uns an wie ein Seehund; ein paar Kerle lachten. Dann nahm mein alter Freund sein Tauende zwischen die Lefzen, hastete zum Eingang seiner Höhle und verschwand. Auf der Bühne hatte er eine lange Liturgie in Blut hinterlassen.

Die Menge überschlug sich vor guten Ratschlägen. Der Bär war weg, er suchte den Tod mit einer Winterstarre zu täuschen, der Deutsche indessen stand bis auf die nervös zuckende Lippe wie versteinert da; die Schlacht schien abgeblasen, doch die Menge ließ sich das nicht bieten. »Ausräuchern!«, rief man, aber auch: »Lass ihn schlafen!«, und »Los, hol ihn dir, der ist hin!« Einer tönte: »Sing doch ›Oh, Them Golden Slippers‹!«, und alles johlte, weil man das sonst schlechten Minstrelspielern zubuhte. Aber in der Grube unten rührte sich nichts.

Jahre später, als wir in einem Zelt irgendwo in Nebraska noch einmal darüber sprachen – Hughie kahl und mit grauen Schläfen, ich jungenhaft blond –, waren wir uns einig, dass, was uns in Erinnerung geblieben war, nicht der zum blanken Entsetzen des schießwütigen Deutschen kaum eine Minute später röhrend aus seiner Höhle brechende und blind am Rand der Arena entlang wankende Jim war. Auch nicht, wie mein Bär die Bretter vollschiss, als ihn die nächste Kugel traf, noch wie er als angstwimmerndes Häuflein zusammensackte. Es waren auch nicht die gut zehn Minuten, die wir damit zubrachten, Jims Blut über die Bretter sickern, sich vor einem Blätterhaufen stauen, diesen durchtränken und schließlich weiter Richtung Wand rinnen zu sehen, nicht die stinkende Ewigkeit, die verging, bis Jim verblutet war. Was wir am deutlichsten in Erinnerung behalten hatten, war die Bühne vor seinem letzten Auftritt, leer bis auf den Jäger und die leuchtende Arabeske aus Blut. Eine Szene wie aus einer Kinderoper. Wie die Sonne genau den Sägemehlfleck aufleuchten ließ, wo Jim sicher vor den Vorhang treten würde. Wie wir alle nach ihm schrien. Das Stroh, das Bier, das hoffnungsvolle Warten auf den Star. Die Aufregung, als sein Schatten sich an der Stelle abzeichnete, wo er sterben sollte.

Wir gingen, während Jim noch in seinem Blut und Kot auf dem Boden lag; ich konnte nicht zusehen. Ich hörte noch den Deutschen herumschreien, die Menge klatschen, und ich nehme an, sie haben meinen alten Jim aus der Grube geschleift, die zwanzig Jahre die Bühne dieses Geschöpfs gewesen war. Ich bin sicher, er ist in tiefer Verwirrung gestorben, ich bin sicher, er wusste nichts mehr von seiner Jugend im Yellowstone oder wo immer er zur Welt gekommen war, noch von seinem Nasenringleben auf den Straßen. Ich bin sicher, er wusste nicht, dass er alt geworden war und dass ihn niemand mehr liebte. Er starb vollkommen verwirrt, vielleicht in dem Glauben, dass alles aufhören würde, wenn er dem Publikum seine alten Kunststückchen vorführte, auf der Nase eine Erdnuss balancierte oder den Himmel anbrüllte, aber bestimmt war er müde, oder vielleicht glaubte er, wenn er die müden Augen wieder aufschlüge, sähe er vor sich einen Wald voll Bäumen, voller Lachsflüsse, summender Bienen und herumstreunender Bären. Denn ich bin sicher, einen Bären hatte er seit mindestens dreißig Jahren nicht mehr gesehen.

Im Januar 1889 heiratete Hughie und zog drei Monate später in den Krieg. Die Trauung war als nette, zwanglose Feier bei den Eltern der Braut in Fillmore auf halb drei angesetzt. Hughie und ich trugen Frack, Nadelstreifenhosen aus Kaschmir, Lackstiefel und Glacéhandschuhe – dazu natürlich Zylinder; ja, lach du nur, Sammy –, und Hughie hatte sich einen gewaltigen

Kranzschlingenzweig in der zufälligen Gestalt Preußens ins Knopfloch gesteckt, der ebenso wie dieses ehemalige Königreich seinen ganzen Rock zu überrennen drohte. Die Braut war eine rundbackige Schönheit mit dem kurzsichtigen Blick der passionierten Leserin, Tochter eines Zeitungsherausgebers, aber gleich den seltenen Wesen, die nur in der Wechselzone zwischen Süß- und Salzwasser vorkommen, ging und kleidete sich die junge Frau zwar mondän, knuffte und kicherte jedoch wie eine Näherin. Die Braut trug ein weißes Kleid und statt eines Schleiers eine Kapote, denn gleich nach der Trauung sollte das Paar die Eisenbahn besteigen, deren Ziel allein mir bekannt war. Ich ging schon mal vor, kümmerte mich um das Gepäck und entlohnte die Träger, und als Hughie und seine Angetraute eintrafen, wirkten sie von sich selbst überwältigt, als hätten sie etwas nie Dagewesenes geleistet. Der Kutscher berichtete, die Hochzeitsgäste hätten Schuhe geworfen und einer sei auf den Bock geflogen: Das bringe Glück. Ein linker Schuh, meinte die Braut daraufhin zu mir, sei noch besser. Der Kutscher zog das gute Stück hervor, es war tatsächlich ein linker. Es gab Küsschen, feierliche Versprechen, und dann entschwand meine Jugend in einer Wolke aus Dampf.

Weshalb er heiratete? Ich weiß es nicht – aus Liebe, nehm ich an, oder annähernd. Junge Männer heiraten eben. Aber an Hughies Heirat war etwas hart Errungenes, fast so, als schließe er die Augen und hechte sich im Rückwärtssalto aus seinem Leben. Irgendwie traurig, verstehst du? Schwer zu beschreiben. Ich kann dir nur eine Momentaufnahme zeigen, eine von vielen aus dem

Gestöber der Tage, einen Abend, der damals nicht wichtig schien.

Ich war betrunken und wütend. Die Sache hatte am frühen Abend begonnen, als ich nach einem elenden Tag bei Bancroft heimkam – zu Fuß, genau gesagt, um zu sparen –, und feststellen musste, dass in meinem Salon ein Klavierabend in vollem Schwange war, die Damen allesamt in Taft mit starrem Federputz an den Hüten, und bei ihnen eine Korona kleiner Mädchen in Spitzenberthen. Eines dieser jungen Dinger saß selbstbewusst am Instrument und hackte Mozart in Stücke, und ich betrachtete eine Zeit lang versunken die weißgoldenen, im elektrischen Licht zappelnden Locken, ehe ich begriff, dass es meine Mina war. Glücklich, geliebt, ohne Ahnung vom Leben: meine Mina. Da bemerkte ich neben mir eine hässliche Frau ganz in Brokat. Sie ließ ihren Blick über meinen fadenscheinigen Bürorock schweifen, sagte kurz: »Sie, bringen Sie den Mädchen doch bitte noch Kuchen«, und wandte sich ab. Ich kannte die Frau nicht, aber den Ton: Es war der einer Frau, die es gewohnt war, Dienstboten wie mir Anweisungen zu erteilen. Ich war fünfundzwanzig.

Ich floh zu Hughie. Er war inzwischen Anwalt und Besitzer eines so lachhaft kleinen und märchenhaften Hauses, dass ich es ›Aschenputtels Schuhschachtel‹ nannte. Die Straßen waren dunkel, ebenso das Haus; ich klopfte leise an die Tür. Nichts. Als bester Freund besaß ich einen Schlüssel, also schloss ich auf. Ich dachte, ich genehmige mir vielleicht einen Sherry und einen kleinen Imbiss. »Hughie?«, rief ich, erhielt aber keine Antwort.

Dann sah ich aus der Bibliothek Licht fallen – der Widerschein des Feuers spielte wässrig auf den Dielen –, und ich fragte mich, ob Hughie einfach eingeschlafen sei. Also stürmte ich den Flur hinab und ins Zimmer hinein. Einem so selbstbezogenen jungen Mann wie mir wäre nicht mal in den Sinn gekommen, dass Hughie möglicherweise nicht allein war.

Das war er nicht; es gab einen Brief. Er hielt ihn vor dem Kamin in beiden Händen, als wäre es die winzige Leiche eines geliebten Menschen, und er starrte ihn unverwandt an, als könnte etwas Atem ihm neues Leben einhauchen. Ein schlichter Brief, ein Bogen nur. Hughie saß ohne Rock hemdsärmelig mit gelöster Krawatte gegen den sphinxköpfigen Arm seines übertrieben ägyptischen Lehnstuhls gesackt, als müsse er sich gegen einen Zusammenbruch stählen. Der Schein des Kaminfeuers tastete sich argwöhnisch durch den Raum, polierte und patinierte alles um uns herum. Aus dem Stuhl kam ein leise ersticktes Geräusch. Ich gebe zu, diese Details sehe ich erst im Rückblick, damals hatte ich nichts weiter im Sinn als den Sherry in seinem Schrank.

»Ah, Hughie, hast du was zu trinken für deinen alten Kumpel?«

Er schrak zusammen, und ich Tölpel lachte. Aber er sah gar nicht in meine Richtung, er sah ins Feuer, und als ließe er ihn in einen Briefschlitz gleiten, landete der Brief in den Flammen. Hughie fuhr hoch, dann schoss seine Hand vor, um den Brief abzufangen. Aber das Blatt wälzte sich bereits im Feuerkatarakt, und bis auf ein kleines Eckchen verkohlte alles zu einem feinen Film, der im Ganzen in den Rauchfang hochwehte.

»Nanu, was soll das denn? Keine Scheite zur Hand?«

Da hörte ich ihn lachen. »Schenk uns doch ein, alter Knabe«, sagte er.

»Wer ist hier eigentlich der Gastgeber?«

»Dieses eine Mal du. Ich bin hundemüde. Weißt du, ich hole uns etwas Haschisch, dann feiern wir. Mir ist nach feiern zumute.«

Wir feierten. Bis ich mit dem Whiskey zurück war (ich hatte es mir, wie immer, anders überlegt), war Hughie auf den Beinen und angezogen und trug ein Döschen mit seinem sündigen Haschisch und zwei Pfeifen herbei, die Seite an Seite auf ihrem Samt lagen wie der Anfang eines bekannten Zitats. Hughie glühte im Feuerschein. Er holte kalten Braten und Kartoffeln hervor, dann unterhielt er mich bis spät in die Nacht mit Drinks und seiner Pfeife. Zuerst erzeugte der angenehme Rauch in uns eine stuporöse Gelassenheit. Ich blickte in meinen Schädel hoch, und er bot sich so klar dar wie das Innere eines Schirms voll undeutlicher Schatten. Wir lümmelten dort zusammen, jeder für sich, wie es nur Freunde können, doch bald wurden wir rastlos. Wir holten die Karten hervor, aber je mehr sich die Stunden mit Whiskey füllten, je öfter die Karten ausgeteilt und unvernünftig gespielt wurden, desto mehr sank ich wieder in meinen Kummer zurück.

»Ich bin unglücklich, Hughie.«

»Ich auch«, sagte er, ohne aufzublicken.

Ich spielte mit der Pfeife vor mir auf dem Tisch. »Nein, bist du nicht. Du hast Glück im Leben. Ich hätte gern dein Leben.«

Sein Ton war bitter: »Kannst du haben.«

Ich nahm keine Notiz von seinem Tonfall. Ich hatte Hughie nie für unglücklich gehalten, und es hätte mich wohl geärgert, wenn er so spät in unserer Freundschaft eine neue Rolle hätte einnehmen wollen. Melancholie stand von Geburt mir zu. Ich warf die Hände ins Dunkel über dem runden Schein der Lampe hoch. Ich sagte: »Ich hätte gern dieses alberne Haus und deine albernen Mädchen.« Ich wedelte in seine Richtung und setzte hinzu: »Ich hätte gern dein Aussehen. Ich hätte gern schöne Sachen, wie sie Leute in meinem Alter tragen statt ... mein Gott, sieh mich doch, ich trage immer noch die Hosen meines Vaters!«

Ausdruckslos rauchte Hughie weiter. »Ich möchte nicht über deine Kleidung sprechen.«

»Du hast es so gut. Die meisten Menschen grämen sich ihr Leben lang über diese oder jene Frau, und nichts macht uns glücklich.« Ich schwieg einen Augenblick, weil ich überlegen musste, was ich damit eigentlich meinte. »Während du glücklich bist, auch wenn dich niemand liebt.«

Ha, da sah er hoch.

»Halt bloß den Mund, Max«, sagte er.

Ich lachte. »Wer könnte dich schon lieben? Deine Aschenputtelschuhschachtel. Stell dir vor, hier würde dich eine Frau anherrschen, deinen Haschisch fortzuschaffen. Die Füße von der Ottomane zu nehmen! Und wo ist überhaupt dein guter Rock? Nicht da. Du brauchst keinen«, sagte ich, kam aus meinem düsteren Nebel wieder zu mir und grinste. »Wer könnte dich schon lieben? Du bist unmenschlich.«

Er sagte nichts, er sah nur weg, nach unten, dorthin, wo der eine nicht verbrannte Fetzen Papier jungfräulich weiß vor dem Rost lag.

»Ich bin erledigt. Kann ich bei dir übernachten? Ich versprech dir auch, diesmal nicht zu kübeln.«

»Nein«, sagte er, stand auf und bückte sich nach dem Papierfetzen. Wenn ich gewollt hätte, hätte ich lesen können, was darauf stand, aber damals interessierte es mich nicht. Ich war zu sehr mit mir beschäftigt. Der Fetzen wanderte unbemerkt in die Flammen, und Hughie blieb mit dem Rücken zu mir stehen und starrte ins Feuer. Er sagte: »Morgens kommt die Aufwartefrau, und sie klatscht mit den Nachbarn. Sie hält mich sowieso schon für einen üblen Kunden. Betrunkene auf dem Sofa haben mir gerade noch gefehlt.« Ich hörte ihn lachen. »Und du wirst *doch* kübeln. Ich rufe dir eine Droschke.«

»Mir fehlt Alice so.«

»Ich weiß.«

»Es liegt an Alice.«

»Also gut, Max.«

»Danke, Hughie. Ich liebe dich.«

Ich sah seine Silhouette im Wetterleuchten der Flammen auflodern. Eine Zeit lang rührte er sich nicht und ich mich auch nicht, ganz damit einverstanden, dort im Sessel zu schlafen, wo ich zufrieden war. Das Feuer sprach, schnatterte wie ein Berserker, bis eine Helix aus Funken es verstummen ließ. Mein Freund, so still und kupferumrandet dort im Dunkeln, sagte etwas so leise, dass ich es auch jetzt, dreißig Jahre später, nicht hören kann.

Es verlangt zu viel Phantasie, den Kummer der Menschen zu sehen, die wir für glücklich halten. Ihre wirklichen Kämpfe finden wie die der Sterne in einem Lichtspektrum statt, den das menschliche Auge nicht wahrnehmen kann. Es ist ein Kunststück des Geists, das Herz eines anderen zu erraten.

Am Morgen wusste ich nicht mehr viel von dem Abend, und Hughie hat ihn mir gegenüber nie erwähnt;

sicher hatte er schon viele lallende Tiraden von betäubten und betrunkenen Freunden gehört und vergab mir, natürlich.

An jenem ersten Nachmittag seines Ehemannlebens winkte er mir durchs Zugfenster fröhlich zu. Ich nehme an, er hat aus Liebe geheiratet, ein bisschen, aber vor allem heiratete er aus Angst, wie die meisten Männer. Aber es ist nicht an mir, Hughies Herz zu beschreiben. Er lernte seine Braut schon wenige Monate nach unserem Abend kennen, führte sie per Straßenbahn und Kutsche überallhin aus, genoss mit ihr im großartigen alten Poodle Dog, einer Institution in San Francisco, das stadtberühmte in Muschelschalen servierte Hühnerfrikassee und hielt binnen eines Jahres um sie an. Mich hat in dieser ganzen Angelegenheit niemand gefragt, außer was die Wahl der Handschuhe betraf (Glacéleder, wie gesagt). Aber es ist komisch mit den Männern: Im Pub flehen sie dich an, sie nicht zu verlassen, dann gehen sie hin und heiraten ohne ein Wort, als ginge dich das überhaupt nichts an.

Gleich nach seiner Heirat ging Hughie zur Marine und brach zu den Philippinen auf, wo sein Kommandant den Spaniern an einem einzigen Nachmittag Guam abnahm. Unterdessen florierte Mutters Geschäft, vor allem wohl deshalb, weil ihr die ausgezeichnete Idee (oder, wie sie meinte, Vision) kam, sich auf Bürgerkriegstote zu spezialisieren. Zu Hunderten erschienen Frauen in altmodischen Spitzenhauben und saßen im abgedunkelten Salon, während Mutter die Schrecken von Cold Harbor beschwor: »Auf über fünf Morgen liegen wir Toten hier, Mama ... und ich ohne Beine.« Mutter machte ihre Sache so eindrücklich, dass die bestürzten Damen oft vergaßen zu zahlen und am nächsten Tag brieflich ermahnt werden mussten.

Mit fünfundzwanzig hatte ich ausgesehen wie Mitte vierzig: korpulent und würdig mit gewichstem Schnurrbart. Äußerlich gehörte ich der Generation meiner Mutter an. Um 1895 kreuzten sich sozusagen unsere Jahre, wir nickten uns en passant zu und gingen unsere getrennten Wege Richtung Alter bzw. Jugend weiter.

Nur entging mir dabei, dass ich mich, während Mutter und Mina älter wurden – erstere mit ergrauendem Chignon, letztere mit kokettem Lachen – immer mehr meinem tatsächlichen Alter näherte. Während ich mit zwanzig noch weit abseits der Jugend gestanden hatte, wirkte ich nun mit fast dreißig fast richtig. Vielleicht noch nicht ganz in der Blüte meiner Jahre, aber für einen Oger doch annähernd, so dass mir von den Damen mehr als der gewohnte Anteil an Blicken zugeworfen wurde, rundäugig wie gebannte Kinder starrten sie mich aus Droschken, Trambahnen und Geschäften an. Weil die Welt für mich ein gelangweiltes Publikum war, das auf den erfrischenden Witz meines Lebens wartete, glaubte ich, die Neugier der Damen gelte meiner sonderbaren Aufmachung, und ihr orchideerosa Lächeln meiner Hässlichkeit. Ich begriff nicht, dass diese Frauen sich stumm mit mir unterhielten. Ich begriff nicht, dass meine Drüsen wie die der Seidenspinner aus meiner Hässlichkeit ein Gesicht woben, das so jugendlich wie fesch war. Das Jahrhundert wendete sich, die Jahreszeiten wechselten, aber für mich änderte sich bis zu einer glücklichen und schrecklichen Katastrophe wenig.

Was für ein heimlicher Segen mein Hausarrest ist, Mrs. Ramsey, denn so habe ich Zeit, der Reihe nach zu erzählen:

Es geschah im März 1906 auf den rohen Brettersteigen an der Fillmore Street. Der Morgen hatte mich überrascht: so warm und nebellos für März, so schön, dass die Menschen in ihren offenen Kutschen wie in Trance durch den Golden Gate Park schwebten, und man sah Frauen in lichten Sommerkleidern promenieren, die sie weder davor noch danach trugen, Frauen, die vor Lust an luftigen Stoffen strahlten und doch – so vernünftig waren sie – eine Pelzstola bei sich trugen, falls das Wunder sie im Stich ließe. Ein heller, heißer sonniger Morgen in San Francisco! Stell dir vor! Ähnlich würde man wohl nur staunen, wenn man anstandshalber einen Roman aus der Feder eines ermüdenden und geistlosen Bekannten kaufte und Passagen von ergreifender Schönheit und Verzückung läse, wie man sie einem solchen Langweiler nie zugetraut hätte.

Eine beliebige Straßenszene, wenn auch aus einer Zeit, die für immer verloren scheint. Pferdegespanne zogen für die Wohlhabenden Waren hügelan, Chinesen balancierten ihr Gemüse an Bambusstangen durch die hinteren Gassen und priesen es den Garköchen an, Scharen von Männern und Frauen waren an diesem strahlenden Tag unterwegs. In dem Jahr hatte es bei mir eine weitere Revolution gegeben: Ich hatte mir endlich den Bart abnehmen lassen. Ich schlenderte mit meinem flachen, runden Hut mit Tellerbeule und kariertem Querbinder einher, ganz der Mittdreißiger und so froh, dass ich wenigstens für diesen einen flüchtigen Augenblick in meinem Leben genau so alt war, wie ich schien.

Dann gellte ein Schrei über die Straße. Ich warf so schnell den Kopf herum, dass mir der Hut wegflog; vor mir rollte ein überladener Picknick-Landauer dahin, und vom Hügel hinab raste ein Automobil ungebremst auf die Familie zu. Ich weiß noch, wie das kleine Mädchen in der Kutsche aufsprang und auf das Ungeheuer zeigte, das sie töten würde: ein Monstrum aus einem Traum, einem Buch, aus dem flackernden Kauderwelsch der Projektion einer Laterna magica. Ich weiß noch, wie die Bänder an ihrem Strohhut sich im Wind aufrichteten wie Schlangen vorm Zustoßen, wie die Familie zu einem stummen Tableau erstarrte, das Pferd sich weißäugig von der Todesmaschine abwandte, wie der Schlagfluss den Automobilisten schüttelte, während seine Passagierin ihn in geradezu unerhörter Weise von hinten bestieg und mit den Knüppeln rang. Man sah die Mutter in der Kutsche noch ihr Mädchen um die Taille fassen, um sie rasch auf den Bürgersteig zu schleudern. Den Vater eine trotzige Hand gegen die heranrasende Maschine heben. Den Schreckensmoment sah ich nicht, oder vielleicht löscht unser Gehirn dergleichen für uns. Ich erinnere mich an Geräusche, die zu beschreiben ich nicht übers Herz bringe.

Aber nicht von dem Unfall will ich erzählen. Ich habe schlimmeres menschliches Grauen gesehen, mehr als genug. Wichtig war an der sonnigen Todesstunde vor allem, dass ich mich abwandte, denn diese Entscheidung hat mein Leben zu dem gemacht, was es ist. Ich wandte mich von dem schrecklichen Anblick ab, mein Blick schweifte hin zum heißen, hellen, unmöglichen Himmel, und dort, scharf umrissen, erwartete mich ein heller, unmöglicher Anblick:

Ein Auge. Ein klares braunes Auge, in dem sich die Todesszene spiegelte. Das sternbewimperte Auge einer Frau.

Welcher? Ach, Leser. Unachtsamer, sorgloser Leser.

Es war Alice. Die Zeit, unser treuloser Freund, hatte sie verändert.

Nicht grausam, wie du es vielleicht denkst, sondern auf allergewöhnlichste Weise. Dort stand sie neben mir auf der Straße: größer, mit dunklerem Haar. Breite Schultern, langer Hals mit der Andeutung einer Erschlaffung unterm Kinn, volles, klares Gesicht, geläutert von der Pausbackigkeit der Vierzehnjährigen. Feine Fältchen um die Augen, wie zu erwarten, Radierungen aller Ausdrücke des Mädchens, das ich gekannt hatte. Unerwartet blass und gepudert, und doch saß am Nasenflügel eine Schweißperle wie der Schmuck einer indischen Braut. Das Mädchen meiner Erinnerung war nicht da. Das so weiche, runde Gesicht, zu keiner Härte fähig, egal wie das Mädchen fauchte und hasste, es war nicht da. Die zarten, flaumigen Wangen, das klare, in seinem feuchten Kranz Wimpern blinkende Auge, das alles war fort: das Weiche, das Rosige, das Mädchen.

Und doch. Sie war zugleich blasser und schärfer, das Verträumte der Augen war weg, dafür trat die mit vierzehn noch schlummernde Klarheit endlich zutage und verlieh ihr eine neue Art Schönheit. Vor mir stand nicht die Vierzehnjährige, die mir einen Rauchkringel in den Mund blies, vor mir stand eine Frau über dreißig.

»Mein Gott!«, riefen wir beide, und einen Augenblick lang meinte ich, unser beider Erschütterung gelte dem

Wiedersehen. Ich wusste natürlich, dass sie das kleine Landauermädchen meinte, das jetzt unter Gummi und gesplittertem Holz begraben lag. Ich drehte mich um und sah Männer herbeistürzen und an Stahl zerren. Die Passagierin des Automobils stand schon in der Straße, wohlbehalten genug, von einem jungen Mann einen Mantel entgegenzunehmen und ihre zerfetzten Röcke zu bedecken. Das Kutschpferd, dessen letztes Stündlein unter Trümmern schlug, warf hoffnungslos den Kopf. Ich konnte nicht sehen, wer vielleicht noch zu retten war. Reifen und Rad rollten einige Meter gemeinsam, lösten sich und kreiselten dann in endlosen Spiralen zu Boden. Kein Laut drang durch das Geschrei der Aufregung. Oder vielleicht ein einziger: der Jubel eines unmenschlichen Herzens.

»Kommen Sie«, sagte ich und bot meine Hand, die in der Untergangsstimmung gewiss nicht abgewiesen würde. Ich täuschte mich nicht: Alice musterte mich aus schmalen Augen, dann packte sie mit ihrer behandschuhten Hand zu und rannte los. Ich hatte gar keine Zeit, mein Glück auszukosten: dass ich sie endlich gefunden hatte; schließlich können Wunder Wundergläubige nicht überraschen.

Aber stell dir vor, wie gnädig das Schicksal: *Sie wusste nicht, wer ich war!*

Es war die Geisterstunde meines Lebens – die einzige Zeit, da ich genau das war, was ich zu sein schien –, und in dieser goldenen Stunde sprach Gott mir den heiß ersehnten Preis zu. Ich suchte uns einen kleinen Teesalon, einen mit roter Velourstapete und zugezogenen Gardinen, so dass die Schatten der

Passanten auf dem gelben Stoff ein balinesisches Schattenspiel veranstalteten. Als wir uns setzten und bestellten, war ich immer noch sprachlos über mein Glück. Der Preis war meiner. Einmal noch Alice gegenüberzusitzen. Sie seufzen zu hören, als der Tee in einer Opiumwolke Dampf kam. Ihre Augen sich genussvoll schließen zu sehen, als sie einen Bissen Kuchen aß. Die Stelle dicht an ihrem Ohr zu bemerken, die sie zu pudern versäumt hatte, so dass die Haut – die wunderbar rosige Haut von einst – durchschimmerte. Wir plauderten, und ich war dankbar. Wenn mir das Schicksal einen ewig verkleideten Körper zugedacht hatte und wenn allein die Verkleidung mir gestattete, meiner Liebsten nahe zu sein, dann nahm ich mein Schicksal an. Sie brauchte es nie zu erfahren. Sie konnte mich nicht lieben, verstehst du. Der Goldreif an ihrem Finger war mir nicht entgangen.

»Ich hatte nicht damit gerechnet, heute jemand sterben zu sehen«, sagte sie mir ganz offen, als wir das Geplänkel zwischen Fremden hinter uns hatten und einen Augenblick schwiegen.

»Damit hätte niemand rechnen können.«

»Ich bin von einem vollkommen normalen Tag ausgegangen«, sagte sie und lächelte in voller alter Pracht. »Verzeihen Sie, ich seh schon, ich werde plappern, aber das sind die Nerven. Ich war unterwegs, um eine Kamera zu kaufen. Eine Stunde lang habe ich mir alle möglichen Modelle angesehen, und der Herr, der vorher so nett gewesen war, bekam Bedenken, als ich sagte, sie sei für mich. Er meinte: ›Aber Miss, das ist nichts für Damen, ihre Finger sind zu klein.‹ Ich bin so wütend geworden. Ich bin rausgerauscht. Ich hatte so einen Zorn auf den albernen Kerl ... seine dumme Bemerkung. Und so stand es, als das Unglück geschah. Ich kochte innerlich. Hielt ihm in Gedanken einen Vortrag. Und dann. Nun.«

»Ich aß gerade eine Gurke.«

»War sie gut?«

»Ja, war sie.«

»Sehen Sie. Ist es nicht erstaunlich mit diesen Belanglosigkeiten. Dass man am Morgen aufwacht und sich gar nichts denkt dabei.«

»Ja.«

»Schließlich schaut man ja nicht in den Spiegel und sagt sich: Pass auf, wappne dich lieber, es könnte sein, dass du heute etwas Abscheuliches siehst.«

»Nein.«

Wir blickten versonnen in unsere Teetassen, in die Priele der Stückchen und Blätter; das immerhin hatte ich von meiner Mutter gelernt, nämlich Liebesgeschichten aus der Teetasse zu lesen, sagte aber nichts von dem, was ich sah. Ich schenkte nach. Schließlich war ich für meine geliebte Alice ein Fremder.

Sie holte tief Luft, lehnte sich zurück, sah sich um. »Das alles ist sehr eigenartig und ungehörig. Ich glaube, ich sollte jetzt gehen. Haben Sie vielen Dank.«

Sie bekam es mit der Angst zu tun. Sie durfte nicht gehen, noch nicht. Alice war verheiratet, sie würde mit mir keinen Lebensbund eingehen können, ich durfte nicht einmal auf Freundschaft hoffen, aber es genügte nicht, sie einfach gesehen zu haben und zu wissen, wie wenig sich verändert hatte. Ihren Befürchtungen zum Trotz verlangen wir sehr wenig von denen, die uns nicht lieben. Wir bitten weder um Verständnis noch Schmerz, noch Mitleid. Wir wollen nur wissen, warum.

»Sie sollten noch ein wenig warten. Sie sind ganz blass. Sie sind fast in Ohnmacht gefallen, wissen Sie.«

»Das haben Sie bemerkt?«

»Nein, oder vielmehr ...«

Alice lächelte und sah mir direkt in die Augen – ah, was für Teeblätter dort! »Es ist schrecklich, einsehen zu müssen, wie man geworden ist. So also bin ich. Eine Frau, die in Ohnmacht fällt.« Ein Lachen, glitzernd wie Wasser.

»Nein«, sagte ich. »Den Eindruck machen Sie nicht.«

»Ich bin etwas geworden, was ich früher verachtet habe. Eine Heldin in einem schlechten Roman.« Sie hob die Hände und lachte abermals, als wäre ihr Schicksal besiegelt. Sie glich keiner solchen Heldin: Meine Alice war ganz in Schwarz gekleidet, Bluse und Rock, mit leuchtend weißem Binder, ihr Haar unter eine sehr männliche Kappe geschoben. Am Hals trug sie eine altmodische Brosche, die ich kannte. Sie hatte ihrer Mutter gehört, sie barg eine Locke von Mr. Levys Haar. Aber sie trug außerdem eine Art Jacke, wie ich sie noch nie gesehen hatte – tailliert mit breitem Aufschlag und mit orientalischen Schlingen und Arabesken bestickt. Nicht unbedingt übertrieben modisch, sondern einfach bizarr. Andere Damen im Salon schielten herüber und tuschelten angeregt. Alice schien es nicht zu merken. Sie schlug mit der Faust gegen den Tisch und meinte: »Aber ich sollte nicht ohnmächtig werden! So eine bin ich nicht! Ich habe nicht zum ersten Mal Menschen sterben sehen.«

»Denken Sie nicht mehr daran. Trinken Sie.«

Ihr Blick wanderte in eine Ecke, sie selbst war weit weg. »Im Osmanischen Reich – ich bin vor Jahren nach

Vorderasien gereist – sah ich einen Mann vergiftet durch die Straßen taumeln, er brach nur wenige Schritt vor mir auf einem Teppich tot zusammen. Sein Gesicht war ganz verzerrt vor ... Qual, nehme ich an. Die mohammedanischen Frauen fingen zu klagen an, Sie wissen schon.« Sie gab eine verblüffende Kostprobe, taubengleich, wehklagend. »Damals bin ich nicht in Ohnmacht gefallen.«

»Sie waren im Orient?«

»Mit meinem Mann«, sagte sie und berührte damit endlich das schmerzliche Thema. Ich habe keine Ahnung, warum sie blieb und Tee mit mir trank, warum sie das alles einem Fremden erzählte, aber sie fuhr fort: »Der vergiftete Mann, manchmal frage ich mich, ob er es selbst getan hat, sich selbst Arsen in den Pfefferminztee gab. Einer unglücklichen Liebe wegen, vielleicht. Und nicht ahnte, dass Gift so schmerzhaft, so schrecklich, so dumm und so unromantisch sein würde. Die Moral der Geschichte ist: Es lohnt, sich kundig zu machen.« Wieder ein glockenhelles Lachen und dann – welch herrlicher Anblick – errötete sie.

Was ich von Alice wollte, war bescheiden und einfach. Nicht etwa, geliebt zu werden – darauf konnte ich nicht hoffen –, sondern mir eine Frage zu beantworten, die mich noch Jahre nach ihrem Verschwinden verfolgt hatte. Wie der Zuschauer, der den Zauberer seinen Silberdollar nehmen und in einem Taschentuch verschwinden lassen sieht, verlangte ich nicht den Dollar zurück. Ich wollte nur wissen, wie sie es gemacht hatte. Ich wollte wissen, wo Alice diese vielen heimlichen, verborgenen Jahre geblieben war.

Sie sprach immer noch: »Wissen Sie, ich glaube, ich möchte gar keinen Tee. Das ist nicht lasterhaft genug.

Finden Sie nicht, dass der Augenblick nach einem Laster verlangt? Nach einem so schauderhaften Ereignis.«

»Ich habe nicht viele Laster.«

»Weil Sie ein Mann sind. Für Frauen ist alles ein Laster. Sie werden hier wohl keinen Wein haben, oder?« Sie hob den Arm, machte auf sich aufmerksam und verlangte vom Kellner ein Glas Wein. Man schenke keinen Wein aus, das sei ein Teesalon, und außerdem (schien sein Gesichtsausdruck zu sagen), war sie eine Dame und der Tag noch jung. Alice war verärgert.

Ich sagte: »Wir können woanders hingehen.«

Ihre Augenbrauen zogen sich in einer Privatfehde zusammen. »Nein, lassen Sie. Da mich hier niemand kennt und Sie ein vollkommen Fremder sind, werde ich eine Zigarette rauchen. Empören Sie sich nicht, ich würde Sie weniger achten. Und verraten Sie es nicht meiner Mutter.«

»Ich kenne Ihre Mutter nicht, also abgemacht.«

»Sie sind nett«, sagte sie, und ich gab ihr Feuer. Da bemerkte sie mein Feuerzeug; Hughie hatte es mir vor langer Zeit geschenkt, und es war ein Seerosenblatt darauf graviert. »Stammt das nicht aus dem Conservatory of Flowers?«

Ich hantierte mit dem Feuerzeug und ließ es in meine Westentasche gleiten. »Ich glaube wohl. Ein Geschenk.«

»Hm, das alte Gewächshaus. Wissen Sie, ob es die Victoria Regina noch gibt? Blüht sie noch?«

»Ich war schon lange nicht mehr dort.«

Alice sah auf ihren Tee hinab, ihr Gesicht wurde ganz still. Dann sagte sie sehr leise, fraglos zu sich selbst: »Ich bin so lange weg gewesen ...« Und sie zog sich in einen Winkel ihrer Gedanken zurück, in den ich ihr nicht folgen konnte. Ihr Gesichtsausdruck machte sie nun tatsächlich zur Fremden.

Mich stimmte nicht traurig, wie sich Alice verändert hatte. Andere Verehrer würden möglicherweise die von vierzehn zu zweiunddreißig gewandelte Schönheit mit ihren augenblicklich so seltsamen und nachdenklichen Mienen betrachtet und eine verschwommene Trauer über das Verlorene empfunden haben. Ich war nicht traurig, ich war anders. Ich kannte mehr als die schlichten Züge – Augen, Stimme, Freuden –, die die Zeit dem Körper auslaugt; ich kannte ihr ominöses Hüsteln, wenn sie sich langweilte, ich kannte den Geruch der Anissamen, mit denen sie den Zigarettenrauch kaschierte, ich kannte den Ruck, der durch die drei sichtbaren Halswirbel ging, wenn eine Idee sie erregte, ich kannte das Zucken ihrer Augenlider, das Verärgerung über irgendeine Idiotie anzeigte, ich kannte die Tränen, die ihr unmittelbar vor einem Lachkrampf in die Augen schossen, ich kannte ihre heiseren Nachtschreie, ihre Badewannen-Operettenstimme, das Nagen am Finger, ihr Schnarchen. Dem, was ich kannte, der Alice, die ich kannte, konnte die Zeit nichts anhaben.

»Komisch«, sagte sie, »Sie kommen mir so bekannt vor. Sind Sie von hier?«

»Ich habe mein ganzes Leben in San Francisco verbracht.«

Sie bekam große Augen. »Sagen Sie bloß, in South Park ...«

»Nein, nicht South Park«, log ich. »Im Mission-Viertel.«

Ohne jeden Vorbedacht hatte ich irgendwo im Innern beschlossen, South Park auszulöschen, Großmutter, Vater, Mutter, Mina und alles andere. Ich tat es umgehend, ohne Reue. Vielmehr verschaffte es mir große Erleichterung, Max Tivoli umzubringen. Es war mein erster Mord. Alice bemerkte natürlich von alledem nichts, nicht einmal das Blut an meinen lässig auf dem Tisch verschränkten Händen sah sie. Stattdessen hellte sich ihre Miene auf.

»Mission! Kannten Sie vielleicht einen Jungen namens Hughie Dempsey?«

»Nicht, dass ich wüsste.«

Damit war auch mein bester Freund erledigt. Leichen türmten sich zu unseren Füßen.

»Ach.« Sie rümpfte die Nase und schüttelte den Kopf. »Nun, ich war nicht oft da, also glaube ich kaum, dass wir uns dort begegnet sein können.«

Alice, du bist den Menschen immer so klug und vorsichtig begegnet. Und konntest dennoch den alten Herrn von nebenan nicht erkennen, der dir jeden Nachmittag, wenn du von der Schule heimkamst, zulächelte? Den alten Scharlatan, der dir am Sabbat den Tee kochte? Den bärtigen Falschspieler, der dich eines Abends in seine Arme zog und, sehr wahrscheinlich, nach Tabak und Rum schmeckte? Vermutlich war der schreckliche alte Mann aus deiner Sicht längst tot oder siechte auf seinem Zimmer in South Park dahin. Dir gegenüber im Teesalon saß niemand Besonderes.

»Und doch kommen Sie mir so …«, beharrte sie abwesend.

»Sie sagten, Sie seien lange fort gewesen. Haben Sie vorher in San Francisco gelebt?«

»Ich bin hier geboren.«

»Aber Sie sind weggezogen.«

»Ja«, sagte sie und hielt ihre Tasse behutsam, als müsse sie sie schützen. »Wir sind umgezogen, als ich vierzehn war.«

»Vierzehn. Das ist sehr jung«, sagte ich.

Ein Glucksen. »Ja, sehr jung.«

»Wohin hat es Sie verschlagen?«

»Bitte?«

Das Herz schlug mir bis zum Hals. »*Wohin hat es Sie verschlagen*?«

Meine Stimme muss Alice überlaut vorgekommen sein. Die vielen Fragen des seltsam vertrauten Fremden müssen ihr komisch vorgekommen sein. Aber weil es selbstverständlich überhaupt keine Rolle spielte, sagte sie es mir.

Ich erwiderte lediglich: »Ah, Seattle!«

»Vielleicht kenne ich Sie von dort. Es ist ja eine kleine Stadt.«

»Kaum. Ich bin nie über Oakland hinausgekommen. Aber Seattle hat mich immer beschäftigt.«

Das fand sie lustig. »Beschäftigt?«

»Warum sind Sie gerade dorthin gezogen?«

Sie überlegte und schob sich die Faust unters Kinn. Sehnsucht verschattete flüchtig ihr Gesicht, doch sie schüttelte sie gleich wieder ab. »Verwandte«, sagte sie. »Mein Onkel hatte dort ein Ausrüstungsgeschäft. Wir belieferten die ganzen Klondiker mit Vorräten, vielleicht haben Sie den Namen schon mal gehört: Cooper & Levy.«

Cooper & Levy. Ob sie ahnte, dass das Versteck ihrem Übeltäter in jedem Varietétheater, jeder üblen Spelunke unübersehbar angezeigt worden war? Und gesehen hatte ich es. Nacht für Nacht hatte ich den irritierenden

Namen Levy den Männern an der Barbary Coast marktschreierisch entgegenblöken sehen, aber ich hatte weggesehen. Erst hier im Teesalon erkannte ich, dass mir – vor meiner Nase grell plakatiert – die eine heiße Spur geboten worden war, nach der ich so fieberhaft suchte. Ich war bloß zu traurig gewesen, hinzugucken.

Ich sagte schlicht: »Ja, der ist mir bekannt.«

Sie lächelte und schüttelte den Kopf. »Tja, das waren wir.« Den Blick auf ihren Tee gesenkt.

»Erzählen Sie doch.«

Alice zupfte eine zweite Zigarette aus ihrem Etui und führte sie kühl an die Lippen. Als ich ihr Feuer reichte, verweilte ihr Blick forschend auf meinem Gesicht. Sie sagte: »Ich erzähle, solange die Zigarette brennt, und dann muss ich gehen.« Sie hielt die Lippen an die Zigarette, die Zigarette an die Flamme, und als sie brannte, berichtete sie mir alles von den Jahren ohne mich.

»Ich bin mit meiner Mutter nach Seattle gezogen. Der Dampfer legte an, und die ganze Stadt qualmte. Überall Zelte und verkohlte Gebäude, ein Großteil der Stadt war in der Woche zuvor niedergebrannt – so eine Stadt ist das. Das Geschäft meines Onkels war verschont geblieben, und wir sind gerade rechtzeitig zum Ausbruch des Alaska-Goldfiebers mit eingestiegen. Mal sehen, ob ich's noch kann.« Ihre Stimme wurde tiefer, bis sie den üblichen Leierton des Krämers annahm: »Erbsen, Linsen, Laternen, Lauge, frische Schlachtwurst und Schlitten günstig.«

»Keine Hunde?«

Sie lachte. »Nein, die Hunde mussten sie selbst auftreiben. Tausende Männer gaben alles auf, um nach Norden zu gehen, um nach Gold zu graben, den vielen Träumen ... es war ... es war langweilig. Ich habe mich am liebsten hinten auf den Getreidesäcken verkrochen und gelesen, oder ich bin mit meiner besten Freundin ausgebüchst, wir beide auf unseren Knochenrüttlern – einmal ist uns ein Bergpuma begegnet! Das Maul voll grüner Federn, als hätte er jemandem den Papagei weggeschnappt. Ich weiß noch, dass ich dachte: Armer Papagei, aber der hat immerhin mehr von der Welt gesehen als ich. Meist war es einfach trostlos, verregnet und öde. Ich hatte Glück, meinen Mann kennen zu lernen, da konnte ich im Laden aufhören. Vor ein paar Jahren haben wir das Geschäft an Bon Marché verkauft, und dann sind Mutter und ich hierhin zurückgekehrt.«

Die leise knisternde Zigarette war um ein Drittel kürzer. Mich beschäftigte ein Detail, das sie unerwähnt gelassen hatte. »Und Ihr Mann?«, fragte ich.

»Er ist nicht mitgekommen.«

»Warum?«

»Er ist seit fünf Jahren tot.«

»Sie sind Witwe. Das tut mir leid.«

Sie nestelte an der Brosche ihrer Mutter, und ich sah, was ich zu blind gewesen war zu erkennen – den schwarzen Rock, das schwarzgesäumte Taschentuch, Ohrringe aus Jett –, dass sie nämlich etliche Trauerjahre hinter sich hatte. Mein Herz erwachte in meiner Brust.

»Er war Professor an der Universität. Ihm habe ich es zu verdanken, dass ich ein bisschen was von der Welt gesehen habe. Das Osmanische Reich, China. Und aufs College gehen konnte.«

»Sie waren auf dem College?«

Plötzlich verdüsterte sich ihr ganzes Gesicht vor Ärger und sie lehnte sich zurück. »Glauben Sie, ich wäre die Erste?«

»Aber nein, ich finde es wunderbar!«

Kühl: »Meine Zigarette ist fast aufgeraucht.«

Ich lächelte ergeben und drängte sie in der kurzen Zeit, die mir mit ihr blieb, weiterzusprechen. »Erzählen Sie doch, bis sie verglüht, von Ihrem Mann, bitte.«

Die Tuberkulose habe ihn getötet, sagte sie. Ihren schnurrbärtigen Professor Calhoun, den anerkannten Anthropologen, mit gerade vierzig. Die unspektakuläre Art, wie sie es erzählte, schockierte mich und flößte mir eine fast schwindelerregende Hoffnung ein, aber dann begriff ich, dass sie die Worte seit fünf Jahren fast täglich wiederholte. Sie trug in der Brosche an ihrem Aufschlag seine Locke, sie betete im Tempel für ihn, sie war immer noch seine liebende Witwe, aber die Zeit hatte ihrer Stimme wenigstens das Beben genommen.

»Er machte gern lange Spaziergänge ohne Rock«, lautete ihre Antwort auf die nächste nicht gestellte Frage.

»Er kann es nicht gewusst haben.« Ich stellte mir vor, wie der arme Professor Calhoun in der Kutsche zu den Ställen gefahren wurde, um dort die gängige Kur für seine Schwindsucht zu sich zu nehmen: heißes Blut aus der Blechtasse. Ich stellte mir die Ärzte und ihre Scheinarzneien vor, ihre Purgiermittel und Pflaster. Sicher hatte der bettlägrige Calhoun zu seiner jungen Frau hochgeblickt und sich für seine tödlichen Kaltwetterwanderungen und dafür gehasst, dass er so bald starb und so viele Tage verlor, die das Licht ihres Antlitzes erhellte. Wir verschwenden so viel Zeit in uns selbst.

Alices Hand musste ihm das Haar aus der Stirn gestrichen haben, während er seinen Atem durch raue Lungen zwang. Der zweite Mann, der vor ihren Augen starb.

»Am traurigsten ist, dass er in keinem gemeinsamen Kind weiterlebt«, sagte sie mir. »Ich wollte aus Seattle fort. Mutter auch.«

»Hat Ihnen das alte Leben hier gefehlt?«

In ihrem Blick flackerte etwas. Sie drückte ihre Zigarette aus. »Sie brennt schon eine Weile nicht mehr, und ich langweile Sie. Vielen Dank für den Tee.« Alice erhob sich und nahm ihre A&P-Tüte und ihren Parasol an sich. »Ich muss los.«

Eine Minute drauf war sie für immer aus meinem Leben verschwunden.

So jedenfalls meine panisch kreisenden Gedanken, die verzweifelt nach einem Weg suchten, sie aufzuhalten. Alice verharrte eigentümlich, den Blick auf die Schatten der vorübereilenden Menschen gerichtet. Hinterm Vorhang erschien ein markantes Profil, ein Mann mit einem eigenwilligen Hut. Alice schien hingerissen. Ich redete unterdessen unentwegt, entschuldigte mein Eindringen in ihren Tag, bemerkte etwas zur zunehmenden Kälte draußen und dem Polizeiaufgebot, das sie vielleicht lieber miede, alles, wenn ich sie nur aufhalten könnte, aber es hielt sie längst etwas, und dieses Etwas hatte nichts mit mir zu tun. Sie hörte nicht einmal zu. Behutsam schob sie die Gardine an der Stange zurück, und ihr Gesicht zerfloss im Tageslicht.

»Ist Ihnen nicht gut?«, fragte ich.

Sie lächelte über das Bild, das sich ihr bot: bloß ein junger Mann mit altmodischem Derby, der ein Trio vom Amt heimwärts strebender Telefonistinnen ins Gespräch zu ziehen suchte. Sie wandte sich von diesem Inbild der Jugend ab.

»Die Welt ist voller Gespenster«, sagte sie und zwinkerte mir verschwörerisch zu. »Finden Sie nicht?« Lachen, und immer wieder dieses Lachen; ich liebte sie. Sie zog einen Handschuh hervor und spreizte die Finger, um ihn überzuziehen. »Nun haben Sie sich nicht so. Sie dürfen mich wiedersehen, wenn Sie wollen. Nur sind Sie unhöflich gewesen.«

»Bitte? Tatsächlich?«

Ihr Gesichtsausdruck wurde verschlagen. »Wie heiße ich denn?«

»Alice.«

Da stutzte sie, und ich erkannte meinen Fehler sofort, aber zu spät. Sie musterte mich und meinte: »Ich wollte Ihnen vorwerfen, dass Sie nicht einmal danach gefragt haben ... woher wussten Sie?«

»Sie haben erwähnt, dass Ihr Mann Sie Alice nannte.«

Ein, zwei Lidschläge verrieten ihre Ratlosigkeit. Die lastende Pause brachte ich zu wie ein Mann im Vestibül, der hofft, vorgelassen zu werden. Die Antwort war rasch gegeben: »Aha. Und wie nennt man Sie?«

In diesem Augenblick brachen eben die Telefonistinnen über uns herein, deren Schatten zuvor den Blick meiner Alice angezogen hatten, sie waren glücklich dem Straßencasanova entkommen und nun schnatterten und lachten sie mit einer Lebendigkeit, an die ich von mir im selben Alter keine Erinnerung hatte. Unter anderen Umständen hätte mich ihr Lärmen wohl gestört, aber dank ihres vergnügten Geplappers gewann ich etwas Zeit. Armseliger Mörder; ich hatte mir kein Alibi zurechtgelegt, keine falsche Identität. Alice schien irritiert und gefesselt vom Geschnatter über Hutbänder und Schlankheitskuren, aber schließlich hatten die Mädchen ihre zum Verwechseln ähnlichen Promenadenanzüge in einer Nische verstaut und widmeten sich nun still der Karte. Und die vermeintlich Fremde, die Liebe meines Lebens, suchte wieder meinen Blick.

»Asgar. Mein Name ist Asgar Van Daler.«

Sie lachte rüde, riss sich dann aber zusammen und steckte mir eine Karte zu: Alice Levy Calhoun. »Auf Wiedersehen, Asgar«, sagte sie und wandte sich zum Gehen.

»Auf Wiedersehen, Alice.«

Als sie hinaustrat, spiegelte sich im Türblatt das Sonnenlicht und blendete, im Nu war sie fort und ließ den Raum mit seinem Duft aus Sassafras und Haartinkturen so zurück, als sei nichts geschehen. Nur in mir war alles verändert, nicht allein, dass mein wunderschönes mosaisches Mädchen aus der Wüste zurückgekehrt war, nein, ich würde sie wieder und wieder sehen können, so oft ich nur wollte – mein Herz preschte mit dem Gedanken vor ins Unendliche –, und sie würde nie erfahren, dass ich das Ungeheuer war, das sie so schlecht geliebt hatte.

Und was meine neue Identität anging, Asgar Van Daler. Es war mir ja nicht fremd, eine Rolle zu spielen, die nicht die meine war. Einen Vater zum Beispiel, meinen jungen, lachend in den Lustgärten seiner Jugend stehenden Vater, der den Mädchen nachsah und den Schwänen Brotrinden zuwarf, meinen dänischen Vater aus den glücklichen Jahren, bevor er sich umbenannte. Asgar Van Daler. Dieses Erbe stand mir zu. Schließlich lebe ich so gegen die Zeit wie ein Heiliger; wie alle

Seligen halte ich es für meine Pflicht, der Welt das Verlorene zurückzugeben.

Endlich war ich der glücklichste Mann auf Erden. Denn wer sonst in der ganzen Geschichte der Zeit hat schon eine solche Gelegenheit erhalten: eine zweite Chance zur Liebe? Es war wie in einem arabischen Märchen; in der Larve meines Körpers würde ich mich meiner alten Liebe nähern – die mich als der, der ich wirklich war, nie erhören würde – und mein Glück noch mal versuchen. Unerkannt, besser als vorher, würde ich alles aufbieten, um sie zu erobern. Ihrer Karte zufolge empfing sie mittwochs und freitags Besucher, und wie endlos kamen mir die Stunden vor bis zum Mittwoch. Diesmal würde alles anders sein. Diesmal würde ich Gegenliebe in ihr wecken.

Die auf Witwe Alices Karte angegebene Adresse war nicht schwer zu finden, versetzte mir aber einen Schrecken. Zwar hatte mir Alice vom Klondike-Reichtum ihrer Familie erzählt, aber mit einem zweigeschössigen Stadtpalais an der Van Ness Avenue hatte ich doch nicht gerechnet, schon gar nicht einem so stucklastigen. Die Fassade glich einer Studie vertikaler Gliederung, lauter weiße Lotrechte, Ecksteine und Fenster mit Zierrat und Schleifen, verbunden und gekrönt von dem, was Architekten fälschlicherweise als »Belvedere« bezeichnet hätten. Mit dem Hut in der Hand stand ich eine Zeit lang auf der Straße; ich hatte geglaubt, alle Facetten meiner alten Alice zu kennen und dass mich nichts mehr überraschen könne, aber irgendetwas an ihrem Heim machte mich traurig. So etwas also kaufte eine wohlhabende Alice? Ich bin kein Snob, aber ich hatte angenommen, dass unser gemeinsames Zuhause in South Park, von meinem Großvater im unnachahmlich eleganten, nie wieder erreichten alten Stil des frühen San Francisco erbaut, ihr als Traumreich vorgeschwebt hätte. Ein Haus aus Stein und dezenten Rundungen. Als Jonas im Bauch dieses gestopften Wals hingegen konnte ich mir meine Alice nicht vorstellen. Ich hatte geglaubt, sie würde sich wie die Töchter verarmten Adels mühen, zurückzugewinnen, was in der Kindheit verpfändet worden war: das Silber, die Schauplätze, die Kunstschätze. Dass sie wie jede von uns gescheiterten Existenzen versuchen würde, die Toten wieder zum Leben zu erwecken.

Nach der elektrischen Klingel musste ich im schweren mittelalterlichen Schnitzwerk der Tür lange suchen – sie gab sich als Heiligenkopf aus. Ich musste etwas warten, dann erschien eine stämmige Negerin mit einem Gesicht, das so offen war, als hätte sie gerade jemand geohrfeigt.

»Ja, bitte?«

»Ist die Witwe daheim?«

»Die wer?«

»Die Witwe.«

Sie bat mich zu warten und ließ mich in der Eingangshalle stehen. Ich setzte mich auf eine Bank und durchsuchte rasch den Kartenständer, um mir ein Bild davon zu machen, wer vor mir da gewesen war – ein paar Namen jüdischer Damen, mehr nicht. Wenigstens müsste ich nicht auf einem Stuhl sitzen, den ein ansehnlicherer, reicherer und leichter zu liebender Herr angewärmt hatte. Den Vorteil hätte ich wenigstens. Dann hatte ich Muße, mich umzusehen.

Innen war das Haus ruhiger, wenn auch auf kuriose Weise mit sich zerfallen, alte, zerfledderte Bücher waren in Schränke mit Glastüren gestopft worden, und obwohl der Kronleuchter über mir offensichtlich elektrisiert war, spendeten in der Halle (was ich rückblickend erstaunlich finde) roséfarbene Petroleumleuchter Licht. Das Dienstmädchen kehrte durch eine andere Tür zurück, fixierte mich und winkte mich herein. Ich lächelte und nickte.

Mit einigen wenigen fast unmerklichen Bewegungen, wie wir sie alle lernen, um uns von unserer besten Seite zu zeigen, prüfte ich Haltung, Manschetten, Mantel und Schuhe, dann betrat ich den Salon und bekam meinen zweiten Schrecken. Dort in einem Sessel, auf dem Kopf ein Spitzentüchlein, saß meine erste Geliebte, die Witwe Levy.

»Schickt Sie der Club?«

»Bitte?«

»Ich habe schon gesagt, dass ich nur den halben Beitrag zahlen werde. Weder spiele ich Tennis, guter Mann, noch schwimme ich. Wie stellen Sie sich das vor? Alte Damen, die wie eingelegte Gurken im Fass herumdümpeln. Ich gehe nur zu den monatlichen Soirees und ich esse nur Suppe und Fisch.«

»Ich komme nicht vom Club.«

Mrs. Levy lächelte verschlagen und legte einen Finger an die Wange. »Schade. Ein paar fesche junge Herren wie Sie könnte der Club gut brauchen.«

Sie war alt. Ihr Haar war vollkommen weiß und in üppigen Locken hochgesteckt, manche weißer als andere und mit Sicherheit künstlich, und über dem Ganzen war ein Stück alte Spitze befestigt, wie Damen sie trugen, wenn sie signalisieren wollten, dass sie sich dem Diktat der Schönheit nicht mehr zu beugen gedachten. Sie trug auch kein Korsett, und ihr Teekleid wallte großzügig über eine Form, die sich sehr von der unterschied, die ich vor so vielen mondhellen Nächten im Garten gehalten hatte. Unverkennbar genoss sie das Vorrecht des Alters und aß nun sorglos, was immer sie wollte. Ein hoher, mit Perlen bestickter Kragen verbarg ihren Hals, zwei Fleischlappen quollen darüber weg, ihre Ohrläppchen waren vor schwerem Schmuck lang wie die einer afrikanischen Königin. Ihr Gesicht war breiter als das meiner Erinnerung und von einer künstlich frischen Farbe, wohl alter Gewohnheit geschuldet, während die Augen so hart und dunkel, die Lippen so dünn waren, dass ich an ihnen kaum den Hauch einer Erinnerung an das Flüstern fand, mit dem sie mein junges Ohr so zärtlich bedacht hatte. Ich gebe zu, ich fühlte mich abgestoßen; an ihr war nichts Schönes. In South Park hatte sich Mrs. Levy für ihr Alter tadellos gekleidet, jetzt schien sie bedächtiger Mode überdrüssig, schien geradezu zur Karikatur geworden – halb verlebte Kurtisane, halb Comtessa. Mir dämmerte, dass die Villa ihre Wahl gewesen war, ihrem Geschmack entsprach. Möglicherweise erreichen wir alle irgendwann das Alter, wo wir ans Ende unserer Vorstellungskraft gelangen.

»Sind Sie Alices Mutter?«

Sie sagte: »Ah, Sie haben die falsche Witwe erwischt, nicht wahr? In diesem Haus sind wir alle Witwen, selbst Bitsy, die Gute, ist seit fünf Jahren Witwe; ihr Mann starb bei einem Grubenunfall in Georgia. Eine erstaunliche Frau.«

»Ein schönes Haus haben Sie.«

»Schön ist es nicht, aber ich mag die Zimmer, und da ich kaum ausgehe, muss ich es nicht von außen sehen. Keine Sorge, junger Mann, Sie werden sich nicht lange mit der alten Dame plagen müssen, Alice muss jeden Moment kommen. Ich habe sie raufgeschickt, damit sie sich für Herrenbesuch hübsch macht.«

»Es ist mir ein Vergnügen, mich mit Ihnen zu unterhalten.«

»Es ist dem feschen Jungen ein Vergnügen! Mein Herz hüpft. Geradezu shakespearisch.« Mir war zum Ersticken zumute, als sie auf diese Weise mit mir schäkerte und ihre Wimpern die Tusche hoffnungsvoll gegen die Wangen schlugen. Aber nein, mir drohte keine Gefahr; sie erkannte mich nicht.

»Wie heißen Sie?«, fragte sie.

»Asgar Van Daler«, sagte ich ihr.

»Vander ...«

»Van Daler.«

»Vadollar.«

»Van Daler.«

»Mein lieber Junge, Herkunft interessiert mich keinen Pfifferling. Kennen wir uns? Wie auch immer, ich muss mit Ihnen Tacheles reden, bevor Alice kommt.«

»Selbstverständlich.«

»Erstens ist Alice mütterlicher- wie väterlicherseits Jüdin. Ich möchte nicht, dass Sie sich interessieren und sie dann ihres ›Bluts‹ wegen fallen lassen.«

»Das ist für mich unerheblich.«

»Ferner wird mein ganzes Vermögen an die Wohlfahrtseinrichtungen der Jewish Educational Alliance gehen. Alice wünscht es so. Sie glaubt sehr stark an diese Bemühungen, und ich muss sagen, das tue ich auch. Ich will ganz ehrlich sein, Mr. Dollar. Alice wird nichts als den Schmuck erben, den ich am Körper trage.«

»Er ist sehr schön.«

»Mein Körper. Vielen Dank«, flötete sie. »Wenn Sie also auf Geld aus sind, sind Sie hier verkehrt.«

Da machte ich einen furchtbaren Fehler. Mein Herz wurde leicht wie das eines Ladendiebs, und sorglos geworden, sagte ich: »Da sollte ich Ihnen meinerseits gestehen, dass ich selbst nicht wohlhabend bin, Mrs. Levy. Ich bin lediglich Angestellter bei Bancroft.«

Damit war es um ihre neckische Laune geschehen. Ihr Gesicht zerfiel zur erbitterten Fratze der Witwe, die vor zwanzig Jahren einem Liebhaber einen hässlichen Brief geschrieben hatte. »Bancroft?«, wiederholte sie. Kummer rann in jede Falte ihres Gesichts, aber in ihren Augen lebte etwas auf, unterschwelliger Zorn oder eine Art Hoffnung, wie gerade ich sie nur zu gut kannte. Es erschreckte mich zu sehen, wie wenig in uns stirbt. Sie wählte ihre Worte mit Bedacht: »Ich habe mal einen Herrn gekannt, der dort arbeitete. Das muss vor ihrer Zeit gewesen sein.«

»Wen?«

»Ein Mr. Tivoli. Mr. Max Tivoli.«

»Max Tivoli«, wiederholte ich.

»Kennen Sie ihn?«

Um ein Haar hätte ich es ihr gesagt, ich schwör's. Um ein Haar hätte ich mich entlarvt, damit mir vergeben würde, und vielleicht hätte mich das vor den ganzen anderen Missetaten bewahrt, die folgten. Stattdessen erwies ich mich in anderer Weise als großzügig. Ich schenkte ihr die kleine Lüge, die sie hören wollte: »Er war bereits verstorben, als ich dort anfing.«

»Aha.«

»Man munkelt, er sei ermordet worden.«

Ein Lächeln huschte über ihre Lippen. »Schade.«

Prompt zeigte sie, fast als lasse sie sie elastisch zurückschnellen, wieder ihre vorige heitere Miene. »Jetzt muss ich den Mund halten, meine Tochter ist da. Die Sache bleibt unter uns.« Sie wandte sich von mir ab, diese Frau, der mein Tod solche Freude bereitete, und rief:

»Alice, um Himmels willen, was hast du nun schon wieder an?«

Ich wünschte, ich könnte mich an alle Einzelheiten dieses Vormittags erinnern. Ich weiß, dass wir noch eine Zeit lang im Salon beieinander saßen und über Politik sprachen, dass Alice sich sehr echauffierte und dass ihre Mutter sich schließlich zu ihr umdrehte und sagte: »Witwe Calhoun, sieh zu, dass du aus dem Haus kommst, eine Anstandsdame brauchst du ja wohl nicht.« Alice lächelte und sagte: »Witwe Levy, dann bist du ganz allein.« Die alte Dame schüttelte den Kopf und meinte: »Witwe Calhoun, ich bin am liebsten allein.« Sie redeten sich auf diese altertümliche Art an, scherzten auf geradezu morbide Weise über ihren Witwenstand, und ich fühlte mich an die Abende erinnert, als ich zu ihnen ging, um Feuer zu machen, und sie dabei ertappte, wie sie sich verkleideten oder Scharade spielten oder sich gegenseitig porträtierten. Einen Augenblick war ich sehr eifersüchtig, denn ich begriff mit einem Mal, dass es eine Seite von Alice gab, die ich vielleicht niemals kennen lernen würde, die Seite, die ihrer Mutter ergeben war, und dass die beiden zwar tatsächlich San Francisco der Liebe wegen verlassen hatten, aber der Liebe füreinander, nie der für mich.

»Haben Sie die Kamera gekauft?«, fragte ich, sobald wir draußen waren.

»Wie bitte?«

»Bevor wir uns begegneten, wollten Sie eine Kamera kaufen. Der alte Mann sagte Ihnen, Ihre Finger wären zu klein.«

Sie lächelte verschmitzt. »Aber groß genug, ihm das Geld auszuhändigen.«

»Sie haben sie gekauft?«

»Ja, das habe ich.«

»Was photographieren Sie denn?«

»Was immer mir gefällt. Lassen Sie uns hier entlang gehen, es gibt eine versteckte Treppe hinauf zur Franklin Street, die ist so verwunschen, wenn die Rosen blühen.« Sie nahm meinen Arm und führte mich unter gelegentlichen Bemerkungen zu diesem und jenem Thema in ihre geheime Laube.

Es wäre so schön, dir erzählen zu können, dass sie sich in mich verliebte. Genau dort, auf unserem Spaziergang zwischen den Villen und Kutschen an der Van Ness, zwischen den Hecken, die uns aus den Gärten mit ihren geschmacklosen Grotten und Brunnenfiguren in Gestalt kleiner Kinder fern halten sollten – dass das Sonnenlicht sie blendete und sie mich unter der seltenen Riesenblüte einer Agave küsste. Aber du weißt es besser, fürchte ich; wir waren Fremde, zusammengeworfen durch ein Unglück, und als wir die Themen Automobil und Tod und unser Entsetzen erschöpft hatten, gingen wir lange unbehaglich schweigend nebeneinander her. Ich versuchte an alles zu denken, was ich insgeheim von Alice wusste, lenkte sie dann und wann auf Themen, von denen ich wusste, sie würden sie herauslocken, aber vor allem habe ich sie, glaube ich, gelangweilt.

Und ich würde dir gern versichern können, dass sie genauso vollkommen war, wie ich sie in Erinnerung hatte, aber das war sie nicht. Der Teesalon hatte mich hoffnungsirre gemacht, hatte mich glauben machen, dass alles Wahre an ihr sich für mich nie ändern könne, sie war so vollständig erhalten aus dem Grab der Erinnerung auferstanden, wie eine Liebe nur sein kann. Doch bei Tage und fehlender Katastrophe war es anders. Alice war immer noch mein allerliebstes Mädchen, auch im bunten, selbst geschneiderten Kostüm ihrer »Nicht-Ausgeh-Kleider« mit der seltsamen kleinen Toque, die einem Turban ähnelte; so vieles an ihr war noch ganz genauso. Aber einige Angewohnheiten junger Mädchen sind bei einer erwachsenen Frau weniger ansprechend. Ihre Abneigungen, zum Beispiel, von mir immer als Ausdruck von Charakter und Unabhängigkeit verstanden, hatten sich verlagert, klangen aus dem Mund einer Zweiunddreißigjährigen noch ulkiger, aber auch säuerlicher, ja verbittert. Wie der Briefträger ihre Post zerknickte. Der Nebel, die reichen und dummen Nachbarn mit ihren dämlichen Hunden. Als gelte jedes Ärgernis auf der Welt ihr.

Mit der Zeit entdeckte ich noch andere unvermutete Veränderungen.

»Komme ich Ihnen immer noch bekannt vor?«, fragte ich sie.

Sie sah mir einen Augenblick prüfend ins Gesicht. Ich konnte immer noch kaum fassen, dass vom alten Max keine Spur mehr zu sehen war.

»Nein«, sagte sie.

»Gar nicht mehr?«

»Ich habe mich geirrt. Ich war Sonnabend etwas aufgewühlt.«

Sie sagte ›Sonnaben‹. Nichts hätte meine junge Alice je zur Verschleifung ihrer Konsonanten bewogen, aber ein Leben und eine Ehe im Nordwesten schaffen das offenbar. Das also und ihre Abneigungen, Veränderungen so winzig, dass man sie getrost hätte übergehen können. Schließlich bestehen wir ja auch, wenn wir einer Symphonie lauschen, nicht darauf, dass der Komponist immer wieder ein und denselben Akkord einsetzt, wir bewundern vielmehr die Kunst der Variation. Und ich hatte geglaubt, sie so ganz und gar zu kennen, dass ich jede Variation meiner Alice lieben müsste, jeden Dur- und jeden Moll-Klang, denn wie in einer Symphonie würde sich an ihrer Tiefe nichts ändern. Aber darin lag ein Trugschluss: Die Alice, die ich geliebt hatte, würde nie altern, das stimmte, aber sie mochte sich durchaus verändert haben. Sie hatte eine Stadt niederbrennen und einen Ehemann sterben sehen und wer weiß, was sonst noch für Härten; nicht alle Narben können wir der Zeit anlasten. Vielleicht hatte sich bei Alice etwas verschoben, etwas, was ich im Glücksrausch des Teesalons nicht bemerkt hatte.

Wir waren wieder am Haus angelangt, standen, umrahmt vom Zuckerbäckerholz im Halbrund des Eingangs. Mich hatte eine seltsame Verzweiflung gepackt, wie den Kletterer, der auf Geröll den Halt verliert, nicht nur, weil ich sie so gelangweilt hatte und ihr nicht einmal mehr vertraut vorkam, sondern weil das Objekt, das ich so viele Jahre mit Eifer geliebt hatte, sich verändert hatte, und sei es nur wenig, und ich nicht mehr wusste, ob diese Veränderung mir nichts oder alles bedeutete. Es war noch keiner daran gestorben, nicht mehr verliebt zu sein, aber es gab immer ein erstes Mal, oder? Ich prüfte noch mein Herz, als sie einen sehr ernsten Ton anschlug.

»Also gut, Asgar, heraus mit der Sprache.«

»Wie meinen Sie das?«

»Sie haben irgendein Geheimnis. Es steht Ihnen ins Gesicht geschrieben, Sie haben schreckliche Angst, es mir zu sagen, können aber an nichts anderes mehr denken. Ehrlich gesagt ist es furchtbar ermüdend, einen Geheimniskrämer um sich zu haben. Tut mir leid, ich drücke mich nicht immer richtig aus.«

»Ich –«

»Sagen Sie es mir bitte einfach, bringen Sie es hinter sich.«

»Aber es gibt nichts zu sagen.«

Sie durchbohrte mich förmlich mit ihrem Blick und dann nannte sie meinen wahren Namen: »Max Tivoli.« Ich war wie vom Donner gerührt. Es verging ein kurzer, sauerstoffloser Augenblick, ehe sie fortfuhr: »Habe ich Sie unten nicht von ihm sprechen hören? Was hat meine Mutter gesagt? Sie können ihn kaum gekannt haben, er wäre mittlerweile steinalt. Wahrscheinlich hat sie es nicht erwähnt, aber sie war ein klein wenig in ihn verliebt.«

Ich schöpfte wieder Atem, ein Dieb im Glück. »Es tut mir leid, nein, ich habe ihn nicht wirklich gekannt.«

»Er hat ihr das Herz gebrochen. Ich war noch ein kleines Mädchen, es gab da eine unerfreuliche Sache mit ihm, und wir mussten fort. Unter unserem Dach gilt er als Schurke, wir sprechen nicht von ihm.«

»Es tut mir so leid.«

»Warum denn Ihnen? Ich wollte nur etwas erklären. Sie hatten mich gefragt, warum wir aus San Francisco fortgegangen sind, und das ist der Grund. Jetzt wissen Sie Bescheid.« Sie musterte mich, wie einen Anblick, den man sich einzuprägen aufgefordert wird, das heißt so, als würde sie mich vielleicht nie wieder sehen. »Vielen Dank für einen netten Spaziergang, Asgar.«

»Ja, es war nett.«

»Ja.«

»Ich bin froh, dass Sie Zeit hatten, Alice.«

»Es war mir ein Vergnügen.«

Stumpfsinnige Allerweltsworte für Menschen, die ein Ende sehen wollen. Und vielleicht wollte ich das auch. Die Vorstellung, vor langer Zeit mein Herz konserviert und nun, Jahre später, nach Formaldehyd stinkend wieder in meinen Brustkorb gestopft zu haben, nur um feststellen zu müssen, dass es zu sehr verkümmert war, um noch zu schlagen, war einfach zu grauenvoll. Eine altbekannte Geschichte. Gibt es nicht bei Shakespeare die Figur einer längst verstorbenen Königin, die vor den Augen ihres trauernden Königs aufersteht? Der König jubelt und bereut, und was tut er gleich am nächsten Tag? Denkt er nicht daran, wie falsch sie sang, wenn sie sich das Haar kämmte, wie sie die Diener anherrschte? Vielleicht fiel es mir dort im Hauseingang leichter, in den sanften alten Schlummer meiner Erinnerungen und meiner Trauer zu fallen, als mich meinem leibhaftigen Mädchen zu stellen.

Wir lächelten steif, und ich sah, dass mein Spazierstock noch neben ihr an der Wand lehnte. Verwirrt, atemlos nickte ich zum Abschied und wollte nach meinem Stock greifen.

Alices Gesicht verfärbte sich, sie suchte Halt an einer Säule und sah mir direkt in die Augen. Noch nie hatte ich auf ihrem Gesicht diesen Ausdruck gesehen. Sie starrte mich einen Augenblick an – einen scharfen, unwahrscheinlichen Augenblick –, dann glitt ihr Blick weg und fiel auf den Stock in meiner Hand. Ihr Gesicht fiel in sich zusammen. Ich verstand das alles nicht: den Blick, den Anflug von Röte auf ihren Wangen. Und dann begriff ich: Arme Frau! Sie hatte gedacht, ich wolle sie küssen!

Alice schloss die Augen, hauchte ›Aufwiedersehen‹ und zog sich unbeholfen ins Haus zurück. Ich stand wie angewurzelt da. Die Drähte meiner Adern summten – vom Unwahrscheinlichen angeschlagene Saiten. Irrte ich? Hatte ich in ihren Augen die gleiche Fleischeslust erblickt, die ich in meinen stets zu verhehlen versucht hatte? Alice, vergib mir meine Grobheit, doch in diesem Moment begriff ich, dass mein Glück sich mit den Jahren verdoppelt hatte: Ich war zu einem unwiderstehlichen Mann geworden, und du, eine Witwe, die es lustig wollte, hattest den langen Weg mit mir in der Hoffnung gemacht, vielleicht berührt zu werden. Gib's zu, jetzt, wo ich tot bin: Du wolltest, dass ich dich küsse. Und das wolltest du auch noch, als du im Haus atemlos an der geschlossenen Tür lehntest und dein Herz sich zusammenkrampfte, wie sich der Giftkanal einer Schlange beim Angriff verengt; du sahst unter deinen Lidern noch immer mein Gesicht.

Keine mit Goldkettchen geschmückte Fessel, kein Can-can-Knie war je so verführerisch wie die Verlegenheit, die du mir dort im Eingang zeigtest, Liebste. Und zu meiner großen Erleichterung war alles wieder wie vorher oder noch schlimmer, denn alles flutete zurück – das Eis im Herzen, die Alarmglocken im Kopf – der Schrecken des Verlangens nach dir.

Nun wird sich der aufgeweckte Leser natürlich fragen, wie ich jemals habe annehmen können, dass ich damit durchkomme. Sich für einen nachmittäglichen Tee oder eine Kutschfahrt zu verkleiden ist ja das Eine, ganz etwas anderes aber, eine Lüge für die Dauer einer Liebschaft oder, noch unwahrscheinlicher, eines Lebens aufrecht zu erhalten, das ich mit Alice zu verbringen hoffte. Habitus und Worte mochte ich ihr anpassen, aber wie sollte sie mich wirklich lieben können, wenn mein wahres Ich im Keller weggesperrt blieb? Und doch hört man von langen, glücklichen Ehen, in denen die Frau nichts von der zweiten Familie ihres Mannes weiß, der Mann nie erfährt, dass ihr so geschätztes blondes Haar jeder Drogist liefert. Vielleicht kommt die Liebe ohne Lügen nicht aus, nicht ganz; ich wäre jedenfalls bestimmt nicht der Erste, der in eine Rolle schlüpfte, um eine Frau zu betören. Aber nichts davon beschäftigte mich in den folgenden Wochen meiner Werbung – der Besuche im Witwenhaus, des Beisammenseins mit Alice und ihrer Mutter, beide in aller Unschuld lächelnd –, nicht ein einziges Mal bedachte ich, dass ich ein Leben lang einen Umhängebart tragen müsste. Das Herz plant nicht, oder? Nein, das einzige Hindernis, das ich sah, war Hughie.

Hughie war in der Ehe nicht unglücklich, er war stetig. Ich muss annehmen, dass er zufrieden war, vielleicht war die Ehe wie ein Gewicht, ein Briefbeschwerer, der das Herz hinderte, mit jedem Lufthauch durchs Zimmer zu wehen. Selbstverständlich gingen wir nicht mehr an die Barbary Coast – er war verheiratet, und das Viertel hatte seine besten Zeiten hinter sich –, nur gingen wir überhaupt nirgends mehr hin. Stattdessen wurde ich zu den Essen eingeladen, die Hughie und seine Frau gaben. Sie hatten ein neues Haus in der O'Farrell Street gekauft, das ihrem Status angemessener schien als Aschenputtels Schuhschachtel, und nun tafelte ich oft mit schönen, wohlhabenden, gebildeten Menschen, deren Kleidung und Geist mich einschüchterten, bis ich entdeckte, dass sie keine Phantasie hatten, dass ihre Ansichten und Moden aus den illustrierten Zeitungen stammten, die sie allesamt lasen. Hughie war in diesem Kreis zu Hause, aber ich war unweigerlich nervös und trank zu viel. Ich konnte bei ihren Spielchen nicht mithalten, was mich aber am tiefsten traf, war zu sehen, wie diese stupenden Langweiler sich über ihre Weingläser hinwegbeugten, um Hughie ins Ohr zu flüstern, sie miteinander lachen zu hören und zu wissen, dass sie mich als Vertrauten verdrängt hatten. Nun, immerhin hatte es eines ganzen Kreises bedurft.

Dabei war es nur recht und billig, dass seine Frau die Rollen übernahm, die sonst ich gespielt hatte. Sie war eine freundliche junge Frau, klug und hübsch, die aber nie klüger oder vornehmer tat, als sie es tatsächlich war. Sie war gut zu mir, und doch kamen wir selten zusammen; stets fand sie einen Grund, den Raum zu verlassen oder sich um andere zu kümmern. Nicht etwa, wie sie betonte, damit Hughie und ich allein sein könnten, nein, ich glaube vielmehr, dass ich sie erschreckte. Jedenfalls sah ich zu der Zeit, als Alice in mein Leben zurückkehrte, Hughie und seine Frau nur noch selten, sie waren mit der eigenen Familie beschäftigt. Denn der kleine Hughie Dempsey war kurz nach der Jahrhundertwende Vater geworden.

Damals war mir ein Rätsel, dass sich der weiche Ausdruck, der sich sonst erst nach etlichen *bonnyclabbers*, dieser höllischen Mischung aus Whiskey und Buttermilch, auf dem Gesicht meines alten Freundes zeigte, unweigerlich einstellte, sobald er seinem Jungen über die Wange strich. Mir war ein Rätsel, wie dieser kluge Mann mit seiner Frau von ihrem »Himmelsgeschenk« sprechen und weiter gutwillig lächeln konnte, mir war Hughies Glaube daran, dass sein Sohn in der Welt Wunder vollbringen würde, unbegreiflich; als würden nicht jeden Augenblick ebenso wertvolle, vielversprechende Kinder geboren, nur um zu scheitern, zu Männern wie wir beide zu werden und der nächsten Generation die gleichen, ewig vertagten Hoffnungen aufzuerlegen.

Aber damals war ich nicht Vater. Ich wusste nicht, Sammy, was der Anblick unserer Söhne in uns bewirkt. Heute, zum Beispiel, als du und ich aus einer alten Versandkiste mit dem eingebrannten Namen des Eisschrankherstellers *Coldspot* ein Fort mitten im Geißblatt und den Brombeeren bauten. Wir tauschten in unserem kleinen Haus keine Geheimnisse. Nein, wir lagen auf engstem Raum Seite an Seite, die Köpfe im langen, kühlen Gras des Walds. Ich spürte das Prickeln der Halme im Gesicht und darunter die feuchte Erde mit ihrem Blutgeruch. Eine kräftige Brise strich über ein

Blatt hinweg und entblößte den winzigen Panzer eines Insekts. Ein farbloser Falter, verkehrt herum unterwegs, wurde unablässig von seinem Ziel weggeblasen. »Mensch, ist das langweilig«, sagtest du, und dann hast du gegrinst und eine halbe Stunde lang gar nichts mehr gesagt. Der Klang verzweifelter Vögel. Warum sollten einem Vater da die Tränen kommen?

Wir haben kein Recht, unsere Freunde an ihrem Glück zu hindern, und wenn es mir auch schien, dass Hughie wie einer, der einen Glauben sucht, ein Leben gefunden hatte, das schon gelebt worden war, so nahm ich ihn deswegen doch nicht beiseite, um ihn zu schelten. Hughie war ein außergewöhnlicher Mann, das war immer meine Meinung, und er verdiente ein außergewöhnliches Leben. Aber vielleicht sind es die durchschnittlichen Männer, die ein außergewöhnliches Leben brauchen, wir anderen brauchen den Trost des Alltäglichen. Wir hatten viel Spaß miteinander gehabt, aber ich sah jetzt, dass er immer unglücklich gewesen war und furchtbar allein, selbst in meiner Gesellschaft. Also störte ich seine neuen Kreise nicht. Wahrscheinlich beneidete ich ihn ein bisschen.

Das Problem mit Hughie war also nicht sein Leben. Daran konnte ich nichts ändern. Das Problem war einfach, dass Alice uns zufällig zusammen sehen könnte, dann würde sie wissen, dass wir Freunde waren, und meine wahre Identität erfahren.

Ich erzählte meinem alten Freund allerdings von Alice, und er staunte und freute sich. Ich ersparte ihm keine Einzelheit unserer Begegnung oder ihrer unverblassten Schönheit und wie ich mich trotz der beängstigenden Gegenwart Mrs. Levys zum regelmäßigen Gast im Witwenhaus gemausert hatte. Er lachte über die Unsinnigkeit meines Lebens, und er sah dabei so unbeschwert froh aus, als erinnere er sich daran, wie noch die unbedeutendsten Dinge in unserer Jugend von einer längst vergessenen Intensität erfüllt gewesen waren.

»Meine Güte, Max, wirklich? Alice?«

»Ja, Alice.«

»Aber sie kann unmöglich die Alte sein. Oder vielmehr meine ich wohl, du kannst doch unmöglich dasselbe für sie empfinden.«

»Doch, das erkläre ich dir doch gerade. Es ist wirklich seltsam, aber ich habe die ganze Sache ja nie vergessen. Und da taucht sie auf, zweiunddreißig und Witwe, und ich komme mir vor wie mit siebzehn.«

»Du bist ein erwachsener Mann, Max. Und du kennst sie kaum.«

»Es ist, als ob sie genau das wäre, was von klein auf mein Herzenswunsch war. Du weißt ja gar nicht, was das heißt: erste Liebe.« Wir saßen einen Augenblick schweigend über unseren Drinks, dann erst verriet ich ihm, was ich wirklich von ihm wollte.

Er betrachtete mich lange und kummervoll. »Nein«, sagte er, »das kann ich nicht, Max.«

»Komm schon, du musst mir helfen.«

»Das kannst du nicht machen. Eine solche Lüge, das hältst du nicht durch.«

»Du brauchst nur zu vergessen, dass du mich kennst. Alles über mich zu vergessen. Es ist ganz leicht. Wenn du mir und Alice begegnest, begrüßt du sie einfach und bittest, mir vorgestellt zu werden. Es ist ganz einfach.«

»Es ist überhaupt nicht einfach. Wir sind keine siebzehn mehr. Das ist doch läppisch.«

»Bitte.«

Sein Ton wandelte sich. »Max, du musst es ihr sagen.«

»Du weißt, was dann passiert.«

Er sah auf seinen Teller, weil er es sehr wohl wusste.

»Bitte, Hughie«, flehte ich und ergriff zu seinem Erstaunen seine Hände. »Ich habe niemanden.«

Einen Monat ging es gut, aber eines Tages liefen Alice und ich wie befürchtet tatsächlich Hughie über den Weg. Wir spazierten durch den Golden Gate Park, weil wir die neu eingeführten Kängurus sehen wollten, und sie erzählte mir von einem photographischen Preisausschreiben, an dem sie teilnahm, allerdings als Mann; sie hatte aus dem Anagramm ihres Ehenamens das unerhörte Alter Ego »Alan Liecouch« kreiert. Ich studierte im Gehen unsere Schatten im Gras, als ich bemerkte, dass ihrer neben einem Stein erstarrt war. Sie lachte nicht mehr, und ich hörte die Bambusstäbe ihres Parasols klappern; ihre Hand zitterte, aber als ich in ihr Gesicht blickte, lächelte sie still, als belustige sie ihre eigene Reaktion. Auf dem Fußpfad sah ich Hughie mit seiner Familie auf uns zukommen. Er musste uns wenige Augenblicke vorher gesehen haben, denn er lenkte seine Frau ab, indem er in die Ferne aufs Gewächshaus deutete, sich vorbeugte, ihr leise ins Ohr sprach und sie dann durchs Gras fortführte zu der Fata Morgana, die er zu meiner Rettung erfunden hatte.

»Ich kenne den Mann«, sagte Alice.

»So?« Sie sprach selten von ihrem Leben vor Seattle.

»Ja, aus meiner Backfischzeit.«

»Tatsächlich?«

»Ich habe ihn öfter im Conservatory of Flowers besucht.«

»Ach ja, das ist nicht weit von hier.«

Aber sie hörte nicht hin. Sie lachte in sich hinein. »Ich war so jung.«

In dem Augenblick machte Hughie einen Fehler. Er sah zurück und zog mit seinen leuchtend blauen Augen unsere Blicke an. Er hatte seine Kreissäge weit aus der Stirn geschoben. In seinen Augen las ich eine tiefe Traurigkeit, wie ich sie sonst nur an dem Abend bei ihm gesehen hatte, als ich mich in seiner Wohnung so betrunken hatte. Es war offenbar nicht das erste Mal, dass er gebeten worden war, einen geliebten Menschen zu vergessen, aber wer weiß das schon. Damals war ich einfach nur dankbar, dass er mir diesen kleinen Gefallen, diesen alles entscheidenden Gefallen tat.

Alice rief: »Er hat uns gesehen!«

»Aha.«

Hughie wandte sich mit einem bitteren Zug um den Mund ab, Alice jedoch sah ihm nach. Sie legte eine Hand an die Rüschen ihrer Bluse, als prüfe sie ihren Herzschlag vor diesem Wiedersehen, das sie, wie ich glaube, sich mindestens so lange vorgestellt hatte wie ich mir das unsere. Ihr Lächeln wurde breiter, und sie wirkte erfreut, verlegen, erstaunt. Sie sagte voll Staunen: »Er geht mir aus dem Weg.«

»Vielleicht hat er Sie nicht erkannt.«

»Er ist alt geworden«, sagte sie.

Hughie war schon weit weg, plapperte mit seinem huckepack getragenen Sohn. Ich musste an unsere gemeinsame Teestunde denken und wie Alice ängstlich auf den Derby-Schatten der Gardine gestarrt hatte. Sein Schatten war es gewesen, den sie zu erkennen geglaubt hatte. Ich rang mir ein Lachen ab und fragte: »Die große Liebe?«

»Was für eine Frage«, meinte sie kokett, und um ihre Augen erschienen die vielen Lachfalten, die ich so liebte. Das Alter verrät dir, wie eine Frau ist; ist sie niemals glücklich gewesen, wirst du es an ihren Augen erkennen. Alices Augen bargen viele private Freuden, und obwohl ich für keine einzige verantwortlich war, machte es nichts; ich liebte, was sie aus ihr gemacht hatten. Sie hob nun wieder ihren Parasol, und wir sahen Hughies Familie hinter Scharen von Sorbet-Verkäufern und bettelnden Kindern verschwinden. Was für eine Frage, Alice? Eine, die ich mir heute, Jahre später, immer noch stelle.

Eine Woche, glaube ich, war seit dieser Begebenheit verstrichen, als ich einen interessanten Brief erhielt. Ich öffnete den sepiafarbenen Umschlag, roch einen Hauch Eau de Cologne, erkannte die Handschrift und wurde zu dem schrecklichen Morgen zurückversetzt, als ich das Mädchen verlor, das ich liebte:

15. April 1906
Mr. Asgar Van Daler,
meine Tochter und ich brechen am Dienstag ins Del Monte auf und würden uns freuen, wenn Sie uns dort bis einschließlich Sonntag Gesellschaft leisten wollten. Alice sagt, Sie hätten zu tun und ich sei altmodisch und eine Närrin, aber wir haben keine männlichen

Verwandten in der Nähe und auf Reisen ist Herrenbegleitung immer von Vorteil.
Mrs. David Levy

Ich zweifelte nicht daran, dass das Hotel Del Monte noch haargenau so aussah, wie fast vierzig Jahre zuvor, als meine jungen Eltern sich dort kennen lernten: die lange Zypressenallee, die die Sonne in unserer Kutsche in Streifen schnitt (eine Autodroschke hatte die Witwe Levy verschmäht), der große, mit grünen Läden und Balkonen gescheckte Schiffsrumpf des Hotels selbst, die fahnenknatternden Türmchen, die Veranda mit den Korbsesseln, auf der die militärisch weißblau uniformierte Kapelle ihre Walzer spielte, die täuschende Ähnlichkeit von Parasolen und Tischschirmen, von Damen und Pfauen, von Gästen und Skulpturen. Ich zweifelte nicht daran, dass Klatschkolumnisten immer noch kritzelnd das Kommen und Gehen beobachteten, dass Bordellmadams als Baroninnen durchgingen und Ladenmädchen als Debütantinnen, aber das Einzige, was mir auffiel, war die routinierte Gediegenheit eines Hauses – den Gästen abgeguckt –, dessen Glück für immer gemacht war.

»Sind wir da?«, fragte Alice, als ich den Kutscher entlohnte. Ihr Hut war seitlich verrutscht, sie versuchte, ihn zu richten und spähte blinzelnd hinaus.

»Wissen Sie«, sagte ich und half ihr beim Aussteigen, »meine Eltern haben sich in diesem Hotel kennen gelernt.«

»Seltsamer Ort, sich zu verlieben.«

»Im Schwimmbassin, da trennte früher ein Netz die Männer und Frauen wie ein Schleier. Komisch, nicht?«

Sie betrachtete mich nachdenklich, während das Dienstmädchen Bitsy mit dem Kutscher plauderte. »Komisch, ja. Das ist ein gutes Wort für Sie, Asgar.«

»Wie meinen Sie das?«, fragte ich gedämpft.

In der grellen Sonne blinzelte sie mich bloß an, lächelte geheimnisvoll und blickte dann am Hotel hoch. »Du meine Güte, was für ein hässlicher Kasten.«

»Alice!«, zischte ihre Mutter, dann trat sie vor und nahm meinen Arm. »Geradezu shakespearisch, finden Sie nicht, Mr. Van Daler? Die Sommerresidenz der Capulets, vor dem ganzen Ungemach, natürlich, den ganzen alten Familien mit jungen Töchtern, Maskenbällen und dergleichen.« Meine alte Geliebte zwinkerte mir zu. Maskenball fürwahr!

Sie gab meinen Arm frei und meinte: »Ich muss mich nach dieser schrecklichen Kutschfahrt und dem ganzen Geholper unbedingt hinlegen, ich weiß wirklich nicht, warum wir kein Automobil verlangt haben. Alice, wir kleiden uns um. Mr. Van Daler, wir sehen Sie dann zum Souper, und ich hoffe, Sie können mir ein Buch aus der Bibliothek empfehlen, da ich keine Menschenseele mehr kenne und mich höchstwahrscheinlich zu Tode langweilen werde. Bitsy, hast du meine Baldriantropfen?«

»Ja, Ma'am.«

Während die beiden dem Hoteleingang zustrebten, blieb Alice in der Auffahrt stehen und blickte ihrer Mutter nach; ihre Handschuhe wanderten von der Linken in die Rechte und wieder zurück. Dem Gesichtsausdruck meiner Liebsten nach zu urteilen, löste sie eine mathematische Gleichung oder plante – einen Mord.

»Ihre Mutter ist beeindruckend«, sagte ich und trat zu ihr hin.

Sie bedachte mich mit einem Blick. »Ich habe fast mein ganzes Leben mit ihr verbracht.«

»Das ist doch schön.«

»Hm. Ich sehe sie kaum noch richtig«, sagte Alice und blickte sich noch mal nach ihrer Mutter um.

»Ich jedenfalls habe sie lieb«, sagte ich, nun neben ihr, und spürte die Schamesröte aufsteigen, dass ich so achtlos etwas von mir gab, was vor nahezu zwanzig Jahren so viel bedeutet hätte.

Alice murmelte etwas.

»Bitte?«

Der Witwe Levy Stimme ließ die Frühlingsluft erbeben. »Alice! Reiß dich endlich von deinem jungen Mann los! Ich brauche hier deine Hilfe!«

Alice drehte sich mit sonnenblitzenden Augen zu mir um. Welche Botschaft blinkten mir diese braunweißen Spiegel zu? Sie sagte lediglich: »Dann geben Sie mal dem Kutscher sein Trinkgeld, junger Mann«, und war fort, stieg mit gerafften Röcken die Stufen hinauf, eine Hand fest auf dem widerspenstigen Hut mit dem pralinérosa Putz. Ein Pfau stolzierte gelangweilt über den Weg, ein prachtvolles, schmuddeliges Ballkleid von Schweif hinter sich herschleifend. Es erzeugte ein schimmerndes Geräusch. Ich sah Alice sich noch mal nach mir umdrehen.

Sie würde mich lieben.

Sie verschwand bereits im Hotel, als der Strahl der Erkenntnis mich wärmte wie eine neue Sonne: Sie würde mich lieben. Ich blickte an den Erkern und Ecken, Bögen und Balkonen des Del Monte hoch und begriff unter den in der hellen Sonne knatternden Flaggen, dass es hier geschehen würde, im selben Prachtbau, in dem eine andere Frau einen anderen Asgar geliebt hatte. Vielleicht morgen Abend im Ballsaal zu einem Ballenberg-Walzer oder auf demselben Balkon zum Geläut der Missionsglocken, zur Musik der Meeresbrandung, dem Duft der Sweet Caporals. Oder auf der Veranda, ganz still, während wir Limonade tranken und den alten Jungfern bei Klatsch und Krocket zusahen, vielleicht in dem weißen Korbsessel dort, wenn ich ihre Hand ergriff und sie seufzen hörte und wüsste, dass sie mich liebte. Oder auf ihrem Zimmer, wenn sie am Fenster saß, auf die zum Meer hinabfallenden Rasenterrassen und die Pinien blickte, das Fenster aufkurbelte, die salzige Luft hereinließ und zu weinen begann. Nach so vielen Jahren würde es hier geschehen. Wer hätte das gedacht? In einem dieser Räume würde ich ihr Gesicht in die Hände nehmen, beide Wangen küssen und ihr zuflüstern, während ich ihre Jacke aufknöpfte, ihre Hemdbluse und die vielen anderen überflüssigen, albernen Kleidungsstücke, die Witwen tragen. Der Blick eben von den Stufen hatte mir alles verraten, was ich zu wissen brauchte, und honigsüß brachen nun die Waben der Hoffnung auf – die sorgsam versiegelte und hoch auf dem Regal gelagerte Hoffnung eines Siebzehnjährigen – und troff durch meinen ganzen Körper.

Aber wie anstellen? Ich wusste – der Blick auf den Stufen hatte es mir offenbart –, dass Alice bei ihrer Mutter einsam war, dass der Tod und die Zeit sie müde gemacht hatten, so dass sie fast bereit war, den komischen, hübschen Asgar zu lieben, der jetzt dem Kutscher zu viel Trinkgeld gab. Die nächsten Tage würden eine Feinsinnigkeit erfordern, die das Leben von mir bisher kaum verlangt hatte. In Japan, heißt es, könne man eine Rose nach Belieben ziehen, selbst dazu bringen, sich durch eine Nautilusschnecke zu winden, aber es müsse mit Zärtlichkeit geschehen, und so würde ich in diesen Tagen mit Alice umgehen müssen. Ihr zuhören, lächeln, sie umwerben, sie nicht wie die Göttin behandeln, die mir mit siebzehn begegnet war, sondern wie eine intelligente, traurige Frau Mitte dreißig, die zu klug war, sich durch Schmeicheleien einwickeln zu lassen. Ich würde behutsam vorgehen müssen. Ich würde die Dornen meines Lebens in die Windungen ihres Herzens buhlen müssen.

Ihr meint, das klingt aber nicht nach Liebe. Was ist nur aus dem verhutzelten Jungen geworden, der mit Tränen in den Augen nach den Mädchen im Parterre horchte? Der ihr das Feuer schürte? Was aus der unschuldigen, reinen Liebe seiner so genannten Jugend? Ihr meint, das klingt nach schmählich gebrochenem Herzen. Das klingt nach Rache.

Vielleicht. Aber, liebe Leser, ihr künftigen, habt Erbarmen. Mein Körper mag sich rückwärts entwickeln, aber mein Herz altert wie eure auch, und während mein schlichtes, kindliches Verlangen nicht fehl am Platz war, als sie noch ein Mädchen war, ebenso schlicht und kindlich, will eine vielschichtigere Frau vielschichtiger geliebt sein. Wahre Liebe verbirgt immer etwas – einen Verlust, einen Ennui oder einen winzigen Hass, den wir nie einer Menschenseele verraten würden. Diejenigen unter euch, die abgewiesen oder übergangen worden sind, werden wissen, was ich meine. Denn wenn sie schließlich zu einem kommt, und mag die Freude in einem aufbrechen wie nasse Saat, wird auch ein Bitterkorn beigemengt sein, dass es so lange gedauert hat. Warum hat sie gewartet? Du wirst nie ganz vergeben. Und wenn sie endlich in deinen Armen liegt, wenn sie deinen Namen flüstert, deinen Hals mit einer Leidenschaft küsst, die einst undenkbar gewesen war, dann empfindest du nicht nur eines. Da gibt es die Erleichterung, gewiss, Erleichterung, dass alle deine Träume wahr werden, aber es gibt auch den Triumph. Du hast ihr Herz erobert – und zwar nicht irgendwelchen Rivalen entrungen. Ihr, ihr hast du es entrungen.

Rache, nein, nicht ganz. Aber auch nicht ganz Liebe. Das hier sind Bekenntnisse, also bekenne ich alles, was ich im Herzen trage. Ich tue es als Buße und um der Vergebung willen. Ich behaupte nicht, dass ich stolz bin.

Um acht Uhr gab es Essen, und auf unverdientes Glück hoffend, trug ich zum Smoking meine perlweiße Lieblingsweste. Auf der plüschig grünen Ottomane im Foyer, auf der vier Gäste Platz hatten, die rund war wie ein Atoll und in der Mitte mit einem Farnbrunnen als Aufsatz gekrönt, wartete ich auf die Levys und tat so, als lese ich in der *San Jose Evening News*. Ich glaube, es wurde von einem Mardi-Gras-Maskenzug berichtet, einer Schlittschuhpartie und von Carusos Eintreffen in San Francisco zur Aufführung einer mächtigen *Carmen* – all das scheint heute belanglos. Aber ich gab nur vor zu lesen. Denn vor der dortigen Kulisse befielen mich das erste Mal Zweifel.

Ich beobachtete, wie die Paare pünktlich zum Essen die Treppe hinabdefilierten, die Männer wie aus schwarzen Blöcken gehauen, die Frauen gerüscht wie Fetzenfische. Mir schien, im Schauerroman wäre dies genau die Szene, da der Bucklige seine Maid schnappt. Hier unter dem Lüster, im Schimmern der Ampeln, der Diamanten und der Dekolletés. Die Bühne war bereit für das Monstrum. Ich hatte ihr nachgestellt, sie düpiert, nun war ich im Begriff, sie zu rauben – um ihr im Gegenzug nichts zu bieten als mein vergiftetes Leben, meine Warzenlippen. Es war ein hellsichtiger Augenblick. Hughie hatte gesagt, dass eine solche Lüge mich aufzehren müsste, jetzt sah ich, dass sie alles aufzehren würde, was ich berührte. Als die Uhr schlug, kam mir ein erstaunlich uneigennütziger Gedanke: Ich könnte gehen. Ich könnte einen Wagen kommen lassen und den letzten Zug nehmen, das Gepäck könnte man mir nachsenden. Ich könnte ihr ein Billet schreiben und heute Abend mehrere Leben retten. Wie im Traum erhob ich mich sogar von meinem Platz und überlegte gerade, ob ich zur Tür gehen sollte; und wer weiß, wie die Geschichte ausgegangen wäre, hätte ich es geschafft?

Ich wandte mich um, und der Gedanke verflog. Denn da stand sie, mitten auf der Treppe. Sie beobachtete mich.

Alice, das alles dauerte kaum länger als ein Sekundenticken der Uhr, aber lass mich ein wenig mit der Zeit spielen, immerhin hat sie mir übel mitgespielt. Du trugst eine lange, weiße Abendrobe, ein Sprühregen aus Stickerei und Spitze, die Ärmel kaum mehr als Schleier für die Arme, mit einem Silbergürtel, der unter der Taille spitz zulief, und einer langen Schleppe, die sich glitzernd auf den Stufen hinter dir ringelte, ein Kleid, das anlag, wie der zarte Keim sich an seine Samenschale schmiegt.

Um den Hals trugst du nichts, gar nichts, nur helle Haut schimmerte seidig wie Wasser, als du schlucktest – dass du kurz zuvor noch einen ordentlichen Schluck Whiskey genommen hattest, erfuhr ich erst später –, als du mit dem Stolz einer Frau über dreißig, der Sorgen der Jugend ledig, der Verwirrung und ängstlichen Lidaufschläge, zu mir hinabsahst, eine leidenschaftliche Frau da auf der Treppe mit der Hand am Geländer, mit einer gewiss nach Lavendel duftenden Pompadourfrisur. Alice, in deinem Haar waren Sterne.

»Asgar, Mutter fühlt sich nicht ganz.«

»Ach?«

»Die Erkältung, wissen Sie.« Du hieltst einen kleinen Fächer aus Federn, du klopftest damit aufs Geländer.

»Das sieht ihr ähnlich.«

Da hast du gelacht. Das Gespinst auf deinen Schultern rutschte einen Fingerbreit tiefer, der Gürtel zwinkerte silbern. Erneutes Fächerklopfen. Schön, schöner.

»Kommen Sie herunter«, sagte ich dir.

Du sahst einer schimmernden Phalanx Damen nach, die vorbeizog. »Nein, warum? Mir gefällt es hier.«

»Kommen Sie und lassen Sie sich von mir zum Essen führen.«

»Ich weiß gar nicht, ob ich Hunger habe.«

»Kommen Sie runter!«, rief ich beglückt.

Du hast den Kopf in den Nacken geworfen und gelacht, alle Glöckchen in dir erklangen auf einmal. Die runde Standuhr schlug vier-, fünf-, achttausendmal. Alice, ich bedauere jeden, der dich nicht kannte.

An diesem Abend saßen wir Seite an Seite auf einer kleinen Samtbank, der Kellner schob zwinkernd den blütenweißen Tisch über unsere Knie und schloss uns ein, so dass wir saßen wie in der Achterbahn draußen in Funland-by-the-Sea. Wir tranken in Abwesenheit aller Anstandsdamen eine Flasche Wein und zernagten die zarten Knochen von Ortolanen, die ich noch nie gegessen hatte, und als Alice einmal das falsche Glas griff, behielt ich bis zum Ende des Essens das ihre, an dessen Rand gespenstisch der rosa Mondschatten ihrer Lippen schimmerte. Den ganzen Abend führte ich das Glas immer wieder an die Lippen, meine an ihre. Und meine Alice trank munter weiter, lachte gelöster, sah sich im Speisesalon um, als gehörte die goldene Stuckdecke ihr allein, und auf ihrer linken Wange blühte ein Fleck auf wie das dunkle Herz einer weißen Rose. Nach dem Essen stand sie auf und verkündete, wir müssten auf den kleinen Balkon hinaustreten, wo ich mich stammelnd mit einer belanglos mäandernden Geschichte abmühte, bis sie mich unterbrach und nach meinem ersten Kuss fragte.

»Ach, viel lieber würde ich von Ihrem hören«, sagte ich und riskierte das Debakel der Schilderung des eigenen Lebens aus fremder Sicht.

»Hm. Mein Mann war es nicht«, sagte sie. »Eigentlich ist es eher eine traurige Geschichte.«

»Ich würde sie gern hören.«

»Solange Sie mir dann auch Ihre erzählen.« Ihre halb geschlossenen, an Orchideen erinnernden Lider machten ihr Lächeln noch verführerischer. Sie begann: »Im Grunde kennen Sie die Geschichte. Max Tivoli war der Mann, der mich verdarb, Ihr alter Kollege.«

»Ich bin ihm nie persönlich begegnet ...«

Sie lachte, denn sie neckte nur, ich war nicht erkannt. »Er wohnte über uns. Er war alt, gab sich aber jünger.

Eigentlich war er ganz rührend, aber war er es wirklich? Ich kann es nicht sagen, für mich vermengt sich da vieles. Ich war vierzehn. Ich weiß noch, dass er komische Anzüge trug, sich das Haar färbte, eine seltsame Stimme hatte, überhaupt merkwürdig war; mir sagte er, im Innern sei er eigentlich ein Junge. Kein alter Mann, sondern ein Kind, wie ich selbst. Ich war an dem Abend so durcheinander – ich war verliebt. Man hatte mir das Herz gebrochen, und ich war zu ihm gegangen, weil – nun, weil er für mich ein bisschen wie ein Vater war, aber auch, wenn ich aufrichtig bin, weil ich wusste, dass er mich gern hatte. Er ließ mich kaum aus den Augen. Und ich war an dem Abend so einsam, ich hatte noch nie einen Mann geküsst, und ich wollte es hinter mich bringen, die Liebe vergessen und das, was Mütter uns lehren. Also wählte ich Max Tivoli.« Alice musste bei der Erinnerung glucksen. »Er roch wie ein Erwachsener, nach Whiskey und Schuhwichse. Aber wissen Sie, geschmeckt hat er tatsächlich nach Junge. Nach Orangen. Er zitterte. Ich glaube – selbst mit vierzehn weiß man das –, er war auf seine komische Art in mich verliebt. Das alte Ekel. Ja, so war das. Mit meinem ersten Kuss. Eigentlich traurig, oder nicht?«

Sie hob mir wieder den Blick entgegen, und er war fest; die Erinnerung an den erbärmlichen Kuss war so schlimm offenbar nicht.

»Und wer war es bei Ihnen?«, fragte sie.

»Einfach ein Mädchen.«

»Einfach ein Mädchen«, wiederholte sie. Ihre Augen tasteten in einer Dreiecksbewegung mein Gesicht ab. »Arme Kleine, was würde sie wohl denken, wenn sie das jetzt hörte?«

»Ein Mädchen, das ich kannte. Sie liebte einen anderen.«

»Das wussten Sie?«

»O ja, das wusste ich.«

Da meldete sich das kleine, schiefe Lächeln. Sie sagte: »Sie Schurke. Sie haben sie verführt, nicht wahr?«

Ich roch den rankenden Jasmin, die Pinien und ihr Parfüm. Ich wusste nichts zu sagen. Zum ersten Mal fragte ich mich, ob sie vielleicht angetrunken sei. »Na ja, aber ich liebte sie.«

Ihr Blick wurde weich. »Das stimmt wirklich, nicht wahr?«

»Ja.«

»Wie alt waren Sie?«

»Siebzehn.«

Sie entfernte sich ein paar Schritte, als müssten wir, um weiterzukommen, die Erinnerung an unsere alten Lieben – antike Statuen – hinter uns lassen. »Es heißt immer, die größte Liebe aller Zeiten sei die zwischen Romeo und Julia gewesen. Ich weiß nicht. Rückblickend ist man mit vierzehn, mit siebzehn besessen.« Alice war jetzt erregt, ihr Gesicht glühte, ihre Hände gestikulierten in der blütenschweren Nacht. »Man denkt an niemand und nichts sonst, man isst nicht, schläft nicht, man kennt nur das Eine ... es ist überwältigend. Ich weiß das, ich erinnere mich. Aber ist das Liebe? Es ist wie der billige Weinbrand, den man in seiner Jugend trinkt und den man so fabelhaft findet, einfach weil man es nicht besser weiß, gar nichts weiß ... weil man noch nichts Besseres gekostet hat. Man ist vierzehn.«

Jetzt war nicht der Augenblick für Lügen. »Ich denke, es ist sehr wohl Liebe.«

»Wirklich?«

»Ja, es *ist* Liebe.«

Sie wollte etwas entgegnen, schwieg aber. Ich hatte sie überrascht, vermute ich. »Es wäre aber traurig, wenn Sie Recht hätten«, meinte sie und schloss einen Augenblick die Augen. »Denn wir kriegen diese Menschen ja nie. Wie traurig und dumm, wenn es so eingerichtet wäre.«

»Nicht traurig sein.«

»Bitte?«

»Sei nicht traurig, Alice.«

Und dann küsste ich sie. Es war das Natürlichste von der Welt – schließlich küsste ich schon den ganzen Abend ihr Glas –, und hinterher sagte ich mir, es sei für Max zwar das zweite Mal mit Alice gewesen, aber für Asgar das erste, und so besaß die Sache sowohl den Reiz des Unerreichbaren wie auch das Tröstliche des Wiedererlebten. Ich weiß nicht recht, wie ich es zuwege brachte – es spielt keine Rolle, was ein Mann in einem solchen Augenblick tut; entweder es passiert, oder es passiert nicht –, jedenfalls lag meine Herzallerliebste in meinen Armen, und erneut schmeckte ich Wein.

Sie packte mich am Schalkragen meiner Weste, und benebelt vor Erinnerung und Entzücken, spürte ich ihre Zähne an den Lippen – ah, Alice! Soll niemand sagen, du seist zimperlich gewesen, du hättest nicht genommen, was du wolltest. Offenen Auges begegnete ich diesem Wunder, deine Augen aber waren geschlossen und pudrig, deine wissenden Witwenfinger überall, tastend, suchend, und ich glich einem dieser albernen Automaten, die eine Münze schlucken und dann exakt zwei Minuten vor Wonne beben. Teufel, vergleicht mich, womit ihr wollt: einer Espe, einer vibrierenden Kesselpauke, einem Lokomotivendampfkessel unter Hochdruck.

Kurz nur. Ehe ich mich versah, stand sie mit glühenden Wangen, eine Hand am rot überhauchten Dekolleté, am anderen Ende des Balkons, in den Augen eine Bestürzung, als hätte sie ein schreckliches Geheimnis belauscht.

War es möglich? Würde mir mein Pakt mit der Zeit zum Verhängnis werden, hatte Alice mich schließlich doch erkannt, hatte sie in dem Kuss den Max von einst geschmeckt?

»Alice, ich …«

Sie schüttelte den Kopf. Ich ahnte, dass hinter ihrer Stirn schwierige Kalkulationen stattfanden. Sie lächelte kurz und meinte, sie müsse zu ihrer Mutter. Ich bat sie zu bleiben, ich sagte, ich hätte voreilig eine zweite Flasche geordert, und es wäre doch schade. Ihre Wange verfärbte sich erneut, und da erkannte ich, dass es dem erhitzten Blut nicht hinterherkam. Die kleine Fabrik in ihrem Busen war überlastet. Ah, Liebste, nichts hast du erkannt, vielmehr waren meine Lippen dir ganz und gar nicht zuwider, hab ich Recht? Obwohl du es nicht gern hören wirst, warst du wie deine Mutter vor dir, eine Frau in Weiß im Dunkeln, ein blühender Körper, und du musstest dich entscheiden, was du mit mir machen solltest.

»Alice, verzeih, ich dachte …«

Sie lachte: »Nicht, Asgar.«

»Ich verstehe.«

»Nein, ganz sicher nicht.«

Ich wusste nicht weiter; ich konnte doch schlecht erklären, dass ich sehr wohl verstand, dass ich im Gegenteil weit und breit der Einzige war, der verstehen konnte, also sagte ich nichts. Ich sah ihren Busen glühen. Ich wusste, dass hier nicht Liebe im Spiel war, nicht ganz, aber ich bin kein Casanova, ich habe noch nie eine Frau überreden können, dass das Leben zu kurz ist, um mondhellen Balkonen den Rücken zu kehren.

»Auf morgen dann«, sagte ich.

Ohne zu erwidern, berührte sie zärtlich mein Gesicht. Dann bückte sie sich, schob einen Finger in die Schlaufe ihrer Schleppe und rauschte in den Speisesalon, wo sie gegen die Tische und Stühle stieß – was natürlich am Whiskey lag, mit dem sie sich für diesen Abend Mut angetrunken hatte. Meine süße Alice, sie hatte charmant und sprühend sein wollen. Mir zu Gefallen, verstehst du.

Ich leerte die Flasche Wein und genehmigte mir dann noch in der Bar bei den Herren den einen oder anderen Drink. Ich erinnere mich dunkel, auf mein Zimmer gewankt und draußen auf dem Rasen Hunde bellen und das Pferd des Milchmanns auf seiner frühen Runde erschreckt wiehern gehört zu haben. Ich entsinne mich, die Welt rastlos und traurig gefunden zu haben, und danach an nichts mehr von meinem Wachleben.

Das, Sammy, sind die nackten Tatsachen, ich erzähle sie dir, weil sie meine einzige Ausrede sind. Die Entfernung von meiner Stadt, der feste Fels des Del Monte, die dicke Suppe meiner Träume – meine einzige Ausrede dafür, dass ich verpasste, was dann geschah.

Ich erwachte von einem Splitterhagel – die Tür meines Hotelzimmers wurde aufgebrochen.

»Mr. Dollar?«

Schlafen kann ich fast überall – im Eisenbahnabteil, im Automobil, vielleicht auch in einem Flugzeug, obwohl ich noch nie eines bestiegen habe –, aber aufwachen kann ich nirgends. Ich schlage die Augen auf, frage mich, wo ich bin, und empfinde Furcht. Zwar bin ich es gewohnt, in einem fremden Körper aufzuwachen, aber fremde Zimmer versetzen mich in Angst und Schrecken. Du weißt sicher noch, Sammy, wie ich mir in der ersten Woche hier im Haus jeden Morgen im Etagenbett den Kopf stieß und aufschrie wie ein Mädchen; du konntest nicht wissen, dass ich mich weit weg wähnte, in einem früheren Jahrhundert, im alten South Park, wo Maggie am Herd die Würstchen briet, nur um mich in einem Miniaturbett im schlichten, schachbrettartigen mittleren Westen wiederzufinden.

An jenem Morgen im Del Monte brauchte ich also fast eine Minute, um zu begreifen, dass ich mich erstens in einem Hotelzimmer befand und in meinem Kokon Plumeaus irgendwie auf dem Fußboden gelandet war, und zweitens, dass über mir im grellen Licht Bitsy aufragte.

»Mr. Dollar?«

Neben Bitsy stand ein Page, und später erfuhr ich, dass er und nicht das massige Dienstmädchen der Levys die Tür aufgebrochen hatte. Ich war zu Tode erschreckt, wie gesagt, und flüchtig wurde die harte Miene der Frau milde, und ich hätte schwören können, dass sie drauf und dran war, mir eine tröstende Hand zu reichen, aber die Hand schnellte in die stämmige Taille zurück und sie rief: »Er lebt!«

»Was ist denn los?«

Sie musterte mich scharf. »Alles in Ordnung? Sieht aus, als hätt es Sie aus dem Bett geworfen.«

»Ich schlafwandle gelegentlich.«

»Warum haben Sie nicht geantwortet?«

»Geantwortet?«

Bitsy guckte schief wie ein Kakadu. »Ich hab mir schier die Seele aus dem Leib gebrüllt.«

»Was ist denn los?«

Sie grinste und knuffte den Pagen. »Er will wissen, was los ist. Ha!«

»Bitsy, reichen Sie mir doch bitte meinen Hausrock.«

Das überging sie und wandte sich stattdessen dem Pagen zu, der mir den Rock hinhielt. »Hast du die Zeitung dabei? Gib sie ihm. Ich bin unten beim Packen, Mr. Dollar. Wir fahren zu Bekannten nach Pasadena, wenn's geht, und zwar auf Nimmerwiedersehen.«

Schon war sie verschwunden. Ich schlüpfte in meinen Hausrock. Rufe drangen aus dem Flur, und da reichte mir der Page rasch eine Zeitung. Die Frühausgabe der *San Jose Evening News*, löchrig gesetzt und voller Fehler:

Gebäude der Stanford University schwer beschädigt, viele Opfer.
Santa Cruz hart getroffen, viele Tote, Stadtkern zerstört.
Um acht Uhr noch keine Züge aus Nord oder Süd eingetroffen.
Da die Telegrafenleitungen unterbrochen sind, konnten Berichte bislang nicht bestätigt werden.
Ein Automobilist soll nach San Francisco gelangt sein, die Katastrophe dort soll schlimmer sein als in San Jose.
Spät – es ist von Tausenden Toten in San Francisco die Rede.

»Was ist geschehen?«, flüsterte ich. »Was ist nur geschehen?«

Die Antwort lieferte ein fast beiläufiges Wogen der Erde. Als schlüge ein Zimmermädchen beim Bettenmachen das Laken aus, damit es sich glättet, rollte eine Welle durchs Zimmer auf mich zu und warf mich aufs Gesicht. Ich schmeckte Staub. Es war etwa das vierte Nachbeben an diesem Morgen, aber das erste, das ich mitbekam. Ja: Beben.

Du magst es tapfer oder herzlos finden, aber es kam mir einfach überhaupt nicht in den Sinn, dass Mutter und Mina tot sein könnten. Vermutlich lag das an der kindlichen Vorstellung, dass die Familie einfach zu unumstößlich ist, um vergehen zu können, beziehungsweise dass Gott, der doch um den Verlust von Großmutter und Vater wusste, nicht so gemein sein würde, mir auch alles andere im Leben zu nehmen, was gut war. Das muss ich gehofft haben, als ich dort lag und mir das Herz summte wie ein Bienenstock und schwoll; und wie ich noch lernen sollte, war diese Hoffnung weit verbreitet. In den folgenden Wochen, nachdem die Feuer sich ausgebrannt hatten, las man immer noch traurige Wandzettel wie den folgenden: »Vermisst: Mrs. Bessie O. Steele, 33, dunkles Haar, schlank, verabredet im Rex Hotel« – und alle wussten wir, dass die Hoffnung dumm war, aber richtig. Wir brachten es nicht über uns, sie abzureißen.

Es war ein unverschämter Glücksfall, dass ich schon zwei Tage später vom guten alten Hughie hörte und erfuhr, dass alle überlebt hatten. Seine Nachricht wurde mir hochoffiziell von einem Angestellten des U.S. Post Office überbracht, und du wirst es mir kaum glauben, wenn ich dir sage, dass die Nachricht in Gestalt eines anknöpfbaren Klappenkragens eintraf! Später erfuhr ich, dass er in einem Park in Chinatown gesessen und kein Papier zur Hand gehabt hatte, also hatte er schlicht ein paar Worte auf seinen Kragen geschrieben und sie einem Postangestellten in die Hand gedrückt, der zufällig vorbeikam. Hunderte Gegenstände dieser Art wurden in den Tagen nach der Feuersbrunst in ganz San Francisco verschickt – Kragen, Papierfetzen, Umschläge, Karten, Metallstückchen – was immer den Nächsten und Liebsten als Lebenszeichen dienen konnte. Die Post stellte sie alle zu, unentgeltlich. Auf die eine Kragenseite hatte Hughie meinen Namen und die Anschrift des Del Monte geschrieben, auf der anderen las ich in seiner vertrauten Sauklaue:

Alle wohlauf, auch deine Mom, aber Haus ist weg. Sei froh! Komm und sieh dir die Feuer an! Lass uns essen, trinken und uns des Lebens erfreuen, denn schon morgen verschlägt es uns vielleicht nach Oakland! Alles Liebe, Hughie

Ich stelle mir gern vor, dass, während ich dalag und dem Stimmengewirr in den Fluren lauschte, dem Scheppern zerschlagenen Porzellans, sich eine kleine Episode der Katastrophe zutrug. Und zwar in der City Hall, deren Mauern das Beben zum Einsturz gebracht hatte und die nun, dank eines frühmorgendlichen Brands, Raum für Raum schwelte. Ich stelle mir gern vor, dass die Registratur gerade Feuer fing, als ich mich vom Fußboden hochstemmte, dass der Buchstabe T aufloderte, während ich mich benommen anzog, und dass die Geburtsurkunde des Max Tivoli in ihrem Schuber zu qualmen begann.

So jedenfalls war mir zumute. Das Ende von Max, Lebwohl, alter Knabe, jetzt gibt's nur noch Asgar. Ich stand auf, und mein Körper war so leicht wie Professor Martins Ballon, wie eine Träne trieb er durch die Trümmer davon.

Im Foyer hockten die Menschen erstarrt wie gestelltes Wild in den Sesseln und Ottomanen und warteten darauf, dass irgendjemand trotz des Scherbenhaufens und der geborstenen Wasserrohre Kaffee servierte.

Der Anblick war fast zum Lachen. Menschen, die das Beben um 5:13 aus dem Schlaf gerissen hatte, hatten sich hastig im Dunkeln angekleidet, und so trug der Großteil der vornehmen Herren und Damen des Del Monte das, was wir späterhin »Erdbebengarderobe« nannten. Hätte ich damals nur Erpresserphotos gemacht! Reiche Erbinnen auf der Suche nach Ehemännern hockten wie betäubt in Abendkleidern, Reitjacken und Bowlern herum, während ungeschminkte Gesichter zu erlesenem Schmuck an Hälsen und Ohren einen starken Kontrast boten. Senatoren und Millionäre raunten in Zylindern, Frackjacketts, Pantalons und Pantoffeln. Die Witwe eines Finanziers thronte dort in Opernschwarz, das Gesicht gespenstisch mit einer Schicht Nachtcreme von Le Paris geweißt. Alle wirkten benommen und besorgt, vielleicht wussten sie, dass ihre Vermögen in Banktresoren lagen, die zwar feuerfest waren, sich aber in der Glut so erhitzt hatten, dass man sie noch in Wochen nicht würde öffnen können aus Angst, dass Geldnoten in Flammen aufgingen.

Ich betrachtete Menschen, die bald mittel- und obdachlos sein würden. Welch Ironie also, dass sie weniger im Stil des Del Monte als einer Vaudeville-Version ihrer selbst gekleidet waren.

Wilde Gerüchte kursierten: Ein beleibter Herr in Samt behauptete, in San Francisco treibe ein Fledderer sein Unwesen, der toten Frauen die Finger abbeiße, um an ihre Ringe zu kommen, während sich vor der Münzanstalt ein Mob versammelt habe, bereit, dem Feuer mit einem eigenen Sturm zuvorzukommen und Goldbarren im Wert von Millionen zu rauben. Eine Dame, unter deren gestepptem Morgenmantel sich ein kläffendes Schoßhündchen verbarg, erzählte mir, in den Trümmern der Stadt zögen Soldaten umher und richteten jeden hin, den sie für einen Plünderer hielten. Kinder, die beim Stehlen erwischt würden, sollten verprügelt werden und ein Schild mit der Aufschrift DIEB um den Hals tragen müssen.

»Stellen Sie sich das vor!«, wisperte sie, aber ich konnte es nicht. Eher schien mir das der Beweis dafür, wie tumb, traurig und verrückt wir geworden waren. Hinrichtungen, also wirklich. Aber wie sich später herausstellte, hatte sie Recht.

»Wie ich sehe, haben Ihre Bekannten einen Wagen ergattert«, sagte sie mir lächelnd.

»Bitte, wie?«

Sie deutete Richtung Fenster. Ein Kraftwagen stand rüttelnd in der Auffahrt.

»Aber sie wollen vermutlich nicht in die Stadt …«, fügte sie hinzu.

Stumm sah ich hinaus. Eine Hochzeitstorte aus Koffern wurde in den Gepäckfond gekippt, dann folgte lautloses Türenschlagen, ein Fahrer, der sich den Staub von den Händen patschte. Die Handkurbel wurde verstaut. Im Wagen war so gut wie nichts zu erkennen: ein breitkrempiger Hut, eine Federboa. Kein Gedanke mehr an Hughie, das Erdbeben oder irgendjemanden als mich selbst. Mr. Dollar. Denn vor lauter Schreck, vor lauter Verwirrung hatte ich bei Bitsys Abschiedsworten nicht richtig zugehört. Pasadena. Ich sah das Automobil erzittern, lautlos husten und sich dann langsam und unstet die Auffahrt hinab und außer Sicht quälen.

Die Angst, Alice zu verlieren, war so schrecklich wie kleinlich, jedenfalls zu viel für mein Monsterherz. Um mich herum schnatterten und lachten die Leute, überlegten, wie sie einen Wagen auftreiben und nach Süden gelangen, wie sie ihn mit dem närrischen Kram ihrer närrischen Leben beladen könnten, doch der König der Narren war ich, denn mir lag nicht daran, einen einzigen Cent zu retten, nicht ein einziges Leben, alles, was ich wollte, war, Alice nicht wieder entkommen zu lassen. Sie in den vermoosten Kerker meines vermoosten Lebens einzusperren. Begreifst du nicht? Sie saß nicht irgendwo im Hotel und dachte an den Asgar des gestrigen Kusses. Sie war auf dem Weg nach Pasadena. Sie bewegte sich von mir fort, wie schon einmal, und wie sollte ich wissen, ob nicht unsere Stadt dem Erdboden gleichgemacht war und wir alle über den ganzen Kontinent, ja noch weiter in alle Winde verstreut würden, so dass es mich Jahre kostete, sie noch einmal zu finden. Eine Katastrophe hatte uns wieder zusammengeführt, eine Katastrophe würde uns nun auseinander reißen. Ich war ein gieriges Biest, das seine Schöne nicht lassen konnte.

Ich sprang auf und stürzte durchs Foyer. Verstehst du; mir blieben keine Jahre, um sie zu finden. Drei, höchstens fünf Minuten. Aber nicht zwanzig wie dieses Mal, ach was, keine zehn, es wäre zu spät. Mein Zustand würde mir einen Strich durch die Rechnung machen. Denn stell dir vor, Alice und ihre Mutter flohen jetzt nach Pasadena, dann vielleicht zu Verwandten in Kentucky oder Utah, und es kostete mich zehn Jahre – stell dir das vor! –, sie zu finden, dann wäre alles umsonst. Ich kannte nur diesen einen Gedanken, als ich jemanden, der eine Viola trug, rüde beiseite stieß. Egal, ob Alice in zehn Jahren zur Mittvierzigerin mit Eulenbrille verblüht wäre, rundlich und unnatürlich blond und verheiratete Mutter von zwei um ihre rosigen Zehen spielenden Kindern, ich würde sie trotzdem lieben. Selbstverständlich würde ich sie lieben! Ich würde trotzdem an ihre Tür klopfen und mich verbeugen und ihren Namen murmeln und auf die Röte warten, die wie immer ihren Busen überhauchte. Das wäre nicht das Problem. Das Problem wäre, dass vor ihrer Tür nicht ein freudestrahlender Mann Mitte vierzig mit Schnauzer stehen würde. Sondern ein Jüngling. Ein junger Bursche Anfang zwanzig mit Bronzegesicht und unter dem weißen Tennishemd sich spannenden Muskeln. Es würde zu spät sein, wir würden zu verschieden sein. Ich würde sie zwar vielleicht verführen können, klar – ich würde sie vielleicht sogar auf ein Wochenende, ein paar Tage unbeschreiblicher Lust von ihrem Mann fort in ein Hotel locken können –, aber für die Liebe würde es zu spät sein. Frauen verlieren ihr Herz nicht an Knaben. Sie würde meine Jugend bis zur Neige kosten und dann eines Morgens ihre verschmierte

Brille vom Nachttisch nehmen, mich für immer in dem Mietzimmer zurücklassen und sich sagen: Er wird schon darüber hinwegkommen, er ist jung. Aber ich würde nicht darüber hinwegkommen. Nein, wenn ich sie jetzt verlor, dachte ich und zerrte am Kristallknauf der Eingangstür, würden die Chancen mit jedem Jahr meiner Verjüngung weiter schwinden. Ach, Mary, entsinne ich mich in meinem Aufruhr gedacht zu haben, Mary, du hast dich zu früh gefreut. Die Zeit arbeitet tatsächlich für niemanden.

Während das Essen schon auf dem Herd steht, ist Mrs. Ramsey, meine Mutter in spe, bei mir hier im Zimmer. Trotz Hausarrest, trotz der Einschränkungen bin ich so dreist, weiterzuschreiben, während sie wenige Schritte entfernt das Klavier poliert. Aber weil Hausarbeit sie schnell verdrießt, schlägt sie ab und zu den Deckel zurück und hämmert ein altes Lied, und wenn sie das tut, lacht sie hell auf und schielt zu mir her. Ach, Mrs. Ramsey. Ich habe so viel zu sagen, aber noch nicht, nein, noch nicht. Erst, wenn ich fast am Ende bin.

Es ist tödlich, stillhalten zu müssen. Wenn du wüsstest, dass du um ein Haar alles erfahren hättest, Mrs. Ramsey, denn mindestens zwanzigmal am Tag will ich mein Schweigen brechen. Wenn ich zum Beispiel bis spät in die Nacht lese und durch die angelehnte Tür diese Stimme erklingt, die mir befiehlt, auf der Stelle zu schlafen. Wenn ich krank bin und du mir, von Angesicht zu besorgtem Angesicht, die orangeroten Geister aus deinem Geheimfach einflößt. Wenn wir uns mitten in der Nacht über den Weg laufen und ich fürchte, du hättest mich schließlich doch durchschaut, du aber nur im Flüsterton gestehst, dass auch du nicht schlafen kannst und um die Gesellschaft ganz froh bist. Wenn dir deine schrecklichen Fleischkasserollen verbrennen und du verkündest, es gebe »Frühstück zu Abend!«, und wir Jungs stürmisch Beifall klatschen. Wenn du vor mütterlich gerechtem Zorn brüllst. Wenn ich dich dabei ertappe, wie du ganz allein zur Victrola tanzt. Wenn ich dein gebanntes Radiogesicht studiere, die Falten geglättet und alle Sorgen verflogen wie damals vor so vielen Jahren. Wenn ich den Namen auf jedem Briefumschlag sehe, Mrs. Ramsey, den Namen, den ein dritter Ehemann dir als Versteck geschenkt hat, Mrs. Ramsey, Mrs. Alice Ramsey.

Du kannst dich nicht verstecken. Dich würde ich überall erkennen, Alice. Deine Verstecke werde ich immer aufstöbern, Liebste. Wusstest du nicht, dass einen Parfüm verrät?

TEIL DREI

2. AUGUST 1930

Man ruft mich zum Essen.

Dem Duft nach zu urteilen, Alice Ramsey, hast du mal wieder italienisch gekocht, und es erwartet mich der Makkaroni-Auflauf, den meine frühere Frau oft gemacht hat. Der Geruch von Butter und Sahne, eine Schüssel voll goldener Locken wie ein Mädchenkopf – ein Schlaraffenland der Erinnerungen. Ich höre Sammy schon die Stufen herabspringen; ich weiß ganz genau, dass er sich die Hände nicht gewaschen hat. Alice, ich höre dich mit ihm sprechen. Aha, da: Sammy stapft wieder hinauf. Du bist unserem Sohn eine vorbildliche Mutter.

Mir bleibt also nur ein Moment. Eben erst hast du noch den Kopf zu mir ins Zimmer gesteckt, um nachzusehen, woran ich sitze, und, im Glauben an irgendeine Schularbeit, hast du dein kehliges Lachen hören lassen. Wie schön, dass ich dir Spaß mache, Alice. Merkst du, dass dein Adoptivsohn hier ganz zurückgezogen bei dir und Sammy am glücklichsten ist? Merkst du, dass es keinen schöneren Anblick gibt, kein Mond so hell leuchtet wie dein Gesicht auf der Schwelle, die Haut mittlerweile etwas müde und grau, auf einer Wange rötlich geädert, das Haar nun getönt, aber dasselbe so vertraute strahlende Gesicht, das über den albernen Schuljungen lacht, der sich vor Hingabe auf die Zunge beißt? Wenn ich nachts träume, dann von diesem Gesicht. Du, Alice, alt geworden in diesem schlichten Bungalow. Nur erscheint mir dein Traumgesicht im Schein der Gaslampen.

Und wieso sprichst du niemals von dem Erdbeben und was dir damals geschah? Neulich habe ich dich beim Abendessen danach gefragt, und Sammy schaute neugierig von seinem Braten auf, aber du hast nur mit einem Kopfschütteln deinen Teller hochgenommen und gemeint: »Da darfst du mich nicht fragen.«

»Aber warst du nicht dabei? Hast du es nicht gespürt?«, versuchte ich so jungenhaft zu fragen wie möglich.

Du standst da und hieltst den Teller so schräg, dass sich das elektrische Licht darin spiegelte. »Doch.«

»Was hast du getan?«

»Wir waren nicht in der Stadt. Wir waren in einem Hotel.«

»Seid ihr geflohen? Wohin?«

Alice, du hast nur genickt, gelächelt und mir den Kopf getätschelt. »Du liebe Güte, überlassen wir das den Chronisten. Und jetzt wollen wir schnell abräumen vor der Radiosendung.«

Ich glaube, ich kenne dein Geheimnis, Mrs. Ramsey. Du kannst über die Feuersbrunst, über das Del Monte keine Geschichten erzählen, weil damit wie bei den blauen Fäden, die Banknoten fälschungssicher machen sollen, etwas so untrennbar verwoben ist, dass es nicht entfernt werden kann, ohne Verdacht zu erregen. Zu jeder Version deiner Erdbebengeschichte gehört er dazu. Du musst sichergehen, dass niemand dich bis zu diesem friedlichen Ort zurückverfolgen kann, an dem du dich mit deinem Sohn verschanzt hast, du darfst ihm keine Witterung bieten. Mir, nicht wahr, Alice? Ich bin dein Geheimnis, ich bin dein blauer Faden. Wie Leid es mir tut, dass ich alle deine Geschichten so gründlich vergiftet habe, wie einen Brunnen, aus dem du nicht mehr schöpfen kannst. Besonders, wo es doch so albern, so zwecklos ist, dich noch zu verstecken.

Waren in deinem Haar noch Sterne, damals, an diesem längst vergangenen Nachmittag? Als ich im verzweifelten Versuch, dich zurückzuhalten, in die Wagenauffahrt trat? Als ich dem Kraftwagen hinterherrief, der die Allee hinabschnaubte und schnatterte, zu weit weg schon, um noch eingeholt werden zu können, zu fest schon in der Spur fort vom Del Monte? Zu meinem Erstaunen schluchzte ich auf, sank gottverlassen gegen eine Säule, sah dem blanken grünen Wagen nach, der durch die Schattenstreifen der Zypressen staubte, und schluchzte kurz und hoffnungslos auf. Meine einzige Alice, mir abermals entglitten. Nun war mein Herz endlich abgenagt, blank wie ein Totenschädel. Ich wandte mich dem weißleuchtenden Himmel mit seinem Wolkengemenge zu, seinen Wandervögeln, den kommenden Heuschrecken, dann blickte ich zum Hotel zurück – und da warst du. Ach, Alice. Hattest die ganze Zeit da gestanden und grinsend in deinem Staubmantel mit selbst an diesem finsteren Morgen sorgfältig aufgetragenem Lippenstift gewartet. Nicht auf Kaffee noch Gepäck noch Mutter. Auf mich.

Du sagtest: »Endlich allein.«

So nüchtern, als liebtest du mich nicht. Und dann dein anbetungswürdiges, unsterbliches Lachen, du Schelm.

Waren nicht Sterne in deinem Haar?

Man ruft mich jetzt zweistimmig zum Essen: vorsichtige Alice und stürmischer, ungeduldiger Sammy. Makkaroni-Auflauf, eine Freude für einen sentimentalen alten Mann auf seine jungen Tage. Mir bleibt nur ein Moment, um das noch rasch festzuhalten: Alice im Schlagschatten eines Bogens vor Trauerweiden, Alice lachend, Automobilistenbrille von den Fingern baumelnd. In der staubtrockenen Luft einfach wartend. Der freudige Schreck dieses wunderschönen, dieses kostbaren Gesichts, des einen Menschen, der mich nicht tot wünschte; sie hatte ihre Mutter in Sicherheit bringen wollen, sie war meinetwegen geblieben. Und zur gleichen Stunde wurde ihr Haus von Soldaten gesprengt, starb ihr kleines Vermögen in einem Tresor. Sie wusste es nicht, als sie mir ihr schelmisches Grinsen schenkte und die Hand ausstreckte. Alle ihre Freunde verließen die Stadt und kehrten nicht wieder; ihre Mutter litt bereits an einer Krankheit, an der sie jahrelang dahinsiechen sollte. Sie wusste es nicht. Als sie mich dort auf der Veranda zwinkernd zu sich heranzog. Alice, die mir Unsinn ins Ohr flötete.

Leser, sie heiratete mich. Natürlich tat sie das; ihr war auf der Welt außer mir nichts geblieben.

Wir heirateten im Mai des Jahres 1908, und ich lernte alles über Glückseligkeit. Stelle dir den wunderbaren Tag zwei Jahre nach dem Beben vor und mich im schwarzen, taillierten Gehrock mit Zylinder, Taschenuhr (verborgen), die die Minuten zählte, bis Alice endlich mein sein würde, mit breitem Lächeln, die Wangen leicht gerötet von einer abklingenden Erkältung, aber auch, wie ich fürchte, vor banger Diebesfreude. Über mir: eine wie ein schimmernder Tiefseefisch durch den Nebel wabernde Sonne. Dahinter: inmitten der noch immer nicht geräumten Trümmer die als Einziges noch stehende Wendeltreppe der Kuppel unserer City Hall, das rußschwarze Rückgrat eines Drachen. Meine Braut stand tuschelnd bei der Trauzeugin – der Witwe Levy ganz in Federn und Mauve –, ich trat von einem Bein auf das andere und ballte mein Taschentuch zu einem feuchten Klumpen. Stell dir am Revers des Gehrocks mein frohes Herz vor: eine blutige Knopflochblume.

Und Alice, ach, du machst dir keine Vorstellung. Eine scheinbar schlichte grüne Tunika, unter der, wenn sie ausschritt, ihre schockierenden Pluderhosen vorblitzten. In ihrem Strauß etwas Weißes (verliebte Männer sind schlechte Botaniker), und auf ihrem Kopf – rührende, spaßige Alice – ein Dreispitzhut mit Chantillybesatz. Aus der Erinnerung eine Momentaufnahme ihres Gesichts hervorzuzaubern, will mir hingegen nicht gelingen, das Bild ist vom vielen Betrachten verwischt. Aber ich vermute ein gescheites, im Mundwinkel zärtlich herabgezogenes Lächeln.

Und auch von meiner Heimatstadt San Francisco machst du dir kaum eine Vorstellung, auf deren neuen Dächern und Kirchturmspitzen feierlich die Banner wehten – denn die Zweijahresfeier unserer so genannten Zerstörung lag erst vier Wochen zurück. Eine halbstarke, eine ungeduldige Stadt; wir bauten so rasch wieder auf, wie es ging, alles genauso wie vorher, und wir machten wie ein junger Mann, der sich behaupten will, die gleichen stürmischen, glitzernden Fehler. Es umgaben uns nicht nur Trümmer. Abgesehen von der Wendeltreppe der City Hall sah die Welt ringsum fast aus wie früher, nur diesmal mit neuem Anstrich, Elektrizität und Garagen für die Automobile. Wir waren nicht mehr das alte San Francisco der vergoldeten Gaslaternen, der Velourstapeten. Wir wollten – wie junge Männer nun mal sind – partout modern sein.

Als der Friedensrichter nahte, hörte ich meine Braut flüstern: »Was habe ich für ein Glück, Asgar, was für ein Glück, dass ich dich gefunden habe ...« Der Rest ging im schwarzen Rauschen des Bluts in meinen Ohren unter.

In gewisser Weise konnte Alice sich wirklich glücklich schätzen, ihren Asgar zu kriegen. Mit Sicherheit fand das ihre strahlende Mutter. Er war verlässlich und gut, er sah auf etwas unheimliche nordische Art gut aus, er war ihnen in der Not ein Fels gewesen und (für Mrs. Levy das Allerwichtigste) Mr. Dollar verfügte über ein Einkommen. Das war keine Kleinigkeit. Denn weißt du, das Schicksal hatte mir zur Vervollständigung meines Straight Flush ein Herz-Ass zugespielt: Im Erdbeben hatten die Witwen ihr Vermögen verloren.

Nur sechs große Versicherungsgesellschaften kamen ihren Verpflichtungen nach. Die Levys hatten ihre Villa bei einem deutschen Unternehmen versichert, das auf die Nachricht vom Erdbeben hin umgehend alle Geschäfte mit Amerika einstellte und nie auch nur einen Cent bezahlte. Das Los vieler. Ein anderes deutsches Unternehmen annoncierte sogar voller Stolz in New York und behauptete, seine Kunden in voller Höhe entschädigt zu haben, während sich die armen Geschädigten in San Francisco tatsächlich mit fünfundzwanzig Prozent begnügen mussten, als würden Katastrophen en gros abgerechnet. Ich glaube nicht, dass Alice dem Haus nachweinte – es war immer die Wahl der älteren Levy gewesen – oder dem Grundbesitz, der nun verkauft werden musste, aber für Frauen ist das Leben anders. Sie sind selten so frei, wie es meine Alice vor dem Erdbeben war. Denke nur: reich, verwitwet, wohltätig nach eigenem Gutdünken. Es war schwer für sie, einsehen zu müssen, dass sie auf einen Mann angewiesen wäre. Dass sie, wie jede mittellose und schöne Frau, heiraten müsste.

Aber das Wunder daran, das, was mir in meinen schlimmsten Nächten Trost spendet, ist dies: Alice, die jeden hätte haben können, wählte mich.

»Wir wollen beginnen«, sagte der Friedensrichter und trat mit wehenden *Mikado*-Ärmeln vor uns hin. Er klopfte seine Taschen ab, als suchte er seine Brille. Dann wandte er sich zu meinem Entsetzen an die Witwe Levy: »Sie sind also die Braut?«

»Nein!«, rief ich – überlaut.

Unsere Zeugin lachte, desgleichen ihre Tochter. »O weh, nein. Ich bin die Brautmutter.«

»Hier«, sagte Alice, jetzt wieder ernst, und nahm meine Hand.

»Aha. Dann treten Sie bitte vor. *Liebe* …«

Insgeheim war ich froh, dass Alice auf einer schlichten Trauung bestanden hatte, ohne Gäste. Schließlich gab es auch niemanden, der hätte kommen können. Verwandte gab es nur im fernen Seattle (und die war sie herzlich leid), und ich hatte ihr gesagt, ich sei allein. Weil sie aber ausgesprochen neugierig war, hatte ich schließlich eine Geschichte von einem entschwundenen Kaufmannsvater und einer Opernmutter erfinden müssen, die bei einer abenteuerlichen Heimreise aus dem Osten auf See verschollen war.

Was, außer dem Tod, hätte Mutter von meiner Hochzeit fern halten können? Da fand sich nun das Unvorstellbare – eine Braut für den Buckligen –, und ich bin sicher, hätte sie gekonnt, sie hätte ihr Leben gestrichen und fortan Servietten und Tischtücher und Wäsche für unser Bett bestickt, sie wäre gekommen, um Alice bei der Wahl ihres Kleids und des Huts (das Knospengrün hätte Mutter niemals geduldet) und der Verwicklungen des Ehelebens zu beraten, die meine geliebte Witwe natürlich nur zu gut kannte. Aber sie war nicht gekommen. Denn ich hatte ihr schlicht nichts gesagt.

Die größten Gemeinheiten geschehen langsam. Zunächst war es einfach, Mutter und Mina von meinem neuen Leben fern zu halten: Sie hatten sich in Oakland niedergelassen, auf der anderen Seite des Ozeans. Meine Mutter redete sich mit dem Rückenleiden heraus, das sie sich zugezogen hatte, als sie ihr Silber durch die Flammen schleifte, um fortan auf Reisen nach San Francisco verzichten zu können. Ihr gefalle das neue Haus in den Bergen, meinte sie, und von der Versicherungssumme für unser verbranntes und begrabenes Heim in South Park könne sie gut leben. Dahinter steckte natürlich mehr. Sie hatte ihre alte Stadt geliebt. Sie war dort zur Welt gekommen, sie hatte die Goldgräber die Hügel hinabströmen, die Italiener in North Beach ihren Chianti keltern, die Dienstmägde singend Teppiche klopfen sehen, sie hatte Glanz und Niedergang der Stadt erlebt. Wer wollte es ihr verübeln, wenn sie nun, Zeugin des Sterbens, das strahlend neue Leben nicht sehen wollte, das an seine Stelle trat?

Als ich Alice heiratete, wollte Mina schon nichts mehr von mir wissen. Wir hatten ihr 1900 die Wahrheit über ihren Onkel Beebee erzählt. Sie war damals zwölf, und sie hatte mich groß angesehen, an ihren Schleifen genestelt und nichts begriffen. »Muss er sterben?«, hatte sie gefragt, worauf Mutter antwortete: »Nun, wie jeder von uns«, und da sah mich meine goldige Schwester mit ihrem bohrend schwarzen Blick an und flehte: »Wir dürfen es niemandem sagen, bitte, Beebee, bitte sag es niemandem.« Ich verstand sie gut. Sie ließ es mich über die Jahre unzählige Male versprechen. Mina fürchtete, meine Missbildung werfe ein schlechtes Licht auf die Familie, besonders sie. Sie weinte zwar um ihren alten Beebee, aber die Kreatur gehörte flugs in den Keller.

Was geschah, war allerdings nicht ihre Schuld. Nein, Mina, die verliebten Verehrern ins Ohr wisperte, die auf Bällen in der Stadt die gewagte Polka tanzte, traf keine Schuld. Ebenso wenig Mutter, die auf der anderen Seite der Bucht in ihrem Haus mit ihren Geistern kommunizierte. Schuld war ganz allein ich. Denn ich verschwieg ihnen nicht erst meine Heirat. Über ein Jahr lang hatte ich nicht mehr auf Briefe oder Anrufe reagiert, ich hatte Ausreden erfunden, um an Feiertagen oder zu Geburtstagen nicht kommen zu müssen, ich ließ meine Besuche allmählich zu einem Lunch oder Spaziergang und schließlich zu gar nichts versanden. Weil ich nicht wollte, dass sie mein Geheimnis preisgaben, die Liebe zerstörten, die zu gewinnen ich so hart gearbeitet hatte, verbarg ich mein Leben. Verbarg ich mich. Ich bin nicht der Erste. Wie mein Vater zuvor verschwand ich spurlos im Schnee.

So war ich am Tag meiner Trauung ganz allein. Ich brachte nichts als meinen Hut, meinen Gehrock, mein honigtriefendes Herz. Freundlos, verwaist, gab sich ihr

Asgar ganz hin, als er den Ring auf ihren Finger schob und die wenigen Worte hauchte.

»Nun, ja, ich auch«, sagte Alice. Unsere Trauzeugin weinte.

Der Friedensrichter erklärte uns zu Mann und Frau. Vögel, die in den Windungen der Treppenruine nisteten, flatterten hinaus in den Himmel über uns. Alices Hand war kalt wie Februar.

»Asgar, du weinst doch nicht?«

»Nein, nein.«

»Ach, Sentimentalist. Küss mich.«

War ich. Tat ich. Denn es gab in meinem Leben niemand mehr als dich, liebe Alice. Ich hatte sie alle verstoßen.

Was geben wir für unseren Herzenswunsch nicht alles her? Und wer werden wir?

Was die Hochzeitsnacht anbetrifft, nun. Meine lüsternen Leser. Mein Sohn könnte diese Zeilen lesen, und er wird erröten, also muss ich vor diese Seite ein Pfauenrad schlagen. Dahinter mag sich jeder vorstellen, was er will: Nebel, der auf einem Körper perlt. Phloxgetränkte Erinnerung; das nach der doppelten Anzahl an Jahren beantwortete Gebet eines Halbwüchsigen; ein geflüsterter geliebter Name, ein falscher. Ein Jubel von Schwalben. Und so weiter.

Viel später, als Hughie und ich im Alter zusammen im Automobil tourten, fragte er mich, warum ich *ihn* nicht zur Hochzeit eingeladen hätte.

»Bist du verrückt?«, rief ich. »Da wäre doch alles aufgeflogen.«

»Max, ich hätte mich verkleidet. Mit falschem Bart, Mantel und Degen. Oder Schirm. Komm schon, ich hätte mich hinter einem Baum verstecken können.«

»Es waren keine Bäume mehr da.«

»Hinter einer korpulenten Dame. Ich hätte als Zeuge über dich gewacht.«

»Blödsinn.«

»Warum hast du mir nie etwas davon gesagt?«

»Wir standen uns damals nicht sehr nah, oder? Es gab alles Mögliche, was wir uns nicht gesagt haben.«

»Stimmt.«

Und er fuhr weiter, an einem azurblauen, von einer einsamen Wolke verschatteten See vorbei, und der Fahrtwind summte durchs offene Fenster seine Silben. Ich zeigte auf drei Jungen, die mit Krähenspektakel von einem Steg sprangen; er lachte leise. Ja, der alte Hughie.

Aber zurück zum Eheleben.

Es ist eine wölfische Welt, aber Alice schuf Linderung. Irgendwie zauberte sie aus unserem kargen Auskommen ein reiches, ein herrliches Leben. In den teuren Nachbebentagen brachte sie Festmahle aus aromatisch gewürztem Reis auf den Tisch, schwatzte wohlhabenden Freunden ihre Opernkarten ab, schnitt aus alten Kleidern neue Bettüberwürfe zu, und alles so mühelos – als wäre es vollkommen normal, Kerzenreste in Regenbogenlichter umzuschmelzen. Wusstest du, dass man mit zerspelltem Erdbeben-Porzellan Küchen kacheln kann? Meine Frau schon. Sie heuerte einen Nachbarjungen an und ließ meine ganze schäbige Küche mit unbezahlbaren Scherben ausstatten, die Freunde wegwerfen wollten. Sie ließ ihn sogar eine Teetasse zwischen das gute Limoges setzen – stell dir vor, eine aus der Wand ragende Teetasse, komplett mit Henkel –, und hinein kamen die Blütenzweige, die ich ihr brachte.

Was meine Frau und ich zum Frühstück aßen: Weetabix aus der Schachtel. Was wir lernten, ganz ungestört, unter großem Gelächter im eigenen Wohnzimmer, aber nie vorführten: zu Ragtime tanzen. Wonach sie duftete, wenn sie an diesen Abenden lächelnd zu mir ins Wohnzimmer trat: Rediviva.

Nun sag: Was ist der passende Wein zur Glückseligkeit? Welches die richtige Gabel?

Verfluche mich, wenn du willst, Alice, aber gib zu: Knausrig war ich nicht. Vielmehr gab ich dir, so viel ich nur konnte – Kleider, die du bewundert hattest und die unsere Möglichkeiten weit überstiegen, ich kaufte sie und hängte sie dir als Überraschung in den Schrank, dann natürlich die Bücher, die du dir selbst nie gekauft hättest, alle aus New York bestellt, damit du das Haus nicht verlassen musstest, um zu suchen – all das gab ich dir und mehr. Ich steckte dir sogar oft zum Verprassen ein paar Dollar in die Schuhe. Mehr als alles auf der Welt wollte ich dich glücklich sehen, den harterrungenen Freudenschreck sehen, wenn du aus einem Überraschungspäckchen ein Buch im Maroquineinband wickeltest. Der Erwerb dieses Strahlens, eines plötzlichen Auflachens, war mein einziger Luxus. Die Schurken der Schauermärchen halten ihre Schönen in Gruben gefangen oder in den Burgen ferner Berge, saugen ihr Blut wie ein Stärkungsmittel. Eifersüchtige Ehemänner sind anders, und doch wissen wir, dass es nicht reicht, wenn sie uns lieben, wir müssen ihnen ein Leben errichten, das sie nicht mehr missen wollen. Das zu gut ist, um es hinter sich zu lassen. Ach, Alice, ich tat es, damit du bleibst.

Hört Sammy mich nicht genau das im Schlaf rufen? Wenn Sommerblitze dem Himmel die Gurgel aufschlitzen und Buster zwischen den Laken schlottert? *Bitte bleib bei mir, bitte bleib, bitte.*

Du glaubst, der alte Max wird ihrer bald überdrüssig geworden sein, nachdem er ihren Namen erst nach Walfängerart seinen Knochen eingeritzt hatte, dass selbst seine Haut noch gespenstische Spuren der fünf Buchstaben trug, nachdem er in Gedanken auf der Suche nach ihr um die ganze Welt gesegelt war und sie erst gefunden, gefangen, festgehalten hatte? Wir sind schließlich rastlose Kreaturen, und selbst der Garten Eden wird zum tristen Gefängnis. Zugegeben, es störte mich hin und wieder, dass sie nicht die allerbeste Hausfrau war. Schuhe vermehrten sich unter den Sofas. Das Badezimmer, in dem ihr Badewannengesang nachhallte, glich stets einem Marschland. Und ihre Kapricen waren kurzsichtig; ein harmloser Streich wie der, die Kristalltropfen des Lüsters als Ohrschmuck zu tragen, war amüsant, aber irgendwie fanden sie nie den Weg zurück an ihren angestammten Platz, und letztlich musste ich alles wieder richten. Ich entsinne mich beispielsweise, wie ermüdend es war, wenn sich Alice irgendeine Idee in den Kopf setzte – etwa dass wir zum Picknick in die Berge müssten –, die so fix wurde, dass sie, wenn der Plan durchkreuzt wurde, des Wetters oder der Kosten wegen, Stunden brauchte, um sich von ihrer kindlichen Enttäuschung zu erholen. Aber all das spielte keine Rolle. Höchstens eine Minute, vielleicht zwei, dann verzieh ich ihr. Mit Küssen in die Halsbeuge, die sie hinnahm. Mit Fingern, die unter ihr duftendes Haar fuhren und die Landschaft ihres Schädels ertasteten wie etwas Unterseeisches. Mit ins Ohr gesäuselten Worten, die sie flüstern machten: »Dummkopf.« Ich verzieh und verzieh ihr. Ich wurde es nicht müde. Verstehst du, ich liebte sie.

Du fragst dich: Hat sie etwas gemerkt? Die Wunderlichkeit meines Körpers, hat sie am frühen Morgen etwas davon bemerkt? Dass sie endlose Küsse hinnahm von Lippen, die Jahr für Jahr eine Spur glatter wurden? Dass mein Haar eine Idee heller wurde, die Fältchen um die Augen schwanden? Während sie auf Brot verzichtete, um der üppigen Schwere ihrer Schenkel entgegenzuwirken (nicht ahnend, wie sehr ich jedes Grübchen liebte), merkte sie nicht, dass meine Hosen enger gemacht werden mussten, einer schmaleren Taille entsprechend? Spürte sie im sechsten Jahr unserer Ehe, mit vierzig, nicht, dass den Mann, der ihr noch eine letzte Umarmung abbettelte, ehe sie das Haus verließ – den Mann, der von ihr gar nicht genug zu kriegen schien –, die Unersättlichkeit eines jungen Burschen von siebenundzwanzig trieb?

Ich tat mein Möglichstes, es zu verbergen. So, wie ich einst mein Alter mit Friseurgeheimnissen zu kaschieren versucht hatte, verfiel ich jetzt auf andere Tricks, auf Gegenzauber. Ich kaufte mir zum Beispiel eine Brille mit Fensterglas im altmodischen Rahmen, der mich gesetzter wirken ließ. An der Mode nicht mehr so interessiert wie zu Zeiten, als mir nichts gepasst hatte, kleidete ich mich vorzugsweise nach Art alter Männer, etwas langweilig und bieder, als hätte ich den Anschluss an den Lauf der Welt verloren. Ich ließ mir sogar vom getreuen Friseur die Schläfen grau tönen – doch als ich in den Spiegel blickte, waren sie noch blonder, und mir blinzelte ein Goldjunge entgegen, den Alice nie lieben könnte. Wir dämpften den Ton um etliche Schattierungen, bis er das stumpfe, staubige Braun von Buchrücken annahm. Tag für Tag hinterging mich die Zeit, verbesserte meinen Körper mit neuer Geschmeidigkeit, glatten Muskeln, rosigen Wangen, und Tag für Tag tat ich alles, um die Beweise zu vernichten. Unter der Kellertür meiner Haut schlug ein verräterisches Herz, das Herz des Mannes, den ich begraben hatte, und ich versuchte zu vergessen – denn die Liebe lehrt uns Vergessen –, dass sie mich eines Morgens anstarren würde, einen jungen Fremden, entzaubert.

Aber ich hatte Glück. Was ihr auffiel, waren die Veränderungen ihres eigenen Körpers, und oft hörte ich sie im Schlafzimmer leise seufzen. Sie scherzte über ihre Falten und ihr Kinn, ihre ersten grauen Haare (die im Frisiersalon verschwanden), die blauen Flecken, die so langsam abklangen, das Kreuzweh, die Füße. Sie sprach leichthin von diesen Dingen, als machten sie ihr nichts, und ich versicherte ihr wieder und wieder, sie sei wunderschön. Denn weißt du, ich wollte sie alt sehen. Möglich, dass es an meiner Missbildung lag, aber mich erregte die Vorstellung ihres Körpers im Wandel der Zeit, der vollen, sackenden Brüste, des faltigen Halses. In unseren letzten Jahren ließen sich die Falten um ihren Mund nicht mehr leugnen; ich fand sie begehrenswerter denn je. Nicht das Mädchen des Stachels mit vierzehn, aber jede erdenkliche Variation dieses Mädchens. Wie schwelgerisch, meine Alice in die Breite gehen und schließlich wieder dürr werden zu sehen, gebrechlich und grau, das Gesicht zerfurcht vor Lachfalten! Diesem Ziel galt mein Opfer: sie bis zum Tod in meinen Armen reifen zu sehen.

Eines frischen Morgens, als wir gerade den traumgleichen Akt der Liebe vollzogen hatten – eine Sache, die ich mir als Jugendlicher so oft ausgemalt hatte und die mir in diesen frühen Jahren bereitwillig, täglich gegeben wurde –, drehte sich meine neue Frau zu mir um und sagte: »Du genügst mir nicht, Asgar. Ich brauche einen anderen Mann.« Zufrieden zupfte sie ihr Nachthemd zurecht, sah wieder hoch und meinte verschmitzt: »Was guckst du so? Hast du dich gestoßen? Einen Sohn, mein Lieber. Ich finde, wir brauchen einen Sohn.«

Du, Sammy, warst, was sie brauchte. Alice sprach an diesem Morgen so fröhlich von dir, so zuversichtlich, geradezu, als wärst du ein vorzeiten in ihrem Leben vergrabener Schatz, den sie nun zu heben zurückgekehrt war. Sie kannte dich bis ins kleinste Detail – dein schlaues Lachen, deine Schulstreiche, dein Unterwassergesicht am Morgen, dein gebanntes Staunen mitten in einem Jules-Verne-Roman, wie du Kopfstand machst, durch die Nase singen und pfeifen kannst, wie du im Fluss weiter schwimmst als alle deine Freunde –, wie kommt es, dass Mütter diese Dinge wissen? Werden ihre Träume euch noch vor der Geburt Zelle für Zelle eingebaut? Oder besitzen sie eine mystische Hellsicht, eine im Geiste zusammengefaltete Landkarte?

Im ersten Jahr unserer Ehe sprach sie frohgemut von dir, und zwar immer nach unserer ehelichen Umarmung, wenn ich benommen und beglückt in die Laken zurücksank. Alles war noch so frisch und rein, dieses schier Unmögliche, dass meine kleine Alice, die ich schon liebte, als sie noch Stöpsellocken und Prinzesshüte trug, mich so feurig küssen, mir mit ihren Fingernägeln zusetzen konnte, als wollte sie mich in Stücke reißen. Wie eine Druidin verbrannte sie mich jeden Morgen zu Asche. Unser Haus lag ewig im Nebel, aber ich sehe vor Sonne berstende Fenster und einen diamantenen Lichtstreif quer über unseren Körpern. Während ich also im Glücksrausch dalag, zwirbelte deine Mutter mein Haar um ihren Finger und sagte mir, wie bald nun mit dir zu rechnen sei, sie spüre in der Perlmuschel ihres Schoßes das Körnchen.

Im zweiten Jahr wurde der Gedanke an sich, die Annahme von dir dort im Bett zu unserer Berufung: der Gedanke an dich, die Implikation. »Nur nicht so schüchtern, Asgar«, flüsterte sie und kroch mit dunklen Katzenaugen auf mich zu. »Tu genau, was ich dir sage.« Und das tat ich gehorsam, keine Lehrerin war je besser. Doch die funkelnd unmöglichen Morgen des ersten Jahrs waren dahin, stattdessen hatten wir eine Aufgabe, wie eine Schiffsbesatzung auf der Suche nach einer unkartierten Insel, und nun wehrte sie manchmal meine liebkosenden Finger, meine geflüsterten Küsse ab, versessen nur auf den unverzichtbaren Teil der Liebe.

Das dritte Jahr war eine Gespenstergeschichte. Oft und oft legte sie ihr Buch beiseite und blickte unverwandt in die Ecke, als sähe sie dich dort, schemenhaft, durch die Diele tappen. Sie schlief nicht gut, stand nachts auf, ging in die Küche, aus der ich leisen Gesang zu hören glaubte. Alice versuchte, ihrer Stimmung mit der Photographie aufzuhelfen und unternahm tagsüber lange Ausflüge. Von diesen Streifzügen kehrte sie mit Aufnahmen unserer im Wiederaufbau befindlichen Stadt zurück, des neuen Chinatown mit den zur Vertreibung der Ratten verbreiterten Straßen, den Pagoden, den langen Reihen sich am Zopf haltender Kinder. Jungen im Park, weißgerüschte Mütter auf Parkbänken. Sie entwickelte ihre Bilder in unserem Badezimmer, und viele riss sie in Stücke. Suchte sie dein Gleichnis? Und manchmal erwartete sie mich, wenn ich heimkam, in Strass und Satin; meine Alice putzte sich heraus, um sich aufzumuntern, genau wie damals in South Park. Dann fand ich sie am Fenster, glitzernd, lachend, versichernd: »Mir geht es blendend, Darling!« Aber mir wurde das Herz schwer. Welches Verlangen verbarg sich da? Welches Geheimnis? Ich lachte und machte uns Drinks, hoffte, morgen werde es anders. Denn wir hassen, was wir nur halb sehen.

Unsere Luststunden im Schlafzimmer wurden seltener, dafür aber wieder heftiger: eine Séance, die dem einen Geist galt, der nicht kommen wollte. »Ich glaube, diesmal habe ich was gespürt«, flüsterte sie dann bange, »oder nein, wohl doch nicht«, meinte sie und blieb stumm liegen, Laken bis zum Kinn hochgezogen, die Nase vor Kälte gerötet. Mich packte eine stumme Verzweiflung. Verstehst du, ich war mir, wie jeder Liebhaber, nie ganz sicher, ob sie auch wirklich mir allein gehörte. Ich wusste, dass sie jederzeit verschwinden konnte. Aber wenn es einen Sohn gab, meinen Sohn, wenn sie irgendwie (Gott behüte) jemals aufhören sollte, mich zu lieben, so würde sie doch dich ewig lieben, und das würde noch immer genügen. Du hättest mir das Leben retten können. Und doch – ich gebe zu, ich war auch besorgt. Denn was für ein Wesen würde ich Buhlteufel wohl zeugen? Halb Mensch, halb Monster, mit Gorgonenhaar und Basilisk-Augen? Oder mythisch unsterblich?

Aber du bist schön, Sammy, ja, das bist du. Ich sitze hier an unserem kleinen gemeinsamen Pult und schreibe, während du in deinem Etagenbett hingestreckt liegst wie ein toter Soldat und ein Nickerchen hältst, den träumenden Mund vor Staunen weit offen, dein rechtes Ohr von der Sonne rosig durchglüht. Eine Wange ist vor lauter Reiben ganz rot. Deine linke Hand baumelt komisch abgewinkelt herab, weich und hoffnungslos, und deine Augenlider rasen im Schlaf. Mein Sohn, du bist schön, auch wenn du zu spät kamst.

Ein kleiner Einschub; entschuldigt den Staub. Diese Kritzeleien stammen vom Dachboden. Ich habe endlich die kleine Falltür nach oben gefunden – nur wunderlandgroß –, und dahinter wahrhaftig ein Traumreich aus kaputten Stühlen und toten Insekten und verkramten Erinnerungen. Ich muss hier innehalten und den Blick aus dem schmutzigen Fenster beschreiben, er ist erhaben. Er zeigt dich, Alice, tief unter mir.

Du bückst dich gelb zwischen den Reihen, den Rock nach Art der Frauen im alten Rom zweifach auf den Schenkeln geknotet, die Arme von der Sonne und Sommerluft halb rot, während du mit Entschiedenheit rupfst und zurückschneidest. Du bewegst dich routiniert wie ein Blackjack-Croupier, dir entweder sicher, was Unkraut ist und was nicht, oder vielleicht auch an diesem einen Ort immun gegen jedes Bedauern. Weder singst du, noch sprichst du, noch legst du das Gesicht bekümmert in Falten. Du behandelst jede Dahlie zärtlich und näherst dich, als wäre sie die schönste, die einzige Blume auf der Welt, aber bist du erst weitergerückt, ist sie vergessen. Ach ja, und eine Biene folgt dir auf Schritt und Tritt.

Es ist heiß hier oben, Alice. Überall Mutterkrempel und Liebesgut. Ich bin nach dem Sichten der Kunstwerke Sammys von den ersten Kritzeleien – meist Höhlenzeichnungen, die aussehen wie Spinnenköpfe auf dürren Stecken – bis hin zu den jüngsten Porträts unserer kleinen Familie, in denen seine Hände, deine Frisur und mein Kinn besonders hervorstechen, aufgedreht und erschöpft. Am liebsten sind mir, glaube ich, die Rennwagenskizzen, die er für mich gemalt hat, und die hingehuschten Erfindungen, die ihn reich machen sollen. Sie sind das, was ein Vater hortet: Geheimnisse, die sein Sohn nur ihm anvertraut hat.

Aber nicht sie habe ich hier gesucht. Wie die großen Museen hast du deine kostbarsten und zweifelhaftesten Schätze für immer eingelagert, aber da sind sie, lehnen an der Wand wie Totengerippe in den Katakomben: deine Photographien. All das, was du in den Jahren ohne mich geschaffen hast, den Jahren, bevor ich dich dieses letzte Mal fand. Ja, da ist es: das Selbstbildnis im Teich. Ich bin entzückt, seine Intensität begeistert mich, das Bild beschwört eine private Welt aus Sturmwolken, Sintfluten, verstreuten Blütenblättern und zerbrochenem Glas. Was sehen unsere Liebsten, wenn sie die Augen schließen? Was erscheint ihnen in ihren Wachträumen? Nur die, die Künstler lieben, können es wissen, auch wenn es uns das Herz bricht bei der Erkenntnis, dass nicht wir es sind.

Ich muss dich im Auge behalten, Alice Ramsey, während ich deine Sachen filze. Wo ich einmal angefangen habe, dich zu bespitzeln, gibt es kein Halten mehr. Aber wie kann ich auf diesem stickigen Dachboden sitzen und nach jedem Fitzelchen Vergangenheit suchen, wo du doch da bist! Was ich so lange gesucht habe, ist unten im Garten. Du kniest, und deine Waden wölben sich zwischen den pelzig geschlossenen Fäusten des Mohns, auf deiner Haut zeigt sich an der Stelle, wo ich dich im Fangspiel neulich gepackt habe, ein blauer Fleck; ich habe meinen Stempel aufgedrückt. Diese Beine, wie sie aus dem Rock fallen. Und vor meinem inneren Auge sucht ein kleines Mädchen in der gleichen Haltung im dunklen Gras nach einer Anstecknadel, während ihr die Unterrockhose genauso an den Schenkeln hochrutscht. Die Biene schwebt über dir in der Luft, schwänzelt auf dein Haar zu, aber du merkst es nicht. Du lehnst dich zurück und wischst dir mit der Armbeuge den Schweiß aus dem Gesicht wie eine Farmersfrau. Die Biene, die Sonne, die Luft umkreisen dich. So schön dort im Garten. Alte Männer und kleine Jungen werden dich immer lieben, Alice Ramsey. Hüte dich.

Im Dezember 1912 gab es nach vier Jahren glücklicher Ehe mit Alice in unserem Leben einen Umbruch. Ihre Mutter, die Witwe Levy, die seit unserer Hochzeit in Pasadena lebte, wurde krank. Die Ärzte konnten die Ursache nie finden, aber in meiner Erinnerung äußerte sich das Leiden in einem fieberhaften Schub von Depeschen, von denen jede Woche eine an unserer Tür abgegeben wurde, bis Alice mich eines Abends beiseite nahm und sagte, die Lage sei ernst.

»Wie ernst, Liebste?«

»Sie braucht mich.«

Ich überlegte einen Augenblick. Hätte ich eine Pfeife besessen, ich hätte sie geraucht. Ich gab den Ehemann aus dem Sears-Katalog in Strickweste, sagte mir, das Leben der Rosen sei flüchtig, und meinte, gut, ihre Mutter könne zu uns ziehen.

»Pah, das willst du doch nicht«, sagte sie und fügte hinzu, »außerdem kann Mama nicht reisen. Ich werde zu ihr fahren müssen.«

Mit anderen Worten, man würde operieren müssen, man würde Alice aus meinem Leben entfernen – lieber hätte ich eine Lunge geopfert! Meine Frau verschwand, um ihren Schrankkoffer halb mit alten Kleidern, halb mit neuen Büchern und ihren Kameras zu füllen. Sie würde drei Wochen weg sein, dann eine da, wieder drei fort und so weiter, bis es ihrer Mutter besser ging. Alice kehrte ins Wohnzimmer zurück, sah den Ausdruck in meinem Gesicht, und da schwamm Trauer in ihren Augen, sie trat zu mir hin, bedeckte mit ihren warmen Händen meine Ohren und küsste den Knoten meiner Brauen. »Ach Schatz, es ist doch nur für ein paar Monate.« Mir wurde leichter ums Herz; war ihre Mutter dem Ende so nah? »Nein, Asgar«, erwiderte sie auf meinen Blick. »Nein, ein paar Monate, bis sie gesund ist.«

Sie irrte, die Frau wurde nicht mehr gesund. Und das fünf Jahre lang.

Ihre Abwesenheiten waren mein Ende. Wie Demeter machte ich meine Welt ohne sie zum Winter. Dreckige Wäsche wuchs zu Bergen an, Weingläser standen in rotfleckigen Bataillonen auf dem Küchentisch, und nachts schlief ich mit einem Sofakissen im Arm. Manchmal, wenn ich mit einem Lächeln und steifen Gelenken aufwachte, meiner Liebsten einen guten Morgen zuflüsterte und in meinen Armen nur Rosshaar und Nebel fand, weinte ich bitterlich.

Wir sprachen in Briefen, was romantisch war. Ich berichtete ihr von den Nichtereignissen in unserem Wohnzimmer: wo ich zuletzt unsere heimische Maus hatte rascheln hören, welches Scharnier oder welche Schublade ich repariert hatte und von jeder Veränderung der Aussicht. Ich las von Leid und Kummer ihrer Mutter, der verlorenen Schönheit, der endlich zur vollen Blüte gelangten Selbstsucht. Ich las, dass Alice einem photographischen Club beigetreten sei und im Atelier eines örtlichen Künstlers in die Lehre gehe. Sie schickte mir sogar eine wunderschöne Aufnahme von sich in einem Orangenhain, auf der sie verschlagen zärtlich in die Kamera lächelt (vielmehr ihrem Mann zulächelt, denn die Photographie war eigens für mich gemacht worden), und darauf prangte das silberne VR des Ateliers. Ich stellte mir das Photo ans Bett, und wenn ich an meine ferne Frau dachte, schob sich das Bildnis vor meine eigene Erinnerung.

Ich wurde eifersüchtig wie Blaubart. Wenn ich sie am Bahnhof in Oakland mit einem Blumenstrauß oder neuem Haarschmuck erwartete – etwas, was mir ein Lächeln einbringen und dann ungetragen in ihrer China-Schatulle landen würde –, dann ertappte ich sie gelegentlich im Gespräch mit einem Mann, meist schnurrbärtig und verschwommen, der ihr aus dem Waggon half, bis sie mich erblickte und ihm einen raschen Abschiedsgruß zuwarf. Der Fremde trat in die

Kulisse zurück, den Dampf und die Gepäckbündel. Ihr Lachen sprang an wie der Glühfaden einer Lampe.

»Wie heißt er?«, fragte ich, sobald sie mein Geschenk gewürdigt hatte.

»Wer? Bitte? Ach, Asgar.«

»Ich möchte nicht, dass du dich mit fremden Männern unterhältst, höchstens mit denen in deinem Photographenclub.«

»Asgar, ich bin ganz erledigt. Mutter lässt sich von mir neuerdings Liebesschund vorlesen, es ist erschreckend, wie langweilig dieses Zeug ist und wie unverbrämt noch dazu. Jede erdenkliche Art von Vereinigung, alles drin. Man hält es kaum für möglich, aber meine Mutter ist geradezu erotoman ...«

»Sein Name.«

»Cyril, er ist Holzhändler, und ich liebe ihn. Ach, sei doch nicht so klischeehaft. Ich würde dich nie wegen eines Cyril verlassen. Und jetzt bring mich gefälligst irgendwohin, wo du mich ungestört küssen kannst«, sagte sie dann, und ich schob sie rasch in den Wagen und fragte mich, ob ich mir die Hände nicht an einem Feuer wärmte, das ein anderer entfachte. Cyril oder Frank oder Bob; ach, die Bilder, die nächtlich im Entwicklerbad meines Hirns erschienen!

Aber alles verblasste. Wenn sie bei mir war, die eine Woche im Monat, nahm mein Leben wieder die Bonbonfarben einer kolorierten Photographie an, und selbst Alices Mangel an Häuslichkeit, die Socken und Schuhe unter den Sofas, die geöffneten Umschläge, die sie überall herumliegen ließ, wurden mir lieb und teuer – sie waren die Zeichen meines anhaltenden Glücks. Mein Lebenswunsch war wahr geworden, und ich wies das Hausmädchen an, die eine oder andere Socke liegen zu lassen, selbst wenn Madam weg war, in der Bürste braun glänzenden Haarfilz, um mir selbst zu beweisen, dass ich nicht träumte.

Die Krankheit der Witwe ging ins zweite Jahr, als unser Glück sich abermals wendete. Während einer von Alices San-Francisco-Wochen saß sie abends bei meiner Heimkehr in ein Buch vertieft in unserem kleinen Wohnzimmer. Ich machte mich bemerkbar, und Alice sah mit lebhafter Miene hoch.

»Was ist, mein Schatz?«

Ein schelmischer Ausdruck huschte über ihr Gesicht. Sie sagte nichts, sondern nahm eine Visitenkarte aus der Porzellanschale: Gerald Lassiter, Esq., Fairmont Hotel. Auf einer Ecke war das Wort *Affaires* zu erkennen. Irgendwelche Geschäfte.

»Was ist das?«

»Rate.«

»Wie in aller Welt soll ich wissen ...?«

Sie sagte: »Gut, drei Hinweise. Zylinder. Gummiregenmantel. Gehetzter Blick. Mehr sage ich nicht.«

»Mein unehelicher Sohn.«

Ihre Augen weiteten sich vor Belustigung. »Das wäre was, nicht? Nein, ein alter Mann. Sehr komisch und knorrig. Ging an zwei Stöcken mit Elfenbeinknauf.«

»Wohl kaum ein Arbeitskollege? Nichts derart Alltägliches?«

»Nein, gar nicht alltäglich. Komm schon, Asgar, du musst raten!«

»Ich passe. William Howard Taft.«

Sie seufzte. »Du bist hoffnungslos. Er wollte mir nichts verraten. Nur wissen, wer dem Haushalt vorsteht.

Er meinte, es gehe nur dich und eine weitere Person an.«

»Mrs. Taft.«

Ihre Augen sprühten nun wieder, sie beugte sich in ihrem Sessel vor.

»Asgar, ich glaube, es ist dein Vater!«

Gleich am nächsten Morgen ging ich ins Fairmont und wurde sogar vorgelassen, obwohl ich dort als einfacher Schreiber fehl am Platz war, selbst in meinem so genannten guten Anzug. Ich ließ den Concierge mich Mr. Gerald Lassiter, Esq., melden und wartete dann lange auf einem reich mit durchbrochenem Schnitzwerk gerahmten Sofa neben einer Tulpenorgie.

Der Concierge kehrte goldknopfblitzend ins Foyer zurück. Mit einer ausladenden Geste machte er einem Herrn im Paletot mit adrett gestutztem grauen Bart und pusteliger Nase Platz, dessen eines Auge trüb und blind war. Alices blühende Phantasie hatte die Spazierstöcke verdoppelt; es gab nur einen, aber der Knauf war tatsächlich aus Elfenbein. Ich erhob mich. Der Stock wurde dem Concierge übergeben, der Mann musterte mich schwer atmend.

»Vater?«

»Bitte?«, sagte er.

Taub. Taub und tattrig, dachte ich. »Ich bin sprachlos.«

»Bitte?«

Lauter: »Du bist, du bist ...«

»Mr. Tivoli, ich bin Anwalt«, krächzte er. »Ich bin als Vollstrecker gekommen und hätte sehr viel eher vorgesprochen, wären Sie nicht so verdammt schwer zu finden gewesen. Ich nahm an, dass Sie vor Ihrer Frau Ihre wahre Identität ungern enthüllt hätten. Asgar Van Daler, pah! Sie sind ein Trottel, und Ihr Vater ist tot.«

Es war ganz einfach: Die Fußstapfen meines Vaters hatten durch den Schnee schnurstracks zum Hafen geführt, wie wir es immer geahnt hatten, aber nicht etwa, weil er verschleppt worden war. Er hatte schlicht seinem Leben auf immer den Rücken gekehrt.

Einen Monat nach seinem Verschwinden aus San Francisco war er in Alaska an Land gegangen, und dort hatte er, mit dem Geld, das er hatte mitnehmen können, ein kleines Ausrüstungsgeschäft gekauft und im entlegensten Winkel Amerikas einen bescheidenen Handel begründet. Wer weiß, welche Freuden er da draußen in der einsamen Kälte suchte, wo die Sonne kaum mehr als ein grauer Stern ist? Fröstelnde offenbar. Vielleicht hatte ihm der unerwartete Schnee eine Vision geschenkt, Nachbild seiner versunkenen nordischen Heimat. Aus dem Geschäft wurden zwei und dann drei, und da begann mein Vater Land zu kaufen und Anteile an Bergwerken – Kupfer, nicht Gold –, die ihm noch mehr einbrachten und so immer fort in einem öden Kreislauf der Akkumulation von Reichtum und Ansehen.

»Er hat geheiratet«, berichtete mir der Vollstrecker. »Ein Halbblut, eine Frau namens Sarah Howard, aber sie schenkte ihm keine Kinder und hatte keine Verwandten. Finanziell also unerheblich. Soweit ich weiß, starb sie kurz vor der Jahrhundertwende an Influenza.« Über Sarah Howard war mehr nicht zu erfahren. Ich stelle sie mir natürlich in Hirschleder und Haube am

Holzofen vor, wo sie für meinen orderkritzelnden Vater Maismehlkuchen backt. Aber sie waren natürlich reich; eine Dienstmagd also für den Herd und um die Drinks zu reichen. Indianer-Sarah stickte derweil im Salon. Kein Hirschleder, keine Haube. Seidenroben und Turnüren noch Jahre, nachdem sie aus der Mode waren, das schwarze Aleutenhaar in der nie untergehenden Sonne glänzend. Arme, tote Sarah. Finanziell unerheblich, aber er hatte sie geliebt.

Um ein Jahrzehnt hatte er sie überlebt, während es mit seinen Minen etwas bergab ging, mit seiner Konservenfabrik aufwärts. Seine Häuser wurden nach und nach renoviert und vermietet, das Geschäft willigeren Händen übergeben. Er wurde grau und der Welt müde und starb. Es gibt keine Szene am Sterbebett, keine letzten Worte. Wie auch? Mein Vater war doch schon wortlos gegangen.

»Ein durchaus respektables Leben, wie Ihre Erbschaft bezeugt.«

War es das Leben, das er sich wünschte? Ein kaltes, glückliches Leben weit weg? Dafür hatte er sein Haus und seine Kleider, hatte er uns in unserer berühmten Stadt zurückgelassen? Es schien undenkbar. Für mich ist unser schönes, frivoles San Francisco wie die Lieblingstochter eines Kaufmanns, der die Männer zu Füßen liegen, bezaubernd, bepudert und flatterhaft, und doch wird es immer die geben, denen ihre Reize zu schrill erscheinen. Die eine Stille mit Leberfleck und dunkler Braue vorziehen, mit frostigem Lächeln. Es gibt immer den Vater, der ein falsches, falsches Leben wählt.

Warum verlassen sie uns? Warum?

Zwölf Kupferminen in Alaska und Montana; drei Sägemühlen; zwei Dampfschiffe; eine Fischereiflotte; eine Konservenfabrik; ein Dutzend Paar Herrenschuhe, Größe 10 (auch meine Größe, Dad, bis meine Füße zu schrumpfen begannen); zwei Dutzend Seidenbinder und -krawatten in sämtlichen Farben türkischer Bazare; ein Kinematograph mit Bildern von China, Indien und diversen Badeschönheiten; eine Sammlung grotesk kruder Majolika; Manschettenknöpfe aus Jett und Lava; eine aus Sumpfeichenholz geschnitzte Frauenhand; eine verblüffende und raffinierte Vielzahl elektrischer Apparaturen zum Mischen, Mahlen, Bohren, Erleuchten, Projizieren, Mesmerisieren und Heilen (alle defekt); eine goldene Taschenuhr mit der Gravur »Für meinen geliebten Asgar«, an die ich keine und ein Silberring, an den ich sehr wohl eine Erinnerung hatte (nämlich die unvermittelte eines zweifachen roten Striemens, wenn er ihn ablegte); diverse Mietshäuser und ein Wechsel auf die Erbschaftsmasse, der nicht etwa das Vermögen meines Vaters darstellte (das klug investiert war), sondern die Verkaufserträge von vier Häusern in Fairbanks und einem in Anchorage; Möbel, Gemälde und andere Dinge mit zu wenig Sentimentalitätswert, als dass Vater sie ausdrücklich mir vermacht hätte, darunter, offenbar, einen Gussbrunnen in Gestalt eines Jungen mit Schirm.

Das ist alles, was ich je von meinem Vater bekam.

Am Abend sagte ich es Alice, und ihr Gesicht war wie elektrisiert.

»Was soll das heißen?«

Dass wir reich seien, sagte ich, nicht unanständig reich wie die Bankiers und Eisenbahnbarone, die sie gekannt hatte, aber dennoch wunderbar und bequem reich, wie sie es schon einmal gewesen war, wie ich es als Kind gewesen war; der Kreis habe sich für uns wieder geschlossen. Ich sagte, ich hinge an unserem Leben, unserer wilden Küche mit ihrer Blütentasse, den Wundern, die sie aus ihren bescheidenen Einkaufslisten zauberte, der Spitzen, die sie meterweise kaufte, um alte Kleider aufzuputzen, unserem reinen und vollkommenen Leben in diesem reinen und vollkommenen Raum. Ich sagte, wir müssten aufpassen, dass wir ein geliebtes Leben nicht änderten. Und doch. »Und doch sollst du alles haben, Alice. Was immer dein Herz begehrt.«

Mir schwebte vor, wir könnten auf einem der neuen Kreuzfahrer um die Welt segeln. Kein Erdbeben könnte uns umwerfen, kein Krieg uns erreichen. Ich würde mir einen Traum erfüllen können, ich könnte eine vergoldete Insel kaufen. Gibt es nicht ein Volk irgendwo in der Wüste, dem dergleichen im Himmel versprochen worden war? Die Wellen allein würden sie hypnotisieren, sie einlullen, sie schlafen lassen, wo ich ihr zusehen könnte, ihre Träume betrachten, sie, meine wogengeschaukelte Alice unter einem Bullauge voll Sonne, vielleicht für immer.

Das schilderte ich ihr (in gekürzter Fassung), und sie lauschte, den Kopf gegen den Kaminsims zurückgelegt, und ihre billigen Ohrringe klimperten leise bei jeder Bewegung.

»Nein. Nein. Das will ich nicht.«

»Sondern? Was, Alice? Sag's mir.«

Sie hielt den Gedanken im Mund zurück wie einen Vogel in der hohlen Hand. Ihre Augen tasteten die Tapete ab, als stünde dort etwas geschrieben, eine

Botschaft von ihrem künftigen Ich. Als sie schließlich sprach, war es wie ein Stromschlag: »Ich will ein eigenes Geschäft, ein photographisches Atelier, und Platz für meine eigene Arbeit, ja, ja, ach, ich will ...«

Du wolltest die Freiheit. Die wollen wir immer, und ich hätte es wissen müssen. Rückblickend staune ich, Mrs. Ramsey, dass du mich nicht längst verlassen hattest, dass ich nicht schon bald nach unserer Hochzeit in ein leeres Haus heimkehrte oder eines, das übervoll war mit allem außer dir und deinem Lieblingskleid – dem roten. Wie kam es, dass du so lange geblieben bist?

»Mal sehen, Alice.«

Ein Lachen, ein sprudelnder Freudenquell. »Oh, Asgar, was für eine einmalige Gelegenheit! Was für eine Chance!«

»Mal sehen.«

Sie tanzte umher, dann erblickte sie mein Spiegelbild und zwinkerte. »Asgar, das müssen wir feiern!«, erklärte sie mit zeitlosem Lächeln. »Küss mich hier auf den Hals. Ja.« Als sie mir so bereitwillig ihren Duft bot, entbrannte alles an mir, was jung war. Ich hörte sie wispern: »Asgar, befrei mich von diesem verdammten Kleid.«

Das tat ich, mit heißen, dankbaren Händen tat ich's. Ich riss die Flügel vom Falter. Und sie bekam ihr Geschäft.

»Du musst deine Haarfarbe mal wieder auffrischen, Max«, nuschelte Hughie in seinen neuen Schnauzbart.

»Bitte?«

»Du siehst aus wie ein Zeitungsjunge. Du könntest mein Sohn sein.«

»Ein Albtraum, Hughie.«

Wir saßen in Hughies Club, dem ich dank meines neuerworbenen Reichtums beizutreten aufgefordert worden war. Nun verbrachte ich wieder fast jeden Abend an Hughies Seite in einem messinggenoppten Ledersessel, in der Hand eine Zeitung, die noch warm war vom Plätteisen des Butlers. Jetzt, wo Alice so oft fort war, war ich froh um diese Abende mit Hughie.

»Reich gefällst du mir besser, Max.«

»Idiot, früher hast du gesagt, arm wäre ich dir lieber.«

»Tatsächlich?«

»Allerdings.«

Er dachte darüber nach. »Das lag daran, dass ich selbst arm war. Aber du solltest dir wenigstens einen anständigen Herrenfriseur leisten.«

»Gib mir mal mein Glas.«

»Genießt du es wenigstens? Deinen plötzlichen Reichtum? Und Alice? Du bist wirklich ein Glückspilz.«

Das war ich. Nach Jahren in unserer engen Mietwohnung lebten Alice und ich nun in einem breitschultrigen Haus an der Green Street mit fröstelnder Aussicht auf Alcatraz, einer neumodischen Garage für unser Oldsmobile und dazu den ganzen neuen und albernen Dingen, die Menschen besitzen, wenn sie wieder zu Geld kommen, den Schnickschnack und die Frivolitäten, die wir so entbehrt haben – Kleider und Essen und wundersame Gewohnheiten – und die nicht mehr halb so viel Vergnügen bereiten. Mit dem neuen Heim musste ich natürlich neue Verstecke für die verräterischen Spuren meines Geheimnisses suchen: ein paar Briefe, die Kette mit Anhänger, die Großmutter mir hatte anfertigen lassen. Während sie in ihrem alten Grab zwischen meinen Schuhen gut aufgehoben gewesen waren, schien mir jetzt kein Versteck sicher genug; Hausangestellte stöbern überall. Schließlich stopfte ich Anhänger und Briefe in eine verschlossene Kassette in meine Kommode und verbat dem Dienstmädchen das Staubwischen.

Alice bereitete mir, so neugierig sie war, keine Sorgen, denn meine Frau war kaum zu Hause. Wenn sie mich doch mal besuchen kam, verwöhnte ich sie nach Kräften, und sie genoss es, denke ich, lachte über die protzigen Klunker, die ich ihr in kleinen Samtkästchen brachte, kreischte über den neuen Wagen, als ich zum ersten Mal damit vorfuhr, doch den Schmuck trug sie nie und den Wagen fuhr sie nicht. Nein, trotz des Geldes kleidete sie sich auf die gleiche exzentrische Weise (in schlichten Kleidern und gelegentlich, wenn sie es wagen durfte, trug sie dazu ihre Pluderhosen) und widmete sich ganz ihrem Geschäftsplan, dem Atelier, das ich ihr zu kaufen versprochen hatte. Ich wäre am liebsten in der Zeit zurückgereist, um mir das gegebene Versprechen von den Lippen zu reißen. Aber wie hätte ich es ahnen sollen? Der einzige Hinweis kam zu spät: an dem Morgen, als sie aus dem Zug stieg, mich fahrig küsste und wie der Zauberer sein Tuch ein Dokument aus ihrem Mantel hervorzog: Es war der soeben unterschriebene Mietvertrag. Sie war überglücklich, am Abend schmolz sie in meinen Armen geradezu dahin. Das photographische Geschäft, von dem sie geträumt hatte. Ein kleines Atelier in einem aufstrebenden Viertel. Natürlich in Pasadena.

»Sie muss in der Nähe ihrer Mutter sein«, erklärte ich Hughie, als er die Brauen hob. »Sie stehen sich näher, als ich mir klar gemacht habe. Wie diese Feigenbäume und Zypressen, die in fernöstlichen Gärten ineinander wachsen – unerwartet. Und ihr Geschäftspartner ist dort unten. Sie hat bei ihm gelernt, sie sagt, er sei ihre Muse. Er hat Kunden und Erfahrung.« Ein alter Freund ihrer Mutter, der alte Victor. Ich stellte ihn mir gern mit weißem Zwirbelbart vor und vom Magnesiumpulver versengten Brauen.

»Du nimmst es ja gelassen, Max.«

Ich sagte: »Es ist ihr Traum. Wenn man jemanden liebt, will man dann nicht, dass dessen Träume wahr werden? Wenn man ihr dazu verhelfen kann? Und sie muss doch sowieso dort sein. Ich sehe sie eben, sooft ich kann. Das reicht doch, oder? Wenn man jemanden wirklich liebt.«

»Mag sein«, sagte er leise.

»Also ist doch alles gut, Hughie.«

»Wirklich?«

»Aber ja.«

Er musterte mich aus seinen blauen, albinobewimperten Augen. Dann schüttelte er den Kopf und berührte meinen Ärmel. »Du musst es ihr sagen, Max«, drängte er. »Du wirst sie verlieren.«

»Ich möchte nicht darüber sprechen.«

»Das ist doch läppisch«, zischte er. Andere Herren blickten hoch und schmunzelten über unseren lautstarken Disput. »Dir die Haare zu färben, und neuerdings, heißt es, gehst du mit Stock. Du hältst sie doch sicher nicht für dumm. Du wirst sie verlieren.«

Ich fixierte seinen Schnauzbart, so ernst und blödsinnig wie eine schlechte Verkleidung. »Halt den Mund, Hughie«, knurrte ich. »Ich weiß wirklich nicht, wieso du Ratschläge erteilst. Wo doch jeder weiß, dass du zur Liebe kein Talent hast.«

Was ich damit sagen wollte, vermute ich (müssen wir wirklich erklären, was uns der Alkohol eingibt?), war, dass er kein Talent zur Ehe hatte. Ich war eines Nachmittags mit einer Einladung bei ihm zu Hause vorbeigegangen, und da hatte mich das Dienstmädchen gebeten, einen Augenblick für Abigail zu erübrigen, die mit halluzinatorischem Blick, das blonde Haar stumpf wie Staub, in einem langen Hauskleid aus Brokat erschien. Von oben krakeelte ihr Sohn. »Er ist nicht da«, sagte sie mit ihrem alten höflichen Salonlächeln. »Er sieht nach unserem alten Grundstück, er führt dort Reparaturen durch.«

»Altem Grundstück?«

Sie verzog schmerzlich das Gesicht: »Der Schuhschachtel.«

Mein erster Gedanke – und der ihre vermutlich – war eine geradezu feenhaft in diesem Aschenputtelheim untergebrachte Mätresse. Natürlich eilte ich bei nächster Gelegenheit hin, fand aber nichts weiter als Zimmer voll orientalischer Teppiche und Lampen, Regale voll blanker neuer Bücher, einen neuen Kammerdiener und einen hemdsärmeligen Hughie. Ganz einfach: ein Männerrefugium. Hughie erklärte arglos, dass er unter einem Dach mit einer zeternden, ständig über Kopfschmerzen klagenden Frau, dem Kind und den zahllosen Katzen, die sich angesammelt hatten, nicht zum Lesen komme. Ich sah, dass er die Wände mit Kadettenporträts gepflastert hatte, die Abigail nie geduldet hätte, Männer, die mir fremd waren, mit kolorierten lachenden Gesichtern. Dann brachte sein Diener uns eine Pfeife, und wir rauchten wie in alten Zeiten Haschisch, bis wir kichernd auf dem Boden lagen. Ich weiß noch, dass ich selbst in meinem berauschten Zustand noch dachte, der Diener, Teddy, sei ja kaum älter als ich schiene, er hatte gelackt schwarzes Haar und rosige Wangen, aber im Gesicht einen fast ängstlich jungen Ausdruck, den ich nie hingekriegt hatte. Teddy bettete meinen Kopf auf ein Kissen und deckte mich wortlos zu. »Danke, Teddy«, murmelte ich.

»Keine Ursache, Sir.«

Hughie seufzte und ahmte mich nach: »Danke, Teddy«, dann sank er auf seiner Ottomane sofort schnarchend in Schlaf. Ich hatte ihn mit Mädchen erlebt, mit Alice, im College und in der Ehe, er blieb immer derselbe. Wieder allein in seinem Junggesellenheim mit Kammerdiener und Schnauzbart, einer Frau irgendwo da draußen, die ein Kind ins Bett brachte, ihm ein Lied vorsang, das Hughie nicht hörte. Kein Talent zur Liebe; er wusste, wie ich es meinte.

Ich muss diese Seiten einen Augenblick weglegen. Das Haus ist für eine Cocktailparty hergerichtet – eine ganz und gar ungesetzliche Sache, meine Liebe, aber ich werde dich nicht verpfeifen –, und du bist im Schlafzimmer, Alice, und brüllst nach jemand, der dir den Reißverschluss hochzieht. Ich muss mich sputen. Ich will Sammy zuvorkommen.

Lass mich nun zu einem übergangenen Detail zurückkehren: der Einladung, die ich bei Hughie hatte abgeben wollen. Sie galt nicht einer unserer üblichen Clubveranstaltungen, den endlosen öden Abenden, die für wohlhabende Herren Pflicht waren – das hier war etwas Unerwartetes. Seine Einladung war meiner beigelegt worden, und ich brachte sie ihm vorbei, weil ich unbedingt wollte, dass er mitkam. Der Erinnerung und alter Zeiten wegen. Es handelte sich um einen Ball, ausgerichtet von niemand anderem als meinem alten Kindermädchen Mary.

Es wird, hoffe ich, nicht einmal meinen jüngsten Leser überraschen, dass vor dem Erdbeben jeder Senator und Kaufmann Münzen in Marys Spielautomaten klappern ließ und mit Madame eine Flasche Champagner trank, und nicht wenige hatten ihre Privatgucklöcher in den parfümierten Wänden der »Jungfernkammer«. Madame Dupont hatte sogar ein Männerbordell eröffnet, mit einem versteckten Eingang für Kundinnen, die sich mit Satinmasken unkenntlich machten, und einem ganzen Harem von Herren, die angeblich freiwillig Dienst taten. Mit alledem war es in den ersten Dekaden des neuen Jahrhunderts selbstverständlich vorbei. Druck von der Kirche, der Justiz, nicht zuletzt das Erdbeben-Ende unserer lieben korrupten Regierung, das waren die Gründe, die Madame Dupont zwangen, ihre Etablissements zu schließen. Sie war gut gefahren – ihre Finanzklientel hatte sie klug beraten, und Börsentipps waren in ihren Velourssalons überall zu hören. Aber es sollte nicht das Letzte sein, was wir von ihr hörten, denn oft genug hatte sie mir nach dem ein oder anderen Gläschen verraten, dass es nie ihr Traum gewesen sei, nur Erfolg zu haben. »Ich möchte eine Dame sein«, hatte sie erklärt und ihre blonde Perücke zurechtgerückt. »Verdammt, das habe ich mir verdient. Ich habe so hart wie irgendeine ergebene Ehefrau für die Männer geschuftet. Ich möchte mit einem Vanderbilt zu Abend speisen und ihn sagen hören: ›Madame, es hat mich gefreut.‹« Und deshalb erhielt – Jahre nach der Schließung ihres Bordells, lange nachdem die meisten den

Lastern abgeschworen hatten, für die sie stand, nachdem die meisten von uns sie vergessen hatten – jeder Mann von Bedeutung in San Francisco diese Einladung:

Marie Dupont
gibt sich die Ehre,
Mr. & Mrs. ____________
zum Frühlingsball
am 20. März 1914,
20 Uhr,
einzuladen.

Weil man einer Hure nicht verbieten kann, Geld zu verdienen, und weil in unserer Stadt für Geld alles zu haben ist, fanden wir uns in einem eleganten weißen Haus zwischen den Villen eines Eisenbahnbarons und eines spanischen Grande ein. Duftender Jasmin, Wacholder, Säulen, die sich zu einem Teddy-Roosevelt-Grinsen rundeten. Für dieses Haus musste Mary jeden letzten Cent hergegeben haben – und es war nicht um eines bequemen Lebensabends willen ausgewählt worden, sondern allein für diesen Abend. Das voraus aufdämmernde Gaslicht – nicht etwa elektrisches –, der Klang einer Kapelle, der wie ein ferner Wasserfall aus der offenen Tür drang: alles kalkuliert oder zumindest erhofft, als sie ihre Million hinblätterte. Ich sehe die alte Mary durch leere Säle wandeln und sich die Hände reiben, während sie sich diese Abendgesellschaft ausmalte, bei der alle ihre Söhne und Väter und Liebhaber sich um sie scharen würden, ein Anlass für den besten Schmuck, die besten Anekdoten, ein Abend, wie alle Wiedersehen, aus Erinnerungen gemacht, die man am besten vergaß.

Uns empfing ein englischer Butler und nicht eine Negermagd, doch Madame war trotzdem selber zur Stelle, lachend wartete sie vor der Spindel der Treppe. Ich nahm an ihr kaum etwas wahr als ihre auffällige Magerheit, den leichten Buckel, der nur altersbedingt sein konnte, das teure Blond ihrer Perücke. Die Geschlechter werden sich in Kindheit und hohem Alter ähnlich, und sie stand wie ein Sergeant da, die Hände in die Hüften gestemmt. Sie muss siebzig gewesen sein.

»Mr. Dempsey! Ich wusste doch, dass ich auf Sie zählen könnte«, sagte sie und näherte sich Hughie mit ausgestreckter, unter dem Gewicht der Ringe leicht bebender Hand. »Und wie gut, wie gesund sehen Sie aus.«

»Madame«, erwiderte er und küsste die Ringe. So mager, wie war sie nur so mager geworden?

»Keine Mrs. Dempsey?«, fragte sie, und ihre Portweinlippen wurden schmal.

»Nein, bedaure, wir gehen dieser Tage nicht gemeinsam aus.«

Sie musterte ihn scharf – der alte Beschafferblick –, der sich flugs in ein Strahlen verwandelte, als sie mich erblickte. »Aber Sie haben einen wunderhübschen jungen Mann gefunden, ich bin entzückt.« Dazu ein heiser wissendes Lachen.

Im Alter kehrt ein bisschen Jugend zurück. Obwohl unverkennbar war, dass nichts ihr die früheren Reize zurückgeben konnte, hielt mir die alte Mary in ihrer schmalen schwarzen Robe mit der langen, schräg über die Schläfe festgesteckten Reiherfeder kokett die Hand hin, als hätte sie ihre Liebschaften noch vor sich.

Gleich darauf aber schnellte die Hand mit goldenem Klirren zurück. »Da hol mich der Teufel!«, brüllte sie und juchzte vor Freude. »Mein Gott, Max!«

»Aber gab es da nicht ein Mädchen«, flüsterte sie im Bühnenton, als ich sie in den Ballsaal führte. »Ein Mädchen, in das du unsterblich verliebt warst, armer Max. Hast du sie je wiedergesehen, seit du so jung geworden bist?«

»Sie heißt Alice«, erklärte ich ihr gerührt. »Und, Madame, sie ist meine Frau.« Hätte sie weinen können, ich glaube Mary hätte es getan. Aber lediglich ein Seufzen schüttelte sie wie eine Kalabasse, denn das Alter und die Verhärtung hatten sie ausgedörrt.

»Und wie steht es um Hughie?«, fragte sie. Hughie wartete an der Bar auf ein Glas Champagner und nickte einigen Herren zu. Ihm war offenkundig in dieser Gesellschaft genauso unwohl wie uns anderen Hurenböcken.

»Ich denke, er ist glücklich.«

»Nein. Seine Sorte wird nie glücklich sein«, meinte sie, dann wandte sie sich mir zu und taxierte mich wie ein Sklavenhändler. »Ich muss sagen, Max, du bist kein bisschen so geraten, wie ich es erwartet hätte. Damals, meine ich, als du ein kleines Kind warst.«

»Nein?«

»Nein. Als ich dich das erste Mal gesehen hab, meine Güte, was warst du für ein hässlicher Schrat. Was könnte trauriger sein als ein Kind in Greisenhaut? Ich dachte, lieber Gott, die kleine Kröte wird nie einer lieben. Ich schwör's. Du hast mir so leid getan. Weiß der Himmel warum, kleines stinkreiches Geschöpf. Und da war ich so froh zu sehen, dass du dich veränderst. Und du veränderst dich weiter. Du machst dir keine Vorstellung, wie es ist, eine Frau in meinem Alter zu sein und so hässlich. Eine übergroße Eidechse in Seide. Und jetzt, verstehst du, haben wir Plätze getauscht. Heute Abend wird einer der Herren, der meinen Wein trinkt und zu meiner Kapelle tanzt, rüberschauen und denken: Lieber Gott, die alte Kröte wird nie einer lieben. Geschieht mir recht, oder? Aber immerhin bin ich endlich eine ehrbare Frau. Ich bin eine Dame, Max. Verrate also ja niemand, dass ich mal euer Dienstmädchen war. Verrate ja nicht, dass ich je etwas anderes war als eine Dame.«

»Du bist eine Dame.«

»Du bist hübsch geworden, Max. Überrascht dich das? Versuch bloß, nicht noch jünger zu werden. Bleib so, und deine Frau wird dich immer lieben.«

Ich begriff, dass das alte Mädchen leicht angeschickert war. Also sagte ich ihr die Wahrheit. »Das geht nicht.«

Worauf sie mir einfach den Handrücken an die Wange legte.

Es dauerte kaum eine halbe Stunde. Weitere Herren aus den Clubs fanden sich in Ballsaal und Bibliothek ein, rauchten Zigarren und begrüßten sich bedeutungsvoll mit gehobenen Brauen. Einen alten Knaben erkannte ich: Es war der, der Mary einst dafür bezahlt hatte, bei ihr Dienstmagd spielen zu dürfen. Die Kapelle hatte noch mal mit Schwung zur *Blauen Donau* angesetzt, in der ewigen Hoffnung der Kapellmeister, dass irgendein Paar sich mitreißen lässt und eine Tanzwut entfesselt, die bis in die Morgenstunden vorhält. Nur gab es keine Paare. Im Nebenraum hörte ich Madame Dupont neu eintreffende Gäste fragen: »Aber Ihre Frau?«

»Bedaure, Madame, sie konnte sich heute Abend nicht freimachen.«

»Nicht freimachen?«

»Sie haben ein wunderschönes Haus.«

Es geschah wieder und wieder.

»Ich langweile mich zu Tode, Max«, stöhnte Hughie. »Wann sind Madame Duponts Abende nur so langweilig geworden? *Blaue Donau*! Ich könnte schreien. Und die miesen Kerle, die ich mit heruntergelassenen Hosen oder verkleidet und mit Champagner abgefüllt in ihrem Freudenhaus viel leichter wieder erkennen würde. Furchtbar öde.«

»Nicht für Madame Dupont.«

»Erpressung. Ich schulde ihr nichts. Ich habe für alles bezahlt.«

»Nun, ich schulde ihr schon.«

»Ich bin sterngranatenvoll. Halt bitte mein Glas. Bin gleich wieder da.«

Er war lange fort, und von der plötzlichen Furcht ergriffen, er könnte mich im Stich gelassen haben, ging ich hinaus, um nachzusehen, ob der Wagen noch da war.

Zu meiner Erleichterung sah ich ihn in der schummrigen Auffahrt stehen, im Innern stritt sich Hughie leise mit dem Fahrer. Es war kalt draußen, und auf einmal wollte ich nach Hause. Ich schlenderte durchs feuchte Gras und versuchte etwas von dem Streit aufzuschnappen, aber einer der anderen Chauffeure warf seinen Motor an, und ich sah meinen Freund und seinen Mann Teddy ohne Ton ihren Unmut mimen, der eine im blanken Zylinder, der andere mit Schirmmütze und Schutzbrille. Es lief eine Art Stummfilm vor mir ab, der Abendnebel machte die Figuren entsprechend grau. Ich fragte mich, wie achtlos ich gewesen sein musste, um es nicht früher zu merken.

Ich zog mich hinter eine Agave zurück und zerschnitt mir um ein Haar die Hand. Aus dem Ballsaal erklang der nächste Walzer. Hughie verzog unterm Donnerwetter seines brüllenden jungen Burschen schmerzlich das Gesicht, drückte sich einen Finger an die Schläfe und erwiderte sanft, während ihn der junge Mann nun kalt anblinzelte. Handschuhe in einer geballten Faust. Harsche Worte, die als Nebel aufstiegen. Du, lebensklügerer Leser, weißt längst, was ich mir jetzt erst zu erkennen gestattete. Ein Brief, der verbrannt und in den Kamin geworfen wurde. Freunde am College, geliebt, dann plötzlich vergessen. Ein der Frau überlassenes Heim, ein Zuhause mit Teddy. Der Schmerz in Hughies Blick – wie viel Liebesleid war mir noch entgangen? Ich war erbost, als ich die beiden Männer beobachtete. Ich hatte ja nicht geahnt. Aber die Menschen wahren ihre Geheimnisse nicht, weil sie so schlau sind oder diskret; Liebe ist nie diskret. Sie wahren sie, weil wir uns nicht die Mühe machen, zu merken.

Es ging alles so schnell, dass ich mich an meine wahren Gefühle in diesem Moment nicht erinnern kann – Abstoßung, vermutlich, Schreck und Wut –, aber wenn ich zurückdenke, empfinde ich nur Dankbarkeit. Ich sah, wie diese stumm nebeneinander sitzenden Liebhaber sich mit versteinerten Mienen an den Fingerspitzen fassten. Teddys Gesicht drückte nun Kummer und Reue aus, und ich nehme an, er liebte meinen Freund eben so gut es ging, fast gut genug. Einen Augenblick später raunte Hughie dem jungen Mann etwas ins Ohr, streifte mit seinen Lippen dessen Wange und küsste sie. Was für eine unvermutete Szene, so pervers und so traurig. Und was für ein unverschämtes Glück. Das schreibe ich heute, nachdem ich Hughie seit über fünfzig Jahren gekannt habe, und ich frage dich: Hätte ich freundloses Ungeheuer mein ganzes verkorkstes Leben lang einen besseren Gefährten, einen besseren Freund haben können als den alten Hughie – wie ich ein heimliches Monster?

Drinnen hatte sich die Stimmung, als ich mich wieder ins Haus zurückzog, verändert. Der Alkoholstrom war nicht versiegt, und nun standen die Herren in Grüppchen kichernd beisammen. Ein paar hatten sich auf die Tanzfläche gewagt und drehten sich miteinander im Walzer wie in den Tagen der Goldgräbercamps, als keine Frauen zur Hand waren und die Welt nur aus Männern bestand. Ich würde zu Hughie nichts sagen, nachher. Was gab es schon zu sagen? Dass das Herz mehr Kammern hat, als wir kennen?

Ein Gast erbarmte sich meiner und kam grinsend herüber, um zu tuscheln.

»Bitte?«

Er zwinkerte; er hatte mich einmal gekannt, erkannte mich aber nicht. »Ich sagte, schrecklich, nicht wahr? Köstlich, oder?«

»Ja, mein Drink ist nicht schlecht.«

Er wurde schnell böse. »Nein, die Frauen.«

»Was ist mit ihnen?«

»Sie sind verheiratet, junger Mann, Sie müssten es ja wissen. Sie wird geschnitten.«

»Wer?«

»Dupont, die alte Hure. Die Frauen sind nicht gekommen.«

Aus dem Nebenzimmer hörten wir wieder einen Herrn seine Entschuldigung vorbringen: »Bedaure, sie konnte sich heute Abend nicht freimachen.« Alle drehten wir uns um – fast jeder im Saal –, als Madame Dupont mit verlorenem Lächeln ihren eigenen Ballsaal betrat und würdevoll ein weiteres Glas Champagner entgegennahm. Ihr Körper war leicht gebeugt, und dieses eine Mal schien die gebieterische Frau unter dem Glitzern ihrer Juwelen und ihres Gewands zu brechen. Sie hatte endlich die Krux des heutigen Abends erkannt. Er glich einem von einem Flaschengeist erfüllten Wunsch: Sie hatte die bedeutendsten Männer der Stadt heraufbeschworen, aber es bedeutete nichts. Ihr dämmerte schließlich, dass nicht die Männer das Ziel, der Schlüssel zur besseren Gesellschaft waren; was für eine Frau zählt, ist letztlich die Anerkennung durch ihresgleichen. Und diese Ehre würden die Ehefrauen der alten Mary nie erweisen.

Der verzweifelte, der kreatürliche Hass in ihren Augen ist nicht zu beschreiben. Da stand sie und fixierte den Kreis ehemaliger Kunden mit dem Blick des zu Unrecht Verurteilten, der jahrelang die Kerkermauern studiert hat, bis er schließlich das Schloss knackt und hinausschlüpft, nur um vor der nächsten Mauer zu stehen: uns. Sie hatte ihrer ärmlichen Herkunft und ihrem schweren Los letzten Endes doch kein Schnippchen schlagen können, auch nicht ihren Jugendsünden, wie wir. Da waren wir mit unseren Zelluloidkragen und Siegelringen und Schmerbäuchen. Jeder von uns hatte sich im Wissen um das, was geschehen würde, für diesen Abend angekleidet. Jeder von uns, den sie ins sodaorangene Licht ihrer Salons geladen hatte, hatte sich die Schleife gebunden und vorm Spiegel ins Fäustchen gelacht über den bösen Streich, den wir der Dupont, der alten Hure, spielen würden. Wir hatten uns eingeredet, denke ich, dass die Jugend schlicht etwas sei, was man besser vergisst. Und dass man sich, um zu vergessen, nicht nur weigern muss, sich zu erinnern, nein, man muss die Frau zerstören, der man die Erinnerungen verdankt.

»Ein Herrenabend heute, wie?«, fragte sie glasklar.

Da erschollen aus der Runde Jubelrufe. Die gute alte Mary, wir jubelten der guten alten Mary zu, und das Hurra besagte: *Du darfst dich nicht ändern.*

»Prost, meine Herren.«

Der Kapellmeister wandte sich kurz von seinen Musikern ab, wohl in Erwartung eines Winks der Gastgeberin. Eine niedersausende Hand, die der Musik ein Ende setzte und alle heimschickte, ihre Jungs, die Söhne, die ihre alte Mutter verrieten.

Da hob sie den Kopf, einen flüchtigen Moment wieder fröhlich wie damals. »Verdammt, Jungs, wer fordert mich denn nun zum Tanz auf!«

Jubel. Es fand sich jemand. Ich stellte mein Glas ab und schob mich durch die johlende Menge hinaus.

Es war 1917, Alice war auf ein paar Tage in San Francisco. Ihre Besuche waren kürzer geworden, jetzt, wo das Geschäft unten im Süden florierte, und ich entsinne mich noch gut an das Gefühl, das ich hatte, als ich eines Morgens ihren Schrank aufschloss und begriff, dass ihre Kleider größtenteils weg waren. Ich machte es nicht besser, als ich mit banger Eifersucht reagierte. Ich warf ihr Vernachlässigung unserer Ehe vor, und wenn ihr Blick dann zu so etwas wie der Wahrheit verschwamm, ging ich zu weit und nannte Namen. »Lawrence!«, konnte ich rufen, auf einen jungen Zugschaffner anspielend, und dann musterte sie mich so ungemein belustigt. Ach, Alice. Zu Recht fandst du mich albern, aber ich ahnte doch nicht, dass die Inkarnation meiner Nemesis kein blonder Zelluloid-Bursche war. Da hättest du schließlich ebenso gut mich nehmen können; ich ähnelte einem solchen von Tag zu Tag mehr.

Wir hatten an diesem Abend eine Mozart-Oper besucht, und es geschah während einer aufregenden Sopranarie, dass Alice auf ihrem Platz unruhig zu werden begann und sich die Hände rieb wie Lady Macbeth beim Versuch, Blutspuren zu beseitigen. Sie beugte sich ächzend vornüber, und obwohl ich sie zunächst flüsternd bat, sich zu beruhigen, reichte sie mir eine Hand, und sie war eisig. Da bemerkte ich erst den fiebrigen Feuervogel in ihrem Rückendekolleté. Eine Matrone hinter uns hüstelte. Mit starrem Blick flehte Alice mich heiser an, sie zu retten – jedenfalls meinte ich das über der Koloratur gehört zu haben. Wir warteten das Ende der Arie ab, dann hüllte ich meine Frau in einen Schal und meinen Frack, brachte sie hinaus in eine Autodroschke und gleich heim ins Bett. Wie zärtlich ich sie auspackte. Meine schlotternde Schöne, der das Fieber glühend aus den Leisten aufstieg, zwischen den Brüsten hoch bis zum Hals, wo es die matt Seufzende zu erwürgen drohte. Die ganze Nacht kühlte ich ihr die Stirn und lauschte ihrem Atem. Sah ihre Lider zucken und starren, zucken und starren. Ich schlief nicht, ich wartete auf ihre Geheimnisse. Sie verriet keine. Am Morgen ging es mir, natürlich, schlechter als ihr.

Unsere Totenbetten standen in einem Zimmer, und erinnern kann ich mich lediglich an zusammenhanglos verzerrte, farbige Momente und Szenen, die sich mir offenbarten, wie ein Wetterleuchten die Umrisse eines Hauses offenbart:

Da gab es den Moment, nach Mitternacht war es, denke ich, als ich mit wundem Hals erwachte und zu Alice hinsah, die mich traurig und liebevoll betrachtete. Das Zimmer ist in meiner Erinnerung in Lavendel und Schwarz getaucht mit einem Farbstreif aus der oberen Diele, und Alice war blass und sprach wahrscheinlich im Fieberwahn. »Schlaf jetzt, Mutter«, befahl sie, und ich folgte.

Viele Stunden später: ich, erstickt zwischen heißen Laken, der Raum trotz zugezogener Vorhänge zu hell, und unser Dienstmädchen reicht Alice, die in einem weiß gerüschten Batistunterrock auf der Bettkante sitzt, ein Glas Wasser. Ein irrlichternder Sonnenstrahl bricht sich im Wasser, und die Welt zerspringt. Ich gebe offenbar einen erstickten Laut von mir, denn prompt mustern mich alle beide. »Alice, ich muss dir was sagen.« Sie umklammert den Bettpfosten und sieht mich erwartungsvoll an. Das Mädchen geht. »Alice, ich muss dir was sagen.« Sie schaut verwirrt drein, blass und erschrocken, und einen Augenblick lang ähnelt sie meiner Großmutter damals, wenn sie sich vom Krankenlager erhob. Das Mädchen kommt wieder, man reicht mir eine rote Pille. Schmerzhaftes Schlucken. Das Wasser blitzt erneut, und ich dämmere weg.

Spätnachts: Ich schlage die Augen auf und hoffe, es möchten Tage vergangen und ich wieder gesund sein, aber mein Hirn wälzt sich in seiner heißen Hölle wie ein Seelöwe. Sogleich erblicke ich Alice, vollständig in schwarzweiße Seide gekleidet auf der Schwelle, eine Hand auf dem Knauf. Ihre Augen sind anders, streng.

Ich bin klug genug, mich schlafend zu stellen, und es vergehen einige Minuten, ehe ich sie die Tür zuziehen und weggehen höre. Warum steht meine Kommode offen? Der Mond steigt ins Zimmer, alter Liebhaber, und schläft in ihrem leeren Bett.

Am Morgen passierte es, glaube ich, einem Perlmuttmorgen, an dem ich mich nicht besser fühlte, aber doch in der Lage, auf die Beine zu kommen, so dass ich es bis zum Nachttopf schaffte und königlich kauernd Wasser ließ. Das Zimmer schwankte wie ein Schiff. Da sah ich auf dem Bett meine Geheimnisschatulle mit geborstenem Schloss. Ich hörte sie hinter mir.

»Asgar, erklär mir das.«

Ich reckte den Hals und sah in ihren Händen Gold glitzern. Das Licht schmerzte mir in den Augen und meine Stellung war unbequem. »Was denn?«

»Wo hast du das her?«

Sie warf es auf den Boden, wo sich die Kette zu einem S schlängelte und die Zahlen auf dem Holz blitzten: *1941*.

Ich musste an Großmutter mit ihrer Haube denken. Ich dachte an Vater, der mich nackt aus der Wanne hob. Tot, begraben, fort. Ich dachte an ein Abendessen vor vielen Jahren, an Alice, die jede Ziffer einzeln berührt und gelacht hatte.

»Das habe ich noch nie gesehen.«

»Es gehört dir. Ich habe es in deiner Kommode gefunden. Wieso?«

Ich erklärte ihr, dass sich das Zimmer drehe und ich nicht denken könne.

Sie zeigte mir einen zerrissenen, von Hand beschrifteten Umschlag. »Und das.« Sie warf den Umschlag auf den Boden, und ich sah, dass er von Hughie war, adressiert an einen gewissen Max Tivoli.

»Ich kann nicht denken«, beharrte ich.

»Asgar, erklär es mir.«

»Kannte deine Mutter ihn nicht irgendwie? Die Sachen müssen ihr gehören.«

»Nein.«

»Vielleicht Bancroft, irgendwie, ja, jetzt entsinne ich mich ...«

»Asgar, du lügst. Erklär's mir.«

Wir sind nicht wir selbst, wenn wir krank sind. Wir sind nur noch Rudimente, sind hässlich, elend, allen Charmes, der uns sonst so selbstverständlich zu Gebote steht, beraubt, am ehesten ähneln wir uns selbst als Kindern, die nach einem Glas Wasser greinen, oder unseren Eltern auf dem Sterbebett im murmelnden Gebet. Zu müde, um die brüchige Larve zu wahren, lassen wir sie fahren, wie Heuschrecken, und werden vor aller Augen zu dem traurigen, untröstlichen Erwachsenen, der wir insgeheim so oft sind, soll heißen: unserem wahren Selbst. Krank fühlte ich mich immer benommen und schwach, und das ist meine einzige Erklärung dafür, dass ich – statt mir eine plausiblere Ausrede einfallen zu lassen, denn obwohl sie etwas argwöhnte, konnte Alice den wahren Grund nicht ahnen – es ihr sagte. Zum dritten Mal brach ich D i e R e g e l. Gedämpft, behutsam, als wäre sie eine Kobra, die zustoßen könnte, sagte ich ihr mit heiserer Stimme, die nicht meine war, und mit einer Erleichterung und einem Bedauern, die es waren, unterbrochen hie und da nur durch Anfälle von Übelkeit und Schwindel, das, was ich niemals zu sagen geschworen hatte: die Wahrheit.

Du saßst auf der Bettkante, Alice, und du sahst mich an wie nie zuvor, nicht in den ganzen Jahren unserer Bekanntschaft, nicht als Halbkinder, als Halbfremde, als Mann und Frau. Du sahst mich an, als wäre ich wichtig. Als wäre ich eine kostbare Vase, der du achtlos einen Stoß versetzt hättest, und als wäre die Zeit gerade um so viel verlangsamt, dass du ihren rettungslosen Sturz auf die Steinfliesen mitansehen müsstest. Als bedeutete ich dir etwas, endlich, zu spät, um mich zu retten. »O nein«, sagtest du. Ich nehme an, dass ich anfing zu weinen – ich war ohne Hoffnung und krank und so vielfach gebrochen –, aber erinnern kann ich mich nur an dich, ganz in Weiß, und wie deine Lippen diese Wörter küssen – »o nein« –, und in deinen Augen je ein kleiner, gequälter Max zu sehen war. Und dann zogst du mir mit deinen nächsten Worten bei lebendigem Leib die Haut ab.

»O nein. Du bist verrückt.«

In meinem Kopf wetterleuchtete es vor Übelkeit, ich konnte dich nicht daran hindern, den Raum zu verlassen, denn just in diesem Augenblick kam mir das Wenige, das ich im Magen hatte, hoch, und ich erbrach mich, würgend wie ein Hund, auf Hughies gefallenen Brief. Ich sah meinen Namen in Galle zerfließen. Eine Krankenschwester kam und half mir ins Bett, und ich konnte nicht reden, weil man mir eine Pille in den Hals schob. Ich sah deinen hellen Rücken die Diele hinab entschwinden. Du trugst das Gesicht in den Händen; man schloss die Tür.

Ich erwachte und befand mich zu meinem Schrecken mitten in einer Unterhaltung. Es war früher Abend, noch hell, und die Vorhänge waren offen. Alice lag auf dem zweiten Bett, voll bekleidet in veilchenblauem plissiertem Krepp, im Ausschnitt Tüll, auf dem Bauch Handschuhe, als wäre sie tags unterwegs gewesen. Hut und Mantel lagen am Fußende. Auf dem Tisch stand Whiskey mit zwei Gläsern, beide fast leer; offenbar hatte ich getrunken. Ich kam zu mir und hörte sie sagen:

»Von hier brauche ich nichts.«

»Nein«, sagte ich gedankenlos.

»Mir liegt nichts an Dingen, nichts an Teppichen und Porzellan. Ich will nichts. Das wird bald das alte Leben sein, mein Leben spielt sich schon lange in Pasadena ab, Asgar. Das weißt du. Alles spielt sich jetzt dort ab. Ich nehme nur ein paar Bücher mit und Kleinigkeiten, die du mir geschenkt hast.«

»Ja.«

»Alles andere kann das Mädchen Victor schicken. Ich gebe ihr die Anschrift.«

»Natürlich. Wer ist Victor?«

Sie sah mich ohne Erbarmen an. Sie war nicht wiederzuerkennen. Ich fühlte, wie hinter meinen Augäpfeln etwas Dunkles, Hartes entstand. Sie sagte: »Asgar. Asgar, hör bitte zu. Ich weiß, es ist hart.«

»Max. Ich bin Max.«

»Hör auf. Hör auf damit.«

»Alice, ich bin Max!«

Ihr Blick wanderte zur Tür, wo ein Seeungeheuer von Krankenschwester mit einer Pille wartete. Ich nickte und sank ins Kissen zurück, und die Tür sperrte sie aus. Am Rand meines Gesichtsfelds war alles verschwommen, wässrig verwischt, als lebten wir auf dem Grund von irgendwas. »Wer ist Victor?«, wiederholte ich unaufgeregt.

»Ach je ... das haben wir doch alles besprochen. Victor Ramsey. Ich habe es dir doch gesagt. Also, ich werde gleich die Treppe hinuntergehen, und ich möchte nicht, dass du mich begleitest. Du bist krank, du wirst dich bloß aufführen. Versprich's mir.«

»Gut, meinetwegen. Ist er Arzt?«

»Asgar, hörst du mir überhaupt zu? Ich fahre zum Bahnhof. Ich reise nach Pasadena ab, und zwar diesmal für immer. Für immer.« Victor Ramsey, VR, ach ja, der Nebel in meinem Hirn lichtete sich und ich erkannte den alten Freund ihrer Mutter, den Photographen, ihren Geschäftspartner. Der? Wie unmöglich. Aber sie sprach noch: »Asgar, hör bitte zu. Hör zu. Du und ich müssen Lebewohl sagen.« Etwas milder fügte sie hinzu: »Nein, nicht weinen.«

Ich war machtlos dagegen. Du wirst meinen, ich sei ein derart schlichtes Gemüt, dass ich weinen musste, weil man mir nicht meinen Willen ließ, meinen Daseinszweck. Ein Kind, ein Wahnsinniger, heulend. Aber das stimmt nicht. Ich weinte, weil ich sie liebte, sie liebte, obwohl sie in unserer Ehe zu einer Besucherin verblasst war, zu einer Nebenrolle mit wenigen Kurzauftritten, ich liebte jeden einzelnen. Dich im Ankleideraum seufzen zu hören, Alice, wenn du dich in ein altes Kleid zu zwängen versuchtest. Wieder einmal eines deiner versehentlich in die Wanne getunkten und verdorbenen Lieblingsbücher unter dem Wörterbuch zu finden, wo du es hingepackt hattest, damit es nicht aufquoll. Hinter einem Stuhl einen deiner schlangengehäuteten Strümpfe zu entdecken, Zeichen, dass du noch Teil meiner Welt warst. Deine Küchensingstimme. Dein Lachen. Diesen albernen Klang. Ach, Alice, ich musste das festhalten.

»Alice«, sagte ich. »Ich bin nicht ganz bei mir heute. Ich könnte etwas sagen, das alles verändern würde, nicht wahr? Du würdest bleiben, wenn ich es sagte, Alice. Aber ich kann nicht richtig denken, um mich ist Nebel, also musst du darauf kommen. Hilf mir, Alice, was kann ich sagen? Lass uns nachdenken. Ich weiß, es sind nicht mehr als zehn Wörter, und keine langen. Welche sind es nur?«

Du hattest die Hand schon am Hut. »Wir sind Fremde, Asgar. Es gibt nichts zu sagen.«

»Doch, doch, Alice. Ich muss es versuchen. Das Leben ist sehr kurz.« Ich verließ mein Bett, vor Elend fast rührend, und setzte mich neben dich. Zucktest du zurück? Ich glaube, du hörtest mir zum ersten Mal zu. »Alice, wenn ich wieder gesund bin, bringe ich dich fort aus diesem Haus, aus dieser Stadt, fort vom alten Max. Du hast Recht, ich bin nicht Max. Das war das Fieber, verzeih mir, Alice. Oder verzeih mir nicht. Noch musst du mich lieben, vergiss das alles. Wir können um die Welt reisen. Du bist Sinn und Zweck meines Daseins. Hörst du mich? Nicht ganz die Worte, die ich meinte, aber fast. Alice, du wirst nie wieder jemanden wie mich finden, das weißt du. Nicht wahr?«

Sie sagte es voll Trauer: »Ja, Asgar, ich weiß es.«

»Siehst du? Alice, du musst bleiben.«

»Nein. Ich will die Wahrheit sagen. Ich weiß ... nicht mehr, wer du bist.«

»Aber natürlich weißt du es! Ich bin's, Alice.«

Sie schüttelte den Kopf, und ich sah Tränen schimmern.

Das Dunkel drückte mir auf die Augen. Ich beugte mich vor, dämpfte meine Stimme. »Du musst bleiben, ich sterbe sonst, du hast ja keine Ahnung, oder?«

»Asgar, rück ein Stück ...«

Es geschah etwas Schreckliches, aber ich war zu fiebrig, um es zu verhindern. Ich höre mich noch flüstern: »*Bleib, Alice, bitte bleib bei mir, bitte bleib, bitte.*« Pulsende Schwärze, Teerblasen – wieder fehlen Sekunden –, dann Küsse. Ich weiß noch, dass ich mir einbildete, einen Rest Liebe für mich zu spüren, ein letztes Verlangen nach ihrem jungen Ehemann, und meine fiebernden Sinne erkannten, dass das All keine endgültige Form kennt, dass wir uns wandeln können, wenn uns genug daran liegt, und da nahm ich sie, auf unserem Bett, mein Gesicht eine Handbreit von dem ihren, keuchte *Bleib, bleib, bleib*, bis meine heißen Tränen in ihre offenen Augen fielen.

Ich habe dich gewarnt. Ich bin ein Ungeheuer.

Sie sagte kein Wort, danach, als sie auf dem Bett saß und ihr Kleid zuknöpfte, auch nicht, als sie ihren Mantel anlegte und in den Spiegel schaute. Ein kleiner Finger brachte die Lippen in Ordnung. Eine Hand stieß die tödliche Nadel in den Hut.

Ich sagte: »Alice.«

Sie sagte: »Versuche nie, mich zu finden. Versuche nie, mich wiederzusehen.«

»Alice.«

Sie stand einfach mit dem Gesicht zur Tür da. In meinen Albträumen meißle ich endlos an einer Statue meiner Frau in genau dieser Haltung, mit dem Rücken zu mir. Ihr Gesicht werde ich nie nachschaffen können. Ohne sich umzusehen, schritt sie durch die Tür ihrem neuen Leben entgegen, und ich verlor sie diesmal für immer.

Nicht ganz, natürlich. Ich habe das Schicksal bezwungen, denn da ist sie: liegt in ihrem weißen Badekostüm mit dem kurzen angedeuteten Schoß neben mir und seufzt zur Radiomusik. Sie hat sich auf ihrem Liegestuhl eben umgedreht, und Striemen überziehen die ungebräunten Partien ihrer fraulichen Schenkel, den herzförmigen Ausschnitt im Rücken, und ich möchte sie alle berühren und die Röte wegzaubern, sie von meiner schönen Alice wischen. Sie schwitzt etwas in der Hitze. Sie ist mit gut fünfzig schlanker, als sie es mit vierzig je war.

»Sammy, reich mir doch bitte mein Glas«, sagt sie, aber Sammy ist zu hoch oben im Baum. »Mom!«, brüllt er, »guck mal!« Sein kleiner Vater sieht lächelnd zu; seine Mutter rückt ihren Sonnenhut zurecht und kneift die Augen zusammen. Das Radio tönt: *Button up your raincoat! When the wind blows free!*

Alice, du singst: »*Take good care of yourself!*«

Und ich stimme im Jungensopran ein: »*You belong to me!*«

Weißt du, was ich getan habe, als du mich verlassen hast, Alice? Weißt du, warum es ein Wunder ist, dass ich mit meinen Comics und meinem Kaugummi hier neben dir sitze? Denn ich wollte sterben, und um den Tod zu finden, gab ich mich als junger Mann von zweiundzwanzig Jahren aus und ging zur Armee. Ja, doch, Alice, ein Mittvierziger, der nicht wusste, dass in seiner verschwundenen Frau heimlich ein Sohn heranwuchs. Ich ließ mich schinden, bis ich stumpf wurde. Dann, einen Monat später, ging mein Wunsch in Erfüllung und ich bekam einen Vorgeschmack auf den Tod. Ich zog in den Krieg.

Alice, dein Glas steht hier neben mir, reifüberzogener Gin. »Ich geb es dir«, sage ich und reiche dir das kalte, vor Eiswürfeln klirrende Ding.

»Danke, Schatz.«

Du nimmst das Glas, und meine Finger sind nass. Ein Schluck, und du seufzst, zwinkerst mir zu und kehrst zu deiner Sonnensiesta zurück. Später, denke ich, wenn die Sonne gesunken ist, wirst du vor dem Spiegel deinen Badeanzug ausziehen und die neuen Streifen bewundern – Gezeitenzone deiner kusshungrigen Haut.

»Kalt«, sagst du und reichst mir das Glas zurück. Ich öffne meine Brust und stelle es ab, wo mein Herz sein müsste.

TEIL VIER

1. SEPTEMBER 1930

Sammy, ich schreibe bei Mond- und Leuchtkäferlicht, weit weg von unserem Heim mit seinen exzentrisch modernen Geräuschen, weit weg von Buster (der bestimmt jault), weit weg von der sommerlichen Ereignislosigkeit daheim. Ich schreibe am Ufer eines gurgelnden Flusses. Der Mond gleicht einer weißen Hexe. Meine Familie ist bei mir, alle schlafen, meine Frau und mein Sohn, Mutter und Bruder, und noch einer. Jetzt weint mein Jungengesicht, ich muss warten, bis es aufhört. So. Wir *zelten.*

Als Alice vor ein paar Wochen von dieser Idee sprach, war ich überglücklich. Ich dachte, es würde eine weitere – vielleicht die letzte – Gelegenheit sein, mich in die Geborgenheit meiner Familie zu hüllen. Ich sah uns zusammen Feuer machen, singen und an langen, geschnitzten Stöcken Würstchen braten, die Augen zusammenkneifen, wenn der Rauch herüberwehte, lachen, flüstern, wenn wir Stadtkinder glaubten, einen Bären rumoren zu hören (die in diesem harmlosen Staat ausgerottet sind). Ich stellte mir dunkle Nächte im Zelt vor, in denen wir uns gegenseitig vor Kichern wachhielten, wir drei. Und im Dunkeln hoffte ich fast so tun zu können, als sei ich wieder ein Mann, ein Vater, der neben Frau und Sohn liege, während über unseren Köpfen lautlos Eulen jagten, Kröten meckerten und der Mond wie ein Fleck auf dem Zeltdach lag. Im Dunkeln ist uns beinahe das Leben möglich, das wir uns wünschen.

Es kam anders.

»Rodney soll mit«, sagte mir Sammy, als wir am Vorabend für unsere Tour packten. Unsere Kleine-Jungen-Wäsche trug in Alice' Tintenschrift unsere Namen. Ich strich mit dem Daumen über die drei schwarz ausgebluteten Buchstaben.

»Wer?«

Er warf mir einen der ärgerlichen Blicke zu, die er so oft auf mich abschießt. »Rodney. Dein Arzt, Rhinozeros.«

»Nein!«

»Doch. Er fährt den Wagen. Das Ganze ist seine dusslige Idee, und ich finde, sie stinkt.«

Ich hätte die Zuneigung bemerken müssen, die du, Alice, zu meinem Dr. Harper – du weißt schon, der harmlose Quacksalber, der meine Knochen deutete – gefasst hast, aber ich war zu sehr mit diesem Heft beschäftigt und damit, so viel Zeit wie möglich mit meinem rastlosen Sohn zu verbringen. Es hat natürlich Abende gegeben, an denen du stundenlang außer Haus warst und uns der Obhut von Nachbarn überließt. Rückblickend wird mir klar, dass du diese Stunden mit Dr. Harper verbracht hast. Seinetwegen hast du so lange überlegt, was du anziehen sollst, hast dein himmelgraues Haar tönen lassen, ein gewinnendes Lächeln geübt.

Das wichtigste Indiz war allerdings deine Cocktailparty. Ich hatte das Glück, dir (mit andächtig zitternden Händen) mit dem Reißverschluss helfen zu dürfen, und dann sah ich dir dabei zu, wie du zu dunklen Lidschatten und Lippenstift auftrugst und dich in eine für meinen Geschmack zu moderne Frau verwandeltest. Sammy und ich wurden ins Bett geschickt, den Rest habe ich also nur durch die Stäbe des Treppengeländers verfolgen können: Nachbarn, die in fröhlich lärmenden Buketts eintrafen, gefolgt von einigen murrenden pensionierten Lehrern, und schließlich Dr. Harper mit dem indianischen Zigarettenreklamegesicht, der einen Strauß Rosen mitbrachte und einen Teddybär und dich auf meine Lieblingswange küsste. Du hattest vergessen, das Grammophon anzukurbeln, also musste ein Nachbarherr ran. Tanzmusik, die mir nicht behagte. Aber ich sah ihn unter der Treppe mit dir flüstern, meinen Dr. Harper. Ich sah deinen Augenaufschlag, sah dich lachen, seine Krawatte berühren. Vor langer Zeit hast du mich so begehrt.

Also fuhr Dr. Harper morgens früh in einem mit Zeltausrüstung beladenen Oldsmobile vor – er scheint ein großer Freund solcher Unternehmungen zu sein –, und seine Hupe trötete altmodisch. Ich musste zu meinem Sohn auf den Rücksitz, während sich vorn die Erwachsenen so leise über Bücher und Kunst unterhielten, dass ich nichts mitbekam und folglich die ganzen sonnigen Meilen bis zum Lagerplatz schmollte. Dort verkündete ich, dass Mutter bei mir und Sammy schlafen müsste.

»Ach, Mensch!«, sagte Sammy.

Harper: »Ich könnte mir vorstellen, dass eurer Mutter ein eigenes Zelt lieber ist, oder, Alice?«

Alice, du hast mit einem Lächeln an deinem Tennisarmband genestelt – dachtest du dunkel an den, der es dir an einem hoffnungsfrohen Hochzeitstag geschenkt hat? »Ja, das wäre fein«, sagtest du.

Harper: »Ihr zwei werdet auch so Spaß haben, oder nicht?«

Sammy: »Nicht, wenn das Rhinozeros wieder ins Bett macht.«

Ach, etwas mehr Nachsicht mit alten Herren.

Harper: »Dann lasst uns mal euer Zelt aufbauen, Männer. Seht ihr die Pflöcke da? Zähl sie doch bitte für mich ab, Kumpel, ja? Und du, Sammy, grab mal die Steine da aus.«

Der Tag drauf war haarsträubend. Zuerst gab es zum Lunch ein Picknick – aber erst, nachdem die »Jungs« genug Feuerholz für einen Blockhüttenwinter angeschleppt hatten –, und dann mussten wir ungefähr fünf Stunden angeln. Wahrscheinlich gut gemeint, wunderbar friedlich und sommergrün, aber es machte mich fast krank, an einem Flussufer zu sitzen und meinen eigenen Kinderarzt meinem Sohn Angeltipps geben zu hören. Dass Harper ein großer Sportsmann war, ich hingegen als Stadtkind und Missgeburt so hilflos, als wäre ich tatsächlich erst zwölf, machte das Ganze natürlich nicht besser. Nach einer halben Stunde kam mir Harper zu Hilfe.

»Wie läuft's denn?«

»Die Fische und ich haben Waffenstillstand geschlossen.«

»Das heißt?«

»Nichts.«

»Also, da, wo du die Leine hast, ist es auch ziemlich flach – wie wär's da drüben? Ja, gut so. Du machst das großartig. Nichts dabei. Braucht nur Geduld, viel Geduld.«

Ich sah in sein großes, gütiges, zerklüftetes Gesicht hoch und dachte: *Von Geduld verstehe ich mehr, als du dein Lebtag lernen wirst.*

Er legte mir eine große Hand auf den Kopf, ich spürte ihr Gewicht, ihre Wärme. Darin lag ein Trost, den ich zu ignorieren versuchte.

»Ha! Ein Naturtalent«, sagte er leise. »Hat dich dein Vater zum Angeln mitgenommen?«

»Nein, Doktor.«

»Alice sagt, er war ein guter Mann.«

»Das war er.«

»Ich wollte dir sagen, wie leid mir tut, was passiert ist.«

Ich nickte und starrte in den Fluss, der silbrig vorbeizog wie die Walze in einer Spieldose.

»Ich wollte dir sagen, dass Alice dich sehr gern hat«, sagte er. Irgendetwas an seinem Tonfall erinnerte mich an den alten Hughie; ich fragte mich, ob die Ähnlichkeit Alice wohl aufgefallen war. »Sie betrachtet dich als Sohn, weißt du. Genau wie Sammy.«

»Wirklich?« Ich konnte das Gran Hoffnung in meiner Stimme nicht verhehlen, die so gut zur Jungenrolle passte, die ich spielte.

»Alice liebt dich sehr.«

Meine Schnur schlingerte in wilden Lichtschlaufen durchs Wasser. Alice liebt dich. Was ich mein halbes Leben hatte hören wollen, wurde mir von ihrem Liebhaber dargeboten.

Später, nach den in ihrer Alufolie verkohlten Frikadellen und den in der Mitte noch ungaren Kartoffeln, erzählte uns Harper angestaubte Gespenstergeschichten, dass Sammy das flaumige Haar an den Armen hochstand, und Alice ließ uns ein paar ihrer Lieblingslieder singen – ich schmetterte das gute alte *Goober Peas!* aus vollem Kinderhalse, um dir zu zeigen, dass ich den Text auswendig kann –, und dann glotzten wir in die Flammenpaläste des Feuers, bis es Zeit war schlafen zu gehen.

»Gute Nacht, meine Engel«, sagte Alice lächelnd, als sie ein letztes Mal zu uns ins Zelt schaute. Von hinten beschien sie das Lagerfeuer bis in ihre Augenwinkel. Sie küsste uns mit federleichten Lippen auf die Stirn – meine Lider zuckten fiebrig –, dann ging sie und zog den Reißverschluss zu einem glimmenden Dreieck zu. Es wurde still, während wir Alice und den Doktor hier und da am Feuer lachen hörten, dann, wie etwas entkorkt wurde, Geflüster. Das Feuer bellte und knurrte und schwieg.

»Wie findest du Harper?«, flüsterte ich verzweifelt.

Sammy, du hast eine Zeit lang unter den langen Spiralen zerfransten Lichts von Mond und Lagerfeuer stumm im Dunkeln gelegen. Ich hörte deinen komischen Jungenatem und das *Ritsch, Ritsch* deines an der Zeltplane schabenden Fingers.

»Weiß nicht«, hast du gesagt.

»Ist er ein Rhinozeros?«

»Neee. Weiß nicht. Ich mag Doktors nicht besonders.«

Bittere Hoffnung. Ich sagte: »Pah, ich mag sie überhaupt nicht.«

Da hast du gelacht. »Pah! Pah!«, äfftest du mich schrill nach. »Wie ein Opa. *Du* bist das Rhinozeros.«

»*Du* bist das Rhinozeros«, rief ich und verpasste dir einen mit dem Verbandskasten.

Dein blutrünstiger Freudenschrei.

Von draußen die Stimme meiner Ex-Frau: »Na-na, was ist da los, Jungs?«

Bald hörte ich deinen Atem nach unserem erstickten Kichern immer schläfriger röcheln, und obwohl der Vater in mir dich schlafen hören und dem Klang deines Atems lauschen wollte, der der Schatten deiner Träume ist, musste ich die Gelegenheit nutzen. Die Zeit arbeitete gegen mich, ich würde vielleicht nie wieder an einem sommersprossigen Ohr wispern können: »Sammy?«

»Hm?«

»Wie war dein Vater?«

»Weiß ich nicht. Hab ihn nie kennen gelernt.«

»Aber was sagt deine Mom?«

»Sie redet von Ramsey, als wär der mein Vater gewesen, den hast du nicht kennen gelernt. Er war so vier Jahre bei uns. Ich kann mich so ein bisschen erinnern, Mom sagt, er hat mir das Schwimmen beigebracht. Ich weiß nicht. Aber wir sind weggezogen, als ich noch klein war. Er ist sowieso nicht mein richtiger Dad. Er war nur so ein Kerl, den sie geheiratet hat.«

Ich war so froh, es zu hören; es machte ihren Verrat so klein, wenn Victor Ramsey einfach »so ein Kerl« war und nicht der, der meine Ehe zerstört hatte. »Aber wer ist dann dein wirklicher Vater?«

»Ich kenne nur den Namen. Ich soll nicht über ihn reden.«

»Warum denn nicht?«

»Weiß nicht. Ich glaub, sie hat vielleicht Angst vor ihm«, sagte deine unschuldige Stimme im Dunkeln. Dann wurde sie munter und hell: »Oder vielleicht – könnte ja sein, dass er jetzt einen anderen Namen hat. Vielleicht ist er berühmt, ein Filmstar oder so, ich hab letztes Jahr *Die eiserne Maske* gesehen mit Douglas Fairbanks und der Szene im Schloss mit dem Degen, hast du ihn gesehen?

Den hab ich gesehen, und ich glaube, vielleicht ist das mein Dad. Nur dass er so berühmt ist, dass die Leute nichts wissen sollen. Also hält Mom dicht, oder vielleicht weil er eines Tages kommt und mich sucht, weißt du, mich nach Hollywood mitnimmt und mir ganz viel Geld gibt. Nur muss es geheim bleiben. Weil er doch so berühmt ist.«

Wir saßen im Schattenspiel des Walds. Schließlich sagte ich: »Glaubst du?«

»Klar, mein Dad ist ein Mordskerl«, hast du dich beeilt zu sagen. Und hinzugefügt: »Nicht wie Ramsey.«

Draußen war Gelächter zu hören, das Knacken des Feuers.

»Oder Harper«, sagte ich.

»Vielleicht.«

»Was wäre, wenn dein Dad dich holen kommt?«

Keine Antwort zunächst. »Weiß nicht.«

»Und wenn er so was mit dir machen würde, zelten?«

»Mensch.«

Sehen konnte ich dich nicht, aber wir lagen so dicht beieinander an diesem Abend, dass ich dich unter dem Schwall Lagerfeuerrauch und verkohlten Kartoffeln roch: ganz Milch und Apfelschweiß. Du hast dich gewälzt, und ich hätte gern das kurze Stück Dunkel überbrückt, deine Schulter gefasst und gesagt: *Ich bin ja da, ich bin gekommen, es ist alles gut.* »Sammy, und wenn er jetzt sofort käme?«

»Halt's Maul«, hast du gesagt, ziemlich laut. »Rhinozeros, halt einfach das Maul.« Dein Atem ging schwer, und da wusste ich, dass ich zu weit gegangen war. Ich sagte nichts mehr, aber wie jedes Tier mit Jungen witterte ich dicke Luft. Sammy, ich roch deine Tränen.

Als du eingeschlafen warst, und schon länger nur das Gemurmel und die Seufzer zu hören gewesen waren, die du im Traum wie ein Hund von dir gibst, bin ich hierher an den Fluss gegangen. Das Feuer brannte längst nicht mehr, glimmte nur schwach unter dem Aschegrab, die Erwachsenen waren weg und hatten als Spur nur Alices Slipper, eine verbotene Flasche und zweierlei Gläser zurückgelassen. Ich sah einen Hirsch mit mondglasiertem Geweih ans Ufer treten und trinken. Ich hörte das Platschen eines schlaflosen Fischs. Dann, während ich in den Himmel hochsah und mich fragte, wie ich meinem Sohn nur ein Vater sein könnte, wie ich das Gift aus dem Schlangenbiss seines Lebens saugen könnte, bemerkte ich eine neue Nachtbewegung, die mir den Atem nahm. Es war ein Mann, er schlüpfte aus seinem hellen Zeltfleck. Dr. Harper im Schlafrock.

Ein Stolpern, ein Fluch, dann tastete er sich zum fernen Zelt hin, dem meiner Alice. Sammy, du hast geschlafen, als der Doktor den Fetzen Tür aufratschte und raunte, als das alt-junge Lachen erklang, als er zuversichtlich das Kreuz durchstreckte, eintrat und den Reißverschluss zuzog. Du hast die Indiskretion deiner Mutter verschlafen. Aber ich, der alte liebende Ehemann, musste jedes Auflachen und Flüstern unter dem verhexten Mond hören. Und ich weinte.

Weil dies eine Liebesgeschichte ist, erspare ich dir die Bomben und zerfetzten Schädel. Es gibt vom Krieg nichts zu erzählen. Bei der Musterung überzeugte ich als junger Mann, und weil ich den Tod nicht fürchtete, hielt man mich irrtümlich für tapfer. Ich wurde mit den ersten Truppenverbänden nach Frankreich geschickt, und es mag als Beweis für eine gottlose Welt gelten, dass jeder der jungen Männer, die mir dort begegneten, jeder arme normalsterbliche Junge dort auf den Schlachtfeldern verendete oder verstümmelt wurde, während ich – Teufel der Schützengräben – mit Narben davonkam, die ich heute als Windpocken ausgebe. Qualm und Augenbrennen und schreiende Jungs ohne Kiefer. Es gibt über den Krieg nichts zu sagen. Als er vorbei war und ich noch erschütternd am Leben, unversehrt, mein Blut dick wie Dieseltreibstoff, landete ich in einem Londoner Lazarett, wo ich traurige Nachrichten von Hughie erhielt. In Kalifornien waren Tausende einer Grippeepidemie zum Opfer gefallen, darunter sein Sohn Bobby und meine Mutter.

Wie sollen wir uns selbst vergeben? In unserer Kindheit wachen unsere Eltern so sorgsam über uns, kein erster Schrei, kein erster Schritt, kein erstes Wort soll ihnen entgehen, sie lassen uns nicht aus den Augen. Aber wir wachen nicht über sie. Sie enden einsam – selbst die, die an unserer Seite leben, sterben einsam –, und nur selten kriegen wir ihre Meilensteine mit: den letzten Schrei, bevor das Morphium wirkt, den letzten Schritt, den sie gehen können, das letzte Wort, ehe sich die Kehle verschließt.

Und doch fühle ich ihn, den Sturz des Herzens ins Bodenlose – die Welt würde ich spalten, wenn ich könnte, meine Knochen verkaufen, um sie zurückzuholen –, denn obwohl sie mich als Kind wiegte, durfte meine Mutter mich nie als Jungen sehen.

Der Tod meiner Mutter bedeutete das Ende meines Verstands. Ich verschwand in einem inneren Wirbelsturm, und die Army entließ mich, nur um mich zwei Jahre lang in eine Veteranenanstalt zu sperren, die Goldforest House hieß. Für mich womöglich der behaglichste Ort auf der Welt. Die Insassen dort nannten mich »den Alten« und glaubten meine Geschichte unbesehen, die Ärzte hingegen nicht, sie setzten mich erneut in der Welt aus. Das Vermögen meines Vaters erlaubte mir Reisen in alle Welt, aber schließlich wurde mir langweilig und ich kehrte heim. Ich gab mich als Neunzehnjähriger aus und besuchte ein College in Rhode Island, fand es aber roh und hinterwäldlerisch (zweimal wurde ich verprügelt, weil ich versäumt hatte, mich standesgemäß als Freshman zu kleiden) und machte keinen Abschluss. Ich landete schließlich wieder in San Francisco und mietete ein Zimmer in einer billigen Absteige, wo mich niemand finden oder belästigen konnte. Ich wurde jung und blond, aber mein Herz wollte nicht wieder genesen. Ein Flossentier am Grund eines schwarzen Sees, das auf den Tod wartete, das letzte seiner Art. Das war es, was Hughie 1929 fand.

Armer Hughie, der den Abfall und die mit Papierfetzen übersäten Straßen durchstöberte, wo ich gelandet war, nämlich Woodward's Gardens, dem irischen Viertel, wo einst mein geliebter Vergnügungspark gelegen hatte. Inzwischen alles andere als großartig oder grün, bestand dieses Ödland aus Mietshäusern und Wäscheleinen, ein paar Suppenküchen, die keinen Alkohol ausschenkten, einem Kellerschuppen, in dem es ihn gab, und Trambahnen voll Menschen auf dem Weg in den Rec Park zu einem Baseballspiel. Dort hatte ich mich verkrochen, weil ich unter allen Orten, an denen ich überhaupt noch hätte leben können, am liebsten wieder in der alten Palisadengrube war, wo Splitnose Jim seinerzeit für eine Erdnuss einen Pfahl hinaufkletterte und mir zuliebe seinen staubigen Pelz kratzte. Manchmal, in meinen Nachkriegsträumen, war ich es und nicht Jim, der eines Morgens aus seiner Höhle einem Deutschen mit Gewehr entgegenwankte.

»Max!«, hörte ich es ein paarmal rufen, dann hinter der Tür eine unentwirrbare Unterhaltung, bevor ein Kristallklimpern klarmachte, dass meine Zimmerwirtin Mrs. Connor, deren Busen zu mager war für ein Herz, mich verraten hatte.

Ein leichtes Schaben, ein Spalt in der Tür. Gemurmel (über die Höhe der Bestechung, vermutlich), das Rumpeln umgetretener Flaschen – nein, nein, so schlimm war es nicht. Ich hielt meine Höhle blitzsauber, und der einzige Gin im Haus lag warm wie ein Haustier bei mir im Bett, wo ich ein Kreuzworträtsel löste. Am Morgen hatte ich davon getrunken, aus einer Kaffeetasse, die nun auf dem Tisch stand; ich bin ein ordentlicher Säufer. Stampfen von Stiefeln, und herein trat mein bester Freund.

»Immerhin bist du nicht tot«, meinte er und blieb klapperdürr und kahl in seinem langen Tweedmantel stehen.

»Hughie, hau ab.«

Er trat näher. »Ich dachte: Die vielen Reisen, und dann ausgerechnet die Türkei, das wäre das Ende. Ich dachte, man hätte dich erschossen. Aber offenbar willst du lieber hier sterben.«

»Genau.«

»Max, das ist läppisch.«

»Raus. Ich erwarte eine Dame.«

»Ach, tatsächlich?«

Es war wirklich so. Nicht eifersüchtig werden, Alice, aber es gab in jenen Tagen ein sympathisches junges Ding, das sich gern mit mir die Zeit vertrieb – erstaunlich klug und gut gekleidet, mit Zelluloidbeinen und einem Lachen wie ein Puma. Ich würde ja zum Schutz ihren Namen ändern, wäre ich mir nicht ziemlich sicher, dass sie nicht mehr lebt; trotz ihrer vielen Reize war sie nämlich Gelegenheitsmorphinistin und die Haut zwischen ihren Zehen mit Nadelstichen tätowiert. Sabina kam gern gegen zwölf vorbei, um mit mir Kreuzworträtsel zu lösen, mich vielleicht aus dem Bett zu hieven und mit mir zu tanzen, aber so gegen zwei wurde sie ihrer Eltern wegen weinerlich – sie hatte einen reichen Vater, dem sie das Herz brach – und musste raus und sich ihr Gift besorgen. Dann sah ich sie meist tagelang nicht mehr, oft eine Woche. Ich gab ihr etwas Geld. Sie war jung und nahm mir mein wahres Alter nie ab. »Ha! Du bist ja noch ein halbes Kind«, krächzte sie und schnorrte eine Zigarette. »Man könnte mich verhaften, Kindchen!« Sie liebte mich nicht. Sie war zu verkracht.

Ich sagte: »Sie würde dir gefallen.«

Er lachte und warf sich neben mich aufs Bett. Draußen vorm Fenster hörten wir Jubel. Ein Spiel der Seals im Rec Park. Er sagte: »Her mit dem Gin.«

»Das ist Kaffee.«

»Der Flasche.« Ich gab sie ihm; er streifte seine Schuhe ab und nahm einen ordentlichen Schluck.

Das Haar, das Hughie geblieben war, war rotgrau und schien kaum noch zu dem blassen Gesicht zu gehören, aber darin hatte Hughie eben Glück: Da er ohne besondere Vorzüge, ohne Anmut geboren worden war, konnte die Zeit ihm fast nichts anhaben. Während wir an schönen Menschen den Teint oder die Augen in Erinnerung behalten – weshalb uns erschüttert, wenn sie mit sechzig zu Sand verwüstet sind –, machte für mich nichts von alledem Hughie aus, sondern wie er sich gab. Das Runzelzickzack auf seiner Stirn blieb dasselbe, ob eingegraben oder nicht, und sein nachdenkliches Schmatzen störte genauso, wie es mich an dem Jungen gestört hatte, auch wenn seine Lippen täglich schmaler wurden. Wenigstens unschönen Menschen ist das Alter gnädig.

»Wo hast du das Zeug her?«, fragte er und reichte die Flasche zurück.

»Selbst gebrannt. Kartoffelschnaps vom Schwarzbrenner aus der Blechdose. Anderthalb Gallonen destilliertes Wasser dazu, Wacholderbeeren und eine geheime Ingredienz. Also gut: Ingwer. Ziehen lassen. Mein Hausrezept.«

»Bah, furchtbar.«

»Stimmt, er taugt nicht. Ach, ich muss dir was erzählen, Hughie.«

Aber er hörte mich nicht. »Du weißt, dass ich nicht mehr arbeite, Max?«

»Verrückt. Du bist zu jung.«

»Ich bin nicht zu jung. Ich bin einfach fertig damit. Abigail ist wieder zu ihrer Mutter gezogen, nach Bobbys Tod war das eine Erleichterung. Mich hält hier nichts mehr. Ich denke an eine Farm irgendwo weiter im Norden. Mit Hühnern. Klingt doch nett.«

»Hühner? Davon höre ich zum ersten Mal.«

»Wir haben uns Jahre nicht gesehen, Max.«

»Tja.«

»Mary ist tot«, sagte mir Hughie.

»Die alte Mary?«

»Madame Dupont höchstselbst.«

»Der Gedanke war mir nie gekommen. Natürlich muss sie inzwischen tot sein.«

»Aber achtzig ist sie geworden, heißt es.«

»Sie hat immer gesagt, sie ist vierundsechzig.«

»Die gute alte Mary.«

»Weißt du, was sie zu mir gesagt hat?« Ich erzählte es ihm und ahmte ihre Krötenstimme nach: ›Ich dachte, die Zeit arbeitet für niemand.‹ Hat sie gesagt.«

»Jedenfalls nicht für sie. Wir müssen dich hier rausholen«, sagte er.

Wir hörten nebenan Stimmen murmeln, dann plötzlich schrappten Stühle, und es wurde ein Streit aus runden, unentzifferbaren Vokalen daraus, der ebenso plötzlich zu einem plätscherndem Strom verebbte. Hughie und ich unterhielten uns noch eine Weile über anderes von damals, andere Veränderungen der Welt. Dann sagte ich: »Ich habe eine gute Geschichte für dich, Hughie. Ein Mädchen, das ich in Spanien kennen gelernt habe. Das glaubst du nie.«

»Erzähl.«

»Ich bin ihr in einem kleinen Dorf begegnet. Ein kleines Dorf, ich bin dort in einem Wirtshaus abgestiegen. Mit so einer amerikanischen Bar, und niemand darin außer diesem kleinen Mädchen. Braun gebrannt, Zöpfe, Erdbeermund. Wirklich klein noch, ungefähr zwölf.«

»War das kürzlich erst?«

Ich sprach leise weiter, flüsterte fast. »Es ist eine Weile her. Zwölfjähriges Mädchen, das sich an der Bar einen Schnaps genehmigt, und weißt du, was ich dachte?«

»Was denn?«

»Als sie mich ansah. Mich irgendwie taxierte, nicht wie eine Hure, sondern wie eine alte Frau. Da dachte ich: *Die ist wie ich.*«

»Max …«

»Ehrlich, ich habe gedacht, es gibt noch jemand wie mich. Dort in dem Kaff. Es lag einfach an der Art, wie sie guckte, schwer zu beschreiben, in ihren Augen glomm ein Funken Hass. Und ich glaube, sie wusste, was mit mir ist. Ich bin mir sogar sicher. Sie muss so um die sechzig gewesen sein.«

»Hast du mit ihr gesprochen?«

»Ich habe es versucht. Stell dir vor, sie hat mir einen ausgegeben. Aber ich verstand die Sprache nicht, es war nämlich kein Spanisch, und sie konnte kein Englisch. Der Barkeeper behandelte sie komisch, mit Hochachtung, aber auch, als fürchtete er sich vor ihr. Ich glaube, im Ort wusste man über sie Bescheid, ich stelle mir vor, dass man sie von einer alten Frau zu einem kleinen Mädchen hatte werden sehen. Und dass sie die Dorfhexe war. Weißt du, wie ich, nur eben Hexe. Und sie sah mich einfach immerzu so traurig an, nach dem Motto: Werd bloß nicht alt wie ich.«

»Also Max, ich weiß nicht.«

»Wir haben ein paar Gläser miteinander getrunken, konnten uns aber nicht verständigen, obwohl sie mir dauernd was sagte. Ich glaube, sie wollte mit auf mein Zimmer gehen. Es tat mir so leid, hier ich, äußerlich ein junger Mann, da sie, um die sechzig, und wer weiß, wann ein Mann sie zuletzt geliebt hatte, wann einer sie noch lieben würde. Wer liebt in einem abergläubischen katholischen Dorf schon die Hexe? Blühte mir dasselbe? Ich kam mir so schäbig vor. Als müsste ich sie erlösen.«

»Sag bloß, alter Knabe ...«

»Bett? Nein, das nicht. Schließlich hätte es ja tatsächlich eine zwölfjährige Hure sein können. Ich bin gegangen, es war so traurig. Bis auf ihren Blick; ich muss immer dran denken. Verstehst du: Werd bloß nicht alt wie ich.«

»Ich hol dich hier raus, Max.«

»Ja?«

»Ja.«

Es war das Hummelbrummen eines Flugzeugs zu hören. Zwei Radioempfänger lieferten sich durchs offene Fenster ein Duell – eine traurige Farbige und eine launige Blechkapelle –, dann vereinigten sich beide wundersam zu der einen, leicht zeitversetzten Seifenpulverreklame: *Juckt nicht, kratzt nicht.* Die Sonne beschien zwei gintrinkende Endfünfziger. Es fühlte sich sehr nach Lebensende an. Und das hätte es auch sein können, oder jedenfalls das Ende unserer Geschichte, wäre nicht Hughie gewesen.

Er sagte: »Max, ich habe dir was mitgebracht.«

Aus seiner Tasche kam ein kleiner Umschlag zum Vorschein, er warf ihn mir auf die Brust. Der Umschlag war quadratisch und weiß, aufgeschlitzt und an den Ecken leicht schmuddelig. Ich las einen Absender ohne Namen in Massachusetts und ein Datum, das fast ein Jahr zurücklag.

Hughie,
alter Freund. Du hast sehr lange nichts von mir gehört. Womöglich erinnerst du dich nicht einmal an

mich. Ich denke in letzter Zeit viel an Menschen von früher (so ist das, wenn man älter wird), und wie schlimm es ist, dass ich zu so vielen die Verbindung verloren habe. Das geschieht leicht, wenn man ständig umzieht, wie ich es getan habe. Ich hörte, dass du verheiratet bist und einen Sohn hast; genau genommen habe ich dich und deine Frau vor Jahren mal im Park gesehen, als ich mit meinem künftigen Mann dort spazieren ging. Du hast einen zufriedenen Eindruck gemacht. Gut. Ich bin es auch. Ich hatte drei Ehemänner, und zu keinem ist viel zu sagen, aber die Liebe bringt einen immer weiter, oder nicht? Aus der Ehe mit Asgar z.B. habe ich einen wunderbaren Sohn. Ein Wunder, in meinem Alter. Komische Vorstellung, nicht, Hughie, dass wir jeweils einen Sohn haben?

Ich weiß, es klingt seltsam, aber meinen hätte ich fast nach dir benannt. Ich wollte immer einen Hughie. Aber es gab in der Familie schon einen, und um keine Verwirrung zu stiften, wurde mein Sohn ein Sammy. Mir geht es gut allein, Mutter ist tot, und meinen dritten Mann habe ich verlassen und bin nach Massachusetts gezogen. Bitte schreib mir. Ich habe die schönsten Erinnerungen an unsere Zeit in South Park und ans Gewächshaus. Und alles Damalige duftet nach Rosen, nicht wahr? Wahrscheinlich bin ich alt und sentimental. Nun ja, wir sind beide alt, oder? Ich hoffe, du hast noch dein rotes Haar und dein Lachen. Das Leben ist kurz und Freunde sind knapp, also schreib mir.

Herzlich,

Mrs. Victor Ramsey (Alice Levy)

Mehr als eine Stunde sorgsam ausgeschenkten Gins und nüchterner Rede war nicht nötig, um Hughie zu überzeugen. War er etwa nicht in genau dieser Absicht zu Mrs. Connor gekommen? Hatte er nicht gesagt, er würde mich hier rausholen? Er lag auf dem Bett, ich tigerte auf und ab, riss Vorhänge auf und gestikulierte unter einer Sonne, die auch das wundersame Massachusetts beschien. Genau das Massachusetts aus dem Brief. Ich sprach von menschlicher Schwäche. Ich streifte das Thema Vergänglichkeit. Ein Sohn, ein geheimer Sohn, der Sammy hieß, und weil mein Körper jung war, behände und leicht, sprang ich im Zimmer herum wie ein Faun und erklärte, das Leben halte nur wenige Freuden bereit. Die Farm könne warten. Die Hühner könnten warten. Vorm Fenster sehe man, gemächlich geparkt, einen Chrysler vom zarten Blau sterbender Sterne, gut erhalten, Reifen in bestem Zustand. In ihm lasse sich eine Zeit lang gut leben. Die Nevadasonne werde sich in seinem Lack stachelig spiegeln wie Kaktus. Ich erinnerte ihn daran, dass das Führerscheinalter in den Staaten zwischen hier und Massachusetts lachhaft niedrig war. Denk an die Liebe, Hughie. Denk an einsame alte Männer wie uns.

Der Chrysler wurde liebevoll überholt, sein Innenraum und seine Fächer gereinigt, bis sie blitzten, die Rohre und Leitungen ganz legal mit seinen Lieblingsflüssigkeiten gefüllt, der Unterboden gefettet, bis er einen Schatten seiner selbst auf den Beton tropfte, der Wagen wurde hergerichtet wie ein Grandhotel bei Saisonbeginn. Hughie und ich ließen uns die Hüte nach der neuesten Mode umarbeiten. Wir holten meine alten Weidenkoffer aus dem Lager. Reisekleidung und Zeltausrüstung wurden besorgt. Das Handschuhfach wurde gegen Straßenräuber bewaffnet (Teddys Armeepistole, vergessen, als er Hughie schließlich verließ). Eine verschwiegene Kiste Schnaps wurde wie die Leiche eines Gangsters in den Kofferraum gebettet. Wir rasierten und parfümierten uns – damals waren Automobilreisen noch etwas für Herrenfahrer –, und setzten uns in das spacke Leder der Sitze. Nebel legte sich wie Tau auf die Haube und verdunstete über dem Motor.

»Ha, Max, das ist ein Leben!« Und los ging's.

Als Reisende waren wir hoffnungslos, Hughie und ich. Uns gingen oft Proviant oder Benzin aus, oder es bezauberten uns die lärchenhellen Wälder Montanas so, dass wir die Suche nach einer Bleibe bis zu bedenklich zwielichtiger Stunde hinauszögerten, wenn sich im Dunkeln nichts mehr regte als die Schreckgespenster unserer Phantasie. Nie hatten wir genug Wasser dabei. Immer zu viele Zigaretten (obwohl die Ladengehilfen sich nach der halben Strecke weigerten, an mich zu verkaufen, weil sie »wachstumsschädigend« sein könnten). Immer gab es an Trinkbrunnen zu viele interessierte Witwen in kirschroten Kleidern, die ganz unerhört mit Hughie flirteten und ihn nach seinem niedlichen Sohn fragten, der daraufhin mit einem Grinsen die schockierende Zigarette hervorzog. Zu viel Kaffee, zu wenig Schnaps. Zu viel Schlaf, zu wenig Schnappschüsse (keine, genau genommen). Keine Spur von Alice oder von Sammy.

Zunächst campierten wir männlich forsch auf freiem Feld. So herrlich, so urig, an knackenden, knisternden Lagerfeuern zu sitzen, von denen ich sagte, sie erinnerten mich daran, wie Hughie beim Fahren stündlich seine Fingerknöchel krachen ließ (exakt zur vollen Stunde!), und er, er denke dabei an mein geräuschvolles Atmen beim Schlafen. Aber es war verdammt hart, auf der Erde zu schlafen, und meist wachten wir in aller Frühe in dickem, sternlosem Dunkel auf, das uns beide zu Tode ängstigte. Noch war ich nicht Pfadfinder geworden, noch wusste ich nichts von den Geräuschen des Waldes, und hinter jedem fallenden Blatt lauerte ein Bär oder Jäger. Und Hughie fühlte sich beim Aufwachen steif und niedergeschlagen; er sei zu alt, meinte er. Also suchten wir die kleinen Blockhütten für Reisende auf, die neuerdings die Straßen säumten, größtenteils kahl, nach Insektengift stinkend und mit überweichen Doppelbetten ausgestattet, aber in denen schliefen wir traumlos wie auf hoher See.

Er sagte, ich hätte Albträume. Das erfuhr ich nach der ersten Reisewoche am nördlichen Ende des Skull Valley in Utah nach einer endlosen Fahrt durch braunrotes Gestrüpp und blaugespaltenen Himmel. Er sagte, ich riefe und weinte im Schlaf, er sagte, es klinge immer gleich und müsse wohl der Krieg sein. Ich weiß es nicht. Mein Verstand verschont mich, ich weiß von diesen speziellen Grauen offenbar nur, wenn ich schlafe. Er sagte, ich weinte immer so lange, bis er mich in den Arm nehme, mir übers Haar streiche, dann läge ich da wie tot.

Wir fanden die Adresse in Massachusetts, aber keine Alice. Eine hübsche blonde Frau kam an die Tür des kleinen Hauses (neu und weiß wie aus dem Sears-Katalog) und sagte, die beiden seien kürzlich weggezogen. »Die kauzige Mrs. Ramsey«, sagte die Frau schmunzelnd und deutete ins unmöglich dunkle Innere. »Die ganzen

Regale muss sie eingebaut haben.« Sie erklärte, sie hätte sie nur einmal gesehen, und zwar beim Auszug. Den Jungen Sammy, Kisten voller Bücher und gerahmte Photographien von nackten Frauen. »Verrücktes Huhn«, meinte die Frau zu mir und zog an ihrer Zigarette.

»Wissen Sie, wo sie hingezogen ist?«

Mit dem Bein verstellte sie einer Katze den Fluchtweg. Das arme Ding wand sich wieder ins Dunkel. »Mm-mmmm.« Das hieß nein. Nahebei flog ein Pirol von Baum zu Baum.

Als ich unter der wuchernden Glyzinie kehrtmachte, bemerkte ich im Unkraut des Vorderrasens ein altes Holzspielzeug. Ich hob es hoch; eine griesgrämige Holzente auf Rädern, dunkel von mehr als einem Winter im Schnee. Von den Nachbarjungen liegen gelassen? Von einem bestimmten Nachbarjungen?

Als ich wieder in den Wagen stieg, sagte ich Hughie, ich dächte gar nicht daran, aufzugeben. Du schienst so nah, Sammy, so schrecklich nah. »Wir fahren nicht heim«, erklärte ich, und mein Freund legte mir die Hand auf die Schulter, lachte und meinte, was hieße das auch schon noch für uns?

Niemand in den umliegenden Orten hatte je von dir oder deiner Mutter gehört; sie hatte Ramsey verlassen, dann Massachusetts, und es blieb als Schlupfwinkel nur die ganze weite Welt. Und doch – doch glaubte ich, dich rufen zu hören! Oder manchmal, wenn ich mich an einem schwülen Abend aus dem Fenster lehnte, im Fahrtwind das Rediviva deiner Mutter zu riechen. Wie meine Mutter vor mir hätte ich schwören können, dass es mehr Sinne gab als die, die wir kennen, und wie sie fiel auch ich in die Gnade des Selbstbetrugs.

Alle zwei Wochen fand ich euch. In Hopkinsville, Kentucky, als ich auf der Namensliste der Schüler der vierten Klasse einen Ramsey, S., entdeckte und dicht gefolgt von der fußkranken Sekretärin losrannte, nur um im Klassenzimmer ein weizenblondes Mädchen mit der Zuversicht der wahrhaft Dummen »V-A-N-A-D-I-S-C-H« buchstabieren zu hören. Oder am Ufer des Eriesees, wo ich im Mitgliedsregister einer Synagoge eine Alice Levy fand und einen so verwirrenden wie exotischen hebräischen Gottesdienst abwartete, um am Ende vor einer grauhaarigen Dame mit Pelz und Perücke zu stehen; sie lächelte milde und schenkte mir einen Vierteldollar, die Gute. Eine A. Van Daler in Minnesota war nicht Alice, sondern entpuppte sich wahrhaftig als Cousine. Und so weiter. Gemeindeunterlagen, Kirchenregister, Protokolle von Frauenwohltätigkeitsverbänden, Pfadfinderlisten, Junior-League-Baseballteams und Ortsvereine aller Art. Unzählige Male glaubte ich, euch gefunden zu haben, natürlich, so wie jeder Gläubige die Bibel studiert und ganz persönliche Zeichen entdeckt. Doch wie Feengelage hielten die Freuden nur so lange, wie ich glaubte. Ihre Namen waren nirgendwo. Ich würde sie nicht finden. Amerika gab seine Geheimnisse nicht preis.

Ich glaube, ich hätte längst aufgegeben, hätte nicht Hughie eigene Ziele verfolgt. Etwa die an der Straße verkaufte Limonade von Maryland bis Missouri zu kosten und auf einem extra Notizblock den Gewinner zu ermitteln (Georgia, erwartungsgemäß). Ähnliche Wettbewerbe wurden für Diner-Kaffee, Spezialitäten des Hauses wie Hackbraten, Spaghetti und ein Leibgericht Hughies ausgelobt, nämlich den Fruchtauflauf *pandowdy* (nur drei Bewerber, alle matschig), außerdem gab es die eher informellen Wettspiele um die imposanteste Loge der nach schottischem Ritus praktizierenden Freimaurer, den witzigsten Barbier, den dicksten Polizisten, die lärmendste Swing-Band und den schönsten Verschreiber bei Lichtspielhausreklamen (der ging ans Aztec in Greenville, South Carolina, für THE JAZZ SIGNER – offenbar doch ein Stummfilm). Wenn ich an das mit Punkttabellen und Schmierzetteln und Gelächter gefüllte Jahr denke, bin ich getröstet. Ich fürchte jedoch, dass sich die Erinnerungen, kalt angeweht von der Zeit, zusammengedrängt haben und die Fahrt in Wirklichkeit größtenteils aus endlosen, ermüdenden Farmlandschaften bestand, längst nicht mehr pittoresk oder neu, aus gegen den Mist- und Skunkgestank hochgekurbelten Fenstern, aus tagelang, nämlich bis zur nächsten Sendestation, zischelndem Radio. Und das Radio war es, Alice, das dich schließlich verriet.

In Georgia hatte das Fahren für Hughie jeden Reiz verloren – Polizisten begannen, uns anzuhalten, wenn ich am Steuer saß, und in breitem Südstaatenakzent zu mahnen, das Fahren solle mir mein Daddy woanders beibringen, so dass Hughie es alleine schultern musste und schließlich an einer Tankstelle, wo wir den Chrysler wegen eines beängstigenden Rüttelns untersuchen ließen, rief: »Können Sie uns einen Empfänger einbauen?«

»Bitte was?«

»Einen Rundfunkempfänger. Ich könnte in der Stadt einen besorgen.«

»Sie meinen ein Röhrengerät?«

Der Mechaniker war jung und mager, ein freundlicher Bursche mit einer widerspenstigen gelben Locke, und rückblickend vermute ich, dass wir unser geliebtes Radio bekamen, weil Hughie gern seine braun gebrannten Muskeln in der Alabamasonne spielen sah. Mehr nicht – nichts Anstößiges oder Begehrliches –, einfach nur Freude an der Jugend. Hughie und ich gingen also in die Stadt, und er suchte ein schimmerndes Philco-Gerät aus, das mit seiner klassischen Tuchbespannung einem Miniaturbeichtstuhl glich. Unser junger Mann hievte es auf den Rücksitz und schloss es schmunzelnd an. Keine einfache Sache. Auf dem Wagendach mussten Antennendrähte angebracht werden. Röhren und Batterien und Spannungsumwandler wurden eingehend erörtert, das arme Armaturenbrett wurde durchbohrt, doch Hughie beaufsichtigte die goldenen Arme des Burschen mit Langmut, bis er schließlich an einem Holzknopf drehen konnte und die Klänge der *Happy-Go-Lucky-Hour* über den Äther schwebten. Mein Freund überließ dem jungen Mann als Trinkgeld eine druckfrische Fünfdollarnote und seufzte, als wir davonfuhren.

»Ein Röhrenempfänger, Hughie?«

»Halt den Mund. Dreh auf.«

Das aber blieb ein Problem; der Lärm von Wagen und Wind übertönte den Empfänger, und um die Nachrichten halbwegs verfolgen zu können, mussten wir fast stehen. Mit der Musik klappte es besser, also suchten wir sie, wo wir konnten, und da die Ausbeute in der Landesmitte eher mager war – Sendestationen waren dünn gesät, und die wenigen Hörer, die es gab, betrieben ihre Empfänger mit Windrädern –, lernten wir das unschöne moderne Gerappel schätzen, für das die Jugend zu schwärmen schien. Ich weiß, dass sie schwärmte, weil uns, kaum dass wir in Kleinstädten hielten, Mädchen in Schürzenkleidern und Jungen in Ucanttear-Kniehosen umringten und gebannt den Pacific Islanders lauschten. Der eine oder die andere kannte auch den passend unanständigen Tanz. Dem setzten oft Erwachsene ein Ende, die uns nahe legten, weiterzuziehen. Trotzdem, es war nett, so beliebt zu sein, und es wäre eine großartige Methode gewesen, Frauen kennen zu lernen, hätte ich nicht ausgesehen wie picklige Dreizehn.

Endlose Strecken atmosphärischer Störungen trieben uns beinahe heim, doch immer, wenn wir das leere Ozeanrauschen gründlich satt hatten, bat mich Hughie, es »noch einmal zu versuchen«, und dann stellte sich irgendein rettender Lokalsender ein, erst als Phantom, dann in voller Farbe. Quer durch das erstaunlich langweilige Texas hindurch wuchs uns eine bestimmte Kriminalhörspielreihe sehr ans Herz, die auf einem Ozeandampfer spielte (*»Krawumm! Rums! Was war das? Der Funktelegraph, o Gott, der Funktelegraph!«*), und fast wären wir umgekehrt, als auf der Höhe von Deaf Smith County die gesamte Besetzung in knisternden Wogen unterging. Fanny Brice folgte uns mit ihrer enervierenden »Baby Snooks« überallhin, und auf Berghöhen hörten wir die einleitenden Worte zur Sendung mit dem übergewichtigen Privatdetektiv »The Fat Man«: *... er steigt auf die Waage. Und?* – eine Pause, bis sich der Zeiger beruhigte – *zweihundertsiebenunddreißig Pfund!* Jazz-Maestro Ben Bernie schmeichelte unseren Ohren mit seinem »Also, *yowsah, yowsah, yowsah* ... träumen Sie schön«. Dann natürlich die Reklame, die einen interessanten Einblick in die Fetische der Mittelschicht lieferte: »Wollen Sie Zähne wie schimmernde Perlen, kaufen Sie Zahnpaste von Dr. Straaska!«. Ich gestehe, ich habe mir welche besorgt. Im Südwesten wurden wir große Anhänger einer amüsanten Kochstunde, bei der die Dame (zweifellos eine männliche Falsettstimme) den Zuhörern auftrug: »Nehmen Sie Notizblock und Bleistift zur Hand, ich warte, na los, los, dieses Rezept ist einmalig«, um dann einen Augenblick summend zu warten, ehe sie das unwahrscheinlichste Rezept aller Zeiten vortrug. Ich könnte schwören, dass manche Tagesangebote der Restaurants an unserer Route von düpierten Hörern stammten.

Diese unerwartete Liebe zum Radio ist mir geblieben. Du, Sammy, hast mir deine Lieblingsprogramme nahe gebracht, und zusammen mit Alice verbringen wir manchen Radioabend gebannt vor den Abenteuern von Waisen und Piraten mitsamt knarrenden Dielen, schlagenden Türen, Pseudo-Donner und Gänsehaut-Schweigen so gruselig, als wären alle Lichter ausgegangen. Ich erinnere mich, wie es war, als bei meiner Ankunft der Radioempfänger kaputt war. Alice stand auf, um an den Knöpfen zu drehen, aber er wollte nicht sprechen. Sammy, du hast gute Miene gemacht – »Und was *machen* wir jetzt?« –, aber du warst gebrochen wie eine Azteke, der erfährt, dass sein Gott tot ist. Nach der langen Reise mit Hughie verstehe ich nur zu gut.

Das schönste Geschenk des Radios aber waren die Nachrichten. Weil wir so lange unterwegs waren, hatten wir uns an ein Leben außerhalb der Zeit gewöhnt, außerhalb der Welt, und Bagatellen wie eine Wespe im Badezimmer oder meine (offenbar ärgerliche) Angewohnheit, laut die Botschaften der Reklametafeln abzulesen, bekamen die Schwere von Weltereignissen. Wenn wir aber Nachrichten hörten, wurden wir demütig. Gangsterkriege. Börsenpanik. Südpol erstmals von einem Flieger überquert. Nachrichten hörten wir meist abends, dann hielten wir unter dem dunklen Saum der Kiefern und lauschten der fernen Kunde von Unruhen, Erdbeben, Feuern und Tod. Die weichtönende Männerstimme. Ein Vater, der uns versicherte, Amerika werde florieren, die Aktien wieder steigen, und doch sei die Welt schlecht. In der Dämmerung zum halbherzigen Pladdern des Regens aufs Dach. Sagte ein Vater, wir seien schon zu lang weit von daheim.

Wir hatten unser Philco noch gar nicht lange, da wählte Hughie auf der Durchfahrt von Austin hinterlistig eine gewundene Route durch die Vorstädte, weil er mir, wie er behauptete, einen botanischen Garten mit einer Orchideenart zeigen wollte, die nach seiner Mutter benannt sei (was ging mich das an?), um dann urplötzlich sein Vorhaben fallen zu lassen, den Wagen zu parken und mich in ein Restaurant zu jagen. Es war eines dieser heimeligen Lokale, deren Namen – etwa The Swedish House – nichts zu sagen hatten, weil das gleiche Essen serviert wurde wie überall. Hughie war furchtbar zerstreut, träumte zum Fenster hinaus und bestellte ein Gericht, das er bestimmt nicht gemeint haben konnte, nämlich im Texas-Stil paniertes Steak; selbst die Bedienung stutzte. Ich bestellte Chilieintopf, und der war köstlich. Hughie glotzte immer noch, als ich bereits aufgegessen hatte, und erst da machte ich mir die Mühe, seinem Blick zu folgen. In einem Bürofenster auf der gegenüberliegenden Straßenseite sah man einen Mann mit tiefschwarzem Haar und hübsch gebrochener Nase telefonieren. Es dauerte einen Augenblick, ehe ich begriff, dass es seine alte Liebe Teddy war.

Wir saßen und schwiegen, wie es Menschen tun, die einen Sonnenuntergang bewundern. Der Gegenstand unseres Interesses redete lautlos, lachte bequem zurückgelehnt auf seinem Stuhl. Teddy hatte zugelegt, sah aber sonst unverändert aus. Mein Freund warf mir einen Blick zu und lächelte leise.

Er sagte: »So ein Zufall. Da ist mein früherer Kammerdiener.«

»So ein Zufall.« Ich überlegte, ob ich nicht lieber das Handschuhfach abschließen sollte, wenn wir zum Wagen zurückgingen, nur für den Fall, dass Hughie Teddy seine Pistole zurückgeben wollte (sozusagen).

»Ich habe ihm eine Empfehlung geschickt. Daher wusste ich, dass er hier lebt. Ich dachte, wir könnten mal guten Tag sagen.«

»Du hast noch gar nichts gegessen.«

»Unmöglich. Das ist paniertes Steak«, meinte er. »Wenn ich's mir allerdings recht überlege, sollten wir vielleicht doch nicht vorbeischauen.«

»Hughie. Ich weiß Bescheid über Teddy.«

Mein Freund stützte das Kinn auf. Er sah mich an und wirkte alt, müde und verbraucht. Er sagte: »Das weiß ich, alter Knabe.«

Armer alter Freund. Auf verlorene Liebe zu starren, als könnte das Vergrößerungsglas der Hoffnung sie entzünden. Mein Gott, der alte Homophile, es erging ihm genauso wie mir.

Irgendwo in den Bergen Amerikas, während wir wochenlang in endlosem Talkumschnee trödelten, verriet mich mein Körper endgültig. Schon seit ein paar Jahren waren mir deutliche Verschiebungen aufgefallen: Meine Muskeln verloren ihren Tonus, meine Schuhe wurden zu groß, und um mich herum, das war das Erstaunlichste, begann die Welt zu wachsen. Spiegel, Fensterbretter, Schubladen stiegen Monat für Monat unmerklich, bis ich mir eines Tages, als ich nach einem Türknauf griff, ein, zwei Zoll darunter die Fingerknöchel aufschlug. Ich schrumpfte. Ich begann, Wassergläser umzuwerfen (längere Arme) und über Bordsteine zu stolpern (kürzere Beine). Hughie amüsierte sich, besonders über meine neue Stimme, die nach Orchester beim Einspielen klang, und obwohl ich mitlachte und obwohl die billigeren Kinokarten ganz nett waren, machte ich mir Sorgen. Ich würde in meinem Körper nie mehr sicher sein, ich würde stolpern, bis ich starb. Ich wurde zum Kind.

Es war schmerzlich einsehen zu müssen, dass die jungen Frauen, die uns auf unserer Reise stets angehupt, die den Halbwüchsigen und seinen Vater angelacht hatten, dass die Mädchen, die sich auf der Straße nach mir umgedreht hatten, wenn mir Hughie eine Eiswaffel kaufte, mich nicht mehr sahen. Ich war unter irgendeine Wasseroberfläche gesunken und unsichtbar geworden. Ich wurde schwächer, kleiner, verschwand aus dem Blick. Aber am schlimmsten war es natürlich, als mein Körper mitten im Schwund einen Augenblick innehielt, Luft holte und mir stillschweigend das Geschlecht nahm.

Es war kein bestimmter Tag. Irgendwann im stäubenden Schnee eines milden Winters unterwegs von einem der vielen Dutzend Coffeeshops zum anderen mit ihren müden Kellnerinnen und Cowboys und armen Schluckern, die auf Hughies Uhr starrten, während das Radio und der Himmel gleichermaßen knisterten, war ich kein Mann mehr. Haarlos wie ein Welpe mit einem kleinen Schneckending zwischen den Beinen. Ich versuchte, es wachzukitzeln, und eine Zeit lang ging es noch, aber schließlich wurde es für immer weich wie Gummi, zu gebrauchen nur, um am Straßenrand im weiten Bogen zu pinkeln. Ich schämte mich fürchterlich. Ich versteckte es vor Hughie, doch weil wir Tag und Nacht zusammen waren, kam unweigerlich der Morgen, da er mich aus der Badewanne steigen sah und begriff, was für ein Eunuch aus mir geworden war.

Später im Auto war er schweigsam. Ich wusste, dass der Anblick meines veränderten Körpers ihn erschreckt hatte. Schließlich fragte er, ob wir uns nicht einen netten kleinen Ort suchen, vielleicht den, dem wir uns näherten, und dort unseren Lebensabend verbringen sollten. Reklametafeln blökten uns zu – Howdy Hut, Reinhardt Bakery, A & V Photography – und die Apfelbaumzweige streiften die Fenster. Der Ort war so gut wie jeder andere.

»Wir werden sie nicht finden, Max. Und wenn wir drei Leben hätten.«

»Lebensabend?«

Telefonmasten glitten, jeder mit einem Sausen, an uns vorbei. Wir fuhren durch die Ortsmitte mit unerwarteten Geschäften, scharenweise Kirchgängern, passierten einen Ort, in dem auch zwei Monster zufrieden hätten leben können, dann waren wir schon am anderen Ende. Vor uns erstreckte sich endlos die flache Straße und verlor sich in bläulichem Dunst, der ein Berg hätte sein können, aber nur ein fernes Gewitter war, das auf einen fernen Ort niederging.

»Wir werden sie nicht finden. Und das Suchen macht keinen Spaß mehr. Wir können noch umkehren«, sagte er sanft. Das war seine grandiose Idee: das verschrumpelte Kind aus dem Badezimmer zu retten. »Du hast Geld; wir könnten noch heute ein Haus kaufen. Komm schon, es ist keine schlechte Idee. Wir können zu dem Ort eben zurückfahren, wie hieß er? Da hinten, ein Haus kaufen. Palast wahrscheinlich eher in dieser Gegend. Mit einer Veranda und einem Garten und einem Hund drin. Willst du nicht vielleicht einen Hund? Bist du das Fahren nicht leid? Ehrlich, mal ehrlich, wir könnten einfach umkehren.«

Ich war nicht abgeneigt; es war eine hübsche Vorstellung. Schließlich waren wir meinem Sohn kein Stück näher gekommen. »Du könntest eine Anwaltskanzlei eröffnen.«

»Ja, das könnte ich. Ich müsste mich nur um eine Zulassung bemühen, oder sie vortäuschen.«

»Ich könnte zur Grundschule gehen.«

»Eine Art Familie. Wir könnten hier leben. Nein, ehrlich. Wir können umkehren.«

Ich sah den Ernst in seinen Augen. Heute glaube ich, dass er, auch wenn es ihm nie gleichgültig gewesen war, meine Sorgen geteilt und mit mir über meinen albernen Körper gelacht hatte, trotzdem so sehr Teil meines Lebens gewesen war, dass er nie wirklich darüber nachgedacht hatte. So wie unsere Großmütter für uns nicht alt sind; sie sind einfach Grandma, für immer, bis wir sie eines Tages besuchen und begreifen, dass Grandma trotz der Freude und der Küsschen langsam blind wird und sterben muss. Ich war immer schlicht Max gewesen. Jetzt sah ich ihn nachdenklich zu mir rüberschielen, und was er sah, war eben nicht mehr Max, nicht der alte, tapsige Bär, Abkömmling eines Splitnose Jim, sondern ein zappliger Zwölfjähriger, der an einer verschorften Wunde kratzte und die sonnenverbrannte Nase kraus zog. Hughie hatte begonnen, meinen Tod zu betrauern.

»Tja, Hughie, alter Freund, vielleicht –«

Und dann das Wunder:

»*Denken Sie an Ihre Osterfest-Aufnahmen*«, brummte eine tiefe Stimme aus dem Radio. »*Beste Qualität auf Bestellung. Photoatelier Alice und Victor, Ecke Eighth und Main Street.*«

Hughie sagte: »Na, dann lass uns –«

»Pscht!«

»*Unvergängliche Erinnerungen. Ich, Victor Ramsey, stehe mit meinem Namen dafür.*«

Die Vögel stoben auf, als der Chrysler anhielt, und argwöhnisch verfolgten sie aus den Bäumen, wie er quietschend in einem schlingernden Halbkreis zurückbrauste.

Ramseys Geschäft war nicht schwer zu finden. Ein idyllisches zweistöckiges Backsteinhaus mit schwarzeiserner Jahreszahl an der Fassade: 1871. Unter den Fenstern standen leere Blumenkästen, eine Klettertrompete hatte einen Rosenkübel erobert, eine einsame weiße Blüte widerstand. Ein zum Schirmständer umgenutzter Messingspucknapf erinnerte an vergangene Zeiten. Ein Schild benannte den Sonntag als Ruhetag; der aus der nahe gelegenen Kirche schwebende Chorgesang unterstrich es.

Hughie war nicht dabei; nach langem Hin und Her hatte er eingewilligt, im Wagen zu warten, aber er behielt mich im Auge dort auf der frisch gestrichenen Veranda, er wusste nicht recht, was ich vorhatte. Das wusste ich selbst nicht. Im Innern des Hauses sah ich Ramseys Schatten wie eine Tiefseekreatur herumgleiten, er sortierte Rahmen oder schleppte Kartons. Ihn sah ich allerdings nicht.

Ein zweites Wunder: Die Tür stand offen.

Es roch nach Essig und Rauch. Eine Wand war ganz mit großen, eindrucksvollen Aufnahmen von Meereswellen bedeckt, die andere mit wogendem Weizen, sonst standen in kleinen Rahmen Hochzeits-, Familien- und Kinderporträts herum. An der Wand lehnte erschöpft ein Besen, die Ecke war einer Ladentheke mit Kasse vorbehalten, dahinter öffneten sich zwei Türen – die eine ins Dunkel, die andere in ondulierendes Licht. Ursache war die ungesehene Bewegung.

Plötzlich stand er bei mir im Raum. Ein groß gewachsener Mann und alt, mit einer Wolke weißen Haars, glupschigen Augen und der langen, schmalen Nase des Intellektuellen. Wie konnte sie den bloß geliebt haben? Diesen langen Kerl mit den hochgekrempelten Ärmeln und großen, knochigen Händen. Durchschnittlich, ganz und gar durchschnittlich, aber sieht man einem Schurken an, dass er einer ist? Er starrte. Regen weinte jetzt wieder lange Tränen an die Scheiben. Er wirkte verdatterter als zu erwarten.

»Sammy?«, stotterte er.

Es dauerte einen Augenblick, ehe ich begriff, dass ich meinem Sohn zum Verwechseln ähnlich sah.

»Nein, nein, ich bin Tim.«

»Nun, Tim. Für die Pfadfinder gebe ich nicht«, sagte er. Englischer Akzent, zu meiner Überraschung. Er lachte und salutierte spöttisch. »Der ganze militärische Drill; ist doch schrecklich.«

»Sind Sie Victor Ramsey?«

»Ja.«

»Atelier Alice & Victor – Ihre Frau?«

»Früher. Besitzt immer noch Anteile am Geschäft.«

»Aber sie lebt hier nicht mehr? Wo ist sie?«

Er musterte mich neugierig. »Tim, lass mich raten. Ich lese neuerdings Kriminalromane. Du kommst aus Kalifornien.«

»Sie hat einen Sohn.«

»Ich verrat's dir: Ich weiß es wegen der Nummernschilder. Keine große Kunst.«

»Alice und Sammy.«

Er winkte ab. »Ja, ja, Alice und Sammy, aber da bist du nicht gerade auf der Höhe der Zeit, Tim. Schreibst du eine Arbeit für die Schule? Ich muss dir leider sagen, dass ich keine Berühmtheit bin. Nicht hier, nicht seit einiger Zeit vor deiner Geburt; bekannt bin ich nur für die Bilder da an der Wand, aber auch nur in New York, nicht hier. Sieh sie dir an, lass dir Zeit. Aber du hast nachgeforscht. Bravo, erstklassig, dich kennen gelernt zu haben – sagt ihr jungen Leute heute nicht so? Ich versuche, auf dem Laufenden zu bleiben. Erstklassig. Komm mal wieder, Tim. Wiedersehen.« Und ehe ich mich versah, war er nach nebenan verschwunden. Ich ging ihm nach.

»Ich habe eine Frage.«

»Reichst du mir mal eben den kleinen Pinsel?«, bat er. Ich war in ein sonnendurchflutetes Wiesental getreten –

eine seiner Kulissen –, eine bezaubernde Illusion aus schwebenden Herbstblättern, einem hohen Spätsommerhimmel, einem schiefen Zaun. Mein Feind stand auf einer Leiter und malte ein Blatt an einen Baum. Was wollte ich von Victor Ramsey? Ihn umbringen? Teddys Pistole lag im Auto, den Schuss würde keiner hören – der nahe Chor schmetterte sopranlastig »Rock of Ages«. Noch würde man, sollte ich die alte Leiter anstoßen und Victor Ramsey in seinen gemalten Wiesengrund katapultieren, seine verrenkten Knochen so bald finden. Ich hätte Victor Ramsey tausend schreckliche Tode sterben lassen können, aber weißt du, auf die Idee bin ich gar nicht gekommen. In dem Raum inmitten der Herbstblätter waren der alte Mann und der kleine Junge keine Feinde. Beide waren wir verlorene Ehemänner, sitzen gelassene Liebhaber, beide gehörten wir an diesem Sonntag derselben Konfession an. Nein, ich begriff, dass ich mehr brauchte als eine Adresse, ich brauchte ein paar Worte von einem, der auch seine Muse verloren hatte.

»Victor Ramsey, haben Sie sie geliebt?«

»Wen?«

»Alice. Haben Sie sie geliebt?«

»Nein.« Er widmete sich seinem Blatt, ließ es mühelos erstehen und schuf das nächste. Er schien nichts dabei zu finden, dass ein Junge nach der Liebe fragte; mir dämmerte, dass er ganz anders war als die alten Männer, die ich sonst kannte. Ein Künstler eben, und als wäre auch er ein Kind. »Nicht in der Weise, wie Männer in diesem Ort ihre Frauen zu lieben pflegen, das heißt, ich kenne deine Mom und deinen Dad natürlich nicht, aber nein, nicht in der Weise.« Aus der Nähe fiel mir auf, wie hässlich die Flügel seiner Nase waren. »Ich habe sie angebetet, Tim. Sie war wie kein Mensch sonst. Stark, unabhängig, ich habe ihre Anwesenheit nicht einen Augenblick als selbstverständlich erachtet oder so getan, als würde ich sie kennen, und als sie gehen wollte, ließ ich sie ziehen, denn sie war Kunst und sie war Musik.« Er schuf ein weiteres Blatt, und noch eines, jedes präzise von dem Wind seiner Phantasie bewegt. »Du wirst das nicht verstehen können. Ich kann mich nicht so ausdrücken. Guck mal da hinter der Tür, da hängt eine Photographie.«

So war es. Alice mit ungefähr fünfzig als Badenixe in einem mit Wasserlinsen bedeckten Teich; sie war nackt. Ihre weichen Arme hatten Grübchen, ihre Brüste wirkten unter Wasser ungleich, die Brustwarzen groß und fahl, und sie grinste in einen Himmel hoch, der dank irgendeines Entwicklungszaubers, den ich nie begreifen werde, einem See im Regen glich. Sie war nicht schön. Nicht so, wie ich sie in Erinnerung bewahrt hatte, ganz Symmetrie und schlaffeuchte Lippen. Schlick wölkte um sie auf, ihr Lachen stieg über dem Wasser auf. Ein Rätsel: meine Alice, alt, aber auf neue Art wunderschön, so frei schwebend und glücklich.

Ihr Liebhaber der Kunst, ihr werdet das Porträt womöglich dank seines bescheidenen und kurzlebigen Ruhms erkennen, sagt man mir jedenfalls. Wenn ja, behaltet es für euch. Lasst meine Liebste ihr Leben in Frieden beenden.

»Das Bild hat sie selbst aufgenommen«, sagte Ramsey. Der Gedanke, dass alte Männer kleinen Jungen keine Aktstudien zeigen, schien ihm vollkommen fremd. »Ich habe ihr das Abc beigebracht, aber sie war einzig, hinter der Kamera war sie wie verwandelt. Die meisten sind von ihr.«

Ich sah mich um und erkannte, dass überall an den Wänden Porträts von ihr lehnten: Alice, die mit ironischer Miene Feigen aß, Alice fast nackt hinter einer Wäscheleine in die Sonne blinzelnd, die sehr vertraute schlafende Alice. Alice mit jedem Bild älter. Die ganzen Photographien, mit denen du aufgewachsen bist, Sammy. Ein Katalog der Jahre ohne mich. Ich konnte die Augen nicht von dieser Frau losreißen, die ich offenbar nie wirklich gekannt hatte.

Hinter mir vernahm ich die leise Stimme meines Artgenossen: »Sie machte mich von Jahr zu Jahr jünger.«

»Wo ist sie hin?«, brachte ich schließlich heraus.

Er nannte einen kleinen Ort zwei Tagesreisen entfernt. Ich wagte nicht, nach der Adresse zu fragen.

»Und Sie haben sie in Kalifornien kennen gelernt?«

Er nickte und schloss die Augen, während er erwog, welche Farbe er als nächste nehmen sollte. »In Pasadena. Ich kannte ihre Mutter und forderte sie auf, mit mir zusammenzuarbeiten. Sie war ein Geschenk des Himmels.«

»Warum?«

»Hm?«

Mein Ton geriet sehr barsch: »*Warum ist sie gegangen?*«

Ich meinte mich, warum hatte sie mich verlassen? Aber Victor hörte meine Frage anders. Er sah mich ohne Mitleid für sich selbst oder irgendwen sonst an. »Nun, mein Junge, sie liebte mich nicht.«

»Aha.«

»Würdest du mal eben die Leiter halten?«

»Klar.«

Und dann grinste er wieder so unmöglich unschuldig. Prompt sah ich ihn vor meinem inneren Auge mit seiner Braut: Alice ungeschickt mit Klein-Sammy hantierend, der alte Victor strahlend und brummelnd, während sie die Räume vor Lachen klingen ließ. Einen Magnolienbaum im Fenster, Makkaroni-Auflauf im Ofen, Rediviva in der Luft. Was für ein Leben er verloren hatte. Er sagte: »Ich habe zu meiner Frau so eine Theorie. Da es dich zu interessieren scheint, obwohl ich nicht weiß, warum. Wie alle Frauen aller Zeiten konnte sie sich nur durchs Heiraten verwandeln. Sie wollte sich ständig verwandeln, immer wieder eine neue Frau sein, also hat sie weiter geheiratet, erst Calhoun, der sie gescheit sein ließ, und dann Van Daler, der sie schön sein ließ und ihr ein Kind schenkte. Ich ... nun, ich habe ihr die Kenntnisse vermittelt, die es ihr erlaubten, mich zu verlassen. Es würde mich nicht überraschen, wenn sie wieder geheiratet hätte, und wer weiß, was sie als Nächstes sein wird? Sie hat mich nicht geliebt, aber das verstehe ich. Doch, das tue ich. So sentimental, meine Alice. Es gab nur einen Mann, denke ich, den sie je geliebt hat.« Sein Gesichtsausdruck verriet, dass es weder er gewesen war noch ich.

Verzeih diese letzte Unterbrechung, Sammy, aber ich hatte schlimme Nachrichten. Erst gestern haben meine Frau, mein Sohn und ich einen Bekannten von Dr. Harper in einem Haus am See besucht. Einen dicken Mann, zufrieden und großzügig, außerdem Psychoanalytiker, was mir eine Riesenangst einjagte. Dabei sah er mich nur einmal prüfend an – wie ein Botaniker, der rasch eine Allerweltsblume bestimmt –, bevor er uns alle zu einem komischen neuen Brettspiel nötigte. Alice und ich verloren auf Anhieb, und da verkündete sie, wir zwei gingen spazieren. Mein Glück, dass du immer schon eine schlechte Verliererin warst, Alice. Draußen sangen Nachtvögel in der feuchten Luft, und sie sagte es mir erst, nachdem wir unterwegs etwas gelauscht hatten.

Am See machten wir Halt (kein Mond, dafür aber hell irisierende Wolken) und setzten uns ins schimmernde Dunkel, das lampenlose Dunkel, von dem sie sagte, sie habe es als Mädchen so geliebt, das Dunkel der alten Zeiten. Irgendwo platschte es, sie meinte, vielleicht lebe ein Ungeheuer im Wasser. Ich sagte, mir sei kalt, aber sie hatte zum Glück einen Pullover mit (gute Mutter), also hielt ich ergeben die Arme hoch, und sie streifte ihn mir über. Er roch nach meinem Sohn. Wir warfen ein paar Steine – ich bin wegen meiner schrumpfenden Hände ein schlechter Werfer –, und sie lachte, und ich wollte auch lachen, war aber ein nervöses Kind, das in eine ältere, unerreichbare Frau verliebt ist. Schließlich sagte sie mir, dass Harper sie gebeten habe, seine Frau zu werden, dass sie eingewilligt habe und du, Sammy, es bereits wüsstest.

Ich starrte sie an wie ein hypnotisiertes Kaninchen.

»Was meinst du?«

Ich sagte: »Harper? Heiraten?«

»Ja, Dr. Harper. Er macht mich glücklich. Er will uns alle auf eine Weltreise mitnehmen, stell dir vor! Gibt es nicht einen Ort, von dem du immer geträumt hast? Ich habe von so vielen geträumt.«

Alice, du trugst das Haar offen wie ein junges Mädchen, und ich fand, das spottete dem Mädchen, das du mal gewesen warst, dem, das keinen sonnengebräunten Doktor brauchte, der sie auf Reisen mitnahm. Hatte ich das Mädchen erfunden? Oder hatte es sich vor Jahrzehnten verborgen und lebte nur noch in meiner Erinnerung?

Ich fragte sie, ob ihre früheren Ehemänner sie glücklich gemacht hätten.

»Natürlich.«

Ich war außer mir, mein Kopf loderte, und ich war machtlos. Noch habe ich dein Tagebuch nicht gefunden, Alice, sofern du eins hast, also bin ich gezwungen, diese Dinge laut zu fragen: »Warum bist du dann gegangen? Sammys Vater, warum hast du ihn verlassen? Hast du ihn nicht geliebt?«

Einen Augenblick blitzte der alte Scharfsinn – so grausam und erregend – auf wie eine Zauberrune und ich dachte, sie sagt, was man zu einem Kind nie sagen soll. Das Herz drehte sich mir im Leibe um vor Angst, dass sie mich durchschaut haben könnte, meine Haut spannte sich über den Knochen. Dann ordnete sie wie ein Schwan, der im Wasser sein Gefieder glättet, ihre Erinnerung und blickte in mein unschuldiges Kindergesicht.

»Das ist alles lange her.«

»Ihr werdet bestimmt glücklich miteinander.«

Ein Glucksen. »Danke.«

Mit einem Liebesseufzer, der sie überraschte, sank ich ihr in den Schoß.

Sollte Harper diese Seiten finden, wird er sie bestimmt seinem Analytikerfreund zeigen, und ach, das wird ein Fest für den alten Knaben! Ich höre schon seinen Bleistift plappern. Ich stelle mir die Notizen vor: »Betreffender sucht die Vereinigung mit der Mutter« –

aber, aber, Doktor, doch nicht mit meiner miniaturisierten Ausstattung, obwohl Sie es sicher symbolisch meinen. Nur: Ist es denn wirklich ödipal, wenn ich die Mutter zur Frau nahm, bevor ich zum Sohn wurde? Gibt es nicht einen Mythos, der besser passt? Nein, ich bin ein zu wirrer Knoten. Ich bin nicht zu lösen, Doktor. Um mich zu befreien, muss man mich entzweischlagen.

Die Adresse bekamen wir dank eines Schwindels in der Bibliothek heraus, und mit Hilfe einer Karte, die am Gemeindehaus angeschlagen war; binnen einer Stunde schnurrte der alte Chrysler nach Hause.

»Was denkst du, alter Knabe?«, fragte mich Hughie.

Wir hatten das Radio ausgeschaltet, und es waren nur gelegentliche Vögel und das Knattern eines Motorrads auf einer unsichtbaren Nebenstraße zu hören. »Ich möchte einfach nur meinen Sohn sehen.«

»Nur ihn?«

»Und sie.«

»Und dann?«

»Ich weiß es nicht.«

Seitlich erschien ein grüner Streifen Land: Lincoln Park, wo du Baseball spielst, Sammy. Hughie fuhr langsam weiter – zu langsam für den Wagen hinter uns, der mit voll aufgedrehtem Radio überholte. Hughie bemerkte in dem Tonfall, den ich nicht leiden konnte: »Ich kenne dich doch. Wir sind zu weit gekommen. Da wirst du wohl kaum nur schnell mal zum Fenster hineinlugen und dann gleich wieder einsteigen wollen, oder?«

»Ich dachte, wir könnten mal anklopfen.«

Er lachte. »Das ist läppisch. Sie wird mich erkennen.«

»Ich weiß. Das macht nichts. Du kannst sagen, du bist auf der Durchreise. Und ich wäre dein Sohn.«

Er fuhr sich mit einer altbekannten Geste über die Glatze, auf der Suche nach Haar, das seit Jahren fort war, dann legte er die Hand wieder auf den Schaltknüppel. Es roch nach heißgescheuertem Metall, als er den richtigen Gang einlegte. Da sagte ich es ihm.

Ich sagte ihm, was ich mir in Ramseys chemisch riechendem Atelier überlegt hatte. Nein, wir würden nicht einfach nur anklopfen. Oder uns ein Bild machen. Ich erzählte ihm von meinem endgültigen Traum: ein Gedicht, im Grunde, ein Kunstwerk. Was ich mir von diesem Ort, von Alice und von Sammy erhoffte. Und von ihm. Es war sehr viel verlangt, zu viel, wahrscheinlich. Aber ich fasste sein Schweigen als Einwilligung auf, denn schließlich hatte er es selbst gesagt: Wir waren zu weit gekommen.

»Wirst du es sagen?«, fragte er schließlich.

»Nein. Ich glaube, ich werde es ihr nie mehr sagen.«

»Ich meine Sammy.«

»Er würde mir nicht glauben.«

»Wird er denn glauben, dass du nur ein kleiner Junge bist?«

»Tun doch sonst alle.«

»Und wie soll ich dich nennen?«

Ich blickte auf die Straße und sah ein Baby im Kinderwagen mich so argwöhnisch fixieren wie eine Dame in der Opernloge.

»Hughie, natürlich. Klein-Hughie. Nach meinem Vater.«

Er lachte.

Aber wir waren da: 11402 Stonewood, und Hughie parkte geräuschvoll, dann verstummte der Wagen und man hörte leises Bellen hinter dem Haus. Ein schlichtes Haus, gelb und schwarz, mit einer Glasscheibe in der Haustür und der leicht schiefen Verschalung eines billig ausgebauten Obergeschosses. Über den Baumwipfeln ein Kirchturm. Ein seitliches Gartentor ging auf, und es wieselte der schlaue Hund heraus, der gute alte Buster, goldgelb wie ein Kuchen, und wuffte uns von der Ecke des Rasens an. Dann hielt er inne und wandte den Kopf. In der Tür stand sein Herrchen, eifrig Kaugummi kauend. Ein kleiner Junge, der aussah wie ich.

»Hat deine Mutter den Pie gemacht?«

Hughie saß freundlich lächelnd im Schein der Küchenlampe und hielt einen Gabelbissen Apple Pie hoch. Ich konnte nicht essen, ich hatte mich auf dem Klo schon übergeben und vorm Spiegel seufzen müssen. Jetzt konnte ich nur den Jungen anstarren, der uns anblinzelte und einen Baseball von einer Hand in die andere patschte. Er zuckte mit den Achseln.

»Er ist jedenfalls sehr gut«, sagte Hughie.

»Kann sein.«

»Und es ist sehr nett von dir, uns hier auf deine Mutter warten zu lassen.«

Wieder ein Achselzucken, dann schaute Sammy zum Fenster hinaus in den Garten, wo Buster blöde Runden um die alte Hemlocktanne drehte und ein Eichhörnchen drangsalierte. Ein Falter saß hinter der Fliegengittertür fest und niemand, niemand würde ihn befreien.

»Und du gehst jetzt zur Schule, Sammy?«

Schweigen erst mal, als wäre es eine Fangfrage. »Ich geh auf die Benjamin Harrison. Ich bin in der Fünften.

Bei Mrs. McFall, und die ist krank, also hatten wir letzte Woche gar keine Hausaufgaben auf.«

»Magst du sie?«

»Geht so. Nächstes Jahr kriege ich Mrs. Stevens, und die soll ne –« Die Unverschämtheit hast du gerade noch geschluckt, dann hast du mich angesehen und gelacht. Mein Kopf füllte sich mit schwarzen Sternen.

Victor Ramsey hatte mir verraten, wie du aussiehst – nicht gerade ein Abziehbild deines kleinen Vaters, aber sehr ähnlich, mit riesigen Ohren und blonder Tolle –, nur dass deine Grimassen das Gesicht deines Dads bis zur Unkenntlichkeit verunstalteten. Deines nämlich stand nicht einen Augenblick still: Gelangweilt wurde es lang, nachdenklich gerunzelt, deine rastlosen Augen verdrehten, verengten oder schlossen sich, als übermannte dich bei dem, was Hughie sagte, der Schlaf, und dein Mund, du liebe Güte, mahlte, mahlte, mahlte auf dem Kaugummi, als kautest du eine Betelnuss. Einer deiner Ellbogen war frisch aufgeschürft und suppte gelb, der andere war voller blauer Flecken. Du hast vor unseren Augen deine Nägel gekaut. Du bist von Zeit zu Zeit vom Stuhl aufgesprungen, um Buster durchs Fenster anzubrüllen, obwohl er nichts Besonderes tat, aber er war wahrscheinlich dein allerbester Freund (und ich konnte ihn nie wirklich ersetzen). Du warst in Grenzen höflich (batst uns herein, als du hörtest, wir seien alte Freunde), aber du hast uns herumkommandiert, uns bestimmte Plätze zugewiesen und gemahnt: »Esst nicht alles auf, weil ich wollte was aufheben«. Nichts von alledem ließ ahnen, dass du eine gewisse Rachel liebst. Oder dass du allein in deinem Kämmerlein für deine Mutter betest. Dass du dir gleich anschließend grausame

Tode für Lehrer und Klassenkameraden ausmalst und wegen dieser Phantasien Angst vor dem Teufel hast. Dass du letztlich mir gleichst, ein wenig. Damals sah ich das alles nicht, ich sah nur einen Baseball-Champion, einen Cowboy-Fan, einen Rotzlöffel, der alles, was er von sich gab, für so originell und gescheit hielt, dass er über seine eigenen Sprüche grinste. Einen vollendeten nervenaufreibenden kleinen Jungen.

»Wir nehmen Asien durch«, sagtest du.

»Klingt interessant.«

Deine angeekelte Miene verwarf den gesamten Kontinent. »Dieser dolle Erdteil hat ungefähr eine Million dolle kleine Menschen und ungefähr hundert dolle kleine Länder, alle gleich, und unaussprechliche Namen, außer China, wisst ihr, von wo man vor allem Tee exportiert. Nein, Seide. Nein, Reis. So ähnlich. Und Japan. Wollt ihr mein Haiku hören?«

»Ja.«

Er hielt unter der Lampe den Kopf sehr gerade und deklamierte dieses Meisterwerk:

»Ein kleines Sandwich
summt versonnen vor sich hin
von Tunfisch-Salat«

Er fügte hinzu: »Das kam, weil ich glatt am Verhungern war, als ich es schrieb. Ich hab dafür die beste Note bekommen. Ich krieg lauter Bestnoten.«

Hughie meinte: »Du bist zwölf, oder?«

»Umhm.«

»Tja, genauso alt wie Klein-Hughie! Nicht? Nicht, mein Sohn?« Mein alter Freund sah mich so komisch an – fast zornig, oder als würde er gleich anfangen zu heulen –, und da erkannte ich, so verrückt es schien, das Gesicht meiner toten Mutter: *Sei, wofür sie dich halten.*

»Stimmt, Dad.« Mit trauriger kleiner Schluckaufstimme sagte ich: »Ich bin zwölf.«

»Hast du ne Pistole?«, wollte Sammy von mir wissen, und ich fragte mich, was für ein Kind meine frühere Frau da erzogen hatte.

Aber Sammy wartete nicht auf Antwort. »Meine Mom will mir keine kaufen. Sie hat keine Ahnung, sie hat nie eine gehabt, aber mein Dad würde es erlauben, bestimmt. Danny Shane ein paar Häuser weiter hat ein Luftgewehr mit doppelter Kraft, aber es geht immer wieder kaputt, und sein Vater brüllt ihn an. Und Billy Easton hat auch eins.« Plötzlich grölte er erstaunlich lustvoll den Werbeslogan: »Volltreffer – von Daisy!« Buster kam belfernd an die Fliegengittertür gesprungen, und Sammy hänselte ihn, bis er davontrabte.

»Ich kannte deine Mutter, als sie noch ein Kind war«, sagte Hughie und tat sich noch Pie auf. Die Luft war zimtgeschwängert.

»Volltreffer – von Daisy!«, brüllte mein Sohn zum zweiten Mal.

»Du siehst ihr sehr ähnlich. Kriegst du das oft zu hören?« Achselzucken. »Du hast ihren Mund. Sie war hübsch und geradeheraus und sie hat ihre Mutter zur Weißglut getrieben. Deine Großmutter hast du nicht mehr kennen gelernt, oder? Sie war eine wunderbare Frau. Immer lustig und lieb, sehr phantasievoll. Ein ... Freund von mir sagt, sie und deine Mutter hätten sich früher in alten Sachen verkleidet und vorm Kamin Schach gespielt. Stell dir das vor, deine Mutter in Krinoline und einer Haube aus Bürgerkriegszeiten! Ein witziges Mädchen. Und klug. Sie war anders als die anderen. Ich habe sie sehr bewundert.«

Mein Sohn lachte. »Sie hat mir erzählt, als Kind hätte sie einen Puma auf der Straße gesehen, der hatte jemand den Papagei weggefressen.«

»Die Geschichte kenne ich nicht.«

»Kanntest du meinen Vater?«

Hughie sah auf den Tisch. »Ich bin mir nicht sicher. Wie hieß er?«

Mir wurde wieder schlecht.

»Van Daler«, sagte Sammy. »Das ist dänisch.«

»So? Van Daler.« Hughie warf mir verstohlen einen Blick zu. Es war kaum vorstellbar, aber sie hatte es ihm gesagt; Alice, gute Seele, du hast mich für unseren Sohn am Leben gehalten. »Van Daler«, wiederholte Hughie. »Nein. Nein, ich glaube nicht, dass ich ihn gekannt habe.«

»Na ja.«

»Was hat deine Mutter dir denn von ihm erzählt?«

»Nichts.«

»Ich hab 'ne Pistole«, sagte ich schließlich.

»Is wahr?« Mein Sohn war begeistert.

»Ja.«

»Kann ich sie sehen?«

Und da schaltete sich jemand anderes ins Gespräch ein. Jemand im Nebenzimmer, der zur offenen Haustür hereinrief, und alle drei drehten wir uns der leeren Diele zu. Ein kehliges Lachen, ein Wunder, das gedämpfte Echo alter Erinnerung, das dritte Mal, dass ich ihre Stimme zum allerersten Mal hörte: »Hey, Sammy, da bin ich wieder, du glaubst ja gar nicht, was ich gesehen ...«

Sie betrat die Küche. Schwarze Sterne, schwarze Sterne. So viele Jahre, so viele Meilen. Mein Atem spielte verrückt, und ich sah nichts als den braunen Strahlkranz ihrer Iris und wie sie ein bisschen ins Weiß hinüberspielten. Warst das wirklich du? Mitte fünfzig, die Augenbrauen zu Kommas gezupft, das Haar in einem ungewohnten Knoten. Breites, ach, immer noch wunderschönes Gesicht und, ja, natürlich warst du es. Mein kleines Papiermädchen, ein halbes Jahrhundert zerknittert und nun hier vor meinen Augen in dieser Küche entfaltet. Diese Augen, geweitet vor Hoffnung und Schreck. Sie sahen nicht mich.

»Tag, Alice«, sagte Hughie, ein Lachen im schlichten alten Gesicht.

Sie griff sich ans Herz. Jeder von uns ist die Liebe im Leben eines anderen.

Wir blieben zum Essen, und in der nachfolgenden leisen Unterhaltung zwischen älteren Menschen wurde beschlossen, dass wir übernachten würden.

»Hotel? Kommt nicht in Frage«, sagte Alice und schüttelte energisch den Kopf.

»Aber es ist doch albern, Alice. Wir können hier nicht bleiben.«

»Du bist ein alter Freund.«

»Die Nachbarn ...«

Alice lachte. »Mir ist schnurz, was die Nachbarn denken!« Und dann, Wunder über Wunder, wandte sie sich mir zu. »Hör nicht auf deinen Vater. Mein Haus steht euch offen, kleiner Hughie.« Getätschelter Kopf, gütiger Blick in die Augen; kein Wiedererkennen, gar keins.

Ich wurde in Sammys Zimmer verfrachtet, und man verordnete uns Comic-Lektüre, während die Erwachsenen auf der Veranda zusahen, wie die Sonne aus den Bäumen fiel. Wir lasen natürlich keine Comics, wir sahen uns Sammys dürftige Sammlung schlüpfriger Bilder an. Er war so stolz, und ich war angemessen überrascht, und dann breitete er vor mir im denkbar zärtlichsten Tableau alle seine Schätze aus: zwei Dutzend gewöhnliche Briefmarken in einem Album, einen vollkommen runden Stein, einen Blechsarkophag von König Tut, eine aufziehbare Spardose in Gestalt eines Clowns, der einem Löwen eine Münze in den Rachen warf (vorgeführt mit meinem Penny), drei rosige Muscheln, einen Baseball, einen Fanghandschuh und eine aus einer Zeitschrift herausgeschnittene Aufnahme von Clara Bow. Fast zehn Minuten lang saßen wir da und ordneten diese Wunder immer neu an. Dann fragte mich mein Sohn, ob ich Lust hätte, mit seinem Erector-Set zu spielen, und die Schätze wurden liegen gelassen, vergessen, während er das Bett mit scheppernden Blechbauteilen füllte.

Ich behauptete, noch nie ein Erector-Set gesehen zu haben, und er machte Froschaugen vor Staunen. Ich erkannte das Gesicht und musste schlucken: Es war Alices Jungmädchengesicht. Was für ein seltsames Gespenst in dem seltsamen kleinen Zimmer. Ich fragte mich, ob ich, wenn ich lange genug wartete, einen flüchtigen Ausdruck von mir sähe? Aber ich hörte ferne Stimmen draußen vorm geöffneten Fenster. Ich ging rüber und lauschte hinter dem Vorhang aus Efeu. Zwei Stimmen, leise Stimmen, stiegen aus dem Garten hoch.

»Langbinder«, sagte der Mann.

Die Frau: »Achteldollar.«

»Gaslaternen.«

»Ja!« Sie lachte. »Und Turnüren.«

»Woodward's Gardens.«

In der Dämmerung spielten mein alter Freund und meine alte Liebe ein trauriges Spiel. Sie benannten, was für immer verloren war. Mein Glück überwältigte mich: dass ich mich ins Leben meines Sohns schleichen und seine Schätze bestaunen und das Gesicht sehen durfte, dem so viel an meiner Billigung lag; das Glück, mit ihm ein kleiner Junge sein zu dürfen! Aber ebenso bekümmerte mich, dass ich nicht unten bei den Alten sein und mit ihnen den Dachboden der Vergangenheit durchstöbern konnte. Hughie im Samtanzug, Alice mit Prinzesshut, im Spiegel der greise Max. Und wir alle drei wieder wie damals.

»Fehlt sie dir, Alice?«

Den Rest konnte ich nicht hören. Ich lehnte mich aus dem Fenster.

Sammy zerrte an meinem Ärmel. »Pass auf, ich baue ein Schiff, ja? Und du musst auch eins bauen, und dann fahren wir auf dem Bett um die Wette, das ist der Fluss, verstehst du.«

Ich verstand. Unter mir saßen auf einer gusseisernen Bank in der Umarmung gelber, von der Wärme getäuschter Forsythien zwei alte Menschen, die so aussahen, wie ich ausgesehen hätte, hätte die Zeit nur für und nicht gegen mich gearbeitet.

Als Hughie auf sein Zimmer kam, wartete ich bereits.

»Wie geht es ihr?«

Sammy war längst eingeschlafen, und ich, zu alt für Kinderschlafenszeit, hatte gewartet, bis ich ihn im Traum seufzen hörte, und war dann hinausgeschlüpft. Erst hatte ich das Gemurmel der Erwachsenen belauscht, aber weil ich nichts verstehen konnte, war ich hier ins Nähzimmer gegangen, wo Hughie schlafen sollte. Stoff für neue Gardinen lag auf dem Tisch, eine fertige Schürze.

Mein Freund legte lächelnd seinen Sakko ab. Wir machten kein Licht, der Mond schien zum Fenster herein. Er sagte: »Hallo, Max. Ich dachte, du wärst bei Sammy eingeschlafen.«

»Er ist schon vor Stunden eingeschlafen.«

»Wie war es, ihn zu sehen?« Wir flüsterten.

Ich verschränkte die Hände im Pyjama-Schoß, während Hughie sich auszog. Ich sagte: »Seltsam. Erstaunlich. Ich weiß nicht. Ich werde mich daran gewöhnen müssen. Er glaubt, er wird der größte Irgendwas der Welt werden, was, weiß er noch nicht, aber der größte. Er ist nicht so, wie ich mir kleine Jungen vorgestellt habe. Nicht so, wie ich mal war.«

»Du warst nie ein kleiner Junge, Max.«

»Ich gebe mir Mühe. Erzähl mir von Alice. Ist sie noch dieselbe?«

»Ich weiß es nicht. Ich habe sie gekannt, als sie – was? – sechzehn war?«

»Vierzehn.«

»Gott, wie lange das her ist.«

»Ist sie noch wie früher?«

»Ich habe sie in Erinnerung als, ich weiß nicht, eine, die ständig über alles redete, womit sie den Kopf voll hatte, die ständig Fragen stellte und die Antwort aber eigentlich nicht abwarten konnte. Weil sie schon bei der nächsten Sache war. Ein bisschen ist sie noch so. Aber verträumt, starrt ins Leere, ihre Gedanken wandern wer weiß wohin.«

»Dann ist sie noch dieselbe.« Also hatte ich sie nicht vernichtet. »Hat sie von mir gesprochen?«

»Ich habe ihr nicht ...«

»Ich meine von mir als ihrem Ehemann. Oder als ihrem ehemaligen Vermieter. Was hat sie gesagt?«

»Ich habe von dir als meinem Sohn gesprochen. Ich habe gesagt, du seist ein Strolch. Selbstbezogen und clever, schlauer, musst du wissen, als andere Kinder. Ich habe gesagt, du hättest nie wirklich irgendwohin gepasst und wärst lieber mit mir zusammen. Dass wir in der Küche blöde Wortspiele spielen und verdünnten Kaffee trinken. Ich habe ihr von unserer Reise erzählt und dass du lieber das Bett hast, das näher am Badezimmer ist, falls Räuber kommen und du flüchten musst. Und dass du Dörrfleisch nicht ausstehen kannst. Ich habe gesagt, dass ich versucht hätte, dir das Autofahren beizubringen und du den Seitenspiegel abgebrochen hast.«

»Davon habe ich Sammy auch erzählt. Ich habe behauptet, du hättest mir eine ordentliche Tracht Prügel verpasst.«

»Hätte ich tun sollen. Ich habe gesagt, die Mädchen auf der Schule wären alle in dich vernarrt. Dass du gern liest. Ich habe gesagt, du würdest ihr ans Herz wachsen.«

»Danke.«

Grinsen. »Na ja.«

Hughie wandte sich ab, bevor er seine Unterhose abstreifte. Entblößter, fröstelnder Altmännerkörper. Wie viele Jahre, seit er seine Art Leidenschaft erlebt hatte? Ungelenk stieg er in seine Baumwoll-Pyjamahosen. Das Haus war still, absolut still, und der Himmel im Fenster war um den Mond herum hell und ohne Sterne. Ich fand, es sei Zeit.

Ich sagte ihm, was er schon wusste. Dass er mich bald würde verlassen müssen.

Ohne sich umzudrehen, sagte er: »Ich habe ihr gesagt, dass du Bete nicht magst, und sie meinte, Sammy auch nicht.«

»Hughie.«

»Ich möchte jetzt nicht darüber reden. Ich bin todmüde.«

Ich sagte, ich hätte darüber nachgedacht und fände, er solle am Morgen abfahren.

»Nicht jetzt, bitte.«

»Bevor sie aufwachen. Ich habe dir schon Geld in die Tasche gepackt. In eine Socke gewickelt, verlier es nicht.«

»Nicht morgen, Max. Ich kann nicht.«

»Wir haben das doch alles beredet.«

»Ich kann nicht.«

»Du hast es mir versprochen.«

Er erklärte, er wisse etwas Besseres. Wir könnten beide abfahren. Jetzt gleich; wir könnten unsere Sachen packen und in den Chrysler steigen – der schlummere an der gegenüberliegenden Straßenseite –, ihn leise anlassen und leise von diesem schrecklichen Ort verschwinden. »Wir könnten tun, wovon wir gesprochen haben, wir könnten uns einen kleinen Ort suchen und dort leben. Das wäre das Beste. Klingt das nicht nach der besten Lösung?«

Ich sagte, er vergesse dabei nur eines. Dass ich stürbe.

Hände in die Hüften gestemmt, mit offenem Pyjamahemd, so dass im Ausschnitt die grauen Haare auf seiner Brust sichtbar waren, starrte er mich an. »Jetzt werd nicht theatralisch. Du hast noch fast zwölf Jahre.«

Aber die hatte ich nicht, und er wusste es. Diese zwölf Jahre wären nicht ein Hinwelken und Grauwerden und eines Nachts friedlich in dem Ort einschlafen, den er sich vorstellte, nicht ein Herz, das ich auf die Stunde genau an meinem siebzigsten Geburtstag 1941 zum Stillstand bringen würde. So würde vielleicht er sterben. Ich unterlag einem anderen Fluch: Meine letzten Jahre würden ein körperlicher Albtraum sein. Schrumpfen, Babyspeck ansetzen, den Verstand verlieren und alle Erinnerung, die Sprache, bis ich nur noch auf dem Boden krabbeln und diesen Vater mit Blicken anflehen könnte, mich zu töten. Wir wussten beide, dass ich lange vor diesen Schrecken ein Ende machen müsste.

»Lieber Gott, Max«, sagte er und schüttelte den Kopf. »Hör mal, hör doch. Was soll denn in einem Jahr werden? Wenn du zwei Zoll kleiner bist? Und was wird aus mir?«

»Es wird niemandem auffallen.«

»Dass deine Kleider schrumpfen?«

»So weit wird es nicht kommen.«

»Es ist läppisch. Es ist egoistisch, weißt du das? Du warst immer schon egoistisch, Max. Denk mal nach, denk doch nur einmal nach. Hast du ihr nicht schon genug angetan? Musst du sie wieder hintergehen? Und deinen Sohn? Und mir das antun?«

»Es geht nicht um dich, Hughie.«

»Ach, ich –«

»Lass mich hier bleiben. Meine Frau und mein Sohn sind hier.«

»Du kannst kein Ehemann sein! Du kannst kein Vater sein!«

»Pscht. Ich werde ein Sohn sein. Eine Zeit lang.«

Oder so ähnlich. Ich erinnere mich nicht wörtlich an unser Gespräch, aber ich erinnere mich an den Ton und an sein letztes Gesicht und was für ein Licht war, wie es im Zimmer nach Staub und Öl roch, und ich habe mein Bild danach ergänzt, so wie man ein beschädigtes Kunstwerk restauriert.

Ich sagte: »Du kannst ja den kleinen Ort suchen und dort leben. Das Geld, das ich dir eingepackt habe, wird sehr lange reichen.«

»Ich will dein Geld nicht.«

»Es ist eine ganze Menge. Du kannst ein Haus kaufen und viel Land. Mit einem Hund und einer Haushälterin, die jeden Abend um fünf kommt, um dir Essen zu machen.« Ich entwarf ein Bild, das er nur zu gut kannte, eine Farm mit langer Auffahrt zwischen Zypressen, einer Scheune, seinen gottverdammten Hühnern und allem Drum und Dran. Ich sagte, wenn er wolle, könne er sich einen neuen Teddy besorgen. Reiche Männer könnten tun und lassen, was sie wollten. Er könnte jemanden lieben.

Da schwieg er einen Moment und drehte sich ganz zu mir um.

»Jemanden«, meinte er, und wie er mich ansah, machte mir Angst.

Es gibt Dinge, die kann man nur einmal sagen, und die Worte, die ich ihn formen sah, die hatte er schon gesagt. Vor Jahren, vor Jahrzehnten bei sich im Salon, als ich vom

Haschisch benommen im Sessel vorm knisternden Kaminfeuer lag. Er hatte mich damals in der gleichen Weise angesehen, sich dann dem Feuer zugewandt und etwas gemurmelt, was das Prasseln der Flammen übertönte. Ich hatte so tun können, als hätte ich es nicht gehört, so tun können, als wären wir so, wie ich das wollte, und das Feuer zu laut oder das Rauschen des Bluts in meinen Ohren, ich konnte so tun, als wäre er betrunken, und konnte vergessen. Aber es waren über dreißig Jahre vergangen, und da waren nun seine blauen Augen, und er hatte nicht vergessen. Ich sah die Worte sich zurechtlegen, aber es gibt Dinge, die sagen wir nur einmal. Er knöpfte sein Pyjamahemd zu. Am Zittern seiner Hände erkannte ich, dass das Leben für uns beide schrecklich schief gegangen war.

»Hughie, reich mir den Whiskey.«

»Du bist zu jung.«

»Es wird vermutlich mein letzter sein. Gib schon.«

»Max, ich werde nicht gehen«, sagte er, obwohl er aussah, als sei er das Streiten schrecklich müde.

»Wirst du wohl, ich weiß es.«

»Ich bin zäh. Das weißt du doch noch, oder? Als wir klein waren? Du warst, Herrgott, bestimmt einen Kopf größer als ich, und ich habe dich trotzdem zu Boden gerungen. Es war mir egal. Ich war halb so groß und hab dich trotzdem besiegt.«

»Das ist jetzt was anderes.«

»Haben wir jemals bessere Zeiten gesehen? Als den gemeinsamen Unterricht morgens? Wenn mein Dad eine Karte verkehrt herum entrollte und drauf zeigte, als gebe es auf der Welt einen neuen Kontinent? Und hinterher hast du mich gepackt und ins Gras geworfen. Weißt du noch, Max?«

»Ja. Nein, wir haben nie bessere Zeiten gesehen.«

Wir sprachen bestimmt noch eine Stunde lang über alte Zeiten. Den Geruch der Kreide, wenn wir die Tafel wischten, die Frösche, die wir in der Pantry versteckten, um Maggie und John Chinaman zu erschrecken, und die Furcht, wenn wir in den Rauchsalon meines Vaters schlichen und die vielen wundersamen verbotenen Dinge von seiner Etagere hochnahmen (und wie der Affenkopf unter Glas eine Macke bekam, die wir dem Kaminkehrer in die Schuhe schoben). Scherze, die nur für uns zwei Sinn ergaben. Alte Kindergeheimnisse. Eine Schlittenfahrt im Schnee zwischen Grabsteinen. Mittlerweile war der Mond untergegangen, und ich hörte an seiner weichen Stimme, wie schläfrig er war. Ich sagte, vielleicht sei es Zeit zu schlafen.

Er flüsterte: »Nein, nein ...«

»Zeit zu gehen.«

»Schlaf heute Nacht bei mir.«

»Gut, aber vor Morgengrauen verschwinde ich.«

»Ein Letztes noch.«

»Es ist Zeit, Hughie.«

Seine Stimme wurde noch ein letztes Mal bestimmter, er bot seine letzte Kraft auf: »Sag schon. Willst du nicht mitkommen? Jetzt gleich? Oder wir warten ein paar Tage, dann brechen wir auf. Oder ich gehe und du nimmst einen Bus. Bleibst bei deiner Familie und nimmst dann den Bus oder lässt dich zu deinem Dad bringen. Sag ja. Komm und leb mit mir auf der Farm. Du würdest mir so eine Freude machen. Du kommst doch, bitte, du wirst bei mir alt werden. Du wirst ... wie ein kleiner Junge werden, ein Baby, du hast davor Angst, aber ich habe keine Angst. Ich werde da sein. Ich werde mich um dich kümmern, bis du stirbst. Das werde ich. Ach, Max, komm mit mir.«

Auf seinem Pyjama waren Schäfchen. »Nein, Hughie.«

»Nein«, wiederholte er, und was er hörte, war: niemals.

»Lebwohl«, sagte ich.

Gefasst: »Ich werde mich nicht verabschieden. Ich werde nicht gehen.«

»Du wirst schon wissen, was zu tun ist. Wenn du aufwachst, wirst du dich entscheiden.«

»Schlaf heute Nacht hier«, bat er, ohne mich anzusehen.

»Ach, Hughie.«

»Schlaf bei mir«. Ich tat es. Ich hielt ihn so lange in meinen Kleinjungenarmen, bis sein Bein zuckte und sein Atem abgeebbt war. Sein Gesicht war gerunzelt, als konzentriere er sich ganz auf seine Träume, mache sie besser als das Leben, und sein Mund stand offen. Er begann leise zu schnarchen. So sehe ich ihn – und ich sehe ihn ständig vor mir –, Mund nicht etwa offen wie ein Kind, sondern wie ein alter Mann, der von gestern träumt. Ich küsste ihn und kroch aus dem Bett, schlich mich wieder ins Zimmer meines Sohnes und schlief in dem kleinen Bett ein. Ich war schrecklich müde.

Ich sollte erwähnen, dass ich heute Geburtstag habe und dass wir ein Picknick veranstaltet haben. Ich schreibe barfuß im Gras. Es erstreckt sich über viele Morgen, das Gras, Dutzende von Schattierungen von Grün zwischen den Grabsteinen, und es ist nicht sonderlich sorgfältig gemäht, so dass hier und da kleine Wiesen aufsprießen, wo winzige Vögel tschilpen und keifen und Bienen summen, und Ähren grüner Samen wiegen sich im Wind. Es ist recht hübsch. Die Septemberluft ist trotz Sonne kühl, und viele voreilige Bäume unten am Fluss werden schon gelb. Es sind wenig Menschen hier, heute, ein paar alte Witwen, die tote gegen frische Blumen wechseln, und zwei junge Frauen, die Motive von einem Obelisken abpausen. Und Alice, natürlich, drüben am anderen Ende. Ich sehe ihr rotes Kopftuch im Wind flattern. Irgendwo bei ihr ist Sammy.

Im Gras liegt ausgebreitet eine Decke mit Überresten unseres Festmahls: Eiersalat-Sandwiches, Tomatensuppe, dann ein paar Pfirsichkerne und ein orangegelber Kuchen mit dreizehn geschmolzenen Kerzen. Die Ameisen räumen schon fleißig ab. Es liegt da auch das Papier meiner Geschenke, zerknüllte Ballen Himmelblau. Sammy war hochzufrieden mit meinem Erector-Set, von dem Alice sagte, es »passt zum anderen«, aber angeödet von den Büchern – Irving und Blackmore und Joel Chandler Harris – aus einem anderen Jahrhundert und ganz aus der Mode. »Die mochte ich als Mädchen so gern«, sagte Alice mir. Ich weiß, Liebste. Du hast Sammy losgeschickt, um ein Grab aus dem Bürgerkrieg zu suchen, und wir beide waren allein.

»Ich habe noch ein Geschenk für dich«, sagtest du. Du trugst ein langes, rot besticktes Kleid und dazu eine weiße Cloche, und deine Kamera lag neben dir wie ein Haustier.

»Noch eins?«

Du gabst es mir. Einen einfachen Umschlag. Darin eine Karte der Behörden zu meiner Namensänderung. Nicht mehr nur der kleine Hughie. Nicht mehr nur der

Sohn deines alten Freundes, der mich deiner Obhut übergab. Ich war jetzt Hughie Harper. Du und der Doktor haben mich adoptiert, im Vorwege eurer Hochzeit, im Vorwege einer endgültigen Form für das Leben.

»Du gehörst zur Familie, Hughie«, sagtest du und lachtest über deinen gelungenen Streich.

»Ja«, sagte ich.

Es ist nicht ganz das, was ich mir erhofft hatte, aber es ist genug. Jetzt, Sammy, wirst du ohne juristische Umstände dein Erbe bekommen, das Vermögen deines Großvaters. Und was meine neue Mutter angeht: Näher werde ich meinem Wunsch nicht kommen, liebe Alice, nämlich in deinem Schoß zu sterben.

»Kopf hoch«, sagtest du und nahmst deine Kamera. Ich lachte; ekstatisches Blitzen. Also wird es zum Entzücken der Ärzte sogar eine Aufnahme der Kreatur geben, vielleicht als Frontispiz einer Studie. Sie legte die Kamera wieder weg.

»Bist du glücklich?«, fragte mich Alice.

Wer wüsste darauf jemals eine Antwort?

Jetzt ist sie zu Sammy hinaus zwischen die Gräber gegangen. Und ich sitze hier und zögere das, was als Nächstes kommt, so lange heraus wie möglich. Ameisen krabbeln über die Seite. Du weißt, was kommt, oder? Wenn du um Mitternacht bei jemandem sitzst und ihn um etwas Schreckliches bittest? Dann weißt du, was am nächsten Morgen geschieht.

Als ich an jenem ersten Morgen erwachte, nachdem ich Hughies Zimmer verlassen hatte, war die Welt hell und kalt. Ich hörte unten ein Radio und dazu jemanden singen, und ich sah, dass das andere Bett leer war, dass ich meine Decke abgestrampelt hatte und dass sie am Boden lag. Ich war ganz allein. Die Goldfische schwammen in ihrem prekambrischen Glas. Mit einem Übersinn hatte Buster erfasst, dass ich wach war, und kam mit wehenden Ohren ins Zimmer gesprungen, um mir das Gesicht abzuschlecken, bevor ich ihn abwehren konnte. Er hüpfte aufs Bett und packte ein Stofftier im Genick – einen Tiger –, und er schlug sich tapfer, ehe er ihn fallen ließ, mich noch mal abschleckte und wieder nach unten schoss. Weitere Stimmen. Ich sollte hinuntergehen. Aber ich wartete einen Moment. Das hier würde nie wiederkommen. Die Sonne hinter den Jalousien im frühmorgendlichen Blau; sie würde nie wiederkommen. Was immer geschehen war, was immer Hughie beschlossen hatte, es war geschehen – und nichts würde nach diesem Morgen sein wie zuvor. Nach dieser Sonne. Ich hatte es Jahre zuvor schon erlebt, an einem anderen Morgen, als ich erwachte und die Welt auch damals verändert vorfand, schneebedeckt. Die gleiche Stille im Herzen. Das gleiche Licht überall, hell wie Glück.

Draußen in der Diele kam ich am Nähzimmer vorbei; die Tür war geschlossen.

Ich roch oben auf der Treppe schon die Waffeln und blieb noch einmal stehen. Waffeln und etwas anderes in der Pfanne; es roch erstaunlich. Im Radio spielte »The Best Things in Life Are Free«, und ich hörte Sammy dazu pseudo-säuseln, in seinen kleinen Pantoffeln auf dem glatten Boden herumtappen und wahrscheinlich ins Mikrophon eines Schneebesens singen. Busters Krallen steppten dazu; ich sah ihn hinter Sammy herscharwenzeln und vermutlich betteln. Und Alice im

Morgenmantel, die Eier verrührte – denn es konnte sich nur um Rührei handeln. Dem grünen Morgenmantel, den sie einen Monat vor ihrem Verschwinden kaufte. Ihr Haar unter einem Kopftuch. Ihre Augen verträumt, wie Augen es sind, wenn man erst einen einzigen Schluck Kaffee gehabt hat.

»Na, du Langschläfer!«, meinte sie, als ich eintrat. Altes Lächeln, alte Alice. Nur sie beide.

»Was gibt's zum Frühstück?«, fragte ich.

»Rhinozeros«, klärte mich mein Sohn auf und flüsterte Buster was ins Ohr.

Nur sie beide.

Meine ehemalige Frau schlug mit einem Löffel nach Sammy. Gelber Morgenmantel, Pferdeschwanz; auch gut. »Eier und Waffeln und Toast. Rhinozerosse gehen extra.« Sie drehte sich nach mir um. »Wo ist dein Dad, kleiner Hughie?«

»Ich weiß nicht. Schläft wohl noch.«

»Nicht auf seinem Zimmer«, sagte sie. »Der Wagen ist weg.«

»Vielleicht wollte er noch Rhinozerosse besorgen«, tönte Sammy.

Sie ging in die Hocke und musterte unseren Sohn. »Vielleicht. Rhinozerosse!«

»Ha!«, rief Sammy.

Als ich mich setzte und Alice mir Orangensaft einschenkte, versuchte ich mir jedes kleinste Detail des Augenblicks einzuprägen. Die Bordüre an den Gardinen, das Teegelb des Lichtstreifens darunter. Den Geruch der Waffeln und des angebrannten Toasts, das Geräusch, mit dem Alice die schwarzen Krusten in den Müll schrappte. Ihr schlichtes Gesicht und wie sich in der

Partie ihres Haars, die ich in einem anderen Jahrhundert zuerst geküsst hatte, unter der Tönung graue Wurzeln zeigten. Wie das Radio einen Strich neben der Sendefrequenz lief und als gespenstischer Hintergrund irgendwelche Nachrichten zu hören waren.

Alices braune Augen hellten sich auf. »*Toot, Toot, Tootsie, goodbye!*«, sang sie und klopfte mit dem Fuß den Takt, drehte lauter, tippte Sammy mit dem Schaber an, und der stimmte ein: »*Toot, Toot, Tootsie, don't cry!*«

So würde es sein, so lange ich wollte. Hughie hatte es möglich gemacht. Ich würde hier bei meiner Frau und meinem Sohn bleiben können, zum Radio mitsingen, ein halbes Jahr vielleicht, ehe es mit mir zu weit fortgeschritten wäre. Gab es je ein Glück wie das meine, überhaupt in der ganzen Geschichte? Und was, wenn das Allerbeste geschah, wenn mein Fluch sich irgendwie auflöste, gewendet würde, so dass ich, statt langsam zu sterben und im Körper eines Kindes zu verschwinden, anfangen würde – heute, heute Morgen in dieser Küche – vorwärts zu wachsen? Es hat seltsamere Wunder gegeben. Alle paar Wochen würden Sammy und ich an den Türrahmen gestellt und gemessen werden, und siehe da: ein Zoll, zwei Zoll. Älter und größer wie alle Jungen, so dass ich die Hände und Finger von einst wiedererlangte – und die Handschrift, liebe Leser –, die Augen, das Lachen, alles. Eine neue Chance, ein neues Leben. Und dann würde der Tag kommen, wenn ich meine alte Mom besuchte – mit Sammy zu Weihnachten –, ein Tag fünfzehn Jahre voraus in der Zukunft, wenn ich Mitte zwanzig wäre und wieder hübsch, und sie mich ansehen würde, selbst langsam alt und gebrechlich, und sich fragen, ob es am Alter liege oder nur einem Zwacken der Erinnerung, dass sie sich an ihren einstigen Ehemann erinnert fühlte, den alten Asgar, jung wie an dem Abend, als sie ihn verließ.

»*Toot, Toot, Tootsie, goodbye!*«

Wo war Hughie jetzt wohl? Ach, irgendwo hinter Eppers drehte er wahrscheinlich an den Knöpfen des Radios, um *Amos 'n' Andy* klar reinzukriegen. Ich nahm an, dass er an einer Tankstelle halten und sämtliche Schmiermittel wechseln, die Polster reinigen und jede Spur der auf der Tour mit einem Ungeheuer und Verräter verbrachten Zeit, der noch dazu Dreck machte, beseitigen lassen würde. Eine neue Chance, ein neues Leben. Sich gegen einen Wassertank lehnen und die Karte studieren – wohin nun, mein Freund? Konnte einer seine letzten Jahre in Missoula, Montana, verbringen, in einem kleinen Haus nahe der Ortsmitte, seine Lebensmittel samstags auf dem Markt kaufen und die Männer beäugen, die die Eisenbahnwaggons beluden? Oder ein Stadtleben, in New York, in einem Apartment hoch oben über dem Park, mit einem Doorman, der sich freute, wenn man sich nach den Kindern erkundigte? Oder sich sogar für die letzten Jahre wieder in San Francisco einrichten? Wieder mit der Fähre in den Nebel zurückkehren. Ein Haus an der Steilküste mit Blick auf Golden Gate, wo das Blöken der Nebelhörner einen alten Mann nachts in den Schlaf lullte. Ein ganzes Land zur Auswahl. Eine neue Liebe irgendwo, verborgen. Und noch Jahre Zeit, sie zu finden.

»Ich bin so froh, dass du und dein Dad gekommen seid«, sagte Alice. »Ich weiß gar nicht, wann ich zuletzt so glücklich war.«

»Hat aber wahrscheinlich keinen Zweck, auf ihn zu warten«, sagte ich. »Er unternimmt wohl einen seiner Morgenspaziergänge.«

»Ich sterbe vor Hunger!«, erklärte Sammy.

»Bestimmt nicht?«, meinte sie.

»Essen wir.«

Ich war daheim. Endlich daheim. Aber das Traurige, das hoffnungslos Bittersüße und Traurige daran war, dass ich mit diesem Wissen immer allein bleiben würde.

Drei Stunden vergingen, ehe die Polizei an der Tür läutete. Inzwischen hatten Sammy und ich abgewaschen, und Alice hatte uns schon für ihren Plan gewonnen, sämtliche Bücher aus den Regalen zu holen und abzustauben. Sie waren ringsum auf dem Fußboden ausgebreitet, ein Ozean von Seiten, von meiner ehemaligen Frau über alle stumpfsinnigen, alle glücklichen, alle schlimmen Zeiten ihres Seelenlebens hinweg heiß geliebt – denn Bücher sind selbstsüchtige Dinger, unteilbar, und jeder Band, den ich abwischte, ließ mich an Stunden denken, die sie nicht mit mir verbracht hatte. Ich erkannte so viele davon wieder. Dann läutete es an der Tür, und Alice musste vorsichtig über ihren Dickens steigen, um aufzumachen. Sammys angeödetes Seufzen. Die Stimme eines Polizisten, ein Wehklagen meiner einstigen Frau. Ja, ja, es war so weit. Ich hatte alles Glück der Welt aufgebraucht.

Ein Angler hatte den Wagen im Indian Lake gefunden, fünf Meilen außerhalb vom Ort, und es war reiner Zufall gewesen, dass er an diesem Morgen dort war und den Kotflügel im schlammigen Wasser blinken sah. Alle Türen waren verriegelt, das Geld noch in der Socke, durchweicht, aber erhalten, und ich muss die Polizei dieses Landes und die Bergungsmannschaft ob ihrer kleinstädtischen Ehrlichkeit preisen. Der Wagen war offenbar nicht gleich gesunken, so massig er auch wirkte, nein, der Chrysler war zunächst bis zu den Fenstern versackt und schwamm dann auf. Das war laut Bericht des Coroners der Zeitpunkt, da der Fahrer aus dem Handschuhfach (offen) eine alte Armeepistole genommen und sich einmal in den Rachen geschossen hatte. Vermutlich dauerte es noch zehn Minuten, ehe der Wagen weiter zu sinken begann, aber dann muss es, bei dem vielen Stahl und dem Gewicht des ungewöhnlichen Radios, schnell gegangen sein. Drei Minuten, vielleicht weniger. Natürlich war der Fahrer schon tot. Niemand hatte den Schuss gehört, aber es war ja noch früh am Morgen, die Hähne krähten und überhaupt, es lebte niemand mehr am Indian Lake, nachdem die Fabrik 1924 dichtgemacht worden war.

Du weißt, Alice, was geschah, und du, Sammy, wirst dich erinnern. An den Polizisten, der uns all dies im Wohnzimmer erklärte, und wie ich in das Büchermeer stürzte und ertrank, wie deine Mutter laut klagend an der Wand zusammensackte. Deinem Vater ist etwas zugestoßen, Junge. Wem? Deinem Vater, Hughie Dempsey. Du weißt, wie ich im Etagenbett unter dir die ganze Nacht weinte und Buster dazu wimmerte, wie es dich verwirrt haben muss. Einen Jungen solche Flüche murmeln zu hören – deinen geliebten Gott verfluchen – und im nackten Mondlicht stehen zu sehen wie ein aus dem Irrenhaus Entflohener.

Bei solchen Anlässen gibt es in kleinen Orten einen Zeitungsartikel, eine Predigt in der Kirche und eine Beerdigung. Wir bekamen alle drei. Der Artikel umfasste ungefähr das, was ich geschrieben habe, plus Interview mit dem Angler, Kommentar der Polizei (»Wir können es nicht fassen«) und ein paar Zeilen über mich, den im Sumpf eines solchen Todes versinkenden Sohn. Der Ton des Artikels war von Entsetzen und Zorn geprägt. Wie konnte er sich unterstehen, dem Jungen so etwas anzutun, und das in unserer glorreichen Stadt! Wir verstehen es nicht. Wir sind nicht so. Der Tenor der Predigt war ähnlich. Die Beerdigung war gut besucht, schwoll vor Musik und neugierigen Menschen, obwohl keiner außer Alice den Mann je gesehen hatte.

Ich kann mich an nichts davon richtig erinnern. Ich weiß, dass mein eines Auge nervös zu zucken begann und eine Woche lang nicht mehr aufhörte. Ich glaube, ich habe unentwegt gegessen und nachts geheult und mich geweigert, mich umzuziehen. Selbst in meinem benommenen Zustand und obwohl mein Oger-Blut jedes Quäntchen Menschlichkeit in mir auszehrte, versuchte ich, Gutes zu tun; ich machte Hughies Frau in Nevada ausfindig und rief sie an. Ich tat es vom Bestattungsinstitut aus, während eines unbeobachteten Moments allein mit dem Sarg (Eiche und Bronze, mit gnädig geschlossenem Deckel, alter Freund). Ich fand in der Ecke des Büros zwischen modrig riechenden Kunstorchideen einen Fernsprechapparat. »Abigail?«, flüsterte ich, als eine Frau abhob.

»Ja?«

»Hier spricht Max Tivoli. Du erinnerst dich doch, ein Freund von Hughie. Ich habe schlechte Nachrichten. Hughie ist tot.«

»Wer sind Sie, junger Mann?«

»Abigail, hier ist Max. Hughie ist tot.«

Die Telefonistin unterbrach und erklärte das Gespräch für beendet. Ich versuchte es noch mal, aber es hob niemand ab. Ich betrachtete den Apparat und fragte mich, wozu ich mir die Mühe machte. Wahrscheinlich hatte sie ein Recht auf ihn, aber ich wollte ja gar nicht, dass sie ihn holte. Auch nicht, dass Teddy ihn holte. Ich war froh, ihn jetzt immer bei mir haben zu können. Ich kehrte in den Trauerraum zurück, wo alle auf mich warteten, ein Strauß Augen blickte mich an, weil sie, natürlich, annahmen, ich sei ein untröstlicher kleiner Junge.

Alice behielt uns drinnen. Das war die letzte Spur Levy an ihr: dass für die Toten Schiwa sitzend begangen werden musste. Sie ging nie in die Synagoge (es gab natürlich auch keine), hielt keine Festtage ein, aß Speck und Shrimps, wenn sie Lust hatte, hörte samstags im Radio *The Goldbergs* und glaubte, soviel ich weiß, nicht an Gott, aber wenn es um den Tod ging, war sie Jüdin. Ein braves Levy-Mädchen. Wie auch nicht? Der Tod macht uns alle zu Kindern; das hatte ich im Krieg gelernt.

Dabei ergab es gar keinen Sinn, genau besehen: In welchem Verhältnis stand sie schon zu Hughie? War nicht Familie. War niemand. Sie hatten sich vierzig Jahre nicht richtig gesehen, sie hatten einen Brief gewechselt, einen Blick im Park. Aber die Kleinstadt behandelte sie wie eine Witwe, man brauchte Kasserollen und Eintopf und Braten. Ich fühlte mich an die Zeit in Nob Hill erinnert, als Mutter und ich die vielen verschleierten Damen abwehren mussten. Alle fragten mich nach meinem Vater, und ich sagte unweigerlich: »Er war ein guter Mann, und er hat mich geliebt«, und dann flohen sie rasch vor dem Anblick trauernder Juden. Wir trugen Schwarz, wir verhängten die Fenster, wir zerrissen den Stoff über unseren Herzen. Wir lebten koscher. Wir hielten das Silber getrennt, wie es ihre Mutter vor fast einem halben Jahrhundert getan hatte. Es war Irrsinn, aber es war alles, was Alice blieb.

Ich hatte sie nie weinen sehen. Mein ganzes Leben nicht. Drückte man ihr weiches Herz, quoll meist Zorn heraus, aber um Hughie hat Alice geweint, o ja, das hat sie. In schwarze Seide gehüllt, den Blick starr auf die Wand gerichtet, ließ sie die Tränen einfach laufen, und in ihren Augen glomm ein ganz privates Feuer. Spätabends hörte ich sie stöhnen. Und ich konnte nicht schlafen. Schließlich war ich derjenige, der ihrem Leben dieses letzte Leid zugefügt hatte, nach so vielen anderen.

Sie wartete lange mit ihrer Frage. Es waren keine nächsten Verwandten gefunden worden und ich gehörte längst zum Haushalt, steckte tief in dem Leben, das ich auf diesen Seiten versucht habe zu schildern. Ich hatte mich geweigert, ins Nähzimmer – »Dad's Zimmer«, wie ich es nannte – zu ziehen und teilte mir halb-endgültig das Zimmer mit Sammy, ich war schon in Mrs. McFalls Klasse angemeldet, war schon Sammys »Rhinozeros«. Es geschah an dem Abend, den ich beschrieben habe, als zwei schlaflose Menschen in den Himmel hochsahen. Meine Alice in ihrem Nachthemd weich und formlos im Dunkeln, lud mich nach unten auf ein Glas Milch ein. Dort saßen wir am Tisch, Buster zu Füßen. Sie schenkte kleine mondweiße Gläser aus. Dann, schließlich, sagte sie mit gebrochener Stimme:

»*Warum hat er uns das nur angetan?*«

Alte Alice, alte unwiederbringliche Alice. Und doch irgendwo in diesem Körper, verschachtelt wie russische Matrjoschka-Puppen: die Ehefrau, die Frau, das Mädchen.

Sie sagte: »Tut mir leid. Verzeih die Frage.«

»Ist schon in Ordnung.«

»Gott, ich kann nicht schlafen. Du auch nicht, ich weiß. Ich höre dich nachts herumgeistern. Wie heute. Es liegt daran, dass wir es nie wissen werden, oder?«

»Wahrscheinlich nicht.«

»Er hat dich zu mir gebracht. Darüber bin ich froh. Wahrscheinlich wollte er, dass du irgendwo geliebt wirst.«

»Wahrscheinlich.«

»Aber für dich ist es eine furchtbare Last. Manchmal bin ich so wütend auf ihn!«

»Nein, bitte: nicht wütend sein.«

»Entschuldige. Ich bin es ja nicht wirklich. Ich habe ihn sehr geliebt, weißt du.«

»Ich weiß, warum er es getan hat.«

Deine Augen, diese alten Darjeeling-Augen. Ich habe sie einmal tief getroffen gesehen und einmal auf einer Straße in San Francisco voll Schrecken und Tod. Aber ich weiß nicht, ob ich in ihnen je Liebe gesehen hatte. Ich könnte es dir sagen, Liebste. Ich könnte hier sitzen und zusehen, wie die Milch weiße Schatten ins Glas malt, während draußen vorm Fenster die Dunkelheit murrt, und darauf warten, dass aus dem zerknitterten Winkel deines Auges eine Träne tritt. Dann würdest du erst weinen, Liebste. Warum er es getan hat? Ganz einfach: Weil ich es ihm befahl. Weil er sein ganzes Leben jemanden geliebt hat – mich hat er sein ganzes Leben geliebt –, und nichts weiter wollte, als mir nahe sein, und ich habe ihn fortgeschickt. Ich habe ihm befohlen, nie wiederzukommen. Und das ist er nicht, nie wieder. Warum er es getan hat? Weil er glaubte, ihn liebe niemand.

Und vor mir sitzt du, der Grund für all das. Mein Preis für Mord. Du, Alice, und Sammy, eine kurze Zeit.

Aber kein Hughie mehr, nie wieder. Ich kann damit nicht leben, aber ich muss es. Jeder von uns hat in seinem Leben teuer bezahlt.

»Ja?«, drängtest du.

Die Wahrheit konnte ich dir nicht sagen. Es war zu spät. Also sagte ich dir so etwas Ähnliches wie die Wahrheit, etwas Gnädiges, das, was du ohnehin hören wolltest: »Ich glaube, es war alte Liebe.«

Du sahst schniefend auf deine Milch hinab. Du hörtest, was du zu hören gehofft hattest. Fortan konntest du schlafen, denke ich.

»Darf ich dir einen Kuss geben?«, fragte ich.

Ich hatte in meiner Stimme nichts zu verbergen versucht. Dein Gesicht verspannte sich, dein Mund wurde hart. Wusstest du Bescheid? Es spielte keine Rolle mehr.

»Mom? Alice?«

»Ja, Hughie.«

»Darf ich dir einen Kuss geben?«

Pause, Augen, ein prüfender Blick im nackten Licht. »Also gut.«

Verzeih, wenn ich es länger machte, als es ein guter Sohn darf. Denk an lebenslange Lieben und kindliche Angst vor der Dunkelheit. Denk an traurige Abschiede.

Gleich am nächsten Tag entwendete ich der Lehrerin den Füller. Ich stahl einen Haufen Hefte. Und an einem Apriltag begann ich in einem Sandkasten all das niederzuschreiben, was du gelesen hast.

Manchmal denke ich an die Wespe. Die, die meine Alice gestochen hat. Blondschwarz gespalten wie das Auge eines Tigers, die ihr Leben in einem Nest in South Park verlebte. Mittlerweile tot, natürlich, vor vierzig

Jahren zerquetscht. Aber ich stelle mir gern vor, dass sie, solange sie noch lebte, meine süße Alice durch Salonfenster beobachtete. Tag für Tag sirrte und summte sie in ihrer Kammer, wachte über mein Mädchen, wenn sie ihre schlechten Romane las, sich frisierte, laut vorm Wandglas sang. Sie sammelte keinen Honig, sie baute keine Waben, sie verfolgte keinen anderen Zweck im Leben als zu ärgern und hätte Monate zuvor getötet werden müssen, hätten die Vermieter aufgepasst. Ein wertloses Insekt, aber es liebte sie. Es lebte dafür, über sie zu wachen. Und an einem seiner letzten Tage – denn für die Wespen ist das Leben kurz – verschloss es sein Heim, verließ sein Vordach, schwänzelte zweimal in der Luft und stürzte endlich in ihr Leben. Es starb, versteht sich. Ein Schmier bräunlichen Bluts. Es ist eine tapfere und dumme Sache, eine herrliche Sache, sich für die Liebe zu verschwenden.

Nun habe ich alles bekannt. Nichts ist falsch gesagt, aber wenn ich alles noch mal überfliege, ist auch nichts ganz richtig. Ich habe einen Leberfleck an Alices Hals ausgelassen. Und eine Szene, in der ich und meine Frau in unserem neuen Oldsmobile draußen am Meer durch die Gischt brausen und lachen. Und Hughie in Kentucky, der bei Farmern klingelt, um Landschinken zu kaufen, und entzückt vom dröhnenden Klang inmitten des Widerhalls endloser Hügel dasteht. Aber lassen wir das. Ich habe so viel Leben festgehalten, wie ich ertragen kann.

Was uns, endlich, zum Schluss bringt. Hier auf seinem Grab, wo ich ein paar letzte Worte hinkritzele. Alice und Sammy stöbern zwischen den Gedenksteinen, und nun gibt es nur noch das Gras und mich, die Ameisen und den Mann, den ich ermordet habe. Von Rechts wegen müsste er in Colma bei seiner Familie liegen, seinem Sohn, aber ich wollte ihn hier beerdigt sehen, und hier liegt er nun zwischen den Selbstmördern, den Heiden und dem Klee. Ich bin sicher, er hätte nichts dagegen.

Ich weiß, was ich getan habe. Jede Nacht denke ich an ihn – den ersten normalen Jungen, den ich je zu Gesicht bekam, der mir ein Sohn, ein Vater, ein alter Freund war, der eine Mensch, der mich mein Leben lang geliebt hat –, ich denke jede Nacht an ihn. Und wenn ich an ihn denke, reißt es mir die Nerven aus den Gliedern, wie Unkraut, das bei der Wurzel gepackt wird.

Ihr könnt seinen Grabstein aufsuchen, wenn ihr wollt. Ganz links hinter der Gruppe der einheimischen Doones und einem Marmorengel der Stein aus schwarzem Granit. Hubert Alfred Dempsey. Lieutenant der Marine im spanisch-amerikanischen Krieg. Dann Geburts- und Todesdatum und der Spruch: »Hier ruht ein guter Freund«. Es steht nichts davon da, dass er als kleiner Junge Papier aß.

Es ist Zeit zu gehen. Dr. Harpers Rezeptblock hat mir einen ermutigenden Vorrat an Tabletten gesichert, allesamt blau und malvenfarben, und ich finde, ich sollte, solange ich noch Geburtstag habe und bevor ich zu tief in den Sumpf meines eigenen Fluchs sinke, dem Ganzen in Indigo ein Ende bereiten. Wahrscheinlich heute Nacht, sobald ich das hier fertig habe. Ich habe vor, die Seiten auf dem Dachboden zu verstecken, in einer Schachtel mit der Aufschrift »Max«. Ich habe vor, mich an den Bach zu schleichen und in ein Aluminiumkanu zu steigen. Dort werde ich meine Dosis Gin und Veilchen nehmen. Das ist mein Geburtstagswunsch.

Ich sehe meine Frau und meinen Sohn zwischen den Gräbern der Bürgerkriegstoten umherwandeln. Wie meine Mutter es genossen hätte, ihren Enkel hierherzuführen! Grashüpfer springen im Gräberunkraut, Ahornsamen schwirren Richtung Fluss, und, was am erstaunlichsten ist: Ich sehe am hellen Himmel die blasse Pusteblume des Monds. Von irgendwo schallt ein vogelähnliches Lied, hinter dem ich eine Gruppe Kinder vermute, irgendwo in der Nachbarschaft spielen sie Blindekuh, und ihre wilden, kreischenden Stimmen werden nur in Fetzen windgelullt zu mir hergetragen. So werden sie, vom Wind fortgetragen, rufen und schreien, bis sie zu alt dafür sind, aber dann wird es wieder neue Kinder geben, froh und unwissend und ungestüm, und so weiter, nur wird es unter ihnen nie mehr einen geben wie mich.

Sammy winkt mir. Er ruft etwas, was ich nicht verstehe. Ich glaube, er hat einen alten Soldaten gefunden. Lebwohl, Sammy. Und Alice, da bist auch du, du beschattest deine Augen mit der Hand und schaust zurück. Denke immer daran: Es hat in meinem Leben keinen Augenblick gegeben, da ich dich nicht geliebt habe.

Morgen wird euch wahrscheinlich ein Anruf wecken. Es wird zu früh sein, um zu verstehen, und du wirst nach deiner Brille tasten, als könnte sie dir helfen zu hören, aber was der fremde Herr sagen wird, ist, dass sie eine Leiche entdeckt haben. Dein neuester Sohn liegt tot in einem Kanu im Schilf. Es wird gerade dämmern, und du wirst wie versteinert sein, wenn du dir irgendwelche zufälligen Sachen überziehst, zuletzt eine Strickjacke, und zum Wagen stolperst. Die Polizei wird dir auf der Wache einen Kaffee holen, man wird gedämpft sprechen. Es wird nicht mehr Sinn ergeben als im trüben Morgenlicht. Man wird dir einen Beutel mit meinen Sachen aushändigen. Dann wird man dir einen Körper unter einem Tuch zeigen. Man wird das Tuch zurückschlagen. Und da werde ich dann sein, nackt wie in unserer Hochzeitsnacht, Waschhaut an den Fingerbeeren, die zerstoßene Haut blau aufblühend. Sei nicht traurig. Das Leben ist kurz und voll Kummer, und ich habe es geliebt. Wer weiß, warum? Betrachte mich nicht zu lange; du wirst an Hughie denken müssen, und dann beginnt alles wieder von vorn, der alte Schmerz und der neue. Wende dich von mir ab, Alice. Schau in den kleinen Beutel, den man dir gab; dort müsste eine Kette sein. 1941. Dann wirst du verstehen. Sei nicht traurig.

Eines Tages wirst du diese Seiten finden. Ich vermute, es wird nicht deshalb sein, weil du den Dachboden räumst, ich denke eher, du wirst einfach nach irgendetwas von früher suchen, das du deinem vierten Mann zeigen willst. Du wirst die Fotoalben beiseite schieben, und siehe da, es wird eine Schachtel mit der Aufschrift »Max« in deiner kindlichen Hand liegen. Du wirst die gelben Seiten hervorholen, verklebt mit Sand und Gras, und es wird dich anfallen – plötzlicher Hass oder Zärtlichkeit oder irgendwas für den alten Knaben. Ich nehme an, dass du die Seiten eines Tages Sammy zeigen wirst, und dann wird sich ein kleines Rätsel seiner Kindheit erledigen: der komische Junge, sein flüchtiger Bruder, den du so schnell beerdigt hast und nie wieder erwähntest. So, wie du seinen Vater nie erwähntest. Sollten die Seiten Dr. Harper in die Hände fallen, was ich vermute, dann wird er mich gewiss als Irren abtun und behaupten, das seien nicht die Notizen eines kleinen Jungen, sondern es sei eine Fälschung, wahrscheinlich von deinem Ex-Mann verfasst, nicht aber von einem zaubrischen Wesen. Unmöglich. Vielleicht wird er sie gemeinsam mit dem Goldforest House herausgeben, meiner ehemaligen Anstalt, als Fallstudie zu einem Wahn: immer währender Liebe.

Es ist Zeit zu gehen.

Werde alt und weise, Liebste. Erziehe unseren Sohn zu einem guten Pfadfinder, zu einem treuen Liebhaber, lehre ihn, mit seinem neuen Reichtum klug umzugehen, eine Stiftung zu errichten, und lass ihn nie in den Krieg ziehen. Lass dein Haar weiß werden und deine Hüften sich über Stühle breiten, lass deine Brüste sacken und lass den Ehemann, der dich liebt, deinen letzten sein. Sei nicht allein. Es tut nicht gut, allein zu sein.

Es kann natürlich auch sein, dass sie meine Leiche nicht finden. Wasser ist, was das betrifft, unberechenbar. Denkbar ist, dass ich mein Gift schlucke, mich vom Steg abstoße und nie wieder an Land komme. Ich werde mich auf ein Kissen zurücklegen, damit ich die Sterne sehe. Ich gehe davon aus, dass es Sterne gibt, dieses eine Mal muss sich der Himmel fügen. Ich gehe davon aus, dass es eine halbe Stunde dauern wird, bis die Tabletten wirken, und wenn ich meinen Tod richtig berechnet habe und nicht einfach ins schwarze Wasser speie, werden die Sternbilder über mir heller werden und segeln, und ich werde nicht weinen, weder für die vielen Toten, noch weil mir die Welt fehlen wird. Wenn ich Glück habe, werde ich wie die Lady von Shalott in dem Gedicht sein. Ich werde viele Wochen lang mit der Strömung zum Fluss hinabtreiben, langsam, denn ich werde nur schlafen, immer noch am Leben, und stündlich jünger werden, während mich der Fluss in seiner schwellenden Mitte fortträgt, ein Junge, ein Kind, immer kleiner, bis ich zuletzt als Säugling, als nacktes Neugeborenes mit undeutlichen Träumen unter den Sternen dahingleite – in den dunklen Schoß des Meeres.

Max Tivoli
1930

ANMERKUNG ZUM TEXT

Dieser Bericht erscheint fast unredigiert so, wie er 1947 auf einem Dachboden gefunden wurde. Einige Fehler in Rechtschreibung und Interpunktion wurden korrigiert, ein paar unleserliche Stellen (etwa der Gewitterszene) wurden aus dem Kontext heraus ergänzt, während Irrtümer in historischer, geographischer und medizinischer Hinsicht belassen wurden. Abgedruckt mit Genehmigung der Samuel Harper Foundation.

DANKSAGUNGEN

Ich bin der Bancroft Library der University of California sehr verbunden für die Erlaubnis, Memoiren, Tagebücher und Briefe zu konsultieren, wie auch dem San Francisco Historical Center der San Francisco Public Library. Das Buch hätte ohne die Großzügigkeit der Schriftstellerkolonien MacDowell und Yaddo und ihrer Förderer nicht entstehen können. Dank gilt auch Jonathan Galassi, Carla Cohen, Susan Mitchell, Spenser Lee, Jessica Craig, meinen Freunden und meiner Familie sowie allen bei FSG, Picador und Burnes & Clegg. Und natürlich Bill Clegg selbst, dem dieses Werk gewidmet ist. Besonderen Dank an Frances Coady, die Max hegte und ihn mit ihrem Herzblut nährte. Und an David Ross, der nicht einen Augenblick zweifelte.

DIE ERSTAUNLICHE GESCHICHTE DES MAX TIVOLI
von *Andrew Sean Greer*
erscheint als sechster Band der
BRIGITTE Buch-Edition *Die Liebesromane*
Herausgegeben von der BRIGITTE-Redaktion

Genehmigte Lizenzausgabe für die Verlagsgruppe BRIGITTE,
Gruner + Jahr AG & Co KG, Hamburg

Die Originalausgabe erschien 2004 unter dem Titel »The Confessions of
Max Tivoli« bei Farrar, Straus and Giroux, New York

Ausstattung und Gestaltung von
Groothuis, Lohfert, Consorten | glcons.de, Hamburg
Illustrationen: Sybille Dörfler
Herstellung: Heiko Belitz, G+J Druckzentrale/Herstellung, Hamburg
Satz: AlsterWerk MedienService GmbH, Hamburg
Druck und Bindung: GGP Media GmbH, Pößneck
Printed in Germany.

ISBN 978-3-570-19718-9

Brigitte Buch-Edition *Die Liebesromane*

Lesen Sie weiter!
Folgende Bücher sind in der Edition erschienen:

1 | ZUSAMMEN IST MAN WENIGER ALLEIN
Anna Gavalda

2 | BALZAC UND DIE KLEINE CHINESISCHE SCHNEIDERIN
Dai Sijie

3 | BETTY BLUE – 37,2° AM MORGEN
Philippe Djian

4 | DIE FRAU DES ZEITREISENDEN
Audrey Niffenegger

5 | ZIMMER MIT AUSSICHT
Edward Morgan Forster

6 | DIE ERSTAUNLICHE GESCHICHTE DES MAX TIVOLI
Andrew Sean Greer

7 | VALERIAS LETZTES GEFECHT
Marc Fitten

8 | DAS ORANGENMÄDCHEN
Jostein Gaarder

9 | CORELLIS MANDOLINE
Louis de Bernières

10 | BITTERSÜSSE SCHOKOLADE
Laura Esquivel

11 | JULES UND JIM
Henri-Pierre Roché

12 | SALZ UND SEIN PREIS
Patricia Highsmith

13 | DAS EROTISCHE POTENTIAL MEINER FRAU
David Foenkinos

14 | DIE GESCHICHTE DER LIEBE
Nicole Krauss

15 | ALI UND NINO
Kurban Said

16 | ALBERTA EMPFÄNGT EINEN LIEBHABER
Birgit Vanderbeke

17 | DER SCHAUM DER TAGE
Boris Vian

18 | MANN UND FRAU
Zeruya Shalev

19 | REBECCA
Daphne du Maurier

20 | TANTE JULIA UND DER KUNSTSCHREIBER
Mario Vargas Llosa